शिक्षा
विकल्प एवं आयाम

अतुल कोठारी

प्रभात प्रकाशन, दिल्ली
ISO 9001:2015 प्रकाशक

प्रकाशक • **प्रभात प्रकाशन**
4/19 आसफ अली रोड,
नई दिल्ली–110002

संस्करण • प्रथम, 2019
मूल्य • चार सौ रुपए
मुद्रक • आर–टेक ऑफसेट प्रिंटर्स, दिल्ली

SHIKSHA : VIKALP EVAM AAYAM *by* Shri Atul Kothari ₹ 400.00
Published by Prabhat Prakashan, 4/19 Asaf Ali Road, New Delhi-2
e-mail: prabhatbooks@gmail.com ISBN 978-93-5322-649-7

समस्या नहीं, समाधान खोजिए

हिमगिरि के उत्तुंग शिखर पर,
बैठ शिला की शीतल छाँह;
एक पुरुष, भीगे नयनों से,
देख रहा था प्रलय प्रवाह !

(कामायनी, चिंतासर्ग)

दर्शन, मनोविज्ञान आदि के सिद्धांतों अथवा विचारधाराओं पर आश्रित होने पर भी शिक्षा अपने मूल रूप में, स्वाभाविक तौर पर, एक सामाजिकी प्रक्रिया ही है। यही कारण है कि प्रत्येक राष्ट्र अपने समाज की स्थिरता अथवा विकास हेतु शिक्षा के प्रति सचेष्ट एवं सजग रहता है अथवा रहना चाहता है, पर यह इससे भी बड़ा सच है कि प्रत्येक समाज विभिन्न स्तरों पर ही नहीं, अपितु विभिन्न रूपों में भी अपने आप में एक जटिल संरचना का पर्याय है। परिणामत: प्रत्येक राष्ट्र, समाज, परिवार, विद्यालय आदि की संरचनात्मक व्यवस्थाओं में इनके आपसी संबंध अत्यंत जटिल बने रहते हैं। स्पष्ट ही है कि विभिन्न नीतियों आदि के निर्माण में इन जटिल संबंधों की उपेक्षा नहीं की जा सकती। यह भी स्पष्ट है कि इनके इन परस्पर जटिल संबंधों को समझने हेतु उस सामाजिक दृष्टिकोण को समझने की भी आवश्यकता रहती है, जिससे इस जटिलता का निर्माण होता है। इसके साथ ही उस समाज की माटी की गंध का संज्ञान भी आवश्यक होता है, जिसमें ये संरचनाएँ बनती, पनपती एवं बढ़ती रहती हैं। शिक्षा संबंधी निर्णय एवं प्रक्रियाओं का अध्ययन इस प्रक्रिया के अपवाद नहीं

हो सकते। इस प्रक्रिया को समझने हेतु यह जानना अनिवार्य सा हो जाता है कि अंततः समाज की कौन सी शक्तियाँ, किन कारणों से एवं किस प्रकार से शिक्षा को प्रभावित करती रहती हैं। यानी शिक्षा के 'चरित्र एवं वैशिष्ट्य' के निर्धारण में किसकी 'क्या एवं कैसी' नियामक भूमिका रहती है।

साथ ही, इस तथ्य पर भी विचार करना अनिवार्य-सा हो जाता है कि अंततः उत्पन्न सामाजिक जटिलता अथवा परिवर्तित सामाजिक परिस्थितियाँ शिक्षा के चरित्र एवं वैशिष्ट्य को किस प्रकार प्रभावित करती हैं?

परिवर्तनशील इन परिस्थितियों में, शिक्षा के संदर्भ में यह एक अद्‌भुत-सा तथ्य अनुभव किया जा रहा है कि समाज की समस्याओं के समाधान के रूप में देखी जानेवाली यह 'शिक्षा', जिसे प्रायः मानव जीवन के 'चहुँमुखी विकास' की साधिका के रूप में देखा जाता रहा है अथवा व्यक्ति में प्राकृतिक रूप से विद्यमान 'अंतर्निहित रचनात्मक क्षमता को मूर्त रूप' देनेवाली सशक्त साधिका के रूप में निहारा जाता रहा है, आज स्वयं ही 'स्वयं के विकास मार्ग' को तलाशने हेतु अनेकानेक 'परिपक्व हाथों' को निरीह आँखों से तलाश रही है, निहार रही है, और यह भी सत्य है कि हताश हो रही है। निरंतर परिवर्तनशील समाज की इन परिस्थितियों से जूझनेवाला जनसमूह न जाने अपनी कितनी विभिन्न प्रकार की समसामयिक समस्याओं के समाधान हेतु अनायास ही शिक्षा की ओर मुड़ने लगता है। अपनी अनेकानेक बहु-आयामी समस्याओं का 'स्थायी समाधान' चाहने हेतु वह 'शिक्षा के आँचल' को देखने लगता है, वह इन समस्याओं का समाधान इसी में ही खोजने की चाह करने लगता है। शिक्षा के क्षेत्र में लगे अनेकानेक शिक्षाकर्मी 'शोध के रूप' में बलपूर्वक स्थापित की गईं 'मान्यताओं एवं समस्याओं' को 'मंथर गति वाले शिक्षा-सिद्धांतों' के रूप में देखने लगते हैं। परंतु शिक्षा की गति को तीव्रता नहीं दे पाते। परिणामतः समाज द्वंद्वों एवं संघर्षों से निरंतर जूझनेवाली 'शिक्षा' की मंथर गति से आहत हो 'शिक्षा को ही दोषी' मानने लगता है। इन प्रकार की 'स्थितियों-परिस्थितियों' में 'शिक्षा की प्रक्रिया' के प्रति बढ़ते 'अविश्वास' को थामने हेतु परस्पर 'संवाद एवं विमर्श' का होना आवश्यक-सा होने लगता है।

अतः शिक्षा अपनी गति को तीव्रता देने हेतु उसमें विश्वास करनेवाले

उत्साही एवं संघर्षशील चिंतकों, विमर्शकों आदि की बाट जोहने लगती है, जो सीधी-सादी भाषा में उसकी टीस को बाहर निकाल सहला ही न सके, अपितु उससे कंधे से कंधा मिला चल भी सके। शिक्षा बाट जोहने लगती है कि कौन निस्स्वार्थी राही निरंतर चलते हुए अपने हाथों में उसका हाथ थामे संघर्षों से संघर्ष करते हुए जूझते हुए उसके पथ को आलोकित करते रह सकता है।

प्रस्तुत पुस्तक सीधी-सादी भाषा में संवाद अथवा विमर्श के मध्यम से संघर्षों से संघर्ष करते हुए शिक्षा के पथ को आलोकित करने हेतु समस्या नहीं समाधान खोजने की एक महत्त्वपूर्ण कड़ी को रचनात्मक रूप देने का विश्वास दिलाती है।

यह सच है कि शिक्षा एक अनुभवात्मक एवं गतिशील प्रक्रिया है। साक्षात् अनुभव ही इस प्रक्रिया को समझने एवं दिशा देने का सशक्त सोपान है। इसी दृष्टि से इस पुस्तक का विशिष्ट स्थान है। इस पुस्तक के रचनाकार श्री अतुल कोठारी हैं। श्री अतुल कोठारीजी ने शिक्षा के क्षेत्र में अपने दीर्घकालिक साक्षात् अनुभवों एवं संघर्षों से समाज एवं शिक्षा की प्रकृति को समझते हुए अपने विभिन्न लेखों एवं व्याख्यानों के माध्यम से समाज की 'शिक्षा की दिशा' को खोजने का 'उत्साही एवं निश्छल' प्रयास किया है। अतुलजी की शैली बहुत सीधे-सादे शब्दों में शिक्षा के जटिल चरित्र को 'उकेरकर' शैक्षिक गतिविधियों में सामंजस्य उत्पन्न करने की है, ताकि 'शिक्षा समाज को समन्वित रूप देकर उसकी सांस्कृतिक रचनात्मक शक्ति को सृजनात्मक आकार दे सके'।

यह समाज के प्रति एक बहुत बड़े दायित्व का निर्वहण है।

अतुलजी का सैद्धांतिक रूप से स्पष्ट मत है कि 'यदि देश को बदलना है तो शिक्षा को बदलना होगा'। यही इस पुस्तक का आधारभूत सिद्धांत है। पुस्तक में संगृहीत सभी विभिन्न आयामी लेख इस कथ्य की पूर्ति की ओर ही उन्मुख हैं।

पुस्तक का प्रारंभिक अध्याय 'भारत में शैक्षिक परिवर्तन : आवश्यकता एवं दिशा' ही अपने उद्‌देश्य को अत्यंत सटीकता से उभारने लगता है। इस अध्याय में ही लेखक अत्यंत तार्किक व मार्मिक रूप में वर्तमान भारतीय शिक्षा के स्वरूप का परीक्षण करते हुए शैक्षिक परिवर्तन के कारणों की विवेचना करते हुए अत्यंत सफलतापूर्वक स्पष्ट करने का प्रयास करते हैं कि अंततः परिवर्तन

क्यों चाहिए व किस रूप में चाहिए? प्रस्तुत अध्याय वस्तुतः संपूर्ण पुस्तक के लेखों के उद्देश्यों को सार रूप में सामने रख देता है। यहाँ यह भी स्पष्ट रूपेण शोधात्मक तथ्य है कि शिक्षा में परिवर्तन हेतु 'मातृभाषा' ही 'रीढ़ की हड्डी' है। प्रस्तुत पुस्तक इस तथ्य को अत्यंत तार्किक एवं भावात्मक रूप से उकेरती है।

समाज की शारीरिक एवं मानसिक स्वच्छता हेतु पर्यावरण एवं चरित्र विकास को इस पुस्तक की संपूर्ण पृष्ठभूमि के रूप में निहारा जा सकता है।

पुस्तक में गणितज्ञ श्री रामानुजन एवं कुंभ की सांस्कृतिक पृष्ठभूमि संबंधी विशिष्ट परिचर्चा अत्यंत हृदयग्राही एवं प्रेरणादायी है।

विभिन्न संदर्भों में शिक्षा संबंधी विशिष्ट प्रारूप अपने क्रियान्वयन की अपेक्षा रखेंगे।

सारतः, पुस्तक की संपूर्ण सामग्री लेखक की शिक्षा संबंधी 'चिंता' के साथ-साथ 'चिंतन' को भी चित्रित करती चलती है, ताकि इस कथन में विश्वास व्यक्त किया जा सके कि

'समस्या नहीं, समाधान खोजिए'

पूर्ण विश्वास है कि लेखक की प्रस्तुत कृति शिक्षा जगत् में अपने दायित्व का निर्वहण करते हुए लेखक को निरंतर प्रोत्साहित करते हुए उसे 'चरैवेति चरैवेति' की मधुरिम झंकार सुनाती रहेगी, इसी कामना के साथ…

चलता था धीरे-धीरे
वह एक यात्रियों का दल,
सरिता के रम्य पुलिन में
गिरि-पथ से, ले निज संबल॥

(कामायनी, आनंदसर्ग)

—चाँद किरण

भूमिका

15 अगस्त, 1947 को यूनियन जैक के स्थान पर तिरंगा तो फहराया गया, परंतु देश की व्यवस्था में किसी भी प्रकार का मूलभूत परिवर्तन नहीं किया गया। इसमें आधारभूत विषय है—शिक्षा-व्यवस्था।

स्वतंत्रता के पश्चात् अपेक्षा यह थी कि देश की शिक्षा का स्वरूप भारतीय दृष्टि से अपनी सामाजिक, राष्ट्रीय आवश्यकताओं के अनुरूप होगा, परंतु ऐसा नहीं किया गया।

हमारा मानना है कि देश की अधिकतर समस्याओं की जड़ देश की दोषपूर्ण शिक्षा-व्यवस्था में है। इस हेतु देश की शिक्षा-व्यवस्था में आधारभूत परिवर्तन प्राथमिकता का विषय होना चाहिए।

स्वतंत्रता पूर्व अंग्रेजों के विरुद्ध विभिन्न महापुरुषों के नेतृत्व में देश की आजादी हेतु आंदोलन चलाए जा रहे थे। उनके साथ-साथ महामना मदनमोहन मालवीय, महर्षि अरविंद, गुरुदेव रवींद्रनाथ ठाकुर, महात्मा गांधी, आचार्य विनोबा भावे आदि महापुरुषों ने देश की शिक्षा-व्यवस्था को बदलकर उसके वैकल्पिक स्वरूप हेतु अपना वैचारिक और व्यावहारिक संघर्ष जारी रखा तथा इसी प्रकार स्वामी विवेकानंद, स्वामी दयानंद सरस्वती, भगिनी निवेदिता जैसे आध्यात्मिक क्षेत्र में कार्य करनेवाले महापुरुषों ने भी देश की शिक्षा में परिवर्तन हेतु आधारभूत चिंतन किया था तथा इस दिशा में कुछ प्रतिमान (मॉडल) खड़े करने के प्रयास भी किए थे।

परंतु स्वतंत्रता के बाद इन सारे महापुरुषों के विचारों को दरकिनार करके अंग्रेजों की दी हुई शिक्षा व्यवस्था में समय-समय पर कुछ छोटे-मोटे

बदलाव करके उसी व्यवस्था को जारी रखा गया। इसके प्रमुख दो कारण ध्यान में आते हैं—

- अंग्रेजों की दी हुई सारी व्यवस्थाएँ, शासक-प्रशासक एवं तथाकथित उच्च वर्ग के अनुकूल थीं, जिस कारण इस व्यवस्था को जारी रखना उन सारे वर्गों के लिए सुविधाजनक था।
- स्वतंत्रता के बाद शासकीय स्तर पर शिक्षा क्षेत्र का अधिकतर नेतृत्व दृष्टि के स्तर पर अभारतीय, अराष्ट्रीय लोगों के हाथ में रहा।

इसके परिणामस्वरूप शिक्षा में परिवर्तन के जो भी प्रयास हुए, वे अधिकतर दिशाहीन थे, जिनकी दृष्टि अभारतीय एवं देश की आवश्यकताओं के अनुरूप नहीं थी।

स्वतंत्रता के बाद सबसे पहले उच्च शिक्षा के लिए वर्ष 1949 में राधाकृष्णन आयोग बना। वर्ष 1952 में माध्यमिक शिक्षा के लिए मुदलियार आयोग बना, 1964 में समग्र शिक्षा हेतु कोठारी आयोग बना। परंतु प्राथमिक शिक्षा हेतु कोई आयोग बना ही नहीं। इसी से हम देश के नेतृत्व की शिक्षा के प्रति दृष्टि का अंदाजा लगा सकते हैं।

किसी भी देश के विकास या उत्थान की नींव शिक्षा होती है, परंतु हमारे देश में स्वतंत्रता के 21 वर्षों के बाद प्रथम शिक्षा नीति 1968 में बनी, दूसरी 1986 में बनी; इसके पश्चात् अभी राष्ट्रीय शिक्षा नीति बनाई जा रही है। स्वतंत्रता के पश्चात् देश में नियमित रूप से हर पाँच वर्ष के बाद आर्थिक योजना बनाई जाती है। हर वर्ष निश्चित समय पर बजट बनता है, परंतु शिक्षा के संदर्भ में इस प्रकार निश्चित व्यवस्था बनाने का आज तक विचार नहीं किया गया।

देश में शिक्षा में सुधार हेतु जो भी आयोग या नीतियाँ बनाई गईं, उन्होंने कई अच्छी अनुशंसाएँ दीं, परंतु राजनैतिक इच्छा-शक्ति के अभाव में उनका जमीनी क्रियान्वयन नहीं किया गया। उदाहरण के लिए, 1968 में कोठारी आयोग ने सकल घरेलू उत्पाद (जी.डी.पी.) का 6 प्रतिशत शिक्षा पर खर्च करने की बात कही थी, इसे 1986 की शिक्षा नीति में स्वीकार किया गया था, परंतु आज तक यह व्यवहार में नहीं आया है। ऐसे अनेक उदाहरण दिए जा सकते हैं।

एक और महत्त्वपूर्ण बात है कि स्वतंत्रता के बाद हमारे देश में समस्त

विमर्शों का केंद्रबिंदु सरकार बन गई। (**जबकि पहले हमारे देश में शिक्षा सहित अधिकतर व्यवस्थाओं का केंद्र बिंदु समाज था**)। इसके परिणामस्वरूप अधिकतर शिक्षा-जगत् के लोगों और समाज का भी शिक्षा में सुधार या परिवर्तन का कार्य मात्र सरकार का है। ऐसा मानस बन गया। विशेषकर शिक्षा विषय की बात करते हैं तो मेरी दृष्टि से तीन प्रकार के प्रमुख दायित्व सरकार के अवश्य हो सकते हैं—1. वह अच्छी शिक्षा-नीति दे, 2. शिक्षा हेतु आवश्यक संसाधन उपलब्ध कराए एवं 3. शिक्षा में किए जा रहे अच्छे कार्यों एवं अच्छे शिक्षाविदों का सहयोग व समर्थन करे, परंतु शिक्षा में जमीनी कार्य करना, यह तो समाज और विशेषत: शिक्षा जगत् के लोगों का प्रमुख कार्य है। जिस देश का समाज, विशेष करके बुद्धिजीवी वर्ग सरकार पर निर्भर हो जाए, वहाँ लोकतंत्र वास्तविक रूप में सफल नहीं हो सकता। **लोकतंत्र की जो परिभाषा अमेरिका के भूतपूर्व राष्ट्रपति अब्राहम लिंकन ने दी है, उसके अनुसार 'लोकतंत्र' जनता का, जनता के लिए एवं जनता के द्वारा चलनेवाली शासन-व्यवस्था का नाम है। (Democracy is the government of the people, for the people and by the people) इसका आशय यह है कि जिस देश का कार्य वहाँ के लोगों के द्वारा प्रत्यक्ष या परोक्ष रूप से चले, वहीं पर लोकतंत्र सफल हो सकता है। इसी प्रकार शिक्षा में परिवर्तन का कार्य सरकार एवं समाज तथा दोनों के संयुक्त प्रयास से ही सफल हो सकता है।**

हमने इसी पृष्ठभूमि को ध्यान में रखते हुए तीन मूलभूत बातों को आधार बनाकर देशव्यापी अभियान प्रारंभ किया है—

1. **देश को बदला है तो शिक्षा को बदलो।**
2. **माँ, मातृभूमि और मातृभाषा का कोई विकल्प नहीं हो सकता।**
3. **समस्या नहीं, समाधान की चर्चा हो।**

उपरोक्त पृष्ठभूमि एवं शिक्षा-व्यवस्था में परिवर्तन की आधारभूत संकल्पनाओं को ध्यान में रखकर देशभर में जो कार्य, प्रयोग किए जा रहे हैं, उन्हीं को आधार बनाकर लिखे गए लेखों का इस पुस्तक में समावेश किया गया है।

यदि परतंत्र भारत की बात छोड़ भी दी जाए तो स्वतंत्रता के बाद अभी तक हम शिक्षा का लक्ष्य तय नहीं कर पाए हैं। स्वामी विवेकानंद के अनुसार देश की शिक्षा का लक्ष्य 'मेन मेंकिग एंड कैरेक्टर बिल्डिंग' (चरित्र निर्माण एवं व्यक्ति को गढ़ना अर्थात् व्यक्तित्व का विकास करना) होना चाहिए, इस बात को और अनेक महापुरुषों ने भी कहा है। इस विषय से संबंधित लेखों का भी पुस्तक में समावेश है।

इसी प्रकार, शिक्षा की वर्तमान समस्याओं तथा उनके कारण एवं निवारण हेतु हमने एवं अनेक शैक्षिक संस्थानों तथा व्यक्तियों ने विद्यालयों, महाविद्यालयों तथा विश्वविद्यालयों में आधारभूत प्रयोग एवं नवाचार किए हैं। इन्हें मौलिक अनुभवों को शब्दबद्ध करके आलेखों और शोध-पत्रों को लिखा गया है, जिसका संकलित रूप यह पुस्तक है।

मेरा कतई यह मानना नहीं है कि इस पुस्तक के लेखों में अभिव्यक्त विचार/चिंतन अंतिम सत्य है और पूर्ण है। **विचार एवं विकास की यात्रा में कभी पूर्ण विराम नहीं होता है।** हमने इन सभी विषयों को आधार बनाकर **'शिक्षा में नए विकल्प'** का एक प्रारूप तैयार किया है। इस प्रारूप पर हम देशभर में चर्चा करके सुझाव प्राप्त कर रहे हैं। इसी प्रकार इस पुस्तक में पाठकों को कोई त्रुटि ध्यान में आए या इन विषयों को अधिक सुदृढ़ करने हेतु कोई सुझाव हो तो मुझे इ-मेल अथवा पत्र के द्वारा सूचित करने का कष्ट करें, जिसके लिए मैं आपका आभारी रहूँगा।

इस पुस्तक को तैयार करने में प्रो. चाँदकिरण सलूजा, श्री राजेश्वर, श्री मदनमोहन शर्मा जैसे अनेक लोगों ने प्रत्यक्ष या परोक्ष सहयोग किया है तथा मा. दीनानाथ बत्राजी का मार्गदर्शन हमेशा मिलता रहा है। इन सभी महानुभवों का कृतज्ञतापूर्वक आभार व्यक्त करता हूँ। अंत में माँ सरस्वती की कृपा के बिना यह सब संभव नहीं हो पाता, उनके चरणों में सादर वंदन!

अनुक्रम

भारत में शैक्षिक परिवर्तन : आवश्यकता एवं दिशा

देश की वर्तमान शिक्षा व्यवस्था में परिवर्तन आवश्यक ही नहीं; अनिवार्य है। यूनेस्को की Dealors Committee की रिपोर्ट के अनुसार, किसी भी देश की शिक्षा का स्वरूप उस देश की संस्कृति एवं प्रगति के अनुरूप होना चाहिए। क्या भारतवर्ष में शिक्षा का स्वरूप इस प्रकार है, यह एक बड़ा प्रश्न है? देश के वर्तमान शैक्षिक परिदृश्य के संबंध में एक कवि ने अपनी दो पंक्तियों में वास्तविक चित्रण किया है—

> **"शिक्षा पाकर भिक्षा माँगे, युवाजन खाएँ ठोकर आज।**
> **आजादी का स्वप्न दिखाकर, पाखंडी करते हैं राज।।**
> **भ्रष्ट व्यवस्था ने भी, डाला अब यहाँ डेरा है।**
> **चलो जलाएँ दीप वहाँ, जहाँ अभी भी अँधेरा है।"**

आज देश के कुछ वर्गों का मानना है कि देश का विकास हो रहा है। कुछ क्षेत्रों में यह बात दिखने को मिलती है, जैसे कि (Space Technology), सूचना प्रौद्योगिकी (Information Technology), सकल घरेलू उत्पाद (GDP) आर्थिक विकास दर इत्यादि। इसी प्रकार देश में अरबपतियों की संख्या बढ़ रही है, वहीं दूसरी ओर गरीबी और बेरोजगारी भी बढ़ रही है। इससे आर्थिक असमानता भी बढ़ रही है। देश में भ्रष्टाचार, असहिष्णुता, चारित्रिक गिरावट, नैतिकता का अध:पतन, पश्चिम की गलत बातों का अंधानुकरण, अल्पसंख्यक तुष्टीकरण, सांस्कृतिक मूल्यों में गिरावट, पर्यावरण का संकट आदि समस्याएँ

दिन-प्रतिदिन बढ़ रही हैं। इस प्रकार की सारी परिस्थितियों के बावजूद देश में ऐसा भ्रम फैलाया जा रहा है कि देश का विकास हो रहा है। कुछ मात्रा में भौतिक विकास से देश का विकास हो रहा है, यह दृष्टिकोण ठीक है क्या?

देश में विभिन्न प्रकार की समस्याओं का बढ़ना, हमारी गलत नीतियों तथा लोगों की भ्रमित सोच एवं दृष्टिकोण में आए नकारात्मक परिवर्तन का परिणाम है। देश में घट रही कई घटनाएँ एवं उदाहरणों से विश्व में 1990 के बाद थोपी गई वैश्वीकरण की नीति असफल होती दिख रही है। इस नीति को अमेरिका एवं कुछ विकसित राष्ट्रों ने षड्यंत्र के तहत समग्र विश्व पर थोपा था। आज अमेरिका सहित वही सारे देश उसी नीति का शिकार होकर भयानक मंदी की चपेट में फँसे हैं। आर्थिक खुलेपन की वकालत करनेवाला अमेरिका वहाँ से भारत में हो रही आउटसोर्सिंग में रुकावट डाल रहा है। इन सारे परिणामों के बावजूद अनेक अर्थज्ञ आज भी वैश्वीकरण की वकालत करते नजर आते हैं। उसी प्रकार महिलाओं पर बढ़ रहे अत्याचार, बलात्कार आदि घटनाओं पर हो-हल्ला करनेवाले लोग अति खुलापन, समलैंगिकता एवं लिव इन रिलेशनशिप के समर्थन में खड़े होते दिखते हैं। कानून-व्यवस्था की स्थिति पर हमेशा पुलिस या सरकार को कठघरे में खड़ा करनेवाले (कुछ मात्रा में उनका दायित्व है भी) लोगों को शिक्षा में मूल्य एवं संस्कारों की बात आते ही शिक्षा का भगवाकरण दिखाई देता है। अल्पसंख्यक तुष्टीकरण को आज धर्मनिरपेक्ष माना जाने लगा है। इस प्रकार का विचित्र या विकृत दृष्टिकोण या गलत नीतियों का समर्थन करनेवाले अधिक पढ़े-लिखे लोग ही हैं। इन सारी परिस्थितियों का मूल कारण पिछले दो सौ वर्ष की अंग्रेज मैकॉले द्वारा स्थापित शिक्षा व्यवस्था है। स्वतंत्रता के 67 वर्षों बाद आज भी हम उसको ढो रहे हैं। यदि 'देश को बदलना है तो शिक्षा को बदलना होगा।'

शिक्षा के उद्देश्य के संदर्भ में वैदिक कथन है, **"असतो मा सद्गमय, तमसो मा ज्योतिर्गमय, मृत्योर्मा अमृतं गमय"** (असत्य से सत्य की ओर, अंधकार से प्रकाश की ओर, मृत्यु से अमरत्व की ओर ले जाएँ) दूसरे शब्दों में कहें तो **"सा विद्या या विमुक्तये"** विद्या (शिक्षा) वह है, जो व्यक्ति के जीवन को प्रत्येक बंधन से मुक्ति दिला सके। शिक्षा के लक्ष्य और जीवन के लक्ष्य में

कोई अंतर नहीं होना चाहिए। उपरोक्त कथन से कुछ लोगों के मन में भ्रम होता है कि हम शिक्षा में मात्र आध्यत्मिकता की बात करते हैं, परंतु यह गलत धारणा है। हमारा मूल आध्यात्मिकता अवश्य है, लेकिन अपने यहाँ धर्म और मोक्ष के साथ अर्थ और काम ऐसे चार पुरुषार्थों की बात कही गई है। अर्थ और काम का महत्त्व हमने कभी कम नहीं माना, परंतु अर्थ और काम धर्माधारित, हो यह सोच ही मूल्यों को प्रतिबिंबित करती है, अगर भारत भौतिक दृष्टि से संपन्न नहीं होता तो विदेशी आक्रांता लूट के लिए भारत में क्यों आते? हमारे यहाँ आध्यात्मिकता एवं भौतिकता दोनों का संतुलित दृष्टिकोण था। इस दृष्टिकोण को आधुनिक संदर्भ में श्री दीनानाथ बत्राजी ने अपने शब्दों में "Education for living and life" कहा है, अर्थात् शिक्षा से जीवन जीने का दृष्टिकोण एवं जीवन निर्वाह हेतु आवश्यक क्षमता का निर्माण होना चाहिए।

इस दृष्टिकोण से देश की शिक्षा का स्वरूप हमारी संस्कृति, प्रकृति एवं प्रगति के अनुरूप बने। शिक्षा से अभिप्रेत है—व्यक्तित्व का समग्र विकास एवं चरित्र निर्माण। देश एवं समाज की आवश्यकताओं की पूर्ति तथा राष्ट्रीय एवं अंतरराष्ट्रीय चुनौतियों का समाधान हो। शिक्षा की इस संकल्पना को साकार करने हेतु, शिक्षा की स्वायत्तता के साथ ही शिक्षा व्यवसाय न होकर सेवा का माध्यम होनी चाहिए। शिक्षा का टुकड़ों-टुकड़ों में विचार न करके एकात्म, अखंड मंडलाकार स्वरूप की सोच के साथ शैक्षिक परिवार की संकल्पना को प्रस्थापित करना होगा। हमारी इस प्राचीन संकल्पना के साथ आधुनिकता का समन्वय एवं सिद्धांत और व्यवहार का संतुलन करते हुए देश की शिक्षा में एक नया विकल्प देना होगा।

शिक्षा की स्वायत्तता

किसी भी व्यक्ति, समाज या राष्ट्र का योग्य दिशा में विकास तभी संभव है, जब उसका अस्तित्व स्वतंत्र हो। स्वतंत्रता का अर्थ है किसी भी अनावश्यक बात की निर्भरता से मुक्ति पाना। शिक्षा के सिद्धांत, व्यवहार एवं नीति-निर्धारण सभी का केंद्र बिंदु स्वायत्तता है। इसलिए वर्तमान में देश की शिक्षा के वास्तविक स्वरूप को पुनः स्थापित करने हेतु शिक्षा शासन, प्रशासन, राजनीति एवं बाजार के प्रभाव से पूर्णरूप से मुक्त होनी चाहिए।

पूर्व में जब देश की शिक्षा श्रेष्ठतम स्तर पर थी, तब शिक्षा पूर्णरूप से स्वायत्त थी। सरकार द्वारा गठित राधाकृष्णन आयोग–1951–52, कोठारी आयोग–1964 आदि ने स्वायत्तता हेतु अपनी अनुसंशाएँ दी हैं। इसी प्रकार काका साहेब कालेलकर, स्वामी दयानंद सरस्वती इत्यादि देश के महापुरुषों ने भी शिक्षा की स्वायत्तता हेतु अपने विचार व्यक्त किए हैं। देश की वर्तमान व्यवस्था के अंतर्गत न्यायालय एवं चुनाव आयोग को स्वायत्तता प्राप्त है। दोनों संस्थाओं की अर्थ से लेकर अन्य सारी व्यवस्थाएँ सरकारें करती हैं, लेकिन वहीं विभिन्न न्यायालयों ने हमारे पक्ष में और सरकारों के विरुद्ध निर्णय दिए हैं। वर्तमान में चर्चित 2–जी स्पेक्ट्रम एवं भ्रष्टाचार आदि के मामले अगर उच्चतम न्यायालय ने संज्ञान में नहीं लिये होते तो शायद ये मामले दब जाते और भ्रष्ट नेतागण जेल की हवा खाने से बच जाते। हमारा मानना है कि शिक्षा को न्यायालय एवं चुनाव आयोग से भी अधिक स्वायत्तता होनी चाहिए।

इस हेतु केंद्रीय स्तर पर एक 'स्वायत्त शिक्षा संस्थान' का गठन संसद् के कानून के तहत हो। इसकी इकाइयों का गठन प्रांतीय एवं जिला स्तर पर हो। इसके अंतर्गत 'भारतीय शिक्षा सेवा' का भी गठन किया जाना चाहिए। स्वायत्त आयोग के गठन की प्रक्रिया उसकी रचना इत्यादि के बारे में विस्तृत चिंतन किया जा सकता है।

परिणामस्वरूप इसमें से निकलने वाले युवक का व्यक्तित्व भी खंडित बन रहा है और इसका प्रतिबिंब समाज जीवन में भी दिखाई देता है। आज अपना समाज जाति, भाषा, प्रांत, अमीर–गरीब, महिला–पुरुष, तथाकथित स्वर्ण–दलित आदि में बँटा हुआ है, क्योंकि छात्रों को प्रवेश के समय ही जाति, भाषा, वर्ग आदि से परिचित कराया जाता है।

हमारी विविधता को विभाजन का माध्यम बनाने की बजाय एकता का माध्यम बनाना होगा। खान–पान, भाषा, वेश–भूषा अनेक होने के बावजूद हम एक हैं। हमारी संस्कृति, धर्म, परंपरा, पूर्वज सब एक हैं। विभिन्न पंथ, संप्रदाय को माननेवाले एक ही परंपरा के अंश हैं, इसकी अनुभूति हो। एक जन, एक राष्ट्र, एक जन, एक संस्कृति का मनोभाव बने, इसी दृष्टि से पाठ्यक्रम का स्वरूप बनाना होगा। इस प्रकार की शिक्षा का स्वरूप अपेक्षित है।

प्राचीन एवं आधुनिकता का समन्वय

पुराना सब श्रेष्ठ है और आधुनिक सब गलत है या पुराने को कूड़े में डालो, आधुनिकता अपनाओ, इस प्रकार की अंतिमवादी मानसिकता सर्वथा गलत है। हमें प्राचीन एवं आधुनिकता का समन्वय करना होगा। शिक्षा के हमारे मूलभूत सिद्धांतों के आधार पर आधुनिक समाज की आवश्यकतानुसार शिक्षा में एक नई व्यवस्था देने का चिंतन करना होगा। संस्कृत और संगणक (कंप्यूटर) का तालमेल बैठाना होगा। सीखने की पद्धति में संगणक के समावेश के साथ-साथ संवाद माध्यम के अधिक-से-अधिक उपयोग को पुनः लाना होगा। कैलकुलेटर के आवश्यक उपयोग के साथ पहाड़े का महत्त्व कम आँकना बड़ी भूल होगी।

आधुनिक गणित के साथ वैदिक गणित के महत्त्व को समझना होगा। आधुनिक सुविधायुक्त भवनों में भी गुरु-शिष्य की श्रेष्ठ परंपरा को पुनः स्थापित करना होगा।

शैक्षिक परिवार

आज हमारे शैक्षिक परिसरों में संघर्ष का माहौल दिखाई पड़ता है। शिक्षक विरुद्ध छात्र, प्रशासक विरुद्ध कर्मचारी, प्राध्यापक विरुद्ध प्रबंधक आदि। इस हेतु प्राध्यापक, प्राचार्य आदि की यूनियन बनी हुई हैं। यह भारतीय चिंतन का दृष्टिकोण नहीं है। इन सबके पीछे का कारण है शैक्षिक परिवार की भावना का अभाव, जिसके चलते यह मेरा विद्यालय है ऐसा किसी को नहीं लगता। सामूहिकता, पारस्परिकता बिना आत्मीयता के संभव नहीं है। इस हेतु शुरू में कुछ औपचारिक कार्यक्रमों की रचना करनी होगी। गुरुपूर्णिमा, रक्षाबंधन जैसे उत्सवों का आयोजन, कर्तव्य-बोध जगाने हेतु श्रमानुभव शिविर, राष्ट्रीय सेवा योजना, राष्ट्रीय कैडेट कोर जैसी योजनाओं का आग्रह बढ़ाना होगा।

शिक्षा व्यवसाय नहीं, सेवा का माध्यम

हमारे यहाँ शिक्षा को कभी व्यवसाय नहीं माना गया। ज्ञानदान को सबसे श्रेष्ठ दान माना गया है। शिक्षक का एक निश्चित वेतन, टी.ए., डी.ए. या छात्रों का निश्चित शुल्क, यह व्यवस्था प्राचीन काल में नहीं थी। इसलिए अमीर के

बालकों को अच्छे विद्यालय में और गरीब के बालकों को कनिष्ठ विद्यालय में प्रवेश जैसी व्यवस्था नहीं, सबके लिए समान अवसर थे, लेकिन आज शिक्षा में व्यापारीकरण की समस्या ने एक भयानक स्वरूप ले लिया है। छात्रों-शिक्षकों का संबंध गुरु-शिष्य की बजाय ग्राहक एवं व्यवसायी जैसा हो गया है। शिक्षक और प्रबंधक का संबंध कर्मचारी एवं मालिक का हो गया है। आचार्य या गुरु नौकर बन गए हैं। आज पैसे के आधार पर प्रवेश से हमारी प्रतिभाएँ कुंठित हो रही हैं। जिससे वर्ग भेद को बढ़ावा मिल रहा है। इसमें भी जब से वैश्वीकरण की प्रक्रिया चली, जिसके परिणामस्वरूप निजीकरण बढ़ा, निजीकरण यानी व्यवसायीकरण का गणित सिद्ध होता दिखाई देता है।

शिक्षा के दायित्व के सरकार एवं समाज दोनों स्वीकार करें, यह आवश्यक है। अकेली सरकार सारी शिक्षा चलाए, यह भी संभव नहीं है, लेकिन सरकार शिक्षा से संपूर्ण हाथ खींच लें, यह भी ठीक नहीं है। समाज के श्रेष्ठियों को भी अजीम प्रेमजी का अनुसरण करना होगा।

शिक्षा क्षेत्र की आर्थिक व्यवस्था सुचारु बने, इस हेतु

- सकल घरेलू उत्पाद (जी.डी.पी.) का 6 प्रतिशत शिक्षा पर खर्च हो।
- सामान्यत: उच्च शिक्षा में रिकरिंग एक्सपेंडिचर का 20 प्रतिशत शुल्क के रूप में छात्रों से लिया जाए (पुनैया कमेटी) तथा व्यावसायिक शिक्षा में 30 प्रतिशत शुल्क छात्रों से लिया जाए।
- सरकार शिक्षा के दायित्व से मुक्त नहीं हो सकती, इसकी सुनिश्चित व्यवस्था हो।
- आर्थिक एवं सामाजिक दृष्टि से पिछड़े छात्रों के शुल्क की व्यवस्था सरकार व समाज करे।
- योग्य छात्र पढ़ाई से वंचित न रहें, इसकी व्यवस्था हो। जो सक्षम है, वह अधिक शुल्क दे, यह दृष्टिकोण भी आवश्यक है (Those who can afford; should pay)।
- विश्वविद्यालयों एवं महाविद्यालयों में शुल्क के अलावा भी आय के स्रोत के प्रयोग की योजना बने।

- पूर्व छात्रों की संस्था बनाकर हर वर्ष उनका सम्मेलन किया जाए, साथ ही दानदाताओं की सूची बनाकर उनको संस्था से जोड़कर सहयोग लिया जाए।
- संस्था के भवन एवं व्यवस्थाओं का भी पूर्ण उपयोग करके आर्थिक संरचना खड़ी की जा सकती है।

पाठ्यचर्या एवं पाठ्यक्रम की पुनर्रचना

पाठ्यक्रम की रचना करते समय अतीत का आधार लेकर वर्तमान की आवश्यकताओं की पूर्ति तथा भविष्य की संभावनाओं को ध्यान में रखना होगा। इस हेतु प्रत्येक विषय की शुरुआत में उस विषय का भारतीय इतिहास पढ़ाया जाना चाहिए। शिक्षा की योजना एवं राष्ट्रीय योजना का तालमेल हो। इसमें भौतिकता एवं आध्यात्मिकता, व्यवहारिकता तथा सिद्धांत का समन्वय हो। क्षेत्रीय आवश्यकताओं के अनुसार रचना हो। इसमें भी गाँवों एवं जनजातीय क्षेत्रों का विशेष ध्यान रखा जाए। प्रत्येक तीन वर्ष में पाठ्यक्रम की समीक्षा हो एवं जड़ता (रिजिडिटी) न हो, इन सारी बातों का ध्यान रखते हुए पाठ्यक्रम की रचना हो।

आज शिक्षा व्यवस्था में पाठ्यक्रमों का असंतुलन दिखाई देता है। इस हेतु देश में 'मानव शक्ति का सर्वे' कराया जाए। विभिन्न क्षेत्रों में किस प्रकार के कितने लोगों की आवश्यकता है, उसके आधार पर शैक्षिक संस्थानों की व्यवस्था की जाए। वर्तमान में इस प्रकार की व्यवस्था के अभाव में, शिक्षा क्षेत्र में अनेक विसंगतियाँ देखने को मिलती हैं। कई राज्यों में इंजीनियरिंग के महाविद्यालयों में सैकड़ों स्थान रिक्त पड़े हैं। दूसरी ओर आज विभिन्न भाषा के स्टेनोग्राफर, कंप्यूटर टेक्नीशियन उपलब्ध नहीं हो रहे हैं। प्रबंधन के परास्नातक एवं इंजीनियरिंग के कुछ विभाग के स्नातक छात्रों को नौकरी मिलना मुश्किल हो रहा है, मिलती है, तब भी उसकी पदवी के अनुसार स्थान या वेतन प्राप्त नहीं हो पा रहा है। कुछ दिन पूर्व एक राज्य में पुलिस की भरती में इस प्रकार के स्नातक अच्छी संख्या में साक्षात्कार के लिए सम्मिलित थे। दूसरी ओर विशेष औपचारिक पढ़ाई न करनेवाले विभिन्न प्रकार के मिस्त्री (कारीगर) हजारों रुपए कमा रहे हैं। ज्योतिषशास्त्र या कर्मकांड के पाठ्यक्रम देश में बहुत ही कम हैं,

अगर किसी ने शुरू भी कर दिया, तब भगवाकरण के नाम पर हो-हल्ला किया जाता है, दूसरी ओर अच्छा ज्ञान रखनेवाले ज्योतिषी एवं कर्मकांड या विभिन्न प्रकार के संस्कार करानेवाले लोग बहुत ही कम उपलब्ध हैं।

व्यवहार एवं सिद्धांत का संतुलन

वर्तमान में पाठ्यक्रम मात्र सैद्धांतिक है, जहाँ व्यावहारिक है, वहाँ भी वास्तव में क्षेत्र में जाकर कार्य का अनुभव नहीं कराया जाता, बल्कि प्रयोगशाला तक ही सीमित है। डॉ. अब्दुल कलामजी ने लिखा है कि उनके शिक्षक कक्षा में खगोल-विज्ञान का पाठ पढ़ा रहे थे। उन्होंने छात्रों से पूछा, समझ में आया, सब ने न में उत्तर दिया। पुनः समझाने के बाद पूछा, अधिकतर छात्रों का वही उत्तर था। शिक्षक ने कहा, कोई बात नहीं, हम सब आज सायं समुद्र के किनारे मिलेंगे। सायं सभी छात्र समुद्र के किनारे पहुँच गए, तब शिक्षक ने वहाँ पक्षी किस प्रकार उड़ते हैं वह दिखाकर समझाया, बाद में पूछा, समझ में आया क्या ? सब छात्रों ने एक आवाज में सकारात्मक उत्तर दिया। सभी विषयों में सैद्धांतिक के साथ व्यवहारिक ज्ञान अनिवार्य है। उच्चतम न्यायालय के निर्णय के कारण पर्यावरण विषय आज जैसे-तैसे पढ़ाया जाता है, लेकिन उसका कोई परिणाम नहीं दिख रहा है, क्योंकि उसमें व्यवहारिक दृष्टिकोण का समग्र अभाव है। इस हेतु पर्यावरण को पाठ्यक्रम का अनिवार्य हिस्सा बनाकर सिद्धांत के साथ व्यवहारिक दृष्टिकोण विकसित हो, इस हेतु छात्रों में पानी, बिजली, खाद्य सामग्री आदि की बचत के बारे में बताया जाए और उसको व्यवहार में लाने हेतु विद्यालय में ही प्रयोग शुरू किए जाएँ। जैसे कमरे की बिजली की बत्ती एवं पंखे कक्षा पूर्ण होते समय छात्र बंद करें, आदि। विज्ञान के साथ वैज्ञानिक दृष्टिकोण विकसित किया जाए। खान-पान, वेश-भूषा, रहन-सहन आदि में जैसे ठंडा पेय एवं फास्ट-फूड किस प्रकार वैज्ञानिक दृष्टि से स्वास्थ्य के लिए हानिकारक हैं, वह पढ़ाया जाए एवं विद्यालय के खाद्य-बिक्री केंद्रों में इस प्रकार की वस्तुओं को! वर्जित किया जाए।

विज्ञान एवं अध्यात्म का समन्वय

आज विश्व भर में इस विषय पर चर्चा चल रही है। देश-विदेश में घटनेवाली कई घटनाओं में अनुभव हो रहा है कि इसका उत्तर विज्ञान में नहीं

मिल रहा। दूसरी ओर विज्ञान और तकनीकी का जिस प्रकार विकास एवं विस्तार हो रहा है, जिसमें अध्यात्म के साथ समन्वय नहीं किया गया तो विज्ञान और तकनीकी मानवता के विकास के बदले विनाश की ओर ले जाएँगे। इस हेतु देश के प्रथम राष्ट्रपति डॉ. राजेंद्र प्रसाद का कथन प्रस्तुत है—

"हमें केवल अपने राष्ट्र की अखंडता ही सुरक्षित नहीं रखनी है, उसके साथ अपनी सांस्कृतिक परंपराओं को भी अक्षुण्ण रखना होगा। समय आ गया है, अब अध्यात्म और विज्ञान का समन्वय करने का। यह समन्वय ही हमें आणविक युग में सुरक्षा प्रदान कर विकास की ओर उन्मुख कर सकेगा।"

इतिहास

वर्तमान में अपने देश में छात्रों को असत्य एवं विकृत इतिहास पढ़ाया जा रहा है। पिछले 200 वर्ष में हमारे छात्रों को जिस प्रकार का इतिहास पढ़ाया गया, उससे देश स्वाभिमान शून्यता की ओर आगे बढ़ रहा है। अंग्रेजों, मुगलों आदि से हमारी पराजय कैसे हुई, यही अधिक मात्रा में पढ़ाया जा रहा है। हमारे धर्म, संस्कृति, महापुरुषों एवं श्रेष्ठ परंपरा को अपमानित करनेवाली बातें इतिहास में पढ़ाई जा रही हैं। उदाहरण—राष्ट्रीय शैक्षिक अनुसंधान एवं प्रशिक्षण परिषद् (एन.सी.ई.आर.टी.) के पाठ्यक्रम में पढ़ाया जाता था, लोकमान्य तिलक, चंद्रशेखर आजाद, भगतसिंह, आतंकवादी थे। (शिक्षा बचाओ आंदोलन के प्रयास के कारण इस प्रकार की अनेक विकृत सामग्री विभिन्न प्रकार के पाठ्यक्रमों से हटाने में सफलता मिली है)

इतिहास मात्र राजनैतिक न पढ़ाकर समग्रता से पढ़ाना चाहिए, जिसके पीछे दृष्टि यह रहे कि इतिहास की पढ़ाई के माध्यम से छात्रों में देश के बारे में गर्व, स्वाभिमान एवं राष्ट्रभक्ति की भावनाएँ जगें और साथ ही भूतकाल में की गई गलतियों से सबक लेकर पुनरावृत्ति न हो।

राष्ट्रीय एवं अंतरराष्ट्रीय चुनौतियों के समाधान हेतु पाठ्यक्रम में निम्नलिखित बातों का समावेश हो—

1. आतंकवाद एवं राष्ट्रीय सुरक्षा।

2. आर्थिक साम्राज्यवाद एवं वैश्विक मंदी।
3. पर्यावरण का संकट।
4. विश्व की महत्त्वपूर्ण भाषाओं का अध्ययन।
5. स्वास्थ्य शिक्षा।

पाठ्यक्रम में जड़ता न हो

स्वतंत्रता-पूर्व राष्ट्रीय शिक्षा आंदोलन में मानविकी शिक्षा, विज्ञान एवं प्रौद्योगिकी शिक्षा के समन्वय की बात उठाई गई थी। आज भी वह समयानुकूल है। वर्तमान में विज्ञान के साथ संस्कृत, वाणिज्य के साथ संगीत या विज्ञान के साथ अर्थशास्त्र नहीं पढ़ सकते। विश्व के अनेक वैज्ञानिकों ने संस्कृत के अध्ययन के द्वारा भारत के प्राचीन ग्रंथों का अध्ययन करके विभिन्न प्रकार के अनुसंधान किए। हमारे प्राचीन ग्रंथों में उपलब्ध ज्ञान हेतु संस्कृत का ज्ञान आवश्यक है। इस प्रकार पाठ्यक्रम, विषयों के संदर्भ में जड़ता को समाप्त करके लचीलापन लाना होगा।

सामाजिक कार्य

छात्रों में देश एवं समाज के प्रति संवेदनशीलता को जाग्रत् करने एवं नागरिक दायित्व का बोध हो, इस हेतु सामाजिक कार्य के अनुभव को पाठ्यक्रम का हिस्सा बनाया जाए। इस हेतु राष्ट्रीय स्तर पर एक आयोग का गठन किया जाए। प्रत्येक विद्यालय को गाँवों एवं शहरों की झुग्गी बस्तियों से जोड़ा जाए। आज देश में 10 लाख से अधिक विद्यालय, 33 हजार से अधिक महाविद्यालय एवं 600 से अधिक विश्वविद्यालय हैं। देश के गाँवों की संख्या 5.50 लाख से ज्यादा नहीं है। एक संस्था द्वारा एक गाँव को गोद लेकर कार्य किया जाए तो सारे गाँवों का पुनरुत्थान किया जा सकता है और छात्रों में सामाजिक संवेदना एवं दायित्व का बोध किया जा सकता है।

मूल्यपरक शिक्षा

स्वतंत्र भारत में शिक्षा से संबंधित सभी आयोगों, सभी पंथों-संप्रदायों के ग्रंथों में एवं आधुनिक महापुरुषों ने भी इसकी आवश्यकता को रेखांकित किया है—

श्रीअरविंद के कथनानुसार

जब से जीवन-मूल्यों का शिक्षा से बिछोह हो गया है, तब से देशवासी धर्मभ्रष्ट तथा लक्ष्यभ्रष्ट हो गए हैं।

विभिन्न आयोगों की अनुशंसाएँ

राधाकृष्णन आयोग (1948-49) के अनुसार, धर्म के प्रति जो भारतीय दृष्टिकोण है, उसमें और धर्मनिरपेक्षता (सर्वधर्म समभाव) में कोई अंतर नहीं है। भारत में धर्म की शिक्षा का आधार आध्यात्मिकता है, बिना आध्यात्मिकता के नैतिक जीवन-मूल्यों का विकास संभव नहीं है। धार्मिकता से अभिप्राय आध्यात्मिकता माना जाए, अतः धार्मिक शिक्षा का अर्थ आध्यात्मिक शिक्षा होना चाहिए।

राधाकृष्णन आयोग ने धार्मिक, नैतिक एवं आध्यात्मिक विकास के लिए जो सुझाव दिए हैं, वे इस प्रकार हैं—

- सभी शिक्षण संस्थाओं में कुछ मिनटों तक छात्र मौन रहकर ध्यान करें और फिर इसके बाद शिक्षण कार्य प्रारंभ हो। इसमें शिक्षक भी शामिल हों।
- विभिन्न धर्मों के तुलनात्मक अध्ययन की दृष्टि से उनसे संबंधित ग्रंथों (जैसे—गीता, बाइबिल, कुरान, गुरुग्रंथ साहिब, धम्मपद आदि) के सारभूत अंश छात्रों को पढ़ाए जाएँ।

मुदलियर आयोग (1952-1953) के अनुसार, विद्यालयों में सामूहिक प्रार्थना और प्रेरक प्रसंगों को भी महत्त्व दिया जाए। परिवार, समाज और विद्यालय का परिवेश बालकों के नैतिक एवं चारित्रिक विकास में सहायक हो।

• नैतिकता तथा आध्यात्मिकता को छात्रों के चरित्र-निर्माण में सहायक होना चाहिए।

कोठारी आयोग (1964-1966) के अनुसार, नैतिक-आध्यात्मिक विकास के लिए सर्वधर्म समभाव की शिक्षा छात्रों को दी जाए, धार्मिक शिक्षा से तात्पर्य नैतिक शिक्षा से है, जिससे उनमें विभिन्न वर्गों की अच्छी बातों को ग्रहण करके अपने चरित्र का निर्माण करें, देश के उत्थान में योगदान दें तथा मानव-कल्याण के लिए अग्रसर हों।

मूल्य-शिक्षा हेतु अलग से पुस्तकों की आवश्यकता नहीं। शिक्षा के प्रत्येक विषय के पाठ्यक्रम में ही मूल्यों का समावेश होना चाहिए। इस हेतु सभी संकायों (Faculty) में प्रारंभ में उन संकायों की दृष्टि से शिक्षा प्राप्त करने के पीछे का राष्ट्रीय एवं सामाजिक दृष्टिकोण छात्रों के समक्ष आना चाहिए। उदाहरण के लिए, चिकित्सा के पाठ्यक्रम की शुरुआत में देश में 5.50 लाख से अधिक गाँव हैं, लेकिन गाँवों में चिकित्सकों की कमी के कारण विभिन्न प्रकार की सामान्य बीमारियों से लोगों की, विशेषकर बड़ी मात्रा में बालकों की मृत्यु हो जाती है, जिससे देश को मानव शक्ति एवं आर्थिक दृष्टि से बहुत बड़ा नुकसान होता है। इसके साथ चिकित्सा व्यवसाय सेवा का माध्यम है। इस दृष्टि से चिकित्सक के सामाजिक व राष्ट्रीय दायित्व का भी बोध करवाया जाए। इस प्रकार की पाठ्य-सामग्री होने से शुरू से ही उनका दृष्टिकोण इस दिशा में बनने में सहायक होगा। मूल्य शिक्षा के व्यावहारिक ज्ञान हेतु कार्यक्रमों, गतिविधियों एवं प्रकल्पों की योजना भी छात्रों के स्तर के अनुसार आवश्यक है।

योग शिक्षा

स्वामी विवेकानंद ने कहा था कि मुझे अगला जन्म भी मनुष्य क़ा मिले तो मैं ऐसे विद्यालय में पढ़ाई करना चाहूँगा, जहाँ एकाग्रता की शिक्षा दी जाती हो। प्राणायाम, ध्यान एवं विभिन्न प्रकार की यौगिक क्रियाओं के छात्रों के नियमित अभ्यास से उनकी एकाग्रता बढ़ेगी। जीवन संयमित बनेगा, प्रज्ञा का विस्तार होगा, जो उनको उच्चतम स्थान पर पहुँचने में सहायक होगा। इस हेतु योग शिक्षा पाठ्यक्रम का अनिवार्य हिस्सा होना चाहिए। आज विश्व के अनेक देशों में योग के महत्त्व को ध्यान में लेकर वहाँ भी उसे पाठ्यक्रम में सम्मिलित किया जा रहा है।

शारीरिक शिक्षा एवं खेल

स्वस्थ-छात्र, स्वस्थ-युवा, स्वस्थ-राष्ट्र। वर्तमान में 125 करोड़ लोगों का हमारा देश ओलंपिक में एक स्वर्ण पदक के लिए तरस जाता है। दूसरी ओर छोटे-छोटे बच्चे बड़ी-बड़ी बीमारियों के शिकार हो रहे हैं। इच्छाओं

को परिणाम में बदलने के लिए सशक्त शरीर आवश्यक है। इस हेतु प्रत्येक विद्यालय में शारीरिक शिक्षा एवं खेल को अनिवार्य रूप से पाठ्यक्रम का हिस्सा बनाना चाहिए।

इसके अतिरिक्त संगीत एवं कला को भी प्रमुखता से स्थान दिया जाए। सभी विषयों की शुरुआत में उन विषय के भारतीय इतिहास एवं हमारी प्राचीन धरोहर तथा प्राचीन ज्ञान-विज्ञान का पाठ्यक्रम में समावेश किया जाए।

मातृभाषा (भारतीय भाषा)

शिक्षा के परिवर्तन में सबसे बड़ी चुनौती भाषा का विषय है। स्वतंत्रता के तुरंत पश्चात् यह कार्य होना चाहिए था, लेकिन राजनैतिक इच्छाशक्ति के अभाव में यह हो नहीं सका और 15 वर्ष तक अंग्रेजी को यथावत् चालू रखने का निर्णय किया गया। 15 वर्ष के बाद अंग्रेजी को हटाने की बात तो दूर, क्रमश: अंग्रेजी का वर्चस्व बढ़ रहा है। स्वतंत्रता के बाद महात्मा गांधीजी के पास किसी ने अंग्रेजी में साक्षात्कार देने हेतु कहा, तब गांधीजी ने कहा कि दुनिया को कह दो कि गांधी अंग्रेजी नहीं जानता है। मा. गांधी, पं. मदनमोहन मालवीय सहित अनेक महापुरुषों ने हमारी सारी शिक्षा अपनी भाषा में होने का आग्रह किया है। विश्व का कोई भी देश ऐसा नहीं है, जहाँ कि प्राथमिक शिक्षा विदेशी भाषा में पढ़ाई जाती हो। विश्व में किसी भी विद्वान् ने अंग्रेजी की अनिवार्यता की वकालत नहीं की है। अमेरिका के पूर्व राष्ट्रपति बिल क्लिंटन से लेकर बराक ओबामा तक ने उनके छात्रों को संबोधित करते हुए यह अवश्य कहा कि गणित और विज्ञान में अच्छी पढ़ाई करो अन्यथा भारत और चीन के छात्र आपको पीछे छोड़ देंगे, किंतु उन्होंने अंग्रेजी के बारे में नहीं कहा, लेकिन हमारे देश में तो ऐसा वातावरण बनाया गया है कि अंग्रेजी (इंग्लिश) का 'इ' नहीं जाननेवाला भी आज अपने बच्चों को अंग्रेजी माध्यम में पढ़ाना चाहता है। यह सर्वथा अवैज्ञानिक, अतार्किक एवं अनुचित है। भाषा के संबंध में विश्व में कई अध्ययन-सर्वे हुए हैं और उन सबका निष्कर्ष एक ही है कि शिक्षा मातृभाषा में होनी चाहिए। विश्व के भौतिक दृष्टि से संपन्न देशों के अध्ययन से ध्यान में आता है कि वहाँ की शिक्षा, जनव्यवहार एवं शासन-प्रशासन की एक ही भाषा है। किसी भी भाषा

के सीखने-सिखाने से हमारां विरोध नहीं है, लेकिन एक विदेशी भाषा को 125 करोड़ जनता पर अनिवार्य रूप से थोपा जा रहा है, यह अन्याय और अत्याचार है। अन्याय-अत्याचार करनेवाले जितने दोषी हैं, उतने ही दोषी सहन करनेवाले भी हैं। इस प्रकार की स्थिति में भाषा की लड़ाई कठिन जरूर है, लेकिन असंभव नहीं है। आज भाषा की दृष्टि से अंग्रेजी की भारत में जो स्थिति है, इसी प्रकार 650 वर्ष पूर्व इंग्लैंड में फ्रेंच भाषा प्रभावी थी, लेकिन इंग्लैंड की जनता अपनी इच्छा-शक्ति के बल पर न सिर्फ फ्रेंच भाषा के स्थान पर अंग्रेजी भाषा को लाए, बल्कि अंग्रेजी को विश्व में स्थापित करने में काफी मात्रा में सफलता पाई। इसलिए आवश्यकता है देश में इच्छा-शक्ति को जगाने की।

देश की भाषा नीति की दृष्टि से 'त्रिभाषा' सूत्र को अपनाना चाहिए। प्रथम अपनी मातृभाषा, द्वितीय राजभाषा हिंदी एवं तीसरी सभी भाषाओं की जननी संस्कृत। अंग्रेजी की अनिवार्यता सभी स्तर पर समाप्त की जानी चाहिए। एक बार देश में हम इस 'त्रिभाषा' सूत्र को स्थापित करेंगे तो हिंदी एवं संस्कृत को विश्व भाषा का स्थान दिलाना बहुत कठिन नहीं होगा। इस हेतु सर्वप्रथम शुरुआत स्वयं से करनी होगी।

1. स्वयं के हस्ताक्षर अपनी भाषा में करें।
2. किसी भी भाषा में लिखें या बोलें, तब भारत शब्द का ही प्रयोग करें (इंडिया नहीं)।
3. व्यवहार में भारतीय भाषा का ही प्रयोग करें।
4. अपने बच्चों को शिक्षा मातृभाषा में दिलाने का आग्रह रखें।
5. स्वयं या अपनी संस्थाओं के द्वारा जो साहित्य प्रकाशित होता है, वह अपनी भाषा में छापने का आग्रह रखें।
6. अन्य भाषा की पुस्तकों का भारतीय भाषाओं में अनुवाद का कार्य भी तेज गति से शुरू किया जाए, आदि।

शोध-कार्य

शोधकार्य को बढ़ावा देने के लिए इस हेतु खर्च बढ़ाना होगा, गुणवत्ता बढ़ानी होगी। वर्तमान में विभिन्न विश्वविद्यालयों में जो शोध-कार्य किए जा

रहे हैं, उसमें से बहुत कम का व्यवहार में उपयोग हो रहा है। इस हेतु देश एवं समाज की आवश्यकता के अनुरूप विषयों पर शोध-कार्य हो, इसको प्राथमिकता देनी होगी।

- वैश्विक संदर्भ में भारत में रिसर्च ऐंड डेवलपमेंट में 2.5 प्रतिशत खर्च किया जाता है, जबकि चीन में 4 से 9 प्रतिशत धन खर्च किया जा रहा है। (यूनेस्को 2000)
- देश में शुद्ध विज्ञान के विषयों पर शोध-कार्य कम हो रहे हैं, इसको बढ़ावा दिया जाए। वैज्ञानिक अनुसंधान में भारत का हिस्सा 2.1 प्रतिशत है, जबकि चीन का हिस्सा 14.7 प्रतिशत है। (यूनेस्को 2000)
- विभिन्न विश्वविद्यालयों में शोध छात्रों के हो रहे शोषण पर रोक लगाई जाए।
- गलत प्रकार से हो रहे शोध-कार्य एवं इस क्षेत्र में हो रहे भ्रष्टाचार को रोकना होगा।

शिक्षकों की गुणवत्ता बढ़ाने हेतु

आचार्य विनोबा भावेजी ने कहा था कि जो आचरण से सिखाए, वह आचार्य है। देश की शिक्षा के परिवर्तन एवं उसको क्रियान्वित करने में सबसे महत्त्वपूर्ण भूमिका शिक्षकों की है। वर्तमान में देश के विद्यालयों में 12.5 लाख (2 अगस्त, 2013 दैनिक जागरण के अनुसार) से अधिक शिक्षकों के रिक्त पदों की तुरंत पूर्ति की जाए। इस हेतु उनके प्रशिक्षण की उचित योजना बने, यह अत्यंत आवश्यक कार्य है। इसलिए निम्नालिखित बिंदुओं पर विचार करना होगा—

- बी. एड. का पाठ्यक्रम कक्षा 12वीं के बाद 4 वर्ष का समग्रता से हो। स्नातक के बाद दो वर्ष का पाठ्यक्रम हो।
- शिक्षण देने की पद्धति में बदलाव व विविधताएँ लाई जाएँ।
- नियमित प्रशिक्षण व शिक्षण की व्यवस्था हो और प्रशिक्षण में नैतिकता, व्यावसायिक निष्ठा एवं मूल्यों का समावेश हो। इसके साथ ही—
  - आधुनिक ज्ञान उपलब्ध कराया जाए।
  - कुशलता एवं क्षमता बढ़ाई जाए।

- देश-समाज के समक्ष उपस्थित चुनौतियों की जानकारी एवं उसके समाधान हेतु दिशा-दर्शन हो।
- शिक्षा देने का कार्य व्यवसाय नहीं, सेवा कार्य है (प्रोफेशन, नहीं मिशन है)।

अमेरिका में अध्ययन हेतु गए भारतीय प्रतिनिधि ने जब तत्कालीन राष्ट्रपति जॉन कैनेडी से पूछा कि अमेरिका की इतनी समृद्धि का कारण क्या है, कैनेडी का उत्तर था—

Every student of America has a future
Every teacher in America looks at
the President of America

इसी प्रकार परीक्षा एवं मूल्यांकन पद्धति में आमूल-चूल परिवर्तन आवश्यक है। परीक्षा एवं मूल्यांकन को शैक्षिक कार्य का हिस्सा ही माना जाए। विभिन्न प्रकार की पारंपरिक चिकित्सा पद्धतियों के संरक्षण, संवर्धन एवं सशक्तीकरण हेतु प्रभावी कदम उठाए जाएँ तथा इस हेतु प्रामाणिक पाठ्यक्रम की व्यवस्था हो।

शिक्षा की उपरोक्त संकल्पना को देश में पुनः स्थापित करने हेतु विभिन्न प्रकार की शैक्षिक गतिविधियों के द्वारा देश के नागरिकों में शिक्षा के प्रति जागरूकता लाने का प्रयास करना होगा। समाज में यह प्रस्थापित करना होगा कि शिक्षा मात्र सरकार या कुछ संस्थाओं का विषय न होकर, संपूर्ण समाज का विषय है, साथ ही शिक्षा से जुड़े सभी लोगों को 'शिक्षा में नए विकल्प' की तैयारी में अपना महत्त्वपूर्ण योगदान देना होगा। पिछले 1,500-2,000 वर्षों से इस प्रकार की चिंतन प्रक्रिया देश में लगभग रुक गई है। उसको पुनः शुरू करना होगा। देश के प्रत्येक विद्यालय, महाविद्यालय, विश्वविद्यालय में तथा शिक्षा-क्षेत्र में कार्यरत सभी संस्थाओं में यह कार्य होना चाहिए। इस प्रकार शिक्षा में व्यापक परिवर्तन की प्रक्रिया शुरू होगी। इसके परिणामस्वरूप समाज में सार्थक परिवर्तन होगा। □

शिक्षा का व्यवसायीकरण : एक राष्ट्रीय चुनौती

शिक्षा का व्यवसायीकरण या बाजारीकरण आज देश के समक्ष बड़ी चुनौती है। यह संकट देश में विगत 40-45 वर्षों में उभरकर आया है, परंतु वास्तव में उसकी नींव अंग्रेज मैकॉले द्वारा स्थापित शिक्षा में है। इसके पूर्व भारत में शिक्षा कभी व्यवसाय या धंधा नहीं थी। हमारे इलाहाबाद के एक मित्र ने कहा कि मेरे एक मित्र का होटल था, उन्होंने साथ-साथ विद्यालय शुरू किया। अनुभव यह हुआ था कि होटल में जितना खर्च किया है, उससे कम इनवेस्टमेंट में अधिक कमाई की जा सकती है। उन्होंने होटल बंद करके शिक्षा संस्थान खोल दिए।

किसी भी समस्या का समाधान चाहते हैं तो उसकी जड़ में जाने की आवश्यकता होती है। शिक्षा में वर्तमान व्यवसायीकरण का कारण क्या है, उसका समाधान क्या हो? कुछ लोग ऐसा भी तर्क देते हैं कि शिक्षा का विस्तार करना है या सर्वसुलभ कराना है तो मात्र सरकार के द्वारा संभव नहीं है, निजीकरण आवश्यक है और जो व्यक्ति शिक्षा संस्थान में पैसा लगाएगा, वह बिना मुनाफे क्यों विद्यालय, महाविद्यालय खोलेगा? कुछ लोग इससे भी आगे बढ़कर कहते हैं कि देश की शिक्षा का विस्तार एवं विकास करने हेतु विदेशी शैक्षिक संस्थाओं के लिए द्वार खोलने चाहिए। वैश्वीकरण के युग में इसको रोका नहीं जा सकता, आदि प्रकार के विभिन्न तर्क दिए जा रहे हैं। ये सारे तर्क तथाकथित संभ्रांत वर्ग के द्वारा ही दिए जाते हैं।

अंग्रेजों के पूर्व की स्थिति

देश में कुछ लोगों में ऐसा भी भ्रम है कि भारत में अंग्रेजों के आने के बाद ही शिक्षा का विस्तार एवं विकास हुआ। ईसा से 700 वर्ष पूर्व तक्षशिला विश्वविद्यालय (वर्तमान पाकिस्तान में) उच्च शिक्षा का महान् केंद्र था। इसके अतिरिक्त काशी, नालंदा, विक्रमशिला आदि विश्वविद्यालय थे, जिसमें विश्व भर से लोग ज्ञान प्राप्त करने आते थे। यह प्रचलित एवं वैश्विक स्तर पर सर्वस्वीकृत तथ्य है। इसी प्रकार लगभग एक हजार वर्ष के संघर्ष के बाद (अंग्रेजों के आने के बाद) सन् 1820 में 33 प्रतिशत साक्षरता (विश्व में सबसे अधिक) भारत में थी। प्रसिद्ध गांधीवादी विचारक धर्मपालजी ने अपनी पुस्तक 'दी ब्यूटीफूल ट्री' में लिखा है कि पूर्व पादरी श्री विलियम्स एडम द्वारा किए गए सर्वे के अनुसार बंगाल एवं बिहार में एक लाख से ज्यादा विद्यालय थे। मद्रास प्रेसिडेंसी के हर गाँव में विद्यालय था। 1835 के पूर्व शिक्षा का दायित्व समाज का था। पूर्व में राजा-महाराजा एवं समाज के संपन्न लोग शिक्षा के संचालन में अपना योगदान देते थे, लेकिन शिक्षा के प्रत्यक्ष कार्य में उनका कोई हस्तक्षेप नहीं था। बाद के समय में ग्राम पंचायतें भी शिक्षा में अपना योगदान देती थीं।

1835 के बाद का स्वरूप

अंग्रेजों के शासन में भारत की सारी व्यवस्थाएँ धीरे-धीरे समाप्त कर दी गईं। इस कारण से देश की आर्थिक स्थिति भी बदतर होती गई। कुछ वर्षों के बाद संस्कृत की पाठशालाओं को अनुदान बंद कर दिया गया और अंग्रेजी विद्यालयों को अधिकाधिक अनुदान दिया जाने लगा। छात्रों से शुल्क लेना, शिक्षकों का वेतन एवं विद्यालय चलाने हेतु अनुदान सरकार के द्वारा दिया जाने लगा। एक प्रकार से शिक्षा का सरकारीकरण शुरू हो गया।

इसके परिणामस्वरूप 1820 में जो साक्षरता 33 प्रतिशत थी, वह 1921 में 7.2 प्रतिशत रह गई। 20 अक्तूबर, 1931 को लंदन के रॉयल इंस्टीट्यूट ऑफ इंटरनेशनल अफेयर्स में गांधीजी ने अपने भाषण में कहा कि पिछले 50-100 वर्षों में भारत की साक्षरता का प्रमाण काफी नीचे गया है। उसके लिए अंग्रेज जिम्मेदार हैं। उस समय स्वतंत्रता के आंदोलन के साथ-साथ 'राष्ट्रीय शिक्षा' का

भी आंदोलन चला। स्वामी विवेकानंद, स्वामी दयानंद सरस्वती, महर्षि अरविंद, महात्मा गांधी, महामना मालवीयजी आदि का इसमें महत्त्वपूर्ण योगदान रहा। इसके परिणामस्वरूप 1947 में साक्षरता दर 17 प्रतिशत हो गई। स्वतंत्रता के पूर्व में इस प्रकार के प्रयासों में समर्पित भाव से आर्यसमाज, सनातन धर्म सभा, भारतीय विद्या भवन आदि संस्थाओं के द्वारा बड़ी मात्रा में शैक्षिक संस्थाएँ शुरू हुईं। उनका लक्ष्य पैसा प्राप्त करना कतई नहीं था। स्वतंत्रता के बाद भी इस भाव से कुछ शैक्षिक संस्थाएँ कार्यरत हैं।

स्वतंत्रता के बाद

समग्र शिक्षा व्यवस्था का सरकारीकरण हुआ। शैक्षिक संस्थाएँ या तो सीधे तौर पर सरकार चलाती थीं या सरकार के अनुदान से संस्थाएँ चलती थीं। विद्यार्थियों का निश्चित शुल्क, शिक्षकों का निश्चित वेतन एवं संस्था चलाने हेतु अनुदान जैसी व्यवस्थाएं बनीं।

कुछ समय के बाद सरकारी शैक्षिक संस्थाओं के स्तर में लगातार गिरावट आती गई। इस कारण से निजी विद्यालयों (पब्लिक स्कूल) का आकर्षण बढ़ा। शुरू में अंग्रेजी माध्यम के विद्यालयों में वस्तुओं के रूप में दान लेना शुरू हुआ। आगे जाकर छात्र से बड़ी मात्रा में दान लेना, शिक्षकों की नियुक्ति में पैसा लेना और कम वेतन देना शुरू हुआ। विद्यालयों में शिक्षा का स्तर गिरने से ट्यूशन प्रथा प्रारंभ हुई। क्रमशः शिक्षा का स्वरूप धंधे जैसा बनने लगा।

1960 के दशक में दक्षिण भारत में व्यवसायी उच्च शिक्षा के संस्थान बिना सरकारी अनुदान से खुले, जिसमें छात्रों के पास बड़ी मात्रा में शुल्क लिया जाने लगा, जिसको उस समय कैपिटेशन फी कहा गया। एक प्रकार से अमीरों के बच्चों हेतु शैक्षिक संस्थान धड़ल्ले से चलने लगे। इसके विरुद्ध उन्नीकृष्णन नाम के व्यक्ति ने न्यायालय में याचिका दायर की। इसके संदर्भ में निर्णय देते हुए न्यायालय ने 50 प्रतिशत सीट्स पर अधिक शुल्क एवं 50 प्रतिशत सीट्स पर मेरिट के आधार पर सामान्य शुल्क से प्रवेश की व्यवस्था दी।

वैश्वीकरण

1990 के बाद दुनिया में वैश्वीकरण की हवा चली, जिसको एल.पी.

जी. (लिबरेलाइजेशन, प्राइवेटाइजेशन, ग्लोबलाइजेशन) भी कहा गया, जिसका शिक्षा पर भी प्रभाव हुआ। सरकारें उच्च शिक्षा में से अपना हाथ खींचने लगी। शुरू में व्यावसायिक महाविद्यालय सरकार के द्वारा खुलने बंद हो गए, जिसके परिणामस्वरूप स्ववित्तपोषित (सेल्फ फाइनांस) शैक्षिक संस्थान खुलने लगे। इसके कई प्रकार के स्वरूप बनने लगे; यथा डीम्ड विश्वविद्यालय, स्वायत्त (आटोनोमस) महाविद्यालय, निजी विश्वविद्यालय आदि। यह सब नाम अलग-अलग थे, लेकिन उनका सबका स्ववित्तपोषित (सेल्फ फाइनांस) संस्थान का स्वरूप था। इन पर सरकार का किसी भी प्रकार का नियंत्रण नहीं था। छत्तीसगढ़ के रायपुर में वर्ष 2002 में कुछ ही दिनों में 120 निजी विश्वविद्यालय खुल गए (वहाँ इतने महाविद्यालय भी नहीं थे)। डीम्ड विश्वविद्यालय की संकल्पना बदल दी गई। पूर्व में किसी विषय में विशेषता प्राप्त संस्थान को डीम्ड का दर्जा दिया जाता था, लेकिन बाद में किसी भी निजी शैक्षिक संस्थान को डीम्ड का दर्जा दिया जाने लगा। ये सब कार्य शासन-प्रशासन एवं शिक्षा माफियाओं की मिली-भगत से होने लगे। "मामा के घर भोजन परोसनेवाली माँ" फिर क्या कहना ? इनका आज इस प्रकार है। वीभत्स स्वरूप बन गया है कि यह शिक्षा सब्जी मंडी के बाजार जैसे हो गई है।

इसी प्रकार और एक व्यवस्था ने शिक्षा के व्यवसायीकरण को बढ़ाने में अपनी भूमिका निभाई। संविधान की धारा 29, 30 के तहत अल्पसंख्यक समुदाय को अपने शैक्षिक संस्थान स्थापित करने का अधिकार दिया गया है, लेकिन इस धारा का दुरुपयोग इतना आगे बढ़ा कि जिस संस्थान में अल्पसंख्यक छात्रों की संख्या बहुत कम हैं, शिक्षकों की भी यही स्थिति है, प्रबंधन में भी अधिक अन्य लोग हैं, ऐसे संस्थानों को अल्पसंख्यक का दर्जा प्राप्त होने लगा। इस संदर्भ में कोई भी सरकार या न्यायालय भी कुछ करने के लिए तैयार नहीं है। इसके विरुद्ध देश के विभिन्न न्यायालयों में याचिकाएँ दायर की गईं। इन सभी याचिकाओं की उच्चतम न्यायालय ने सामूहिक रूप से सुनवाई शुरू की, जिसका निर्णय 30 अक्तूबर, 2001 टी.एम.ए.आई. फाउंडेशन विरुद्ध स्टेट ऑफ कर्नाटक एवं अदर्स केस में दिया गया, जिसमें अल्पसंख्यक संस्थाओं के संदर्भ में कुछ न कहते हुए स्ववित्तपोषित शैक्षिक संस्थानों में 50 प्रतिशत पेमेंट सीट्स एवं 50

प्रतिशत फ्री सीट्स की संकल्पना खारिज की गई। एक के लिए दूसरा शुल्क वहन करे, यह प्राकृतिक न्याय के विरुद्ध है, इस प्रकार के तर्क दिए गए। इसी न्यायालय ने दिल्ली के पब्लिक स्कूल के संदर्भ में 15 प्रतिशत विद्यार्थियों को सामान्य शुल्क (सरकारी स्कूलों की फीस के अनुरूप) लेकर प्रवेश देने का आदेश दिया है।

उच्चतम न्यायालय ने इस हेतु एक नई व्यवस्था बनाई, जिसमें जब तक केंद्र या राज्य सरकार कोई कानून नहीं बनाते, तब तक प्रत्येक राज्य में शुल्क एवं प्रवेश हेतु राज्य स्तर पर दो समिति (शुल्क एवं प्रवेश के संदर्भ में) बनाई जाएँ और उसके द्वारा स्ववित्तपोषित शैक्षिक संस्थानों की व्यवस्था चले। अभी तक मध्य प्रदेश सरकार को छोड़कर किसी भी सरकार ने कोई कानून नहीं बनाया है। विभिन्न राज्यों में स्ववित्तपोषित शैक्षिक संस्थानों में मनमाने तरीके से शुल्क लिया जा रहा है। उदाहरण के लिए, कुछ राज्यों के इंजीनियरिंग महाविद्यालय में शुल्क 30 हजार रुपए है तो कुछ राज्यों में 60 से 70 रुपए हजार शुल्क है। कुछ प्रतिशत मैनेजमेंट सीट्स हैं, वे भी अलग-अलग राज्यों में अलग-अलग हैं, जिसमें तो कोई शुल्क तय ही नहीं है। इस तरह लाखों रुपए बटोरे जा रहे हैं। मेडिकल कॉलेज की इस प्रकार की सीट्स में 25 से 50 रुपए लाख तक शुल्क लिया जा रहा है।

विदेशी विश्वविद्यालय भी इस कड़ी का एक अगला कदम है। एक सांसद ने अपने मानव संसाधान विकास मंत्री से पूछा कि ऑक्सफोर्ड, कैंब्रिज आदि वैश्विक स्तर के विश्वविद्यालय या उसी स्तर के प्राध्यापक भारत में पढ़ाने हेतु उनके आने की संभावना है क्या? तब मंत्रीजी के पास कोई उत्तर नहीं था। विदेशी विश्वविद्यालय हमारे देश की शिक्षा का उद्धार करेंगे, यह कैसी सोच है? और विदेशी विश्वविद्यालय हेतु हम लाल जाजम बिछाने जा रहे हैं। देश के सरकारी, निजी, स्ववित्तपोषित सारे संस्थानों में आरक्षण लागू है, लेकिन विदेशी विश्वविद्यालयों पर यह लागू नहीं होगा। इस प्रकार के संस्थानों में हमारे देश की आवश्यकता के अनुसार पाठ्यक्रम कैसे होगा? उन संस्थानों में बहुराष्ट्रीय कंपनियों के देशों की आवश्यकता के अनुसार पाठ्यक्रम होंगे। उन संस्थानों में शुल्क संरचना भी अधिक होगी। ऐसे संस्थान बड़े-बड़े शहरों में ही खुलेंगे।

ऐसे संस्थानों में अपने सांस्कृतिक मूल्यों की कल्पना ही व्यर्थ होगी। बंगलुरु के एक अंतरराष्ट्रीय विद्यालय में वहाँ के शिक्षक ने छात्रों को बताया कि परिवार व्यवस्था आपकी व्यक्तिगत स्वतंत्रता के लिए हानिकारक है। हमारे देश में आज भी विदेश या पश्चिम के नाम का आकर्षण है। इस कारण से ऐसे विश्वविद्यालयों में अधिक शुल्क देकर छात्र प्रवेश लेंगे, किंतु बाद में पछताने का समय आएगा। वर्ष 2002 में दिल्ली में कुछ छात्र आंदोलन कर रहे थे। वे सहयोग हेतु मुझे मिलने आए। उनका प्रश्न था कि उन्होंने रशिया में मेडिकल की डिग्री प्राप्त की है, लेकिन देश में उस डिग्री के आधार पर उनको नौकरी नहीं मिल रही है और प्रैक्टिस करने हेतु सरकार अनुमति भी नहीं दे रही है। इस हेतु सरकार के द्वारा दो वर्ष का एक पाठ्यक्रम तय किया गया है, वह अनिवार्य रूप से करने के बाद ही वे भारत में नौकरी या व्यवसाय कर सकेंगे, ऐसा कानून है। इसमें से कई छात्रों ने 50 से 60 प्रतिशत अंक लेकर रशिया में अधिक पैसे देकर प्रवेश लिये थे, बाद में वह यहाँ के छात्रों के बराबर स्तर चाह रहे थे। यह कैसे संभव होगा? मैंने सहयोग के लिए असमर्थता जताई। एक प्रकार से स्ववित्तपोषित (सेल्फ फाइनांस) शैक्षिक संस्थानों से शिक्षा में जिस प्रकार से गिरावट आ रही है और बाजारीकरण हो रहा है, उसको और गति देने का कार्य विदेशी विश्वविद्यालयों से होगा।

परिणामस्वरूप आज अराजकता का माहौल है। शुल्क न भर सकने के कारण छात्र आत्महत्याएँ कर रहे हैं। अभिभावक इस हेतु गलत कार्य करने को मजबूर हैं। एक प्रकार से व्यावसायिक उच्च-शिक्षा उच्च मध्यम वर्ग या उच्च वर्ग को छोड़कर अन्य किसी भी वर्ग के बस की बात नहीं रही। प्रश्न उठता है कि इस प्रकार के लगभग 20 प्रतिशत वर्ग को छोड़कर 80 प्रतिशत वर्ग के बच्चे प्रतिभावान नहीं हैं क्या? इस प्रकार इससे देश की प्रतिभाएँ भी कुंठित हो रही हैं। इन सारी परिस्थितियों के कारण वर्तमान में शिक्षा का मात्र बाजारीकरण नहीं हुआ है। एक प्रकार से शिक्षा अतिभ्रष्ट व्यापार हो गया है। हजारों-लाखों रुपए देकर शिक्षा प्राप्त करनेवाले छात्र किस प्रकार के निर्माण करेंगे और इस प्रकार के छात्र देश के विभिन्न क्षेत्रों का नेतृत्व करेंगे, तब देश का चरित्र कैसा बनेगा? इसका वीभत्स स्वरूप आज हमारे सामने है। देश में भ्रष्टाचार,

अनाचार, चरित्रहीनता बढ़ रही है, उसकी चिंता करने से कुछ नहीं होगा। जब तक शिक्षा का बाजारीकरण, व्यवसायीकरण नहीं रुकेगा, तब तक इस प्रकार की सारी समस्याओं का बढ़ना स्वाभाविक है। देश की सभी समस्याओं की जड़ वर्तमान शिक्षा है। देश को बदलना है तो शिक्षा को बदलना होगा।

समाधान

- शिक्षा के व्यापारीकरण, बाजारीकरण को रोकने के लिए केंद्र सरकार कानून बनाए।
- शिक्षा में व्याप्त भ्रष्टाचार पर रोक लगे।
- विदेशी विश्वविद्यालयों के लिए कड़े कानून हों। उनका प्रत्ययांकन एवं मूल्यांकन उस देश में तथा भारत में भी हो।
- अपने देश की विशेष करके सरकारी शैक्षिक संस्थानों की गुणवत्ता सुधार हेतु ठोस योजना बनें।
- उच्च शिक्षा, विशेष करके व्यवसायी उच्च शिक्षा को मात्र निजी भरोसे पर न छोड़ा जाए। सरकार के द्वारा भी नए शैक्षिक संस्थान शुरू करने की योजना बनें।
- शिक्षा मात्र सरकार का दायित्व न होकर समाज भी अपने दायित्व का निर्वाह करे।
- शिक्षा की भारतीय संकल्पना को पुनः स्थापित करने हेतु प्रयास किए जाएँ।

□

मूल्यों की शिक्षा : दशा एवं दिशा

वर्तमान परिदृश्य पर दृष्टि डालते हैं, तब अपना देश कुछ मात्रा में आर्थिक-भौतिक दृष्टि से एवं स्पेस तकनीकी, सूचना तकनीकी, इस प्रकार की कुछ बातों में आगे बढ़ता दिखाई दे रहा है। दूसरी ओर देश में भ्रष्टाचार, अनाचार, दुराचार, अत्याचार, हिंसा, लूट आदि में बहुत तेजी से बढ़ोतरी हो रही है, जिससे हम चिंतित अवश्य हैं, लेकिन इसके समाधान का रास्ता नहीं दिख रहा है। समाधान के दो प्रकार हैं। एक, तात्कालिक इन सारी बातों को रोकने का प्रयास, जिसकी चर्चा बड़ी मात्रा में समाचार माध्यमों एवं लोगों में हो रही है, जैसे कानून-व्यवस्था ठीक हो, इस हेतु सरकार के द्वारा पुलिस की पर्याप्त व्यवस्था हो, कानून और कड़े किए जाएँ। पुलिस-प्रशासन अपना दायित्व ठीक से निभाए, इस प्रकार की अपेक्षाएँ की जाती हैं और यह आवश्यक भी है, लेकिन देश की आम जनता एवं बौद्धिक वर्ग स्थायी समाधान हेतु बहुत विचार नहीं कर रहे हैं। किसी भी समस्या के स्थायी समाधान का विचार करना है, तब इसके सबसे प्रथम कारण में जाने की आवश्यकता रहती है। समस्याएँ, वास्तविकता में तो परिणाम हैं, कारण कुछ और है। इसका प्रमुख कारण देश की वर्तमान शिक्षा व्यवस्था है। शिक्षा में संस्कार, चरित्र निर्माण, नैतिकता, आध्यात्मिकता एवं मूल्यों की बात नहीं होगी, तब परिणाम क्या होगा? समग्र विश्व भी इस प्रकार की समस्या से जूझ रहा है। कुछ देशों में आर्थिक, भौतिक संपन्नता है, विज्ञान-तकनीकी का अच्छी मात्रा में विकास हुआ है। इसमें से अनेक देशों में अनुशासन, नागरिक कर्तव्यपालन (सिविक सेंस) राष्ट्रभावना, कर्मठता आदि बातें होने के बाद भी वहाँ सुख-शांति नहीं है। महर्षि अरविंद ने कहा है, "जब

से शिक्षा का जीवन-मूल्यों से बिछोह हो गया, तब से देश के लोग धर्मभ्रष्ट-लक्ष्यभ्रष्ट हो गए।" देश के सभी आधुनिक महापुरुषों ने शिक्षा में जीवन-मूल्यों की आवश्यकता महसूस की है। हमारे सारे पंथ-संप्रदाय के महापुरुषों ने विभिन्न ग्रंथों में इसका जिक्र किया है। स्वतंत्र भारत के सारे आयोगों ने भी मूल्य शिक्षा की वकालत की है, लेकिन आज तक सरकार द्वारा चलाई जा रही औपचारिक शिक्षा व्यवस्था में इसका समावेश नहीं किया गया। निजी स्तर पर विभिन्न शैक्षिक, सामाजिक, आध्यात्मिक संस्थाओं के द्वारा नैतिक, आध्यात्मिक, धार्मिक, जीवन-विद्या, मानव-मूल्य एवं जीवन-मूल्य आदि शीर्षक के तहत इसको शिक्षा में सम्मिलित करने का प्रयास किया गया है।

मूल्य का अर्थ

- एक अर्थ में मूल्य शब्द का अर्थ कीमत, क्रय-विक्रय के अर्थ में उपयोग होता है।
- मूल्य शब्द धातुरूप 'मूल' से बना होने के कारण इसका अर्थ, जो मूल में, जड़ में है, जो बीजरूप वृक्ष में विद्यमान है, जो मूलभूत, आधारभूत तत्त्व है।
- जिसमें आदर्श और पुरुषार्थ है, जिसमें मानव जीवन का संपूर्ण विकास हो सके।
- मूल्य के अंतर्गत सभी गुण समाविष्ट होने चाहिए, जिनका संबंध अभ्यंतर (आत्मनेपद) बाह्य (परस्मैपद) और एक साथ दोनों (उभयपद)।

शिक्षा का अर्थ है—

- विद्या/ज्ञान का अर्जन और हस्तांतरण, प्रशिक्षण।
- वेद के छह अंगों में से शिक्षा का प्रथम स्थान है (शिक्षा, कल्प, निरुक्त, व्याकरण, छंदस् और ज्योतिष)
- तैत्तिरीय उपनिषद् के मंगलाचरण मंत्र में शिक्षा का अर्थ—

वाङ् में मनसि प्रतिष्ठिता। मनो में वाचि प्रतिष्ठितम्।
आविराविर्म एधि।''' श्रुं में मा प्रहासी।

अनेनाधीतेनाहोरात्रन् सन्दधामिं। ऋतंवदिष्यामि।
सत्यंवदिष्यामी। तन्मामवतु। तद्धत्कारमवतु / अवतु माम।
अवतुवत्कारम। अवतुवक्तारम्। ॐ शांतिः शांतिः शांतिः।

भावार्थ—मेरी वाणी मेरे मन में प्रतिष्ठित हो। मेरा मन मेरी वाणी में प्रतिष्ठित हो। आप परमेश्वर, जो सर्वत्र प्रकट हैं, यहाँ शिक्षा-स्थल पर साक्षात् प्रकट हों।··· मैं जो शिक्षा प्राप्त करूँ, वह नष्ट/व्यर्थ न होने पाए। इस अध्ययन के द्वारा मैं अपने दिन-रात का पोषण करता हूँ। मैं अपनी वाणी से धर्मानुकूल/ न्यायोचित वचन कहूँगा। मैं सत्य वचन बोलूँगा। वह धर्म, वह सत्य मेरी रक्षा करे। वक्त की रक्षा करे। मेरी-श्रोता (शिष्य) की तथा वक्ता-शिक्षक की रक्षा करे। (और हम दोनों के बीच होनेवाला शिक्षा का विनिमय), हे ओंकारस्वरूप परमात्मन्! तीनों लोकों—पृथ्वी, आकाश, पाताल में शांति प्रसार करनेवाला हो।

- शिक्षा के अन्य अर्थ हैं—विनम्रता और विनयशीलता, श्रुति मधुरता-(विद्या ददाति विनयम्)

शिक्षा से अभिप्रेत

- ऐसी शिक्षा, जिससे व्यक्तित्व के सांसारिक एवं पारमार्थिक विकास को दिशा दिया जा सके।
- जो गुरु-शिष्य, अपने-पराये तथा विश्वभर के लिए शांति की संदेश वाहिका हो।
- जिसमें वाणी और मन की अक्षतता (Intigerity of thought and speech) विद्यमान हो।
- जो धर्मानुकूल, न्यायसम्मत तथा सत्ययुक्त जीवन व्यतीत करने की प्रेरणा देती हो।
- जो योग और क्षेम की तथा अर्थ और परमार्थ की सिद्धिसम्मत हो।
- जो हमें विनीत, विनम्र और मृदुभाषी बना सके।

भारतीय जीवन-मूल्यों को समझने की मुख्यतः तीन दृष्टियाँ हो सकती हैं

1. दार्शनिक आधार।
2. सामाजिक चेतना।

3. वैयक्तिक चरित्र अर्थात् आचरण।

गुरुवाणी में कहा गया है कि "सच सबसे ऊपर है, यदि उससे ऊपर कुछ है तो वह है सच का आचरण।"

- दान, यज्ञ, तप, होम और वेद—इन सबका आधार सत्य है।
- शाश्वत, उपरिमेय सत्य की अनुभूति—जीवन का चरम मूल्य है।
- हिंदूधर्म में धर्म, अर्थ, काम और मोक्ष को जीवन के चार पुरुषार्थ माना गया है। धर्मपूर्वक अर्थ, काम का सेवन करने हेतु मूल्यों की स्थापना की है।
- मनुस्मृति में धृति, क्षमा, दम, अस्तेय, शौच, इंद्रिय निग्रहः, बुद्धि, विद्या, सत्य और अक्रोध, धर्म के दस लक्षण कहे गए हैं।

गुरुनानक

- कीरत करो, नामजपो, बंडछको अर्थात् 'संगत, पंगत और लंगर' के दर्शन का प्रतिपादन करते हुए सामाजिक समरसता का प्रचार किया।
- उपनिषद् के तीन द 'द-द-द' का स्वर हमें दमन, दान, दया को जीवन-मूल्यों के रूप में अपनाने की शिक्षा देता है।

जैन दर्शन

- जैन दर्शन में सत्य, अहिंसा, अस्तेय, अपरिग्रह एवं ब्रह्मचर्य मूल्यों पर बल दिया गया है।
- जो अपना नहीं है, उसे प्राप्त करने की इच्छा करना भी चोरी है।

श्रीमद्भागवत् में कहा गया है

- अपने जीवन-निर्वाह की आवश्यकता से अधिक जो अपने पास रखता है अर्थात् दान नहीं करता, वह चोरी के धन का ही उपयोग करता है।

स्वामी विवेकानंद

"पत्थर की मांसपेशियाँ और फौलाद के भुजदंड" मन से छिछली भावुकता के प्रवाह को निरुद्ध करने में समर्थ और बुद्धि से विभिन्न प्रकार की शिक्षा-कला

तथा वैज्ञानिक विद्याओं को आत्मसात् करने को तत्परि वद्यार्थी-जीवन में इन गुणों के विकास के लिए ही ब्रह्मचर्य को जीवन-मूल्यों के रूप में अपनाने की आवश्यकता को रेखांकित किया गया था।

श्रीकृष्ण के शब्दों में

"धमोविरुद्धो भूतेषु कामोऽस्मि भरतर्षभ"—गीता

- बौद्धधर्म के सुत्तनिपात, खुदुकपाठ इत्यादि ग्रंथों में भगवान् बुद्ध की देशना के अंतर्गत मैत्री, करुणा, उपकार, जीव दया, आदि गुणों पर बार-बार बल दिया गया है।
- श्रीमद्भागवत गीता (17-14-16) में शारीरिक, वाचिक व मानसिक तीन प्रकार के तपों का उल्लेख है—

3.2.17.1 कायिक तपः ईश्वर, विद्वान् महापुरुषों तथा गुरुजनों का पूजन, ब्रह्मचर्य, अहिंसा।

3.2.17.2 वाचिक तपः प्रीतिकर, सत्य, प्रिय और हितकारी वाक्य, स्वाध्याय का अभ्यास।

3.2.17.3 मानसिक तपः प्रसन्न मन एकता, सौम्यत्व, मौन (मित भाषण) आत्मसंयम, विचारों/भावों की पवित्रता।

- तैतरीय उपनिषद् के प्रसिद्ध वचन हैं—मातृदेवो भवः, पितृदेवोभवः, आचार्यदेवोभवः, अतिथिदेवोभवः। "स्वाध्यायन्मा प्रमदः"
- अहम् से वयम् की यात्रा मानव जीवन का लक्ष्य है और यही 'लक्ष्य शिक्षा का है।
- मूल्यपरक शिक्षा इस यात्रा में उसका पथ प्रदर्शन करती है।
- शरीर, प्राण, मन, बुद्धि तथा आत्मा। पाँच अंगों से पाँच आधारभूत मूल्य निःसृत होते हैं—सक्षमता, संतुलन, संयम, सत्यान्वेषण, (विवेक) तथा सेवा।
- धृति, क्षमा, दान, अस्तेय, शौच, इंद्रिय निग्रह, धी, विद्या, सत्य एवं अक्रोधा इन दस गुणों का मिलान यहूदियों, ईसाइयों के दस आदेशों से किया जा सकता है।

- सत्यं, शिवम्, सुंदरम् ये तीनों गुण क्रम से ज्ञान, इच्छा तथा क्रिया के प्रतीक हैं।
- दैत्यराज प्रह्लाद ने प्राथमिकता के आधार पर शील, धर्म, सत्य, सदाचार, सबलता पाँच गुण गिनाए हैं।
- पतंजलि ने आध्यात्मिक विकास के लिए अष्टांग मार्ग को प्रस्तुत किया है तथा जीवन-मूल्यों का वैयक्तिक तथा सामाजिक, दो भागों में विभाजन किया है।
- जीवन-मूल्यों का एक महत्त्वपूर्ण आधार बना लोक कल्याण की चेतना।
- किसी देश, काल और परिस्थिति में जन-सामान्य की उदात्त मान्यताएँ ही मानव मूल्य होती हैं।
- जिसका ध्येय व्यापक लोक-कल्याण हो।
- जिससे व्यक्ति का उदात्तिकरण हो।

"सत्यं वद् धर्मं चर"

- सच बोलो, पर धर्म पर आचरण करना उससे भी बढ़कर है।
- दु:ख में साथ देने से दु:ख घटता है और सुख में साथ देने से सुख बढ़ता है।
- अनुचित साधनों से उचित साध्य की प्राप्ति हो ही नहीं सकती।
- अपने यहाँ सामान्यत: युद्ध में भी उचित साधनों का आश्रय लिया जाता है, इसलिए उसे धर्मयुद्ध की संज्ञा दी गई है।
- भारतीय मूल्यों में बाह्य की अपेक्षा आंतरिक भाव का अधिक महत्त्व है।
- विवेकानंद ने नव-विवाहित अमरीकी दंपती को बताया था कि आपके देश में दर्जी किसी भी व्यक्ति को सभ्य और सुसंस्कृत बनाता है, भारत में उदात्त चरित्र ही किसी भी व्यक्ति को सुसंस्कृत बनाता है।
- संतुलन और समन्वय भारतीय जीवन-मूल्यों की एक और विशेषता है।

- भारतीय समाज में विद्वान् से चरित्रवान् का अधिक महत्त्व है।
- अर्थ और काम को जब तक धर्म नियंत्रित करता है, तब तक मोक्ष (आनंद) रूपी जीवन-पथ पर अग्रसर होते रहते हैं।
- यहाँ का अनपढ़ ग्रामीण अथक परिश्रम करके एक समय भूखा रह सकता है, लेकिन मोक्ष की कामना को नहीं छोड़ सकता है।
- भारतीय जीवन-मूल्यों का मूलाधार है, उस अव्यक्त शक्ति में विश्वास।

"यतोऽभ्युदयानिः श्रेयस्-सिद्धिः स धर्म"

- अपने यहाँ प्रत्येक कार्य हेतु नियम बने हुए हैं, उन्हीं को जीवन-मूल्य कहते हैं।
- अर्थ और काम प्रवृत्तिपरक मूल्य हैं, धर्म और मोक्ष निवृत्तिपरक मूल्य हैं।
- भारतीय मूल्य का मेरुदंड निवृत्तिपरक प्रवृत्ति।
- आचार प्रभावों धर्म (धर्म आचरण प्रधान है)
- मूल्य शिक्षण यह वैश्विक आवश्यकता है।
- सभी जाति, पंथ, संप्रदाय हेतु आवश्यकता है।
- वर्तमान में विश्व में क्राइसिस ऑफ केरेक्टर है।
  If wealth is lost nothing is lost.
  If health is lost something is lost.
  But character is lost everything is lost.
- चरित्र मूल्य-शिक्षा के बिना संभव नहीं है।
- मूल्य के लिए अलग पुस्तक की आवश्यकता नहीं, पाठ्यचर्या के अंतर्गत ही समावेश होना चाहिए।
- मूल्य शिक्षा में शिक्षक की बहुत महत्त्वपूर्ण भूमिका है।
- आचरण से ही आचार्य शब्द आया है।
- इस हेतु शिक्षक प्रशिक्षण एवं शिक्षकों के पाठ्यक्रम में मूल्य शिक्षा का समावेश अनिवार्य है।

मूल्य-शिक्षा का मूल्यांकन

(अ) छात्र द्वारा स्वमूल्यांकन

(ब) आचार्य द्वारा स्वमूल्यांकन

- सतत निरीक्षण से
- समूह में कार्य के अवलोकन से
- अभिभावकों से संपर्क करके
- वार्त्तालाप से
- दायित्व प्रदान कर परिणामों को आँकने से
- विशेष परिस्थिति निर्माण कर उसके व्यवहार को देखने से
- प्रकृति-प्रकोप तथा अन्य आंतरिक बाह्य कष्ट की घड़ी में उसकी सहभागिता से
- खेल-कूद की रुचियों से
- पुस्तकालय की पुस्तकों से
- अन्य सभी आचार्यों, सहपाठियों के अभिमत से
- अन्य अभिरुचियों से,
- लिखित परीक्षा से

शिक्षा-संस्कृति उत्थान न्यास द्वारा इस विषय पर शिक्षा के क्षेत्र में व्यापक जन-जागरण हो, इस हेतु परिसंवाद, गोष्ठियाँ, परिचर्चाओं का आयोजन किया जा रहा है। देश में अनेक शैक्षिक, सामाजिक, आध्यात्मिक संस्थाएँ विभिन्न शीर्षकों के तहत मूल्य शिक्षा पर कार्य कर रही हैं। इस प्रकार की सभी संस्थाएँ एक मंच पर आकर इस दिशा में सामूहिक प्रयत्न करें ऐसा प्रयास किया जा रहा है। हमने विद्यालयीन शिक्षा हेतु 'चरित्र निर्माण एवं व्यक्तित्व के समग्र विकास की शिक्षा' का पाठ्यक्रम एवं 'विद्यालय गतिविधियों का आलय' नाम से पाठ्य-पुस्तक तैयार की है, जिसको देश के कई विद्यालयों में प्रायोगिक तौर पर लागू किया जा रहा है। इसके साथ ही उच्च शिक्षा में विभिन्न संकायों एवं विषयों के अनुसार कार्य आवश्यक लगता है, जिसमें आधारभूत मूल्य तो समान होंगे, लेकिन उनके संकाय एवं भविष्य के व्यवसाय की आवश्यकता के अनुसार कुछ बातों का अलग से विचार आवश्यक है। इसी प्रकार अपनी राष्ट्रीय आवश्यकताओं को

ध्यान में लेकर पर्यावरण संरक्षण, श्रमनिष्ठा, नागरिक कर्तव्यपालन, राष्ट्रभक्ति आदि विषयों को भी जोड़ना आवश्यक है। इस विषय को देशभर में आगे बढ़ाने की योजना की जा रही है। इसी प्रकार प्रबंधन शिक्षा में मूल्यों का समावेश विषय पर भी कार्य-योजना पर चिंतन किया जा रहा है। आगे के दिनों में विभिन्न संकायों में मूल्यों का समावेश को लेकर कार्य हो और इस विषय पर देश में एक व्यापक अभियान चले, ऐसे प्रयास की योजना है। इस प्रयास को आगे बढ़ाने हेतु, हम सब मिलकर कार्य करें, ऐसी प्रार्थना है।

□

शिक्षा की स्वायत्तता

देश की शिक्षा का वर्तमान में जो विकृत स्वरूप उभरकर सामने आ रहा है, उसका मूल कारण हमारी शिक्षा का स्वरूप राष्ट्र के चिति की प्रकाश में न होना है।

जैसे आत्मा व्यक्त होने से व्यक्ति कहलाता है, उसी प्रकार अनिवार्य अंगभूत तत्त्वों में श्रद्धा रखनेवाले व्यक्तियों से राष्ट्र बनता है अर्थात् राष्ट्र की आत्मा यानी राष्ट्रीय चिति का सृजन होता है। इससे राष्ट्र जीवन के सभी अंगों में चेतना प्रकट होती है। इस प्रकार का चेतनायुक्त समाज जीवन तभी संभव है, जब स्वतंत्र चिंतन एवं स्वतंत्र क्रिया करने हेतु सात्त्विक वातावरण हो। अपने यहाँ शिक्षा सहित देश की सारी व्यवस्थाएँ स्वतंत्र थीं, जिससे हमारा राष्ट्र समग्र दृष्टि से उन्नत था। पूर्व में हमारे राष्ट्र के विभिन्न हिस्सों में सत्ता परिवर्तन होते रहे, लेकिन उसका राष्ट्र जीवन पर विशेष प्रभाव नहीं होता था, क्योंकि राष्ट्र की सारी व्यवस्थाएँ स्वायत्त थीं। उनका राजनीति से परे रहकर स्वतंत्र रूप में अस्तित्व था। समाज ही इन सारी व्यवस्थाओं का संचालन करता था।

किसी भी व्यक्ति, समाज या राष्ट्र का योग्य प्रकार से विकास तभी संभव है, जब उसका अस्तित्व स्वतंत्र हो। स्वतंत्रता का अर्थ है अनावश्यक वस्तुओं की निर्भरता से मुक्ति पाना। वर्तमान में देश में शिक्षा के वास्तविक स्वरूप को पुन: स्थापित करना है तो शिक्षा शासन, प्रशासन, राजनीति एवं बाजार के प्रभाव से पूर्णरूप से मुक्त होनी चाहिए।

अंग्रेजों के भारत छोड़ने के बाद इसका चिंतन अधिक शुरू हुआ, क्योंकि स्वतंत्रता प्राप्त होने के कारण अंग्रेजों के शिकंजे से शिक्षा मुक्त हो गई, लेकिन आगे शिक्षा फिर से राजनीति के चंगुल में न फँसे, इस विचार को देश के

शिक्षाविद् भी आवश्यक मानते हैं एवं उनका कहना था कि इस विषय को गंभीरता से सोचना चाहिए।

इसी संदर्भ में देश के महापुरुषों, शिक्षाविदों एवं स्वतंत्रता के बाद सरकार द्वारा गठित आयोगों ने भी स्वायत्तता हेतु अपने विचार, सुझाव रखे।

काका साहेब कालेलकर के शिक्षा संबंधी विचार

मैं सत्ता की दासी नहीं हूँ, कानून की किंकरी नहीं हूँ। विज्ञान की सखी नहीं हूँ, कला की प्रतिहारी नहीं हूँ, अर्थशास्त्र की बाँदी नहीं हूँ, मैं तो धर्म का पुनरागमन हूँ, मनुष्य की बुद्धि, रहस्य एवं इंद्रियों की स्वामिनी हूँ। मानवशास्त्र एवं समाजशास्त्र मेरे दो चरण हैं। कला और कारीगरी मेरे दो हाथ हैं। विज्ञान मेरा मस्तिष्क है। धर्म मेरा हृदय है। निरीक्षण और तर्क मेरी आँखें हैं। इतिहास मेरे कान हैं। स्वतंत्रता मेरा श्वास है। उत्साह और उद्योग मेरे फेफड़े हैं, धैर्य मेरा वृत्त है। श्रद्धा मेरा चैतन्य है। ऐसी मैं जगदंबा हूँ। मेरा उपासक कभी किसी का मोहताज नहीं रहेगा। उसकी सभी कामनाएँ मेरी कृपा से तृप्त हो जाएँगी। हमें शिक्षा की इसी संकल्पना को पुनः स्थापित करना है।

कोठारी कमीशन की स्वायत्तता हेतु सुझाव

- विश्वविद्यालय के विभिन्न विभागों, महाविद्यालयों एवं शिक्षकों तथा छात्रों को स्वायत्तता मिलनी चाहिए।
- विश्वविद्यालय को प्रशासन एवं आर्थिक संस्थानों से स्वायत्तता मिलनी चाहिए।
- राजनीति एवं बाजार के दबाव से भी शिक्षा मुक्त होनी चाहिए।
- सरकार द्वारा आवश्यक आर्थिक सहयोग अवश्य हो (कुछ लोगों का मानना है, इसके कारण भी विश्वविद्यालय पर सरकार का दबाव रहता है) ऑडिट सरकार के द्वारा न होकर समाज के द्वारा हो। इस हेतु सरकार नियम भी इसी दृष्टिकोण से बनाए।

विश्वविद्यालय की स्वायत्तता के साथ-साथ जवाबदेही भी सुनिश्चित हो एवं कार्य प्रणाली में पारदर्शिता भी रहे, जिससे उसकी स्वायत्तता बनी रहे एवं सही दिशा में विकास हो तथा विश्वविद्यालय शैक्षिक ऊँचाइयों को प्राप्त कर सकें।

राधाकृष्णन आयोग की स्वायत्तता के संदर्भ में अनुशंसाएँ

- बाहर के दबाव रहते हुए वास्तविक स्वायत्तता लुप्त हो गई है।
- जनभावना का आदर रखते हुए विश्वविद्यालय को कार्य करना चाहिए, लेकिन उनके दबाव तले कार्य करने से विश्वविद्यालय स्वयं भ्रष्ट हो सकते हैं।
- शिक्षा समवर्ती सूची में होनी चाहिए, लेकिन किसी भी विश्वविद्यालय का एक निश्चित स्तर बना रहे, इसकी ओर केंद्र सरकार को भी देखना चाहिए।
- संभावना के अनुसार उत्तम संविधान बने एवं इसमें सही में विद्वान् लोग हों तथा इसके बाद उनको स्वायत्त बनाकर सरकार को हस्तक्षेप नहीं करना चाहिए।
- वास्तविक रूप में शिक्षा हेतु शोध कार्य एवं शिक्षा के स्तर को बढ़ाने में लगे हुए ऐसे शिक्षक एवं छात्रों का विश्वविद्यालय के संचालन में सहभाग होना चाहिए।
- नियम ऐसे हों, जो विश्वविद्यालय के वास्तविक दृष्टिकोण के विरुद्ध न हों, अगर ऐसा है तो उनको दूर करना चाहिए।
- निश्चित ढाँचा बनाकर उसमें विश्वविद्यालय को फिट नहीं करना चाहिए।
- शिक्षाविदों का एक समाज बने, जो विश्वविद्यालय का संचालन करे।
- छात्रों एवं शिक्षकों को अधिक-से-अधिक सुविधा उपलब्ध करानी चाहिए। इसमें उसका वरिष्ठ अधिकारी विरोध करे, तब भी यह करना चाहिए।
- विश्वविद्यालय में सभी के प्रति समान दृष्टिकोण होना चाहिए, जिससे वास्तविक स्वायत्तता आएगी।

स्वायत्तता की संकल्पना

शिक्षा के सिद्धांत, व्यवहार एवं नीति निर्धारण, सभी का केंद्र बिंदु स्वायत्तता है। स्वायत्तता कोई अलग ढाँचा नहीं है। वह राष्ट्र एवं समाज की धड़कन के

अनुरूप होता है। हमारे समाज की धड़कन है विविधता में एकता, एकात्म (समग्रता में) विचार, आध्यात्मिकता, सर्वं खलु इदं ब्रह्म (All Each One) मानवता, सहिष्णुता, सामाजिक समसरता, पारिवारिक दृष्टि, व्यक्ति स्वातंत्र्य एवं सामाजिक अनुशासन में तादात्मय। इन सिद्धांतों को कायम रखते हुए समय की आवश्यकता के अनुरूप समाज जीवन के विभिन्न क्षेत्रों में परिवर्तनशील रचना/व्यवस्था बने।

उपरोक्त संकल्पना के प्रकाश में शिक्षा की स्वायत्तता हेतु राष्ट्रीय स्तर पर स्वायत्त शिक्षा संस्थान का गठन किया जाए।

स्वायत्त शिक्षा संस्थान के हेतु

- शिक्षा का समग्रता से चिंतन हो। शिक्षा अखंड मंडलाकार स्वरूप हो, शिक्षा का टुकड़ों-टुकड़ों में विचार खंडित तथा असंतुलित व्यक्तित्व का सृजन करेगा।
- गर्भ संस्कार से उच्चतम शिक्षा तक एकात्म तत्त्व परिलक्षित होना चाहिए।
- प्राचीन ज्ञान का आधुनिकीकरण तथा आधुनिक ज्ञान का राष्ट्रीयकरण करना।
- ज्ञानवान, भावनायुक्त तथा आध्यात्मिक समाज के निर्माण हेतु कार्य करें।
- पाठ्यचर्या, पाठ्यक्रम एवं पाठ्य-पुस्तकों की रचना देश की संस्कृति के अनुरूप, व्यक्ति के समग्र विकास एवं देश-समाज की आवश्यकताओं की पूर्ति करने हेतु हो।
- शिक्षा का उद्देश्य व्यक्ति निर्माण है। इस दृष्टि से शिक्षार्थी शारीरिक दृष्टि से सबल, प्राणिक दृष्टि से संतुलित, बौद्धिक दृष्टि से सत्यानवेशी, मानसिक दृष्टि से सद्विचारी तथा आध्यात्मिक दृष्टि से सेवाभावी होना चाहिए।
- इस हेतु पाठ्यक्रम की रचना में कुछ प्रतिशत विषय-वस्तु देशभर में समान हो तथा कुछ राज्यों एवं क्षेत्रों की आवश्यकता के अनुरूप हो।
- स्वामी दयानंद, स्वामी विवेकानंद, महर्षि अरविंद, भगिनी निवेदिता,

रवींद्रनाथ ठाकुर, महात्मा गांधी, डॉ. राधाकृष्णन्, मदनमोहन मालवीय इत्यादि शिक्षा मनीषियों ने शिक्षा संबंधी जो सूत्र दिए हैं, उनको आधार बनाकर आधुनिक संदर्भ में शिक्षा के स्वरूप को विकसित करना होगा।

रचना

- संस्थान उपरोक्त हेतु की पूर्ति कर सके, इसके लिए ख्यातिप्राप्त शिक्षाविदों को मनोनीत किया जाए।
- विभिन्न क्षेत्रों के प्रतिभावान विद्वानों को इसमें सम्मिलित किया जाए।
- शिक्षाविदों के साथ-साथ शिक्षक, छात्र प्रतिनिधि तथा शिक्षा के विभिन्न संस्थानों के अध्यक्ष, निदेशक सदस्य हो सकते हैं।
- संस्थान का गठन संसद् के कानून के तहत हो।
- इस संस्थान का स्तर न्यायालय या चुनाव आयोग से भी अधिक स्वायत्त हो।
- संस्थान का कार्यकाल कम-से-कम पाँच वर्ष का हो।
- इसके अध्यक्ष का चयन राष्ट्रपति द्वारा नियुक्त खोज समिति के द्वारा हो, इस हेतु राष्ट्रपति, केंद्र सरकार के साथ-साथ प्रमुख विपक्षी दल के साथ भी विचार-विमर्श करें।
- एक प्रतिनिधि सभा 51 या 101 सदस्यीय हो तथा कोर ग्रुप के रूप में कार्यकारिणी का गठन हो।
- राष्ट्रीय, प्रांतीय एवं जिला स्तर पर संस्थान की इकाइयों का गठन हो।
- इसके अंतर्गत भारतीय शिक्षा सेवा का भी गठन हो।

संस्थान के कार्य

- संस्थान का प्रमुख कार्य नियामक, निरीक्षण, निर्देशन, क्रियान्वयन एवं शिक्षा का समग्र चिंतन हो।
- शिक्षा की प्रमुख समस्याओं का अध्ययन करके शैक्षिक संस्थानों को क्रियान्वयन हेतु सुझाव देना।
- शिक्षक-शिक्षण,. पाठ्यचर्या, शिक्षा देने की पद्धति, परीक्षा पद्धति,

प्रवेश प्रक्रिया, छात्रों का मूल्यांकन एवं शिक्षा में गुणात्मकता आदि बातों का समय-समय पर निरीक्षण, मूल्यांकन एवं नवीनीकरण हेतु कार्य हो।

- विश्वविद्यालय के कुलपति, राज्य स्तर के आयोग के अध्यक्ष एवं विभिन्न संस्थानों के उच्च पदस्थ अधिकारियों का चुनाव या नामित करना।
- अन्य देशों की शिक्षा पद्धति का अध्ययन वहाँ के शैक्षिक संस्थानों के साथ शिक्षा के संदर्भ में आदान-प्रदान एवं संयुक्त आयोजन की योजना बनाना।
- यह संस्थान सरकारी, निजी, अनुदान प्राप्त एवं विदेशी संस्थाएँ आदि इन सभी पर निगरानी रखने का कार्य समान रूप से करेगा।
- सभी प्रकार के शैक्षिक संस्थानों में लोकतांत्रिक व्यवस्था की प्रक्रिया ठीक चले, इसकी भी निगरानी रखना।

संस्थान की कार्यप्रणाली

- योजना एकतरफा नहीं, लेकिन ऊपर से नीचे एवं नीचे से ऊपर होनी चाहिए।
- पारदर्शी एवं भ्रष्टाचारमुक्त व्यवस्था बने।
- अन्याय निवारण हेतु सभी स्तर पर व्यवस्था हो (ग्रीवंस सेल जैसी)।
- स्थानीय एवं जिला स्तर पर सारे अधिकार दिए जाएँ।

स्वायत्तता का मानस बने

स्वतंत्र भारत में शिक्षा की स्वायत्तता हमेशा चर्चा का विषय रही है, क्योंकि आज भी हमारी शिक्षा शासन-प्रशासन के शिकंजे में जकड़ी हुई है, परंतु इस चर्चा में अधिकतर एकतरफा चर्चा हो रही है। केंद्र एवं राज्यों की सरकारें शिक्षा को स्वायत्तता नहीं दे रही हैं। यह सत्य भी है, परंतु विभिन्न शैक्षिक संस्थानों में जिस मात्रा में स्वायत्तता वर्तमान में उपलब्ध है, उनका सही ढंग से उपयोग किया जा रहा है क्या? देश में अधिकतर राज्यों में विश्वविद्यालयों को अनेक

प्रकार से स्वायत्तता मिली हुई है। उदाहरण के लिए अधिकतर विश्वविद्यालय को कम-ज्यादा मात्रा में पाठ्यक्रम हेतु स्वायत्तता है, लेकिन पाठ्यक्रम में नियमित सुधार हेतु कितने प्रयास किए जा रहे हैं दूसरी बात, विश्वविद्यालय अनुदान आयोग (यूजीसी) के द्वारा कुछ महाविद्यालयों को स्वायत्त महाविद्यालय घोषित किया गया है, वहाँ किस प्रकार के बदलाव हुए? अधिकतर ऐसे महाविद्यालयों में स्वायत्तता के नाम पर मनमाना शुल्क छात्रों से वसूला गया। दूसरी ओर पाठ्यक्रम परीक्षा पद्धति आदि में विशेष सुधार का प्रयास नहीं देखा गया। इसी प्रकार सर्वोच्च न्यायालय के निर्णय की आड़ में अधिकतर निजी विश्वविद्यालयों एवं महाविद्यालयों में मनमाना शुल्क छात्रों से वसूला जा रहा है। इस प्रकार के अनुभवों के कारण समाज का एक वर्ग स्वायत्तता के विरुद्ध भी अपना मत व्यक्त करता है। दूसरी ओर सरकारों से स्वायत्तता की अपेक्षा करनेवाले स्वयं दूसरों को स्वायत्तता दे रहे हैं क्या? यह बड़ा प्रश्न है।

- माता-पिता (अभिभावक) अपने बालकों को पाठ्यक्रम चुनने की स्वायत्तता दे रहे हैं क्या?
- विद्यालय या महाविद्यालय के प्राचार्य अपने शिक्षकों को स्वायत्तता दे रहे हैं क्या?
- कुलपति महाविद्यालयों को स्वायत्ता दे रहे हैं क्या?
- प्रबंधक प्राचार्यो को स्वायत्ता दे रहे हैं क्या! आदि।

इसी प्रकार पश्चिम की शिक्षा की संकल्पना एवं बाजार के प्रभाव से हमारी शिक्षा मुक्त है क्या? ये सारे प्रश्न हैं।

शिक्षा को वास्तव में स्वायत्त करना है तो नीचे से ऊपर एवं ऊपर से नीचे दोतरफा विचार आवश्यक है। परिवारों, विद्यालयों, महाविद्यालयों, विश्वविद्यालयों आदि स्तर पर स्वायत्तता के सफल प्रयोगों के उदाहरण स्थापित करने होंगे। इस हेतु शिक्षा क्षेत्र में छोटे-छोटे प्रयोगों के द्वारा स्वायत्तता का वातावरण निर्माण करना पड़ेगा एवं समग्रता से विचार करना होगा, तभी देश की शिक्षा वास्तविक रूप में स्वायत्त हो सकती है।

□

उच्च शिक्षा की दशा एवं दिशा

स्वतंत्र भारत में उच्च शिक्षा का विस्तार हुआ है, लेकिन क्या यह हमारे देश की उच्च शिक्षा, छात्रों को जीवन दृष्टि देने में या उनकी भौतिक आवश्यकताओं की पूर्ति करने में सफल हुई है। यह एक बड़ा प्रश्न है! यूनेस्को की डेलर्स कमेटी ने अपनी रिपोर्ट में कहा है कि किसी भी देश की शिक्षा का स्वरूप कैसा हो? उस देश की संस्कृति एवं प्रगति के अनुरूप हो। वर्तमान में हमारे देश की शिक्षा का स्वरूप इस प्रकार का है क्या? देश की उच्च शिक्षा को शिक्षा की मूलभूत संकल्पना के साथ आधुनिक आवश्यकताओं के अनुसार ढालना होगा। इस हेतु इसके अनुरूप पाठ्यक्रम, पाठ्यचर्या की रचना हो। शोधकार्य को बढ़ावा देने, शिक्षा की गुणवत्ता बढ़ाने, देश की उच्च शिक्षा मूल्य-आधारित बने, शिक्षा स्वायत्त हो, उच्च शिक्षा की आर्थिक व्यवस्था कैसे हो, इन सब चिंतनीय विषयों पर इस प्रारूप के माध्यम से सुझाव देने का प्रयास किया गया है।

उच्च शिक्षा का विस्तार

	विश्वविद्यालय	महाविद्यालय	छात्र संख्या	शिक्षक संख्या
1947	18	518	2,28,881	24,000
2009	504	25951	136.42 लाख	5,85,000

पाठ्यक्रम एवं पाठ्यचर्या की पुनर्रचना

- पाठ्यक्रम की जड़ता (रेजीमेंटेशन) को समाप्त करना।
- स्वतंत्रता-पूर्व राष्ट्रीय शिक्षा आंदोलन में।
- मानविकी शिक्षा, विज्ञान एवं प्राविधिक शिक्षा के समन्वय की बात उठाई गई थी। आज भी वह समयानुकूल है।
- छात्रों में समाज व देश के प्रति संवेदनशीलता जाग्रत् की जाए।
- सामाजिक तथा नागरिक दायित्व का बोध हो।
- सामाजिक कार्य को अनिवार्य करना, इस हेतु राष्ट्रीय स्तर पर एक आयोग का गठन किया जाए तथा उच्च शिक्षा के प्रत्येक संस्थान को गाँवों से या शहरी झुग्गी-झोंपड़ी से जोड़ा जाए।
- हमारी सांस्कृतिक धरोहर एवं प्राचीन ज्ञान-विज्ञान को सभी स्तर पर अनिवार्य किया जाए।
- व्यावहारिक तथा व्यावसायिक शिक्षा को पाठ्यक्रमों में शामिल किया जाए।
- सभी पाठ्यक्रम, पाठ्य-पुस्तकों में व्याप्त विकृतियों एवं विसंगतियों , जिसके द्वारा अपनी संस्कृति, परंपरा, धर्म एवं महापुरुषों को अपमानित किया जा रहा है, उसको दूर किया जाए।
- प्रत्येक तीन वर्षों में पाठ्यचर्या की समीक्षा अनिवार्य की जाए।
- मूल्यों का पाठ्यक्रम में समावेश हो।

स्वतंत्र भारत में शिक्षा से संबंधित सभी आयोगों, सभी पंथ, संप्रदायों एवं महापुरुषों ने इसकी आवश्यकता को रेखांकित किया है।

- मूल्य शिक्षा हेतु अलग से पुस्तकों की आवश्यकता नहीं। उच्च शिक्षा के हर विषय की पाठ्यचर्या में ही मूल्यों का समावेश होना चाहिए।
- इस हेतु सभी संकायों (faculty) में, प्रारंभ में उन संकायों की दृष्टि से शिक्षा प्राप्त करने के पीछे का राष्ट्रीय एवं सामाजिक दृष्टिकोण छात्रों के समक्ष आना चाहिए।
- व्यावहारिक ज्ञान हेतु कार्यक्रमों की योजना भी छात्रों के स्तर के अनुसार आवश्यक है।

उच्च शिक्षा में मूल्यों के समावेश हेतु डॉ. राधाकृष्णन् आयोग का सुझाव—

- जीवन-मूल्यों की शिक्षा, मौन प्रार्थना अनिवार्य करना।
- छात्रों की सुपर एनर्जी को चैनेलाइज करना।
- सामाजिक कार्य का पाठ्यक्रम हो।
- एन.सी.सी. को अनिवार्य करना।
- सांस्कृतिक धरोहर तथा प्राचीन ज्ञान-विज्ञान की जानकारी देना।

विज्ञान के पाठ्यक्रम में विज्ञान एवं अध्यात्म का समन्वय हो

आज विश्वभर में इस विषय पर चर्चा प्रारंभ हुई है। देश-विदेश में घटनेवाली कई घटनाओं से अनुभव हो रहा है, जिसका उत्तर विज्ञान में नहीं मिल रहा। दूसरी ओर विज्ञान और तकनीकी का जिस प्रकार विकास एवं विस्तार हो रहा है, जिनका अध्यात्म के साथ समन्वय नहीं किया गया तो विज्ञान और तकनीकी मानव को विकास के बदले विनाश की ओर ले जाएँगें।

हमें केवल अपने राष्ट्र की अखंडता ही सुरक्षित नहीं रखनी है, उसके साथ अपनी सांस्कृतिक परंपराओं को भी अक्षुण्ण रखना होगा। समय आ गया है, अब अध्यात्म और विज्ञान का समन्वय करने का। यह समन्वय ही हमें आणविक युग में सुरक्षा प्रदान कर विकास की ओर उन्मुख कर सकेगा।

—डॉ. राजेंद्र प्रसाद

- योग एवं शारीरिक शिक्षा को अनिवार्य किया जाए।
- खेल-कूद संगीत, एवं कला को पाठ्यचर्या में प्रमुखता से स्थान दिया जाए।
- पाठ्य-पुस्तकों में से इतिहास सहित सभी प्रकार की विकृतियों एवं विसंगतियों को शीघ्रातिशीघ्र हटाया जाए।

देश का सही इतिहास पढ़ाया जाए, जिसके पीछे दृष्टि यह रहे कि इतिहास की पढ़ाई के माध्यम से छात्रों में देश के बारे में गर्व, स्वाभिमान एवं राष्ट्रभक्ति की भावना जागे तथा भूतकाल में की गई गलतियों से सबक लेकर पुनरावृत्ति न हो।

विदेश में पढ़ाई हेतु जानेवाले छात्रों देश की संस्कृति, धर्म, परंपरा के बारे में विशेष जानकारी देने हेतु व्यवस्था की जाए।

- अतीत का आधार लेकर वर्तमान की आवश्यकताओं की पूर्ति तथा भविष्य की संभावनाओं को ध्यान में रखकर पाठ्यक्रम बने।
- आध्यात्मिकता एवं भौतिकता तथा प्राचीन एवं आधुनिकता का समन्वय हो।
- राष्ट्रीय एवं अंतरराष्ट्रीय स्तर की चुनौतियों के समाधान एवं आवश्यकताओं की पूर्ति हेतु निम्नलिखित बातों का समावेश हो—

1. आतंकवाद एवं राष्ट्रीय सुरक्षा।
2. आर्थिक साम्राज्यवाद एवं वैश्विक मंदी।
3. विज्ञान-आध्यात्मिकता एवं वैज्ञानिक दृष्टिकोण।
4. पर्यावरण।

- शिक्षा की योजना एवं राष्ट्रीय योजना का ताल-मेल हो। उसके आधार पर पाठ्यक्रम की रचना हो।
- क्षेत्रीय आवश्यकताओं के अनुसार पाठ्यक्रम की रचना हो। इसमें भी गाँवों एवं जनजातीय क्षेत्रों का विशेष ध्यान रखा जाए।

भाषा

- भारतीय भाषाओं के अध्ययन एवं अनुसंधान को प्रोत्साहन देना।
- अन्य भाषा के उपयोगी साहित्य का भारतीय भाषा में अनुवाद हो।
- उच्च शिक्षा में भी भारतीय भाषा माध्यम हो,सभी स्तर के उच्च शिक्षा के संस्थानों में अंग्रेजी की अनिवार्यता समाप्त की जाए।
- संस्कृत की पांडुलिपियों के अध्ययन एवं प्रकाशन हेतु एक प्राधिकरण बनाया जाए।

शिक्षा की स्वायत्तता

- इस हेतु राष्ट्रीय स्तर पर 'स्वायत्त शिक्षा आयोग' का गठन हो, जिसका विस्तार प्रदेश एवं जिला स्तर तक हो। (प्रोफेसर यशपाल कमेटी ने

उच्च शिक्षा एवं शोध हेतु राष्ट्रीय स्तर के आयोग का सुझाव दिया है)

- चुनाव आयोग एवं न्यायालयों की तर्ज पर संसद् के कानून के तहत यह आयोग बने। यह आयोग शुद्धरूपेण शिक्षाविदों का हो।
- स्वायत्ता के साथ जवाबदेही सुनिश्चित की जाए।
- कुलपतियों की नियुक्ति राजनैतिक आधार पर न होकर इस आयोग के द्वारा हो।

शैक्षणिक व्यवस्था सरकार के नियंत्रण से पूर्णरूप से मुक्त होनी चाहिए। शिक्षार्थी को किसी भी बाह्य हस्तक्षेप से मुक्त, उन्मुक्त वातावरण में विद्याध्ययन की व्यवस्था हो। विद्या केंद्रों की व्यवस्था पर समाज का नियंत्रण हो, सरकार का नहीं।

—विनोबा भावे

उच्च शिक्षा के संदर्भ में अन्य महत्त्वपूर्ण सुझाव

- छात्रों की सुपर एनर्जी को चैनेलाइज करना।
- समाज व देश की आवश्यकताओं के साथ उच्च शिक्षा को जोड़ा जाए।
- मैन पावर सर्वे के आधार पर क्षेत्रीय एवं राज्यों की आवश्यकताओं के अनुसार संस्थान खोलें जाएँ।
- शिक्षकों के रिक्त पदों की पूर्ति अतिशीघ्र की जाए।
- परीक्षा एवं मूल्यांकन पद्धति में आमूलचूल परिवर्तन आवश्यक।
- परीक्षा कार्य शिक्षा का हिस्सा ही माना जाए।
- व्यवसायपरक शिक्षा को बढ़ावा दिया जाए।
- भारतीय शिक्षा सेवा की स्थापना की जाए।
- शिक्षा में अल्पसंख्यक, बहुसंख्यक के आधार पर भेदभाव समाप्त किया जाए।
- भारतीय इतिहास, संस्कृति, दर्शन एवं विभिन्न मत-पंथों का प्राथमिक ज्ञान सभी छात्रों हेतु अनिवार्य हो।
- विभिन्न प्रकार की पारंपरिक चिकित्सा पद्धतियों के संरक्षण-संवर्धन

एवं सशक्तीकरण हेतु प्रभावी कदम उठाए जाएँ एवं इस हेतु प्रमाणित पाठ्यक्रमों की व्यवस्था हो।

- सभी प्रकार की निर्णय प्रक्रिया में छात्रों की सहभागिता सुनिश्चित की जाए।
- इस माध्यम से उनका दायित्व-बोध कराते हुए उत्तरदायी नागरिक बनाया जा सकता है।

उपरोक्त दृष्टि से शिक्षा का स्वरूप बनने से ज्ञानवान, कौशल-निपुण एवं सेवाभावी छात्रों का निर्माण किया जा सकता है। इस प्रकार के छात्र राष्ट्रीय एवं सामाजिक आवश्यकताओं की पूर्ति हेतु अपना योगदान दे सकते हैं एवं समस्याओं के समाधान में भी अपनी सकारात्मक भूमिका का निर्वाह करने में सक्षम हो सकते हैं।

□

शिक्षा एवं आध्यात्मिकता

भारतीय संस्कृति को अगर एक शब्द में दरशाना हो तो वह है 'आध्यात्मिकता'। यही एक तत्त्व है, जो विश्व की अन्य संस्कृतियों, सभ्यताओं से हमको अलग करता है। इसी से 'सर्वे भवन्तु सुखिनः सर्वे सन्तु निरामयाः, सर्वे भद्राणी पश्यन्तु मा कश्चिद् दुख भागभवेत्' एवं 'वसुधैव कुटुम्बकम्' जैसे मंत्रों एवं ध्येय-वाक्यों का सृजन हुआ। हमारे जो भी मंत्र हैं, ध्येय वाक्य या कहावतें हैं, वे सब मात्र सिद्धांत नहीं हैं, परंतु हमारी परंपरा अनुभवजन्य एवं व्यावहारिक ज्ञान को जीवन का हिस्सा बनाने की रही है, बाद में सब बातें सिद्धांत के तौर पर लिखी गईं एवं स्थापित की गई हैं।

आज विश्व में पश्चिम के देशों द्वारा थोपा गया वैश्वीकरण गरीब, अविकसित देशों को लूटने का माध्यम बनाया गया, परंतु हमारी 'वसुधैव कुटुम्बकम्' की संकल्पना भारत के जन-जन के जीवन व्यवहार एवं आचरण में देखने को मिलती है। ये बातें हमारे यहाँ व्यक्तिगत, पारिवारिक, सामाजिक एवं राष्ट्रीय जीवन के दैनंदिनी व्यवहार से जुड़ी हुई थीं। उदाहरण के लिए, सुबह पक्षियों को दाना-पानी देना, चींटियों को आटा देना, माताएँ रोटी बनाते समय प्रथम रोटी गाय के लिए निकालती थीं, भोजन करने से पूर्व प्रथम गौ ग्रास निकाला जाता था, कुएँ से पानी भरते समय दो बाल्टी अपने लिए निकालते थे तो एक बाल्टी पशुओं के लिए हौदे में डालते थे आदि। इसी हेतु भारत को आध्यात्मिक राष्ट्र कहा गया है।

पारिवारिक जीवन में सुख-दुख के प्रसंग पर दान करने की, गरीब-पीड़ित की सहायता ससम्मान करने की परंपरा थी। स्वतंत्रता के बाद देश की आर्थिक

स्थिति ठीक नहीं थी—बेहद गरीबी का दौर था, उस जमाने में लगभग 45-50 वर्ष पूर्व हमारे कस्बे में दो विधवा महिलाएँ ऐसी थीं, जिनके परिवार में अन्य कोई सदस्य नहीं था। उस जमाने में महिलाएँ नौकरी बहुत कम करती थीं। इन दोनों महिलाओं को कस्बे के सभी परिवारों के लोग सुख-दुख में घर बुलाकर ससम्मान सिधा (दान) देते थे (इसमें कम-से-कम उनका घर पंद्रह से बीस दिन चल सके, उतना चावल, आटा, घी, गुड़ आदि साथ में एक वस्त्र) उन महिलाओं को वर्ष में 20 घर से सीधा (दान) प्राप्त होने से उनका जीवन चल जाता था। इस प्रकार के अनेक उदाहरण दिए जा सकते हैं।

स्वामी विवेकानंद ने कहा था, "निस्स्वार्थ भाव से कोई भी कार्य करना, यही आध्यात्मिकता है। जो जितना निस्स्वार्थी है वह उतना ही आध्यात्मिक है।"

हमारी उपनिषदों में धर्म, अर्थ, काम, मोक्ष की अवधारणा दी गई है। हमने अर्थ को नकारा नहीं परंतु अर्थ और काम का उपयोग धर्माधारित हो। उदाहरण के लिए, हमारे यहाँ एक कहावत थी, 'सौ हाथ से कमाओ और हजार हाथ से दान करो'। हम जो भी व्यवसाय-व्यापार से धन अर्जित करते हैं, उनके हम न्यासी (ट्रस्टी) हैं। मेरे परिवार के लिए जितना आवश्यक है, उतना उपयोग करने के पश्चात् जो भी अतिरिक्त है, वह समाज का है।

इसी परंपरा को हमारे आधुनिक महापुरुषों ने समय के अनुसार ढालने का प्रयास किया। महात्मा गांधी ने उसी को 'ट्रस्टीशिप का सिद्धांत' नाम दिया। उसी को व्यवहार हेतु नारा दिया, 'सादा जीवन उच्च विचार'। विभिन्न महापुरुषों ने इसको अपने-अपने ढंग से व्यावहारिक स्वरूप देने का प्रयास किया, जैसे स्वयं की कमाई का 10 प्रतिशत या 16 प्रतिशत अलग निकालना और उसका प्रयोग स्वयं के लिए न करके, समाज के लिए करना। अखिल भारतीय विद्यार्थी परिषद् के शिल्पी प्रो. यशवंतराव केलकर ने जब से शिक्षक के रूप में सेवा प्रारंभ की तब से अपने वेतन का एक निश्चित भाग अलग निकालकर उनका प्रयोग सामाजिक कार्यों हेतु करते थे, यह 'व्रत' उन्होंने आजन्म निभाया।

वर्तमान में भी हमारी ये आध्यात्मिक परंपराएँ पूर्णरूप से समाप्त नहीं हुई हैं, आज भी समाज में अनेक लोगों के द्वारा इस प्रकार के प्रयास किए जा रहे हैं। हाँ, इस प्रकार के प्रयासों में बहुत बड़ी कमी अवश्य आई है। पूर्व में हमारे

यहाँ के जन-जन में यह बात स्वाभाविकता से थी। इसको पुनः स्थापित करने के लिए दो प्रकार से प्रयास आवश्यक हैं। प्रथम, अपने घर से इन छोटी-छोटी बातों की शुरुआत की जाए। उदाहरण के लिए, बालकों के जन्मदिन पर उनके हाथ से दान कराना या पौधा रोपण कराना, घर-परिवार में सामूहिक प्रार्थना की परंपरा प्रारंभ करना, बालकों के द्वारा रोज पक्षियों को दाना-पानी की व्यवस्था करना आदि।

वर्तमान में इसका सबसे प्रभावी माध्यम विद्यालय हो सकते हैं। आज कितनी भी परिस्थिति खराब लगती हो, फिर भी विद्यालय एक ऐसा स्थान है, जहाँ हजारों-हजार विद्यार्थी स्वीकार्य बुद्धि से आते हैं। उनको अच्छा-बुरा जो भी सिखाया जाए, उसको करने के लिए वे तत्पर रहते हैं। हमने शिक्षा संस्कृति उत्थान न्यास के द्वारा जिन विद्यालयों में 'चरित्र निर्माण एवं व्यक्तित्व के समग्र विकास' का पाठ्यक्रम लागू किया, वहाँ इस प्रकार के अनेक प्रयोग सफलतापूर्वक किए गए, जिनके कुछ उदाहरण निम्नांकित हैं—

झाबुआ के केशव विद्यालय एवं शारदा विद्यालय में रोज सुबह बालक पक्षियों को दाना-पानी देते हैं। अन्न के दाने भी बच्चे स्वैच्छिक रूप से घर से लाकर एक बड़े बरतन में इकट्ठा करते हैं। जिसके परिणामस्वरूप अनेक छात्रों के घरों में भी यह परंपरा प्रारंभ हो गई।

गुजरात के मोड़ासा में एक बी.एड. महाविद्यालय में दान की दो पेटी रखी गई हैं, शिक्षक-छात्र सभी अपने जन्मदिन पर यथाशक्ति दान करते हैं। साल भर बाद उस धन को किसी अच्छी सामाजिक संस्था को दान कर दिया जाता है।

सागर (म.प्र.) के स्वामी विवेकानंद विश्वविद्यालय में आपदा प्रबंधन का पाठ्यक्रम चलता है। वहाँ के छात्र आसपास के क्षेत्र में कहीं भी प्राकृतिक आपदा या दुघर्टना होती है, तब शीघ्रता से पहुँचकर आपदा-प्रबंधन का कार्य बिना शुल्क करने हेतु हमेशा तत्पर रहते हैं तो उस स्थान पर अति शीघ्रता से पहुँचकर आपदा प्रबंधन का कार्य बिना शुल्क के किया जाता है।

इस प्रकार के बहुत सारे व्यावहारिक अनुभव के उदाहरण दिए जा सकते हैं। इसका तात्पर्य यह है कि विद्यालयों में बालकों को इस प्रकार के संस्कार मिले तो वे घर-परिवार और समाज में भी इन छोटी-छोटी बातों को आगे बढ़ाएँगे।

इस प्रकार हम अपनी आध्यात्मिक परंपरा को बड़ी सहजता एवं सरलता से पुनः स्थापित कर सकते हैं।

आध्यात्मिकता से दूसरा तात्पर्य यह है कि स्वयं के अंदर देखने का स्वभाव बने अर्थात् 'अपने को पहचानो।' गायत्री परिवार का एक नारा है, 'हम सुधरेंगे तो जग सुधरेगा।' आज दुनिया बहिर्मुखी हो गई है। सामान्य से लेकर विद्वान् व्यक्ति आपसी वार्त्तालाप में देश के प्रधानमंत्री से लेकर अमेरिका के राष्ट्र प्रमुख तक की चर्चा करते हैं, परंतु वही व्यक्ति स्वयं के बारे में कभी समय निकालकर चिंतन करता है क्या? यह आज का बड़ा प्रश्न है।

व्यक्ति की स्वयं से लेकर परिवार, समाज, राष्ट्र एवं विश्व की अनेक समस्याएँ हैं, उनके समाधान हेतु वह बाहर देखता है और प्रयास करता है, परंतु समाधान नहीं मिलता है। अधिकतर समस्याओं के उद्भव का कारण स्वयं मनुष्य ही है, जहाँ से समस्या का निर्माण होता है, वहीं उसका समाधान होता है, यह नैसर्गिक प्रक्रिया है। इस दृष्टि से हमारी सारी समस्या का समाधान हमारे अंदर है। देश एवं दुनिया में किसी भी क्षेत्र में जिन्होंने विशेष योगदान दिया (महापुरुष), उन सबका स्वभाव अपने अंदर देखने का होगा, तभी उन्होंने स्वयं से लेकर समाज की समस्याओं का समाधान दिया। इस प्रकार की व्यक्ति की दृष्टि का विकास होना, यही आध्यात्मिकता है। अपने अंदर देखना अर्थात् अपने आत्मा से नजदीक जाना। हमारा मूल स्वरूप तो आत्मा है और आत्मा परमात्मा का ही अंश है। व्यक्ति जितना उसके नजदीक जाएगा, उतना आनंदित एवं सुखी होगा। इसी को तैत्तरीय उपनिषद् में पंचकोश की संकल्पना दी गई है, उसके अंतिम कोश का नाम आनंदमय कोश है। आनंदमय से तात्पर्य है आध्यात्मिक विकास। आध्यात्मिक व्यक्ति ही सच्चे आनंद की अनुभूति कर सकता है।

आध्यात्मिक का अर्थ है, आध+आत्मिक, अर्थात् अंदर की ओर जाना। शिक्षा का आध्यात्मिक स्वरूप अर्थात् छात्रों में निस्स्वार्थ एवं सेवाभाव का विकास करनेवाला पाठ्यक्रम का स्वरूप तथा विद्यालयों में उसके अनुरूप उपक्रमों की योजना होनी चाहिए। उदाहरण के लिए, शिक्षा संस्कृति उत्थान न्यास ने पर्यावरण का कक्षा एक से बारह तक का पाठ्यक्रम तैयार किया है। उनमें हर पाठ की शुरुआत में अपने प्राचीन शास्त्रों के मंत्र अर्थ के साथ दिए

हैं। हमारे प्राचीन ग्रंथों को इसी हेतु पढ़ना चाहिए कि पर्यावरण का वास्तविक संकट पिछले 50–100 वर्षों का है, परंतु सैकड़ों-हजारों वर्ष पूर्व लिखे गए ग्रंथों में पर्यावरण संरक्षण संबंधित मंत्र दिए गए हैं। इसका तात्पर्य यह है कि भारतीय दृष्टि के अनुसार समस्या निर्माण होने से पहले समाधान की तलाश करना, जिससे समस्या खड़ी ही न हो, इस प्रकार की दृष्टि का विकास करना; दूसरी ओर पश्चिम की दृष्टि यह है कि समस्या निर्माण होने के बाद उसके समाधान का विचार करना। जैसे एलोपैथी चिकित्सा व्यवस्था उसका एक उदाहरण है। हमारी आयुर्वेद चिकित्सा पद्धति में समस्या होने से पूर्व उसके समाधान हेतु व्यवस्था थी। इस हेतु हमने पर्यावरण के प्रत्येक पाठ के अंत में 'गतिविधियाँ' दी हैं। जो पाठ शिक्षक ने पढ़ाया और छात्रों ने पढ़ा, उसके पश्चात् शिक्षक एवं छात्रों को अपने व्यक्तिगत, पारिवारिक एवं सामाजिक जीवन में क्या करना है ? इस प्रकार की दृष्टि का विकास करना, यही पाठ्यक्रमों की आध्यात्मिक दृष्टि है। हमारी सारी शिक्षा का स्वरूप इस प्रकार का होना चाहिए। इसी दिशा में शिक्षा संस्कृति उत्थान न्यास प्रयासरत एवं संकल्पबद्ध है।

□

चरित्र-निर्माण एवं व्यक्तित्व का समग्र विकास

व्यक्ति की अंतर्निहित पूर्णता को अभिव्यक्त करना, उस असीमित क्षमता का अनुभव करवाना और उनका समग्र व संतुलित विकास एवं चरित्र-निर्माण करना ही शिक्षा का लक्ष्य व कार्य है।

हमारे प्राचीन ग्रंथों से लेकर आधुनिक महापुरुषों, यथा स्वामी विवेकानंद, भगिनी निवेदिता, महर्षि अरविंद, रवींद्रनाथ ठाकुर, पं. मदनमोहन मालवीय, महात्मा गांधी आदि ने इसी बात को देश, काल, परिस्थिति के अनुसार अपने-अपने शब्दों में व्यक्त किया है।

भारतीय महापुरुषों के शिक्षा से संबंधित विचार

महात्मा गांधी—शिक्षा से मेरा अभिप्राय है कि बच्चे व व्यक्ति के शरीर, मस्तिष्क और आत्मा में विद्यमान श्रेष्ठ तत्त्वों का प्रकटीकरण व चहुँमुखी विकास करना।

महामना पं. मदनमोहन मालवीय—शिक्षा को मानव-जीवन के सर्वांगीण विकास का साधन मानते थे। उनकी दृष्टि में 'शिक्षा वह है, जो विद्यार्थी की शारीरिक, बौद्धिक तथा भावात्मक शक्तियों को परिपुष्ट और विकसित कर सके। महामना की दृष्टि में चरित्र का गठन शिक्षा का उद्देश्य है।'

भगिनी निवेदिता—हमें कर्मठ, ऊर्जावान और मानवता की सेवा के प्रति समर्पित होना चाहिए। दृढ, क्रियाशील और उत्साही चरित्र का निर्माण शिक्षा का उद्देश्य होना चाहिए। शिक्षा का लक्ष्य केवल आजीविका प्राप्त करना नहीं होता

है, अपितु इसका लक्ष्य चरित्र-निर्माण, व्यक्तित्व-विकास और राष्ट्र-निर्माण होना चाहिए।

स्वामी विवेकानंदजी के विचार—किसी व्यक्ति का संपूर्ण स्वभाव अर्थात् चरित्र ही व्यक्तित्व कहलाता है। शिक्षा विविध जानकारियों का ढेर नहीं है, जो तुम्हारे मस्तिष्क में ठूँस दिया गया है और जो आत्मसात् हुए बिना वहाँ आजन्म पड़ा रहकर गड़बड़ी मचाया करता है। मेरी दृष्टि से शिक्षा का सार तथ्यों का संकलन नहीं, बल्कि मन की एकाग्रता प्राप्त करना है। हमें तो ऐसी शिक्षा चाहिए, जिससे चरित्र बने, मानसिक बल बढ़े, बुद्धि का विकास हो और जिससे मनुष्य अपने पैरों पर खड़ा हो सके। इसी को दूसरे रूप में कहा है, "हमें सर्वत्र सभी क्षेत्रों में 'मनुष्य' बनाने वाली शिक्षा ही चाहिए। स्वामीजी कहते हैं कि संपूर्ण शिक्षा तथा समस्त अध्ययन का एकमेव उद्देश्य है—व्यक्तित्व को गढ़ना।"

महर्षि अरविंद घोष—न्यायमुक्त सामाजिक व्यवस्था के अंदर सबको समान अवसर प्राप्त होगा, सभी को अपनी मानसिक शक्तियों की वृद्धि तथा उनके प्रयोग के लिए समान शिक्षा दी जाएगी, ताकि मनुष्य अपने भीतर की महत्ता को तथा स्वतंत्रता को समझ सके और अपनी पूर्ण क्षमता के साथ कार्य कर सके।

रवींद्रनाथ ठाकुर—मनुष्य एक असीम, सृजनात्मक शक्ति से भरपूर है तथा प्रकृति का अंग होने के कारण बुनियादी तौर पर वह पवित्र व बहुआयामी है। उसे इस बात का बोध कराना जरूरी है; और शिक्षा ही इसका सबसे बेहतर साधन है।

तैत्तिरीय उपनिषद् में व्यक्तित्व के समग्र विकास हेतु 'पंचकोश' की जो संकलपना दी है, वह पूर्णता की ओर ले जाती है।

व्यक्तित्व की संकल्पना

आत्मतत्त्व का व्यक्त रूप व्यक्ति है, सृष्टि में जीवों में श्रेष्ठ व्यक्त रूप मनुष्य है। व्यक्ति की भाववाचक संज्ञा व्यक्तित्व है। व्यक्ति के दो भाग हैं—एक स्थूल शरीर एवं दूसरा सूक्ष्म शरीर। शरीर स्थूल है और प्राण, मन, बुद्धि आत्मा

सूक्ष्म हैं। व्यक्ति के व्यक्तित्व को जानना-समझना अर्थात् पंचकोश को जानना-समझना एवं उसका समग्र विकास करना है।

पंचकोश

1. अन्नमय कोश	:	शारीरिक विकास
2. प्राणमय कोश	:	प्राणों का विकास
3. मनोमय कोश	:	मन का विकास
4. विज्ञानमय कोश	:	बौद्धिक विकास
5. आनंदमय कोश	:	आध्यात्मिक विकास

अन्नमय कोश

हमारा शरीर अन्नमय कोश है। अन्न से यह पुष्ट होता है, इसलिए इसे अन्नमय कोश कहते हैं। शरीर के दो भाग हैं—बाह्य शरीर और आंतरिक शरीर। हाथ, पैर, नाक, कान आदि सब बाहर से जो भी दिखता है, वह बाह्य शरीर है। पाचनतंत्र, श्वसनतंत्र, रुधिराभिसरण तंत्र आदि, जो त्वचा के आवरण के अंदर के भाग हैं, वह हमारे अंदर का शरीर है।

शरीर से हमारा सारा व्यवहार चलता है, इस हेतु शरीर स्थूल अभिव्यक्ति है।

शरीर एक यंत्र है। हमारे अंग और उपांग उसके पुर्जे हैं, जो विभिन्न प्रकार के काम करते हैं, शरीर को जानने का अर्थ है—शरीर के सभी अंग-उपांगों की रचना समझना, उनके कार्यों को जानना, उनकी कार्यपद्धति समझना। उनकी देखभाल कैसे होती है, पुष्टि कैसे होती है और उनको स्वस्थ रखने के लिए क्या करना चाहिए, इस संबंध में ज्ञान प्राप्त करना।

इन सारे विषयों का ज्ञान हमारी वर्तमान शिक्षा व्यवस्था में बहुत ही कम है, कुछ मात्रा में विज्ञान के पाठ्यक्रम में अवश्य है, परंतु सभी बालकों को क्रमबद्ध रूप से इसका संपूर्ण ज्ञान देना आवश्यक है।

शरीर जब सशक्त, सहनशील, ओजस्वी, लचीला, सुडौल एवं निरामय रहता है, तब स्वस्थ माना जा सकता है, तभी अन्नमय कोश ठीक है, ऐसा कह सकते

हैं। जिस प्रकार भोजन, निद्रा, व्यायाम, खेल, योग, नित्य कार्यरतता एवं नियमित दिनचर्या से शरीर स्वस्थ रहता है, उसी प्रकार पर्यावरण, स्वच्छता एवं श्रम का भी व्यक्ति के शरीर व स्वास्थ्य पर प्रभाव पड़ता है। इस हेतु विद्यालयों में—

- बालकों को उनके शरीर रचना, उनके अंग-उपांग एवं कार्य के बारे में उचित ज्ञान देने की व्यवस्था हो।
- रोज कम-से-कम 20 मिनट का कालांश व्यायाम हेतु रखना।
- बालकों को खान-पान की वैज्ञानिकता के संदर्भ में ज्ञान देना।
- विद्यालयों की केंटीन में जंकफूड, फास्ट फूड़ एवं शीतल पेय आदि का परहेज रखना।
- हर बालक को कम-से-कम किसी एक खेल से जोड़ना।
- वर्ष में कम-से-कम एक बार सभी छात्रों की समग्रता से चिकित्सा जाँच करना।
- सप्ताह में एक बार प्राचार्य से लेकर छात्र, सब मिलकर सामूहिक रूप से स्वच्छता अभियान चलाना।
- विद्यालय में एन.एस.एस. आदि माध्यमों से श्रम शिविरों का आयोजन करना।
- पर्यावरण संबंध में प्रथमत: विद्यालय में आवश्यक कदम उठाना एवं छात्रों को पर्यावरण संवर्धन, संरक्षण की व्यावहारिक बातें उनके जीवन में लाने का अभ्यास कराना।

प्राणमय कोश

शरीर को चलाने वाली ऊर्जा प्राण है, जिसमें प्राण है, वह सजीव है, नहीं तो वह निर्जीव है। शरीर के जिस भाग में प्राण नहीं पहुँचता, वह भाग निष्क्रिय हो जाता है। प्राण जीवनीशक्ति है। प्राण शरीर से सूक्ष्म है, वह पूर्ण शरीर में व्याप्त है। प्राण को देख नहीं सकते, अनुभव किया जा सकता है। जिस प्रकार बिजली अपने आप प्रवाहित नहीं हो सकती, किसी के आश्रय से ही प्रवाहित होती है, उसी प्रकार प्राण भी श्वास के आश्रय से संचार करता है। इस हेतु शुद्ध वायु आवश्यक है। शुद्ध वायु से तात्पर्य है, जिसमें लगभग 21 प्रतिशत प्राणवायु

(ऑक्सीजन) हो। इस हेतु पर्यावरण शुद्ध रहे, यह आवश्यक है। प्राणों के विकास से व्यक्ति स्वस्थ भी रहता है और दीर्घायु को भी प्राप्त करता है। प्राणों के विकास के लिए प्राणायाम सबसे श्रेष्ठ माध्यम है।

प्राण के आवेग चार प्रकार के हैं—आहार, निद्रा, भय और मैथुन। ये चार प्राणधारण के लिए अनिवार्य मूल प्रवृतियाँ हैं।

शरीर यंत्र है, इसलिए वह अपने आप काम नहीं करता, उसे चलाना पड़ता है। प्राण की शक्ति से वह उसी प्रकार काम करता है। शरीर एक मोटरकार के समान है, जिसके पहिये, दरवाजे, चालक, चक्र, आसन, इंजन होते हैं, परंतु वह अपने आप नहीं चलती, पेट्रोल या अन्य ईंधन होता है, तभी वह चलती है। इस हेतु—

- छात्रों को नियमित योग एवं प्राणायाम कराना।
- प्राणों को असंतुलित करने वाले कारकों की छात्रों में समझ विकसित करना।
    1. कोई भी गलत कार्य करने से प्राण अंसतुलित होता है। उदाहरण के लिए गुस्सा करना, झूठ बोलना, ईर्ष्या करना आदि।
    2. स्वास्थ्य खराब होने के कारण प्राणों का असंतुलन होता है।
    3. कोई भी कार्य अतिशीध्रता से करने से भी असंतुलन होता है।

मनोमय कोश

मनोमय कोश मन से संबंधित है। यह अत्यंत महत्त्व का कोश है। पाँच कोशों के केंद्र में मनोमय कोश है—दो कोश पहले हैं, दो बाद में। मन प्राण से भी सूक्ष्म है, मन को किसी के आलंबन की आवश्यकता नहीं होती है। मन इच्छा करता है, द्वंद्वात्मक है, मन को रुचि-अरुचि, हर्ष-शोक, राग-द्वेष, सुख-दुःख और संकल्प-विकल्प होते हैं।

मन विचार करता है, ज्ञानेंद्रियों की सभी प्रकार की संवेदनाओं को विचार के रूप में परिवर्तित करता है। इस विचार को सुख-दुःखादि रंग चढ़ जाते हैं।

मन चंचल होता है, पर एकाग्र हो सकता है। मन रुचि के विषयों में आसक्त होता है, मन अशांत, उत्तेजित एवं तनावयुक्त होता है, परंतु शांत हो सकता है।

मन की गति सृष्टि में सबसे अधिक है। इसी प्रकार मन अत्यंत शक्तिशाली है, इसे वश में करना कठिन कार्य है। मन को शांत, एकाग्र, अनासक्त एवं द्वंद्व से मुक्त करना ही मन का विकास है।

मन पानी जैसा है, क्योंकि बारिश के पानी को समंदर में जाने हेतु विशेष प्रयास नहीं करना पड़ता। इसी प्रकार मन को नीचे की तरफ जाने हेतु कुछ विशेष प्रयास नहीं करना पड़ता। जैसे बारिश के पानी को घर के वॉश बेसिन में चाहिए तो कई प्रकार के प्रयास करने पड़ते हैं, उसी प्रकार मन को ऊपर की दिशा में ले जाने अर्थात् विकास हेतु सातत्यपूर्ण एवं विशेष प्रयास करने पड़ते हैं।

इसी प्रकार मन में दया, करुणा, अनुकंपा, स्नेह, सहानुभूति आदि भाव होते हैं और लोभ, मोह, मद, मत्सर, काम, क्रोध आदि विकार होते हैं। भावों को बढ़ाना और विकारों को कम करना, यह भी मन का विकास है। स्वाध्याय, सत्संग, सेवा, संगीत एवं योग-ध्यान आदि से मन ठीक होता है। संयम, सदाचार, सद्गुण से मन स्वस्थ बनता है।

मन का प्रभाव शरीर पर एवं शरीर का प्रभाव मन पर पड़ता है। जब तक मन स्वस्थ नहीं होता है, तब तक बुद्धि ठीक से कार्य नहीं करती है। इसी हेतु कहा गया है, '**मन चंगा तो कठौती में गंगा**'।

- मन को स्थिर, एकाग्र, तनाव-मुक्त रखने हेतु छात्रों को गतिविधियों का अभ्यास कराना।
- मन को सकारात्मक करने हेतु गतिविधियों का अभ्यास।
- मन में आसक्ति होती है, उसे अनासक्ति की ओर बढ़ने हेतु आदत डालना।

इस हेतु संगीत, स्वाध्याय, सेवा, सत्संग आशीर्वाद रूप है।

विज्ञानमय कोश

बुद्धि का कार्य है जानना। इस दृष्टि से बुद्धि का संबंध ज्ञान से है। ज्ञान शब्द का विस्तार ही विज्ञान है। इस दृष्टि से विज्ञानमय कोश का तात्पर्य है बौद्धिक विकास।

बुद्धि ज्ञानेंद्रियों की सहायता से निरीक्षण, परीक्षण, विश्लेषण, संश्लेषण,

तर्क एवं अनुमान के माध्यम से सही-गलत को समझने का कार्य करती है, इसी को 'विवेक' कहते हैं। विवेक के आधार पर ही व्यक्ति उचित और योग्य निर्णय करता है। यही प्रमुख रूप से बुद्धि का कार्य है।

बुद्धि अपना विवेक और निर्णय करने का कार्य ठीक से कर सके, इस हेतु मन का स्वस्थ होना अनिवार्य है। जैसे महाभारत में दुर्योधन ने कहा था, **"जानामि धर्मं न च मे प्रवृत्तिः जानाम्यधर्मं न च मे निवृत्तिः"** अर्थात् 'मैं' धर्म को जानता हूँ, पर उसमें मेरी प्रवृत्ति नहीं होती और अधर्म को भी जानता हूँ, पर उससे मेरी निवृत्ति नहीं होती। इसमें मन और बुद्धि का द्वंद्व दिखाई देता है। जब मन स्वस्थ नहीं होता, तब यह स्थिति आती है।

आज अधिकतर शैक्षिक संस्थानों में विज्ञान तो पढ़ाया जाता है, परंतु बालकों में वैज्ञानिक दृष्टि का विकास नहीं हो पाता। किसी भी बात को सही रूप से जानना एवं उसकी विशेषताओं को समझकर उसी के अनुरूप व्यवहार करना ही वैज्ञानिक दृष्टि है।

विज्ञानमय कोश के विकास हेतु बालकों का मन स्वस्थ बने, उनमें जिज्ञासा वृत्ति का विकास हो, विवेकशील बने, अध्ययन का स्वभाव बने, यह आवश्यक है। बालकों का इस प्रकार का विकास हो सके, इस हेतु उस प्रकार की पाठ्य-पुस्तकों का स्वरूप हो, सहशैक्षिक गतिविधियों के माध्यम से विभिन्न प्रकार की प्रतियोगिताओं का आयोजन हो तथा पढ़ाने की पद्धतियाँ ऐसी हों, जिससे बालकों में जिज्ञासा वृत्ति का विकास हो सके।

विज्ञानमय कोश के विकास हेतु—

- छात्रों में वैज्ञानिक सोच को विकसित करने हेतु गतिविधियों का अभ्यास करना।
- निर्णय करने के वैज्ञानिक तरीके सिखाना और अभ्यास कराना।
- छात्रों में सामान्य ज्ञान, संप्रेषण कला, लेखन कला, विभिन्न प्रकार की कलाओं का शिक्षण एवं उनकी नियमित प्रतियोगिताओं का आयोजन करना।

आनंदमय कोश

आनंदमय कोश का तात्पर्य है आध्यात्मिक विकास से; कुछ विद्वान् इसे आत्मिक विकास या नैतिक विकास भी कहते हैं।

आध्यात्मिक अर्थात् '**आत्मनो मोक्षार्थम् जगत् हिताय च**' अर्थात् अपने मोक्ष के लिए तथा जगत् के कल्याण के लिए कार्य करना। इसी दृष्टि से स्वामी विवेकानंद ने कहा है कि **निस्स्वार्थ भाव से कोई भी कार्य करना ही आध्यात्मिकता है**। यहाँ जगत् के हित की बात है। 'आत्मनो मोक्षार्थम्' अर्थात् अपने मोक्ष की बात, इस हेतु सबसे पहला कदम है कि व्यक्ति अंतर्मुखी बने। आज अधिकतर मनुष्य बहिर्मुखी बन गए हैं। व्यक्ति जैसे-जैसे अंतर्मुखी होता है, वैसे-वैसे वह आत्मा के नजदीक जाता है। आत्मा परमात्मा का ही अंश है, अर्थात् आत्मा के नजदीक, यानी परमात्मा के नजदीक जाना और वहाँ आनंद-ही-आनंद है अर्थात् एक प्रकार से स्वयं के अस्तित्व को जानना, समझना एवं पहचानना।

शिक्षा से बालकों के आध्यात्मिक विकास हेतु विद्यालयों में सेवाभाव जाग्रत् हो, इस प्रकार की गतिविधियों का आयोजन होना चाहिए। उदाहरण के लिए, पक्षियों को दाना-पानी डालना, बालकों को झुग्गी-बस्ती या गाँवों में ले जाकर वहाँ सेवा-कार्य प्रवृत्ति में सहभागी कराना आदि। साथ ही बालक अंतर्मुखी अर्थात् आध्यात्मिक हो सके, पाठ्यक्रम का ऐसा स्वरूप एवं पढ़ाने की पद्धतियों का विकास करना। इस हेतु—

- छात्रों में सेवा-भाव के विकास हेतु गतिविधियाँ करवाना। उदाहरण—जन्मदिन पर दान कराना, पौधा रोपण कराना, पक्षियों को नियमित दाना-पानी देना आदि।
- छात्र अंतरमुखी बने, इस हेतु गतिविधियाँ करवाना एवं इसी दृष्टि से सभी पाठ्य-पुस्तकों का स्वरूप बने।
- गाँवों में, झुग्गी बस्ती में छात्रों को नियमित रूप से ले जाना आदि।

अन्नमय से विज्ञानमय कोश के सम्यक् एवं संतुलित विकास से आनंदमय कोश की यात्रा आगे बढ़ती है। इस हेतु व्यक्ति-बालकों के पंचकोश के विकास की ओर ध्यान केंद्रित करना, यही आनंद का मार्ग है।

पंचकोश के विकास से बालक शारीरिक दृष्टि से सबल, प्राणिक दृष्टि से संतुलित, मानसिक दृष्टि से सद्विचारी, बौद्धिक दृष्टि से विवेकशील एवं आध्यात्मिक दृष्टि से सेवाभावी बनेगा। इस दृष्टि से व्यक्तित्व का विकास एक प्रक्रिया है, चरित्र-निर्माण उनका परिणाम है। इस प्रकार व्यक्तित्व के समग्र विकसित एवं चरित्रवान् छात्रों से ही राष्ट्र का निर्माण एवं मानवता का कल्याण संभव हो पाता है।

इस आलेख में पंचकोश का सैद्धांतिक पक्ष दिया गया है। इसी सैद्धांतिक पक्ष के आधार पर शिक्षा-संस्कृति उत्थान न्यास द्वारा बनाए पाठ्यक्रमों के जिन विद्यालयों, महाविद्यालयों और विश्वविद्यालयों में गंभीरता एवं प्रतिबद्धता से प्रयोग किए गए, वहाँ अद्भुत, आश्चर्यजनक व आनंददायक परिणाम प्राप्त हुए हैं। □

व्यक्ति एवं समाज-स्वास्थ्य हेतु शिक्षा : वैकल्पिक प्रारूप

विगत वर्ष में केंद्र सरकार के द्वारा जो यौन शिक्षा का पाठ्यक्रम प्रस्तुत किया गया था, उसको समाज के बहुतांश वर्ग ने नकार दिया, बाद में समाज की भावनाओं को स्वीकार करके सरकार ने भी उस विकृत प्रारूप को वापस ले लिया। सी.बी.एस.ई. ने अपनी वेबसाइट पर एक नया प्रतिमान प्रस्तुत किया है।

इस हेतु हमने भी एक नया विकल्प देने हेतु प्रयास करने का सोचा, जो आज व्यावहारिक रूप लेने जा रहा है, जिसका आधार भारतीय मनोविज्ञान है।

सेक्स वास्तव में एक स्वाभाविक एवं नैसर्गिक प्रक्रिया है, इस हेतु कोई औपचारिक शिक्षा की आवश्यकता नहीं होनी चाहिए।

जैसे शरीर में रोग आना ही नहीं चाहिए।

- लेकिन जब शरीर कमजोर होता है, तब रोग आता है,
- या शरीर स्वस्थ रहे, उसकी हमने चिंता नहीं की, तब रोग आता है।

इसी प्रकार व्यक्ति के मन में भी विकार कब आता है ?

- जब व्यक्ति का मन स्वस्थ रहे, उसकी हमने चिंता नहीं की।
- जब समाज का पर्यावरण प्रदूषित हो।

कमजोरी दो प्रकार की होती है।

1. आंतरिक
2. बाह्य

1. आंतरिक

- व्यक्तित्व का समग्रता से विकास नहीं हुआ।
- परिवार में संवाद का अभाव (मन में उठे प्रश्नों का समाधान आवश्यक है)
- परिवार में सात्त्विक प्रेम, आत्मीयता का अभाव।

2. बाह्य

- समाज में अति खुलापन या पश्चिम का अंधा-अनुकरण।
- दूरदर्शन के कुछ चैनलों पर प्रस्तुत किए जा रहे धारावाहिक एवं विकृत विज्ञापन, कंप्यूटर, इंटरनेट, वीभत्स साहित्य इत्यादि।
- अन्य व्यक्तियों के द्वारा बालकों के साथ गलत व्यवहार।
- अति गरीब या अति अमीर परिवार के बालकों में अधिक समस्या।
- जिस परिवार में बालकों को सात्त्विक प्रेम, आत्मीयता का वातावरण एवं योग्य संस्कार मिलता है, वहाँ यह समस्या नहीं रहती।
- परिवार में माता-पिता या अन्य सदस्यों के द्वारा समय-समय पर आवश्यक संवाद के द्वारा योग्य शिक्षा दी जाती है, तब समस्या की संभावना नहीं रहती है।
- परिवारों में यह प्रक्रिया कुछ वर्षों से कम हुई है या बंद हुई है, इस हेतु पालकों के प्रशिक्षण की व्यवस्था आवश्यक।
- छात्र के व्यक्तित्व का सर्वांगीण विकास होता है, तब भी ये बातें नहीं उठतीं।
- पूर्व में व्यक्ति स्वस्थ रहे, इस हेतु जितने प्रयास की आवश्यकता थी, उससे कई गुणा अधिक प्रयास की आज आवश्यकता है।

व्यक्तित्व का समग्र विकास

"मनुष्य में संपूर्णता जो सुप्त रूप से विद्यमान है, उसे प्रत्यक्ष करना ही शिक्षा का काम है"

—स्वामी विवेकानंद

"शरीर और आत्मा में अधिक-से-अधिक जितने सौंदर्य एवं जितनी संपूर्णता का विकास हो सकता है, उसे संपन्न करना ही शिक्षा का उद्दश्य है।"

—प्लेटो

- **उपनिषद् में व्यक्तित्व के विकास के लिए पंचकोषीय संकल्पना दी गई है।**

1. अन्नमय कोष 2. प्राणमय कोष 3. मनोमय कोष

4. विज्ञानमय कोष 5. आनंदमय कोष

1. **अन्नमय कोष**—शरीर रचना (Anatomy) ठीक रहे, इस हेतु व्यायाम, खेल, आसन, सात्त्विक भोजन, नियमित दिनचर्या, स्वच्छता, ब्रह्मचर्य पालन (संयम)।

2. **प्राणमय कोष**—योग-प्राणायाम, यम-नियम, एकाग्रचित्त, प्रार्थना।

3. **मनोमय कोष**—स्वाध्याय, सत्संग, गीत-संगीत, कला, सृजनशीलता, अनुशासन-व्यवस्था, अधिकार के साथ कर्तव्य पालन, समानता एवं सामाजिक समरसता।

4. **विज्ञानमय कोष**—(गुण एवं ज्ञान क्षमता को बढ़ाना) संवाद, जिज्ञासा-समाधान, समस्या-समाधान, योजकता, समझदारी-जवाबदेही-पारस्परिकता, सजगता, समीक्षा, आत्मावलोकन, वाणी-तप, तत्त्व बोध-सत्या नवेषण, रचनात्मकता।

5. **आनंदमय कोष**—सेवा-सामाजिक कार्य, सहभागिता, संवदेनशीलता, समर्पण, ध्यान-साधना, कृतज्ञता, कर्म ही पूजा, चिंतामुक्त जीवन।

- **व्यक्तित्व का सर्वांगीण विकास होता है, तब व्यक्ति की सोच सप्तपदी के अनुरूप बनती है।**

सप्तपदी

- व्यक्ति – व्यक्ति एवं व्यक्तित्व
- परिवार – परस्परानुकूलता/आत्मीयता
- समाज – सामाजिक समरसता
- राष्ट्र – राष्ट्र की अखंडता
- विश्व – विश्व का कल्याण
- सृष्टि – आत्मा का परमात्मा से मिलन

□

शिक्षा में पर्यावरण संरक्षण एवं संधारणीय विकास

मनुष्य सृष्टि का अनुपम प्रदेय है। एक बौद्धिक प्राणी होने के नाते मानव का प्रकृति के प्रति उत्तरदायित्व सबसे अधिक है। ऐसे में आज यदि वैश्विक स्तर पर सबसे विकट समस्या की बात की जाए तो उसमें पर्यावरण संकट और उससे उत्पन्न जलवायु-परिवर्तन सर्वाधिक गंभीर बनकर उभरा है। शिक्षा मनुष्य की दायित्व-बोध कराकर उसे संस्कारित करने का काम करती है। यदि शिक्षा में पर्यावरण-संरक्षण और संधारणीय विकास से संबंधित बातों का सम्यक् समावेश होगा, तभी हम वैश्विक पर्यावरण-संकट से मुक्त हो पाएँगे।

युनेस्को की डैलर्स समिति की रिपोर्ट में कहा है, किसी भी देश की शिक्षा उस देश की संस्कृति एवं विकास के अनुरूप होनी चाहिए। मैंने उसमें एक शब्द जोड़ा है 'प्रकृति'। आज भारत की शिक्षा हमारी संस्कृति, प्रकृति एवं प्रगति के अनुरूप है क्या ? यह यक्ष प्रश्न है। हमको जैसा देश, समाज, नागरिक चाहिए, वैसी शिक्षा होनी चाहिए। किसी भी देश की शिक्षा उस देश की नींव समान होती है।

इस दृष्टि से देश और दुनिया में संधारणीय विकास चाहिए तो हमारी शिक्षा संधारणीय विकास के अनुरूप होनी चाहिए। विश्व की दो सबसे बड़ी समस्या हैं— 1. आतंकवाद, 2. पर्यावरण का संकट। संधारणीय विकास का संबंध पर्यावरण से है। आज विश्व दोराहे पर खड़ा है। साधारण धारणा यह बनी है कि पर्यावरण संरक्षण का प्रयास करें तो विकास नहीं होता है, विकास की दिशा में

अग्रसर होने से पर्यावरण संकट बढ़ रहा है। इन दोनों का समन्वित एवं संतुलित प्रयास सफलतापूर्वक करना ही 'संधारणीय विकास' है।

वैश्विक स्तर पर किए गए प्रयास

संयुक्त राष्ट्र विकास कार्यक्रम (यू.एन.डी.पी.) के सतत विकास लक्ष्य-2030 के अंतर्गत कहा गया है—"शिक्षा के माध्यम से संधारणीय विकास को बढ़ावा देने के लिए आवश्वयक ज्ञान एवं कौशल अर्जित कर लिया जाए।" संयुक्त राष्ट्र संघ (यू.एन.ओ.) ने 2005 में "संधारणीय विकास हेतु शिक्षा दशक (डी.ई.एस.डी.) की शुरुआत की। इसी से हरित शाला (ग्रीनस्कूल) संकल्पना आई। आधुनिक काल में वर्ष 1992 में यूरोप से इसकी शुरुआत हुई। वर्ष 1992 रियो, पृथ्वी सम्मेलन में इसकी आवश्यकता को रेखांकित किया गया था। वर्ष 2002 में जोहान्सबर्ग में "संधारणीय विकास हेतु हुई शिखर वार्त्ता के बाद इसमें गति आई।"

हरित शाला

हरित शाला को हम एक ऐसे स्कूल के रूप में देखते हैं, जिसका मार्गदर्शन संधारणीयता के सिद्धांतों द्वारा किया गया हो। यह एक ऐसे पर्यावरण का निर्माण करता है, जो स्कूल के भीतर व बाहर के सभी संसाधनों व अवसरों को संधारणीय पर्यावरण के लिए शिक्षकों व बच्चों को समुदाय की सक्रिय सहभागिता द्वारा संवदेनशील बनाता है। यह केवल एक ही समय चलनेवाली प्रक्रिया नहीं है, अपितु यह विद्यालय व उसके आसपास के पर्यावरण के सुधार के लिए सभी लाभार्थियों द्वारा लगातार किए जानेवाले सहक्रियाशील प्रयासों की माँग करता है।

ऐसे पर्यावरण में बच्चों के सीखने के अनुभव केवल कक्षा तक ही सीमित नहीं रहते अपितु कक्षाओं के बाहर के कार्यक्षेत्र में भी इनका विस्तार होता है। ये स्थानीय संसाधन बच्चों के लिए हैं और इनका प्रयोग ऐसे अवसरों के रूप में किया जाता है, जिससे उन्हें प्रत्यक्ष अनुभव प्राप्त हो सकें। ये अनुभव उन्हें ज्ञान को अर्जित करके प्रयोग करने में, पर्यावरण की प्रक्रियाओं, उनके परस्पर संबंध एवं प्रवृत्तियों को बढ़ावा देने तथा बच्चों की पर्यावरण के विषय में समझ बनाने,

मूल्य विकसित करने व संवेदनशील बनाने में भी मदद करते हैं। ऐसी शिक्षा समग्र है और बच्चों का संपूर्ण विकास करती है, क्योंकि यह विद्यालय के सभी पहलुओं के साथ एकीकृत एवं सम्मिलित है और विद्यालय की चारदीवारी के भीतर व बाहर औपचारिक तथा अनौपचारिक अधिगम को भी शामिल करती है।

भारत में प्रयास

भारत में 1972 में पर्यावरण योजना एवं संकलन हेतु राष्ट्रीय समिति (एन.सी.ई.पी.सी.) का गठन किया गया। वर्ष 1988 में वन नीति बनाई गई।

कोठारी आयोग 1964 एवं नई शिक्षा नीति–1986 में भी पर्यावरण संकट पर चिंता व्यक्त की गई। एन.सी.ई.आर.टी. की पाठ्यचर्या 1975, 1988, 2000 एवं 2005 की पाठ्यचर्या में पर्यावरण विषय का समावेश किया गया।

इसी प्रकार संविधान के अनुच्छेद 51(ए) में प्रकृति, पर्यावरण, जल, जंगल, वन्यजीवन आदि के संरक्षण एवं संवर्धन को मूलभूत नागरिक कर्तव्य बताया गया है। अनुच्छेद 48 (क) में पर्यावरण संरक्षण, संवर्धन तथा वन एवं वन्यजीवों के रक्षण को राज्यों के नीति निदेशक तत्त्वों में स्थान दिया गया है।

(18 दिसंबर, 2003 को उच्चतम न्यायालय ने एम.सी. मेहता विरुद्ध भारत सरकार के निर्णय में पर्यावरण विषय को सभी स्तर पर पढ़ाना अनिवार्य किया।)

विगत अनेक दशकों से राष्ट्रीय, अंतरराष्ट्रीय स्तर पर पर्यावरण संरक्षण हेतु विविध प्रकार से विभिन्न स्तरों पर प्रयास किए जा रहे हैं। यूनेस्को द्वारा घोषित वर्ष 2005 में संधारणीय विकास हेतु शिक्षा दशक भी तीन वर्ष पूर्व पूर्ण हो गया, परंतु पर्यावरण का संकट (ग्लोबल वार्मिंग) बढ़ता ही जा रहा है।

किसी भी समस्या का समाधान चाहिए तो उनके कारण में जाने की आवश्यकता होती है। इस समस्या का प्रमुख कारण है—'भोगवादी जीवनशैली'। पश्चिम सहित विश्व की अधिकतर विचारधाराओं में प्रकृति को भोग का साधन माना गया है। भारत के चिंतन में प्रकृति को माता का स्थान दिया गया है, परंतु विगत कुछ दशकों से हम भी भारतीय चिंतन से हटकर गलत राह पर चल पड़े हैं। महात्मा गांधी ने भी कहा था, "प्रकृति मनुष्य की आवश्यकता की पूर्ति तो कर सकती है, परंतु मनुष्य की महत्त्वाकांक्षाओं की पूर्ति नहीं कर सकती।"

इस समस्या के समाधान हेतु भारतीय चिंतन को आधार बनाकर पाठ्यक्रमों की रचना करनी होगी। शिक्षा संस्कृति उत्थान न्यास ने इसी दृष्टि से पर्यावरण का पाठ्यक्रम बनाया है, उसमें हर पाठ के शुरू में भारतीय दृष्टि से प्रारंभ किया है। इस हेतु हर पाठ के प्रारंभ में भारतीय शास्त्रों के मंत्र डाले गए हैं और उनका अर्थ भी समझाया गया है।

1. भारतीय चिंतन किस हेतु आवश्यक है। देश एवं दुनिया में पर्यावरण का संकट पिछले लगभग दो सौ वर्षों की विकास की अवधारणा का परिणाम है, परंतु भारतीय प्राचीन शास्त्रों में पर्यावरण संरक्षण संबंधी मंत्र दिए गए हैं, वह शास्त्र तो दो-पाँच-दस हजार वर्ष पूर्व लिखे गए हैं। इसका तात्पर्य यह है कि समस्या खड़ी होने के बाद समाधान नहीं ढूँढ़ना, समस्या खड़ी ही न हो, इसका विस्तार करना। विश्व के अन्य देशों, विचारधारा में यह बात बहुत कम है या नहीं है। इस दृष्टि के कारण भारतीय दृष्टि आवश्यक है।

2. वर्ष 1992 में भारत के पूर्व प्रधानमंत्री स्व. नरसिंहराव हर वर्ष होनेवाले अंतरराष्ट्रीय सम्मेलन में भाग लेते हुए कहा था कि विश्व को इस समस्या का समाधान चाहिए तो आपको हमारे पास आना पड़ेगा। हमारा बालक प्रात: जागरण के पश्चात् पैर जमीन पर रखने के पूर्व हाथ खुले रखकर यह मंत्र बोलता है—

समुद्रवसने देवि! पर्वतस्तनमण्डले।
विष्णुपत्नि! नमस्तुभ्य पादस्पर्श क्षमस्व मे॥

(अब शौच क्रिया इत्यादि करके स्नान करें! साफ वस्त्र पहनकर पूजा के लिए सामग्री अवलोकन करें)

जिन शैक्षिक संस्थानों में इस पाठ्यक्रम में प्रतिबद्धता से प्रयोग किए गए, वहाँ अद्‌भुत परिणाम हो रहे हैं।

इस पाठ्यक्रम में सभी पाठों के अंत में गतिविधियाँ दी गई हैं। शिक्षक ने पाठ पढ़ाया, छात्रों ने पाठ पढ़ा, बाद में शिक्षकों एवं छात्रों ने व्यक्तिगत, पारिवारिक एवं सामाजिक जीवन में इसका क्रियान्वयन कैसे करना है, शिक्षा के माध्यम से इस प्रकार की दृष्टि का विकास करना ही आध्यात्मिक दृष्टि है। यही संधारणीय विकास हेतु शिक्षा की भारतीय दृष्टि भी है।

आज समाज बहिर्मुखी हो गया है, अर्थात् बाहर देखता है। किसी भी समस्या के समाधान हेतु सरकार या अन्यों की ओर देखता है, परंतु किसी भी समस्या के समाधान हेतु मेरी क्या भूमिका है? वह सोच बहुत कम अर्थात् एक प्रकार से नगण्य लोगों में होती है। इस कारण से व्यक्ति स्वयं से लेकर परिवार, समाज, राष्ट्र एवं विश्व की समस्या का उचित समाधान प्राप्त नहीं कर पा रहा है।

□

भारतीय ज्ञान-परंपरा की प्रासंगिकता

तकनीकी शिक्षा में पर्यावरण के पाठ्यक्रम में भारतीय ज्ञान-परंपरा के समावेश से संबंधित यह पुस्तक न केवल भारतीय ज्ञान-परंपरा के उदात्त स्वरूप और उसके सार्वकालिक महत्त्व से अवगत कराती है, अपितु वर्तमान आवश्यकताओं के अनुरूप पर्यावरण से संबंधित अनेक समस्याओं के तार्किक समाधान पर प्रकाश डालती है। प्रश्न यह है कि वर्तमान शिक्षा में भारतीय ज्ञान-परंपरा की आवश्यकता क्यों है? क्योंकि भारत का आधारभूत ज्ञान पूर्णरूप से वैज्ञानिक है।

पर्यावरणीय संकट यह केवल देश का नहीं, बल्कि एक विश्वव्यापी समस्या है। पर्यावरण के संकट पर वैश्विक स्तर पर 1972 से चर्चा प्रारंभ हुई (संयुक्त राष्ट्र संघ ने वर्ष 1972 में अंतरराष्ट्रीय स्तर पर पर्यावरण दिवस मनाने पर विचार किया था और 1974 से प्रत्यक्ष मनाना प्रारंभ किया)। वास्तविक समस्या और कुछ दशक पूर्व प्रारंभ हुई होगी। परंतु भारत में सैकड़ों, हजारों वर्ष पूर्व लिखे गए ग्रंथों में पर्यावरण संरक्षण से संबंधित सूक्त/मंत्र क्यों लिखे गए। मेरी दृष्टि से इसका तात्पर्य है कि पश्चिम या विश्व की अन्य विचारधाराओं में समस्या खड़ी होने के बाद समाधान का प्रयास किया जाता है, परंतु भारतीय ज्ञान-परंपरा यह है कि समस्या खड़ी ही न हो, इस हेतु भारत के प्राचीन ग्रंथों मे व्याप्त ज्ञान से विश्व की अधिकतर समस्याओं के समाधान प्राप्त हो सकते हैं और इस बात को वैश्विक स्तर पर स्वीकार भी किया जा रहा है।

वैश्विक स्तर पर सर्वसम्मति से अंतरराष्ट्रीय योग दिवस का स्वीकार किया जाना इस बात का प्रमाण है, क्योंकि मनुष्य की शारीरिक एवं मानसिक

अस्वस्थता का समाधान योग में है। भारतीय मूल का अधिकतर चिंतन पूर्ण रूप से वैज्ञानिक है। इस हेतु कई इसलामिक देशों ने भी योग को स्वीकार किया है। इसी प्रकार की भारत की आयुर्वेदिक चिकित्सा पद्धति है, जिसका आधुनिक संदर्भ में विकास एवं विस्तार अपेक्षित मात्रा में हम नहीं कर पाए हैं। जब यह कार्य हम भारत में कर लेंगे, तब पूरे विश्व में योग से भी अधिक स्वीकार्यता आयुर्वेद की होगी, क्योंकि आज समग्र विश्व जिस प्रकार की स्वास्थ्य की समस्याओं से जूझ रहा है, उसका समाधान आयुर्वेद ही दे सकता है।

दूसरी बात प्राचीन के बदले हम भारतीय ज्ञान-परंपरा शब्द का प्रयोग क्यों करना चाहते हैं। भारतीय ज्ञान-परंपरा में प्राचीन ज्ञान का समावेश हो जाता है। भारत का प्राचीन ज्ञान तो श्रेष्ठ है ही, परंतु यह सतत प्रक्रिया है तथा इसकी परंपरा समाप्त नहीं हुई है। हाँ, यह अवश्य कम हुई है, परंतु पिछले दो सौ वर्षों में स्वामी विवेकानंद, महर्षि अरविंद, जगदीशचंद्र बसु (बोस), प्रफुल्लचंद्र राय (पी.सी. रॉय), श्रीनिवास रामानुजन आदि अनेक नाम गिनाए जा सकते हैं। इन महापुरुषों ने जो ज्ञान दिया, वह भी भारतीय ज्ञान-परंपरा का महत्त्वपूर्ण भाग है। वेद, उपनिषदों से लेकर सभी भारतीय मनीषियों की चिंतनधारा ही भारतीय ज्ञान-परंपरा है।

बीच के हजार-बारह सौ वर्षों में भारत पर सतत आक्रमण होते रहे, इस कारण से भारतीय ज्ञान-परंपरा में काफी गिरावट आ गई थी। फिर भी संपूर्ण प्रक्रिया बंद नहीं हुई, परंतु विगत 71 वर्ष से हम स्वतंत्र हैं। इस हेतु भारतीय ज्ञान-परंपरा को तेज गति प्रदान करने का दायित्व देश के वर्तमान शिक्षाविद्, वैज्ञानिक, सामाजिक एवं राजनीतिक नेतृत्व का बनता है। भारत में बौद्धिक प्रतिभा की कोई कमी नहीं है। आज भी विश्व भारत के छात्रों का लोहा स्वीकार करता है। हमारे छात्र बौद्धिक प्रतिभा में विश्व में श्रेष्ठतम स्तर पर माने जाते हैं। इस प्रतिभा के विकास हेतु कुछ आधारभूत बातों का विचार करने की आवश्यकता है।

प्रथम बात है भारतीय शिक्षा-व्यवस्था में आधारभूत परिवर्तन की आवश्यकता। हमारी वर्तमान हमारी शिक्षा में कुछ मात्रा में रटा-रटाया सैद्धांतिक ज्ञान मात्र दिया जाता है। वर्षों तक वही पाठ्यक्रम अधिकतर संस्थानों में चलाए

जा रहे हैं। व्यावहारिकता का बहुत बड़ा अभाव दिखाई देता है। जब तक सीखने की पद्धति नहीं होगी, तब तक वे छात्र स्नातक, परास्नातक करके भी कुछ विशेष नहीं कर पाएँगे। महात्मा गांधीजी ने हेड, हैंड ऐंड हार्ट की बात कही थी, अर्थात् जिसको गीता में ज्ञानयोग, कर्मयोग, भक्तियोग कहा गया है। यानी हाथ से कार्य करें, बुद्धि से सीखें इसमें भावना का समन्वय हो, तभी विवेकशील छात्रों का निर्माण हो सकता है। इसी बात को यूनेस्को की डेलर्स कमेटी ने कहा लर्निंग टू नो, लर्निंग टू डु, लर्निंग टू बी एवं लर्निंग टू लिव टुगेदर कहा है।

दूसरी महत्त्वपूर्ण बात है कि शिक्षा जब तक मातृभाषा में नहीं दी जाएगी, तब तक ज्ञानवान समाज का निर्माण मुश्किल है। यह मात्र भावनात्मक नहीं, परंतु पूर्णरूप से वैज्ञानिक तथ्य है। परंतु हमारे विज्ञान से संबंधित सारे पाठ्यक्रम इस वैज्ञानिक दृष्टि से कोसों दूर हैं। आज वैज्ञानिक या व्यावसायिक शिक्षा मातृभाषा में देने की बात करना देश में अपराध समान माना जाता है। ऐसे समय में अखिल भारतीय तकनीकी शिक्षा परिषद् ने इंजीनियरिंग की शिक्षा हिंदी में पढ़ाने की अनुमति दी और मध्य प्रदेश की सरकार ने वहाँ के तकनीकी विश्वविद्यालय में इसकी शुरुआत की इस हेतु दोनों संस्थाएँ अभिनंदन की पात्र हैं। विश्व के भाषाविदों, शिक्षाविदों, भारत के मनीषियों एवं शिक्षा संबंधित लगभग सभी आयोगों ने मातृभाषा में शिक्षा की वकालत की है। शिक्षा संस्कृति उत्थान न्यास ने भी इस वैज्ञानिक तथ्य को आगे बढ़ाने की पहल की है। इस हेतु इस पुस्तक को भी सर्व प्रथम हिंदी में लिखा गया है। अखिल भारतीय तकनीकी शिक्षा परिषद् को आवश्यक एवं उपयोगी लगे तो अन्य भाषाओं में इसका अनुवाद भी किया जा सकता है।

भारतीय ज्ञान–परंपरा मात्र भारत ही नहीं, परंतु पूरे विश्व के लिए उपयोगी हो सकती है। संयुक्त राष्ट्र संघ के द्वारा हर वर्ष नियमित होनेवाले पर्यावरण के अंतरराष्ट्रीय सम्मेलन में एक बार भारत का प्रतिनिधि मंडल पूर्व प्रधानमंत्री नरसिंहाराव के नेतृत्व में गया था। उस सम्मेलन में पर्यावरण पर विद्वानों द्वारा चर्चा–चिंतन किया जा रहा था, तब नरसिंहा राव ने कहा था कि पूरे विश्व को इस समस्या का समाधान चाहिए तो आपको हमारे (भारत के) पास आना पड़ेगा। आगे उन्होंने कहा कि हमारे देश में बालक सुबह जागरण के बाद अपने बिस्तर से

पृथ्वी पर पैर रखने से पूर्व एक मंत्र बोलता है, 'समुद्र वसने देवि पर्वतस्तनमण्डले विष्णुपत्नि नमस्तुभ्यं पादस्पर्शं क्षमस्वमे' अर्थात् हे पृथ्वी माता! मुझे मेरी दिनचर्या चलानी है, इस हेतु मैं आप पर पैर रखता हूँ, मुझे क्षमा करना। यही व्यावहारिक भारतीय दृष्टि है। भारतीय ग्रंथों या मनीषियों द्वारा प्रस्तुत चिंतन व्यवहार में अभी कम दिखता है, परंतु समाप्त नहीं हुआ है, आज भी पक्षियों को सुबह दाना-पानी देना, माताओं का प्रथम रोटी गाय के लिए देना, रात्रि में वृक्षों को नहीं छेड़ना, पंच महाभूत को ईश्वर का स्वरूप मानकर पूजा करना आदि बातें देखने को मिलती हैं। यह सब मात्र परंपरा नहीं है, इसके पीछे तार्किकता एवं वैज्ञानिकता भी है।

भारतीय ज्ञान-परंपरा भारतीय संस्कृति का ही भाग है और भारतीय संस्कृति के तत्त्वज्ञान को एक शब्द में कहना है तो वह है 'आध्यात्मिकता'। आध्यात्मिकता के संदर्भ में मेरी दृष्टि में दो बातें हैं—प्रथम, स्वामी विवेकानंदजी ने कहा है, "कोई भी कार्य निस्स्वार्थ भाव से करना ही आध्यात्मिकता है," जो जितना निस्स्वार्थी है, वह उतना ही आध्यात्मिक है। विश्व में भारत देश को ही आध्यात्मिक राष्ट्र कहा जाता है। कुछ दशकों पूर्व हमारे देश के सामान्य व्यक्ति की दिनचर्या, जीवनचर्या इसी प्रकार की थी कि स्वयं के खाने-पीने की चिंता बाद में करता था, प्रातः चींटियों को आटा, पशुओं को चारा एवं पक्षियों को दाना-पानी पहले देता था। भोजन के समय हर व्यक्ति गौ-ग्रास निकालता था, कुएँ से पानी भरते समय पशुओं के लिए हौद में पानी भी डालता था, अर्थात् हर कार्य में स्वयं के साथ दूसरे का भी विचार, यह सहज था। व्यक्ति जब हर कार्य में दूसरे का विचार करेगा, तब वह प्रकृति के साथ खिलवाड़ कैसे कर सकता है? इस हेतु प्रकृति से जितना आवश्यक है, उतना ही ग्रहण करता था, जिससे पर्यावरण का संरक्षण, संवर्धन सहज हो जाता था। महात्मा गांधी ने कहा है, "प्रकृति हमारी आवश्यकताओं की पूर्ति तो कर सकती है, परंतु हमारी महत्त्वाकांक्षाओं की पूर्ति नहीं कर सकती।" इसके विपरीत पश्चिम के वैज्ञानिक फ्रांसिस बेकन ने कहा था कि प्रकृति जड़ है, उसका अधिक-से-अधिक भोग करो। यही आज के पर्यावरण के संकट का मूल कारण है। जब तक इस भोगवादी जीवन शैली को संयमित करने की दिशा में ठोस कदम नहीं उठाए जाएँगे, तब तक इस संकट का समाधान असंभव है। ईशोपनिषद् में सूत्ररूप में कहा गया है—"त्यक्तेन भुञ्जीताः," अर्थात्

त्यागपूर्वक भोग करो। इसी भारतीय दृष्टि से आज के पर्यावरण के संकट का समाधान हो सकता है।

आध्यात्मिकता के संदर्भ में दूसरी दृष्टि है अपने आपको पहचानें कि मैं कौन हूँ, क्यों हूँ? इस विश्व में किस हेतु आया हूँ, मेरे जीवन का तात्पर्य क्या है? इसका व्यावहारिक स्वरूप कुछ मात्रा में इस पुस्तक में तथा शिक्षा संस्कृति उत्थान न्यास के द्वारा कक्षा 1 से 12 तक का जो पाठ्यक्रम तैयार किया गया है, उसमें (हर पाठ के प्रारंभ में उस पाठ की भारतीय दृष्टि क्या है), डाला गया है। हर पाठ के अंत में गतिविधियों (एक्टिविटी) को दिया गया है। शिक्षक ने पढ़ाया, बालकों ने पढ़ा, उसके बाद उन्हें व्यक्तिगत, पारिवारिक, सामाजिक जीवन में करना क्या है। इस दृष्टि का विकास होना, यह भी आध्यात्मिकता है। आज मनुष्य बहिर्मुखी हो गया है। भारत के प्रधानमंत्री से अमेरिका के राष्ट्रपति जो भी निर्णय करते हैं, वह उचित है कि नहीं इस पर हम टिप्पणी करते हैं, परंतु मैं दिन में जो भी करता हूँ, वह ठीक है कि नहीं, इसका विचार करने हेतु दिन के अंत में 10-20 मिनट निकालते हैं क्या? इस दृष्टि के विकास हेतु पूरा पाठ्यक्रम, पाठ्यचर्या का स्वरूप आध्यात्मिक होना चाहिए। इसके लिए प्रत्येक पाठ के अंत में गतिविधियाँ जोड़ना, जिससे छात्र एवं शिक्षकों का दृष्टिकोण अंतर्मुखी बनेगा। व्यक्ति का अपने अंदर देखने का स्वभाव बनेगा, वही आध्यात्मिक दृष्टि है।

आज व्यक्ति के समक्ष स्वयं की, परिवार की, समाज की समस्याएँ होती हैं, उनका समाधान वह बाहर ढूँढ़ता है, वहाँ समाधान मिलता नहीं है, समाधान बाहर नहीं है समाधान अपने अंदर है। विश्व में जितने भी महापुरुष हुए, वे दुनिया क्या करती है—उसकी चिंता नहीं करते थे, परंतु स्वयं को क्या करना है, इस ओर देखते हैं, जिससे उन्होंने स्वयं से लेकर विश्व की समस्याओं के समाधान तक की दिशा में कार्य किया। वही आध्यात्मिक दृष्टि है।

परंतु आज हमारी शिक्षा और इसके परिणामस्वरूप हमारी सारी व्यवस्थाएँ भारतीय आधारभूत चिंतन एवं व्यवहार से दूर जा रही हैं। जब तक अपने देश में सिद्धांत एवं व्यवहार दोनों पक्षों में इसका स्वीकार नहीं होगा, तब तक पर्यावरण के इस संकट का समाधान देश एवं दुनिया में निकाल पाना कठिन है।

□

भ्रष्टाचारोन्मूलन एवं शिक्षा

देश में भ्रष्टाचार चरम पर है। भ्रष्टाचार ने शिष्टाचार का रूप ले लिया है। कुछ समय पूर्व देश में यह धारणा बनाई गई थी कि भ्रष्टाचार आंदोलन का विषय नहीं बन सकता, लेकिन स.प्र. गठबंधन सरकार के दूसरे कार्यकाल में लगातार भ्रष्टाचार के कौभांडों का उजागर होना और उसमें लिप्त नेता तथा उसका बचाव करनेवाले नेताओं ने बेशर्मी की भी सारी हदें पार कर दी हैं। इसके विरुद्ध जन–आक्रोश को प्रकट रूप देने का कार्य बाबा रामदेव, अन्ना हजारे ने किया। इन महापुरुषों को जनता का अकल्पनीय समर्थन भी मिला है। वर्तमान में इस प्रकार के आंदोलनों की अत्यंत आवश्यकता है। समाज में जो धारणा बनाई गई थी कि भ्रष्टाचार आंदोलन का विषय नहीं है, वह बदल गई। इन आंदोलनों के कारण जनता में व्यापक जागरूकता भी आई। इसी प्रकार इन भ्रष्टाचारियों को जेल में भेजने में बड़ी भूमिका सुब्रमण्यम स्वामी ने न्यायालयों का आधार लेकर निभाई। उच्चतम न्यायालय का भी इसमें बड़ा योगदान है। इस माध्यम से कुछ भ्रष्टाचारी जेल में गए, लेकिन जितने जेल में गए, इससे कई गुना अधिक अपराधी आज भी सत्ता का सुख भोग रहे हैं। इस हेतु भ्रष्टाचार विरोधी आंदोलन में एक नए कानून बनाने की भी माँग उठी है। शायद लोकपाल जैसा कानून बन भी सकता है। इस प्रकार के कानून बनने से भी कुछ मात्रा में भ्रष्टाचार पर लगाम लगाई जा सकती है। उत्तर प्रदेश, कर्नाटक में लोकायुक्त की व्यवस्था नहीं होती तो वहाँ के शासकों को शासन से बेदखल करके उस पर न्यायालय में कारवाई चलाना शायद संभव नहीं होता।

परंतु प्रश्न उठता है कि इन सारे प्रयासों के बाद भी जन–जन के मन में जो

भ्रष्टाचार स्थापित हो गया है, उसको समाप्त किया जा सकेगा क्या? एक घटना स्मरण में आ रही है। मैं राजधानी एक्सप्रेस में नागपुर से दिल्ली आ रहा था। चार-पाँच लोग बैठे थे, सुबह-सुबह भ्रष्टाचार की चर्चा शुरू हो गई; कौन-नेता सबसे अधिक भ्रष्ट है। सामान्य चर्चा चल पड़ी कि सभी राजनैतिक पक्ष भ्रष्टाचार में समान रूप से लिप्त हैं। बाद में अल्पाहार आया और सबने अल्पाहार किया। इसके बाद एक सज्जन ने सबके सामने एक प्रश्न रखा कि अनेक बार अचानक प्रवास पर जाना पड़ता है, उस प्रकार की स्थिति में आप लोग क्या करते हैं? बड़ी परेशानी होती है। एजेंट या टी.टी. के पीछे घूमते रहो, फिर भी कई बार टिकट कन्फर्म नहीं मिलता। इस सज्जन के प्रश्न के उत्तर में जो व्यक्ति भ्रष्टाचार के लिए राजनेताओं को जिम्मेदार बताकर सबसे अधिक कोस रहा था, उसने तुरंत कहा कि एजेंट, टी.टी. यह सब झंझट में न पड़कर बोग़ी के एटेंडंट को 500 रु. दे दो तो समस्या समाप्त। इसी प्रकार कई बार बालकों के मन में अप्रमाणिकता, असत्य, भ्रष्टाचार का बीज बोने का कार्य अभिभावक ही करते हैं। घर में किसी लेनदार का फोन आ गया, फोन बालक उठाता है, तब हम उसे कहते हैं कि कह दो कि पिताजी घर में नहीं हैं! बालक उत्तर तो दे देता है, लेकिन उनके मन में प्रश्न उठता है कि पिताजी घर में हैं, फिर घर में नहीं हैं, ऐसा क्यों कह रहे हैं। कुछ वर्ष पूर्व की बात है। एक विद्यार्थी मित्र के घर गया था, उनकी बहन की सगाई हुई थी, उनके पिताजी से मैंने पूछा कि जमाई क्या कर रहे हैं? उन्होंने उत्तर दिया कि पी.डब्ल्यू.डी. में इंजीनियर हैं। वेतन 12,000 है, लेकिन ऊपर से हर माह 15 से 20 हजार रुपए प्राप्त कर लेता है। हर रोज के जीवन व्यवहार में ऐसी घटनाएँ घटना स्वाभाविक हो गया है। इसमें सम्मिलित व्यक्तियों को कुछ गलत नहीं लगता है। इसी प्रकार भ्रष्टाचार के आंदोलन में सक्रिय भूमिका निभानेवाले भ्रष्टाचार के लेन-देन से मुक्त हैं क्या, कहना कठिन है। यह भ्रष्टाचार कैसे दूर होगा? जब तक किसी भी समस्या का कारण या उद्‌भव स्थान ढूँढ़कर उसको ठीक नहीं किया जाता, तब तक स्थायी समाधान असंभव है।

हमारे यहाँ शिक्षा (संस्कार) तीन केंद्रों से प्राप्त होती थी—1. परिवार, 2. विद्यालय, 3. समाज। जब अंग्रेजी (मैकॉले) शिक्षा शुरू में आई, तब इतना परिणाम नहीं हुआ, क्योंकि परिवार एवं समाज से वेही संस्कार प्राप्त होते थे,

लेकिन जैसे-जैसे अंग्रेजों द्वारा दी हुई शिक्षा आगे बढ़ती गई, यह शिक्षा प्राप्त किए हुए लोग अभिभावक बन गए। आज तो दादा-दादी, परदादा तक बन गए, तब परिवार एवं समाज में भी इसका प्रभाव हो गया और तीनों केंद्रों से जिस प्रकार की शिक्षा (संस्कार) प्राप्त होती थी, वह बंद हो गई। इसके परिणामस्वरूप आज की सारी समस्याएँ निर्माण हुई हैं, इसलिए इन समस्याओं का सबसे प्रमुख कारण देश की वर्तमान शिक्षा व्यवस्था है। जिस देश की शिक्षा में संस्कार, चरित्र, मूल्य, नैतिकता एवं आध्यात्मिकता आदि बातें नहीं होंगी, उसका परिणाम, जो वर्तमान में हम भुगत रहे हैं, वही होगा। अभी इस दिशा में ठोस प्रयास नहीं किया गया तो आज जो स्थिति है, उससे भी भयानक परिणाम भुगतने के लिए तैयार रहना होगा।

अतः यह स्पष्ट है कि 'देश को बदलना है तो शिक्षा को बदलना होगा'। जब देश की शिक्षा में संस्कार, नैतिकता, मूल्यों का समावेश था, तब देश समृद्ध एवं लोग संस्कारवान थे। पुराने जमाने की एक कहानी है राका और बोंका की। दोनों पति-पत्नी एक गाँव से दूसरे गाँव चलकर जा रहे थे। पति ने रास्ते में सोने का गहना देखा, उसको लगा कि पत्नी को सोने का लालच हो सकता है, इसलिए उसने गहने पर मिट्टी डाल दी। पत्नी पीछे थी; उसने पूछा कि क्या कर रहे हो तुम ? उस समय लोग झूठ नहीं बोलते थे। पति ने सच बात बता दी। पत्नी ने प्रयुत्तर में कहा कि क्या तुम भी मिट्टी पर मिट्टी डाल रहे हो। हमारे यहाँ कहावत है, पराया धन मिट्टी समान, यह मात्र कहावत नहीं थी, जीवन के व्यवहार में था। दूसरी कहानी वर्तमान संदर्भ की है। कुछ महाविद्यालयीन छात्र गाँव देखने गए। वहाँ खेत देखने गए, तब खेत में देखा कि बैल घूम रहा था, कुएँ से पानी निकल रहा था। बाद में उन्होंने दूर काम कर रहे किसान से मिलकर प्रश्न किया कि आप इतने दूर काम कर रहे हैं, अगर बैल रुक गया तो आपको कैसे जानकारी होगी। किसान ने कहा कि उसकी गरदन में घंटी बँधी है, आवाज बंद होने से मालूम हो जाएगा। छात्रों ने दूसरा प्रश्न किया कि अगर बैल खड़ा रहकर गरदन हिलाने लगेगा, तब ? किसान ने उत्तर दिया कि हमारा बैल आज के महाविद्यालय में पढ़ा हुआ नहीं है। इसमें दोष उन छात्रों का नहीं, उनको दी गई शिक्षा का यह परिणाम है।

सामान्य रूप से देश में आज ऐसा महसूस होता है कि देश में जितना अधिक पढ़ा-लिखा व्यक्ति उतना अधिक भ्रष्ट। वर्तमान में उजागर भ्रष्टाचार के बड़े-बड़े कौभांड करनेवाले कोई अनपढ़ व्यक्ति नहीं हैं। अनेक बार ऐसा महसूस होता है कि कम पढ़ा व्यक्ति आज भी कम भ्रष्ट है। मैं कुछ माह पूर्व गुजरात के जामनगर शहर में गया था, तब एक स्थान से दूसरे स्थान जाना था। मेरे साथी कार्यकर्ता को अन्य काम से कहीं जाना था, इसलिए उन्होंने मुझे ऑटो में बिठा दिया। तीन-चार मिनट बाद मैंने ऑटो को रोकते हुए यहाँ से बाएँ लेकर गुरु दत्तात्रेय के पास की गली में ले लिया। उन्होंने कहा कि आपके सहयोगी ने गुरुद्वारा ले जाने को बताया था। मैंने कहा कि कुछ गैर-समझ हो गई होगी, लेकिन मुझे यहीं गुरु दत्तात्रेय के पास जाना है। उसने ऑटो मोड़ लिया। गली के अंदर रास्ता खराब था, मैंने ऑटो चालक को बताया कि जहाँ तक संभव है, वहाँ तक ले जाना। बाद में घर नजदीक है, मैं चला जाऊँगा। रास्ता खराब होने के बाद भी ऑटोवाला घर के दरवाजे तक ले गया। मैंने तय किए अनुसार 20 रुपए देने का प्रयास किया, तब ऑटो चालक का उत्तर आश्चर्यजनक था, उसने कहा कि भाईसाहब 20 रुपए गुरुद्वारा के थे, गुरुदत्ता के 10 रुपए दीजिए। मैंने कहा कि जो तय हुआ हैं वह ले लो, उसने कहा कि भाईसाहब हराम का पैसा नहीं चाहिए। आप 10 रुपया दीजिए, मैंने 10 रुपए देकर उनका धन्यवाद किया।

इसलिए मात्र भ्रष्टाचार ही नहीं, देश की सारी समस्याओं का समाधान प्राप्त करना है, तब शिक्षा को बदलना होगा। आइए, हम सब मिलकर तात्कालिक भ्रष्टाचार को रोकने हेतु चलाए जा रहे आंदोलन में सक्रिय सहभागिता अवश्य करें, लेकिन जड़ से इस समस्या के समाधान हेतु, देश की शिक्षा को बदलने का संकल्प करें।

□

शिक्षा में अल्पसंख्यक तुष्टीकरण की नीति : एक प्रारूप

विश्व के अनेक देशों में अल्पसंख्यक, बहुसंख्यक का संघर्ष इसलिए चलता है कि वहाँ अल्पसंख्यकों से अन्याय होता है या द्वितीय दर्जे के नागरिक जैसा व्यवहार होता है। श्रीलंका में शुरू में समान अधिकार हेतु ही वहाँ के तमिलों ने संघर्ष शुरू किया था, इसी प्रकार मलेशिया में भी वही स्थिति वहाँ के हिंदुओं की है, इस हेतु संघर्ष हो रहा है। उससे भी भयावह स्थिति पाकिस्तान और बँगलादेश में है। वहाँ के निवासी हिंदुओं पर भयानक अत्याचार किए जा रहे हैं, जिस कारण से वहाँ के हिंदू उन देशों से पलायन करके भारत में निर्वासित जीवन जीने को मजबूर हैं, लेकिन भारत विश्व का एक अपवाद रूप देश है, जहाँ अल्पसंख्यकों को बहुसंख्यक समाज से अधिक अधिकार प्राप्त हैं। इस कारण से बहुसंख्यक समाज समान अधिकार हेतु संघर्षरत है, लेकिन समान नागरिक कानून जैसी माँग करनेवाले को सांप्रदायिक कहकर बदनाम करने का प्रयास किया जा रहा है। अल्पसंख्यक तुष्टीकरण की वकालत करनेवाले सेक्यूलर माने जाते हैं।

इसी प्रकार शिक्षा के क्षेत्र में भी वही चित्र देखने को मिलता है। स्वतंत्रता के बाद जब संविधान बना, तब धारा 29, 30 के तहत अल्पसंख्यक शैक्षिक संस्थानों की स्थापना हेतु विशेष अधिकार दिया गया। जिसके तहत भाषकीय तथा पांथिक दोनों प्रकार के लोगों को संरक्षण प्राप्त है। ये धाराएँ बहुत स्पष्ट न होने के कारण धीरे-धीरे इसका दुरुपयोग भी बढ़ता जा रहा है। देश के उच्चतम न्यायालय, केंद्र सरकार, राज्य सरकारें इसकी स्पष्टता हेतु एक-दूसरे पर

जिम्मेदारी डाल रहे हैं। लगता है कि कहीं देश की न्याय व्यवस्था भी तुष्टीकरण के प्रभाव में तो नहीं आ गई। आज ये दोनों प्रकार के वर्ग या उनके नाम पर अन्य वर्ग इस धारा का भरपूर दुरुपयोग कर रहे हैं, उदाहरण, किसी संस्था में मात्र नाम हेतु एक अल्पसंख्यक व्यक्ति न्यास में है, वहाँ विद्यार्थी, शिक्षक, न्यासी सबमें अन्य वर्ग ही अधिक होने के बावजूद वे संस्थान को अल्पसंख्यक का दर्जा प्राप्त है। जब 2007 से कांग्रेस के नेतृत्ववाली स.प्र.ग सरकार आई थी, तब से देश की सरकारों में अल्पसंख्यकवाद की होड़ लगी हुई है; लेकिन इसके विरुद्ध कोई भी राजनैतिक पक्ष या देश के न्यायालय भी कुछ बोलने से कतरा रहे हैं, जिसका काला चिठ्ठा इस प्रारूप में सम्मिलित है।

एन.सी.ई.आर.टी. की इतिहास की पुस्तकों के अंश

- **सामाजिक विज्ञान (भाग-1) मध्यकालीन भारत (कक्षा-7), पाठ्य-पुस्तक की लेखिका-रोमिला थापर**

पृष्ठ-4—अकबर राजपूतों के साथ मित्रता का संबंध स्थापित करने के लिए उत्सुक था। अपने परिवार और विभिन्न राजपूतों के राजपरिवारों के साथ वैवाहिक संबंध स्थापित करके उसने इस मित्रता को स्थापित करने का एक उपाय खोजा। उसने स्वयं अनेक राजकुमारियों के साथ विवाह किए। राजपूतों के साथ संधि करने और मित्रता स्थापित करने की इस नीति से उसकी स्थिति बड़ी सुदृढ हो गई।

पृष्ठ-5—सातवें गुरु की मृत्यु के पश्चात् औरंगजेब ने गुरुओं के उत्तराधिकार के झगड़े से फायदा उठाने का प्रयत्न किया।

- **आधुनिक भारत, सामाजिक विज्ञान (भाग-1) कक्षा-आठवीं, लेखक : अर्जुन देव, इंदिरा अर्जुन देव**

पृष्ठ-200—गरम दल के कुछ हिंदू नेताओं ने राष्ट्रीयता के प्रचार के लिए धार्मिक विश्वास और उत्सवों का इस्तेमाल किया। इसमें अंग्रेज हिमायती मुसलमानों को यह कहने का मौका मिला कि राष्ट्रीय आंदोलन केवल हिंदुओं का आंदोलन है और मुसलमानों को इससे कोई सरोकार नहीं रखना चाहिए।

- **मध्यकालीन भारत, ग्यारहवीं कक्षा के लिए इतिहास की पाठ्य-**

पुस्तक, लेखक : प्रो. सतीश चंद्र

पृष्ठ-316—अपने पूर्ववर्ती शहंशाहों के विपरीत, औरंगजेब को आडंबर और तामझाम पसंद नहीं था। उसका व्यक्तिगत जीवन बहुत सादा था। उसकी ख्याति एक कट्टरतावादी और ईश्वर से डरनेवाले मुसलमान के रूप में थी। कालांतर में उसे 'जिंदा पीर' कहा जाने लगा था।

पृष्ठ-328—यह भी कहा जाता है कि औरंगजेब गुरु से इसलिए नाराज था कि उसने कुछ मुसलमानों को सिख बना लिया था। एक परंपरा यह भी कहती है कि गुरु ने कश्मीर के स्थानीय गवर्नर के खिलाफ जो वहाँ के हिंदुओं पर धार्मिक अत्याचार कर रहा था, आवाज उठाई थी। किंतु हिंदुओं के साथ धार्मिक अत्याचार का उल्लेख कश्मीर के किसी इतिहास में नहीं मिलता है।

पृष्ठ-330—यह बात संदिग्ध है कि गुरु के दो बेटों के साथ वह नृशंस व्यवहार वजीर खाँ ने औरंगजेब के कहने पर किया। मालूम होता है, औरंगजेब गुरु का विनाश नहीं चाहता था और उसने लाहौर के सूबेदार को उसे 'समझा-बुझाकर रास्ते पर लाने' के लिए एक पत्र लिखा था।

पृष्ठ-337—अफजल खाँ और शिवाजी पहले भी कई बार धोखेबाजी का सहारा ले चुके थे।

पृष्ठ-341—औरंगजेब मराठों से दोस्ती को कोई अहमियत नहीं देता था। उसके लिए शिवाजी एक 'मामूली भूमिया' (जमींदार) था।

पृष्ठ-356—औरंगजेब का दृष्टिकोण रूढ़िवादी था और उसने इसलामी कानून की मर्यादाओं के अंदर रहने का प्रयत्न किया।

पृष्ठ-328—हल्दीघाटी की लड़ाई हिंदुओं और मुसलमानों या भारतीयों और विदेशियों के बीच की लड़ाई नहीं थी।

- **आधुनिक भारत, कक्षा 12 के लिए पाठ्य-पुस्तक, लेखक—विपिन चंद्र**

पृष्ठ-20—रणजीत, सिंह अपने सिंहासन से उतरकर मुसलमान फकीरों के पैरों की धूल अपनी लंबी सफेद दाढ़ी से झाड़ता था।

- **एन.सी.ई.आर.टी. की हिंदी की पुस्तक में फिदा हुसैन की आत्मकथा पढ़ाई जा रही है।**

- **एन.सी.ई.आर.टी. की नई पुस्तकों में—कक्षा-7 'अवर पास्ट-2' (हमारा अतीत-2)**

इस पुस्तक के 154 पृष्ठ में मात्र 5 पंक्ति छत्रपति शिवाजी महाराज के संदर्भ में हैं। 60 पृष्ठ मुगल इतिहास के बारे में है।

विवादास्पद सच्चर समिति की अनुशंसाओं को राष्ट्रीय शैक्षिक अनुसंधान व प्रशिक्षण परिषद् की आठवीं कक्षा के पाठ्यक्रम में सम्मिलित किया गया है।

- **मुक्त अध्ययन विद्यालय (दिल्ली विश्वविद्यालय)**
    - बी.ए. (पास) इतिहास, वर्ष—द्वितीय, पश्न पत्र—2, अध्ययन सामग्री-3 (22-33)
    - मुसलमानों को सांप्रदायिकता की ओर ढकेलने में कांग्रेस के एक हिस्से का खुद हाथ था। यह ठीक है कि एक संगठन के रूप में कांग्रेस एक धर्मनिरपेक्ष संस्था थी, लेकिन इसके मेंबरों की एक बड़ी तादाद उन लोगों की थी, जो रूढ़िवादी थे और हिंदू धार्मिक भावनाओं से प्रभावित थे। खुद गांधीजी के धर्मनिरपेक्षता के सिद्धांत का आधार वैज्ञानिक नहीं था। रामराज्य के रूप में स्वराज्य की उनकी व्याख्या मुसलमानों को उत्साहित न कर सकी। राजनैतिक तौर पर पिछड़े हुए मुसलमानों में इस तरह की हिंदू धार्मिक भावनाओं ने अलगाव की प्रवृत्ति को हवा दी।
    - मुसलमानों के अंदर सांप्रदायिक भावनाओं को बढ़ाने में हिंदू सांप्रदायिक शक्तियों का भी बहुत बड़ा हाथ रहा है।
    - हिंदू महासभा की स्थापना के बाद इसकी ओर से मुसलमानों के खिलाफ भयंकर प्रचार किया जाने लगा।
    - एक और हिंदू सांप्रदायिक संगठन ने जन्म लिया। यह संगठन था राष्ट्रीय स्वयंसेवक संघ। एक संगठन के रूप में सांप्रदायिकता को बढ़ाने में अधिक कारगर सिद्ध हुआ।
    - जवाहर लाल नेहरू प्रधानमंत्री थे, किंतु पटेल गृह मंत्रालय का संचालन उनके आदेशानुसार नहीं, अपने मन के अनुसार करते थे और उसका इस्तेमाल सांप्रदायिक दंगो को शांत करने में नहीं, उसे

बढ़ाने में, राष्ट्रीय स्वयंसेवक संघ को बढ़ावा देने और मुसलमानों को दंगेबाज साबित करने में करते थे।'

केंद्रीय स्तर पर अल्पसंख्यक तुष्टीकरण के अन्य प्रयास

- समाज के अन्य सभी पंथों व समुदायों को शिक्षा हेतु ऋण 12-14 प्रतिशत पर जबकि अल्पसंख्यकों को ये ऋण 3 प्रतिशत ब्याज पर ही मिल जाते हैं।
- केंद्रीय विद्यालय संगठन के प्रतीक चिह्न सूर्य व कमल को क्रॉस व तारा युक्त अर्द्धचंद्र में बदल दिया।
- मदरसों को, जो किसी भी औपचारिक शिक्षण व्यवस्था के घटक नहीं हैं, केंद्रीय माध्यमिक शिक्षा मंडल की संस्थाओं के समान स्तर प्रदान कर दिया गया है।
- वर्ष 2005 में संविधान की भावनाओं के विरुद्ध जाकर अलीगढ़ मुस्लिम विश्वविद्यालय में मुस्लिम छात्रों हेतु 50 प्रतिशत आरक्षण घोषित किया गया है।
- अलीगढ़ मुस्लिम विश्वविद्यालय को भोपाल, पुणे, किशनगंज, मुर्शिदाबाद व मल्लपुरम में क्षेत्रीय केंद्र खोलने हेतु 2000 करोड़ रुपयों का अनुदान दिया गया है। जिन राज्यों में ये केंद्र खुल रहे हैं, उन्हें इनके लिए 500 एकड़ भूमि निःशुल्क देने को कहा जा रहा है।
- वर्ष 2004 में संयुक्त प्रगतिशील गठबंधन सरकार के द्वारा अल्पसंख्यक शिक्षा आयोग का गठन किया गया है।
- लोकसेवा आयोग की प्रतियोगी परिक्षाओं की तैयारी हेतु मुस्लिम प्रतियोगियों के लिए छात्रवृत्ति का विशेष प्रावधान किया गया है।
- 20 जनवरी, 2009 को भारत के उपराष्ट्रपति ने राष्ट्रीय अल्पसंख्यक आयोग के वार्षिक सम्मेलन में सुझाव दिया था कि अल्पसंख्यकों के लिए एक केंद्रीय कानून बनाने पर विचार करना चाहिए। अनुसूचित जाति तथा अनुसूचित जनजातियों के लिए बने अधिनियम 1989 (अत्याचार रोकने संबंधी) को अल्पसंख्यकों के लिए भी बनाने के लिए विचार करें।

विभिन्न राज्यों में अल्पसंख्यक तुष्टीकरण के प्रयास

- राजस्थान में मात्र अभिभावकों के शपथ-पत्र पर अल्पसंख्यक छात्रों को पूर्व-माध्यमिक छात्रवृत्तियाँ दी जा रही हैं।
- आंध्र प्रदेश सरकार द्वारा शिक्षण संस्थाओं में मुसलमानों के लिए 4 प्रतिशत आरक्षण किया गया है एवं समाज कल्याण विद्यालयों में अनुसूचित जातियों के लिए आरक्षित स्थानों में से 12 प्रतिशत स्थान मतांतरितों के लिए निर्धारित कर उन जातियों को वंचित किया गया है।
- तमिलनाडु सरकार द्वारा अन्य पिछड़ा वर्ग के आरक्षण में कटौती कर 7 प्रतिशत स्थानों को अल्पसंख्यकों के लिए आवंटित किया गया है।
- पश्चिम बंगाल सरकार द्वारा प्रत्येक विभाग के बजट में से 30 प्रतिशत का आवंटन मुसलमानों के लिए और सारी खाली पड़ी सरकारी भूमि मुसलमानों को आवंटित करने जैसा प्रस्ताव किया गया है।
- बंगाल में 'अलीहा विश्वविद्यालय' की स्थापना दिनांक 17 दिसंबर, 2007 सरकार के द्वारा की गई है।
- 12 मार्च, 2008 को पश्चिम बंगाल के वित्त मंत्री श्री असीम दासगुप्ता ने बजट एसेमेंट (2008-09) को प्रस्तुत करते हुए कहा कि मेरा सुझाव है कि 200 अतिरिक्त उच्च माध्यमिक के मदरसे स्थापित किए जाएँ। मेरा यह भी सुझाव है कि 200 अतिरिक्त शिशु शिक्षा केंद्र और 300 माध्यमिक शिक्षा केंद्र भी उन क्षेत्रों में स्थापित किए जाएँ, जहाँ अल्पसंख्यक समाज की बहुलता है।
- बिहार सरकार द्वारा 4 जिलों—पूर्णिया, अररिया, कटिहार व किशनगंज—के 10वीं व 12वीं के मुसलमान छात्रों को शुल्क मुक्ति देने की घोषणा की है।
- उसी प्रदेश में प्रत्येक 10वीं कक्षा उत्तीर्ण करनेवाले मुसलमान छात्र को 10,000 रुपयों का उपहार दिया जा रहा है।
- सच्चर कमेटी के क्रियान्वयन हेतु केरल में पोलोली समिति की सिफारिशों के आधार पर 5,000 मुस्लिम लड़कियों को फरवरी मास से स्नातक तथा स्नातकोत्तर के विद्यार्थियों को छात्रवृत्तियाँ दी

गईं। मुसलमान लड़कियाँ स्नातक तथा स्नातकोत्तर छात्राओं के लिए 5000 की छात्रवृत्ति तथा व्यावसायिक विषयों के लिए 4000 की छात्रवृत्ति प्राप्त करेंगी।

- पालोली मुहम्मद कुटी के अनुसार अगले वर्ष मुस्लिम कन्याओं की छात्रवृत्ति के लिए यह संख्या 5000 से 15000 तक बढ़ जाएगी।
- विभिन्न प्रतियोगी परीक्षा देने हेतु छात्रावास में रहनेवाली मुस्लिम छात्राओं को 10,000 रुपए तथा अध्ययन हेतु छात्रावास में रहनेवाली लड़कियों को 1,000 रुपए छात्रवृत्ति दी जा रही है।

□

शैक्षिक परिवर्तन आगामी दिशा एवं योजना

शिक्षा बचाओ आंदोलन समिति की शुरुआत 2 जुलाई, 2004 को हुई। अपने चार वर्षों के अल्पकाल में इसने राष्ट्रीय स्तर पर एक सजग एवं प्रभावी आंदोलन के रूप में अपनी पहचान स्थापित करने में सफलता प्राप्त की है। आनेवाले वर्षों में यह पूरे देश में शिक्षा परिवर्तन के लिए एक सशक्त माध्यम बनकर उभरे, ऐसी अपेक्षा अनेक शिक्षाविद्, शिक्षक, छात्र, अभिभावक एवं आमजन के मन में है।

शुरुआत के दिनों से शिक्षा बचाओ आंदोलन ने पाठ्यक्रम से संबंधित विकृतियों को उठाया, उन पर विभिन्न उपलब्ध माध्यमों से संघर्ष किया तथा सफलताएँ प्राप्त कीं। एन.सी.ई.आर.टी. की इतिहास की पुस्तकों में तोड़-मरोड़कर प्रस्तुत किए गए तथ्यों एवं आपत्तिजनक अंशों को चिह्नित कर उन पर देशभर में आंदोलन चलाया गया तथा उन पर न्यायालय में जीत प्राप्त हुई। ठीक इसी प्रकार इंदिरा गांधी राष्ट्रीय खुला विश्वविद्यालय (इग्नू) की पाठ्य-पुस्तकों में हिंदू देवी-देवताओं पर लिखे अति आपत्तिजनक अंशों पर संघर्ष कर सरकार को उन्हें वापस लेने पर बाध्य किया गया। मानव संसाधन विकास मंत्री को आठ दिनों के अंदर संसद् में इस संबंध में घोषणा करनी पड़ी। केंद्र सरकार द्वारा यौन शिक्षा को विकृत रूप में लागू करने के प्रयास पर देश भर में जनजागरण एवं आंदोलन चलाया गया, फलतः ग्यारह राज्यों की सरकारों ने यौन शिक्षा को इस रूप में लागू करने से स्पष्ट मना कर दिया। केंद्र सरकार भी इस पर

पुनर्विचार करने को मजबूर हुई। राष्ट्रीय खुला विद्यालय के पाठ्यक्रमों में देश के क्रांतिकारियों को आतंकवादी कहने पर आपत्ति दर्ज की गई। उड़ीसा की पाठ्य-पुस्तकों में राष्ट्रीय स्वयंसेवक संघ, विश्व हिंदू परिषद्, बजरंग दल, भाजपा को सांप्रदायिक संगठन कहने पर आंदोलन किया गया, जिससे राज्य सरकार ने इस पर काररवाई की।

शिक्षा बचाओ आंदोलन ने शिक्षा क्षेत्र में लोकतांत्रिक माध्यम से उचित परिवर्तन के लिए प्रयास किए हैं। विभिन्न शैक्षिक विषयों पर आंदोलन कर जन जागरण करना लोकतांत्रिक प्रक्रिया का एक हिस्सा है, जिसे हमने अपनाया। अनेक विषयों पर देश के कानून के अंतर्गत न्यायालय में प्रयास किए गए हैं, जिसका जिले से लेकर उच्चतम न्यायालय में अनुकूल परिणाम भी आए हैं। अपने देश के लोकतांत्रिक संस्थानों का उपयोग करते हुए अनेक ज्वलंत विषयों पर भी हमारी पहल पर संसद् एवं विधानसभाओं में प्रश्न उठाए गए तथा चर्चाएँ भी हुई हैं।

हमारा लक्ष्य विभिन्न विषयों पर धरना, जुलूस, प्रदर्शन एवं नारेबाजी करना ही नहीं है, हालाँकि लोकतांत्रिक प्रक्रिया के अंतर्गत विभिन्न विषयों पर जनजागरण एवं उचित काररवाई हेतु हम इन माध्यमों का सहारा लेते हैं। कई बार परिस्थितियाँ हमें बाध्य करती हैं। राष्ट्रीय खुला विद्यालय की पाठ्य-पुस्तकों में देश के क्रांतिकारियों को आतंकवादी कहने पर हमने अधिकारियों से मिलकर अपनी आपत्तियाँ दर्ज कीं।

अधिकारियों ने उचित कारवाई की, तब हमने इस विषय के प्रचार का भी मोह नहीं किया। दिल्ली विश्वविद्यालय के पत्राचार पाठ्यक्रम में इतिहास की पुस्तक के संबंध में हमने ज्ञापन एवं कानूनी नोटिस देकर दो महीने का समय दिया। विश्वविद्यालय प्रशासन ने इस दिशा में उचित कदम उठाते हुए आवश्यक सुधार किया, फलतः हमने किसी भी प्रकार का आंदोलन नहीं किया, लेकिन कभी-कभी इससे उलट अनुभव भी आता है, जैसे दिल्ली विश्वविद्यालय के इतिहास की पुस्तक, जिसमें हिंदू देवी-देवताओं को अपमानित किया गया है एवं समाज विज्ञान की पुस्तक में वेदों के गलत उदाहरण देकर महिलाओं को अपमानित करनेवाली सामग्री परोसी गई है। इस विषय पर बाध्य होकर हमें

आंदोलन करना पड़ा। सर्वोच्च न्यायालय के उचित निर्देश के बाद भी दिल्ली विश्वविद्यालय के कुलपति ने इस पुस्तक में परोसी गई विकृत सामग्री को हटाने की घोषणा अभी तक नहीं की है।

हमारा लक्ष्य प्रचार प्राप्त करना अथवा इसके लिए आंदोलन करना नहीं है। हम शिक्षा में समाज का सहभाग बढ़े, इस हेतु समाज में जागृति लाने के लिए प्रयत्नशील हैं। अभी तक विभिन्न विषयों पर देशभर में 700 संगोष्ठियाँ आयोजित की गई हैं, जिनमें 1.5 लाख से भी अधिक लोगों का सहभाग हुआ है। यौन शिक्षा के विषय पर राज्यसभा की पिटीशन कमेटी को 41,000 ज्ञापन तथा पत्र प्राप्त हुए। एक ज्ञापन एक व्यक्ति नहीं देता है। इस प्रकार हजारों लोग इस प्रकिया में सम्मिलित हुए। अब तक 45 पुस्तिकाओं का प्रकाशन हो चुका है, जो देशभर में 6000 लोगों को भेजी जाती हैं। देश के विभिन्न भागों में भिन्न-भिन्न भाषाओं में लाखों पत्रक बाँटे गए तथा विभिन्न विषयों पर हस्ताक्षर अभियान चलाए गए हैं। यौन शिक्षा के विषय पर 4,15,000 हस्ताक्षर प्राप्त किए गए, जिसमें जैन समाज का बड़ा योगदान रहा। इसी विषय पर आयोजित सम्मेलन में 26 संस्थाएँ साथ में आईं। एन.सी.ई.आर.टी की पुस्तक, जिसमें लिखा था, 'जाट लुटेरे थे' पर हरियाणा में पूरा जाट समाज आंदोलित हुआ। इसका सकारात्मक परिणाम भी हुआ। एन.सी.ई.आर.टी. की पाठ्य-पुस्तक में भगवान् महावीर पर आपत्तिजनक टिप्पणी पर जैन समाज के प्रमुख व्यक्ति के द्वारा अलवर जिला न्यायालय में याचिका दायर की गई, जिसमें न्यायालय का निर्णय अपने अनुकूल आया। इसी तरह आर्य समाज एवं स्वामी दयानंद सरस्वती के विषय में आर्य समाज के कार्यकर्ता द्वारा चंडीगढ़ उच्च न्यायालय में याचिका दायर की गई, जिसका सकारात्मक परिणाम प्राप्त हुआ। शिक्षा बचाओ आंदोलन के कारण विभिन्न शैक्षिक विषयों पर अनेक बार देश की संसद् एवं विभिन्न राज्यों की विधानसभाओं में भी मामले गूँजे।

हम शिक्षा को देशहित एवं समाजहित में राष्ट्रीय अवधारणा के अनुरूप ढालना चाहते हैं। देश की जनता का मन भी इसी प्रकार से है। परिणामस्वरूप देश में 30 से अधिक शैक्षिक, सामाजिक, धार्मिक, आध्यात्मिक संस्थाएँ एवं विभिन्न राजनैतिक नेतृत्व का इस आंदोलन को समर्थन प्राप्त हुआ है। केंद्र

एवं राज्य स्तर पर पाठ्य-पुस्तकों में व्याप्त भयानक विकृतियों के कारण भी आंदोलन की आवश्यकता सबने महसूस की तथा आगे भी इस प्रकार का आंदोलन चलाना पड़ेगा, इसमें किसी को संदेह नहीं है। ऐसा भी कहा जा सकता है कि कुछ मामलों में कार्य प्रतिक्रियात्मक है, परंतु इस माध्यम से व्यापक बहस एवं वाद-विवाद से देश में शिक्षा पर व्यापक जनजागरण भी हुआ है।

देश में एक ऐसा वातावरण बन रहा है, जिसमें इसकी अत्यधिक आवश्यकता महसूस की जा रही है कि हमारी 'शिक्षा कैसी हो'—समाज इस पर चर्चा करे तथा स्पष्ट मानदंड निर्धारित करे। यह कार्य स्वतंत्रता के पश्चात् तुरंत शुरू हो जाना चाहिए था, परंतु दुर्भाग्यवश ऐसा हो नहीं पाया। सरकार ने कोठारी आयोग, मुदलियार आयोग, राधाकृष्णन आयोग, 1986 की शिक्षा नीति आदि आयोग बनाए जरूर, इनके द्वारा अच्छे सुझाव भी आए, परंतु राजनीतिक इच्छा-शक्ति के अभाव में इनका क्रियान्वयन नहीं हो पाया।

शिक्षा-संस्कृति उत्थान न्यास का गठन शिक्षा-क्षेत्र में आमूलचूल परिवर्तन लाने तथा समाज के समक्ष एक नया विकल्प प्रस्तुत करने के लिए किया गया है। इस दृष्टि से निम्नलिखित कार्य आवश्यक लगते हैं—

- शिक्षा के क्षेत्र में देशव्यापी जनजागरण।
- शिक्षा का हित चाहनेवाले शिक्षा क्षेत्र से जुड़े प्रत्यक्ष छात्र, शिक्षक, शिक्षाविद्, शिक्षा को संचालित करनेवाले विभिन्न संस्थानों के संचालक मंडल, सरकारी अधिकारी तथा ऐसे लोगों को इस प्रक्रिया में सम्मिलित कर, सक्रिय एवं संगठित करके उन सभी के सहयोग से शिक्षा में एक नए विकल्प की तैयारी शुरू करना।

यह प्रयास विकेंद्रित एवं देशव्यापी होना आवश्यक है। इस हेतु विभिन्न विश्वविद्यालयों, संस्थानों, सामाजिक संगठनों द्वारा शिक्षा के पाठ्यक्रम-व्यवस्था -पद्धति एवं नीति आदि के लिए नए मानदंडों एवं विकल्प तैयार करने का प्रयास करना होगा, साथ-साथ यह भी आवश्यक है कि केंद्रीय स्तर पर देश के शिक्षाविदों द्वारा शिक्षा परिवर्तन हेतु कार्य योजना तैयार हो। इस हेतु सेमिनार, संविमर्श, संगोष्ठी, परिचर्चा, परिसंवाद आदि आयोजित करना तथा पाठ्य-पुस्तक एवं साहित्य तैयार करने का कार्य हमारी प्राथमिकता होगी। इन प्रयासों

के द्वारा तैयार की गईं पुस्तकें दिशा-निर्देश, देश के सभी प्रकार के शिक्षा संस्थानों, जैसे—निजी विद्यालय, महाविद्यालय, विश्वविद्यालय तथा विभिन्न सरकारें इसको स्वीकार करें, इसके लिए प्रयास करने होंगे। इन सभी प्रयासों में देशभर के शिक्षाविद्, शिक्षा क्षेत्र में कार्य करनेवाले विभिन्न संगठन, भारतीय चिंतन के आधार पर प्रत्यक्ष कार्य करनेवाली सामाजिक-आध्यात्मिक-धार्मिक संस्थाएँ, शिक्षा का हित चाहनेवाले विभिन्न प्रकार के व्यवसायी एवं राजनीतिक नेतृत्व का सहयोग प्रमुख रूप से अनिवार्य है। शिक्षा को देश के अंतिम से प्रथम प्राथमिकता का विषय बनाना होगा।

इन सारे प्रयासों के माध्यम से देश की शिक्षा की विकृतियाँ एवं गलत बातों को दूर किया जाएगा। देशव्यापी जनजागरण के साथ-साथ देश के परंपरागत ज्ञान-विज्ञान को आधुनिक संदर्भ में परिभाषित कर देश की शिक्षा को पाश्चात्य प्रभावों से मुक्त कर भारतीय संस्कृति के अनुरूप करना होगा। शिक्षा में विकल्प की तैयारी के साथ-साथ भारतीय भाषाओं को पुनः स्थापित करने का कार्य भी अति आवश्यक हैं। पूर्व राष्ट्रपति डॉ. ए.पी.जे. अब्दुल कलाम की 2020 की विकसित भारत की कल्पना या राष्ट्र के पुनर्निर्माण द्वारा भारत को पुनः विश्व गुरु के स्थान पर स्थापित करने का संकल्प शिक्षा के माध्यम से ही भौतिक एवं आध्यात्मिक समृद्धि द्वारा प्राप्त किया जा सकता है।

(लेखक शिक्षा बचाओ आंदोलन के राष्ट्रीय सह-संयोजक तथा शिक्षा-संस्कृति उत्थान न्याय के सह-सचिव हैं)

□

प्रस्तावित नई शिक्षा नीति एवं भारतीय दृष्टि

स्वतंत्र भारत में इसके पूर्व दो बार शिक्षा नीति बनाई गई है। प्रथम 1968 में एवं दूसरी बार 1986 में बनी थी। इसके अतिरिक्त भी शिक्षा में सुधार हेतु केंद्र सरकार के द्वारा 1948 में राधाकृष्णन आयोग, 1952 में मुदालियर आयोग, 1964 में कोठारी आयोग प्रमुख थे तथा राममूर्ति समिति, यशपाल समिति एवं शिक्षा के विभिन्न आयामों/विषयों के अनुसार भी अनेक समितियों का सरकार के द्वारा गठन किया गया। इन आयोगों, समितियों से कई अच्छी अनुशंसा एवं सुझाव भी दिए, परंतु राजनैतिक इच्छा-शक्ति के अभाव में या तात्कालिक सरकारों को अपनी विचारधारा के अनुकूल न होने के कारण इसका क्रियान्वयन नहीं किया गया।

1986 के 29 वर्षों बाद पुन: शिक्षा नीति की समीक्षा करके नई शिक्षा नीति पर प्रयास प्रारंभ किया गया। हमारे मत के अनुसार कम-से-कम हर 10 वर्ष पर यह समीक्षा होनी चाहिए, क्योंकि देश और दुनिया में जिस तेज गति से बदलाव आ रहे हैं, उसका शिक्षा में भी कहीं-न-कहीं समावेश अपेक्षित होता है। फिर भी वर्तमान केंद्र सरकार के मानव संसाधन विकास मंत्रालय द्वारा नई शिक्षा नीति हेतु कार्य प्रारंभ किया गया है। यह स्वागत योग्य कदम है।

इस शिक्षा नीति हेतु केंद्र सरकार के द्वारा गाँवों तक से सुझाव लेने का जो प्रयास किया जा रहा है, वह अभिनंदन की पात्र है। इसी प्रकार सरकार ने वेबसाइट के माध्यम से भी सुझाव का प्रावधान रखा था, इसमें 29 हजार से

अधिक सुझाव प्राप्त हुए हैं, परंतु जमीनी स्तर पर यह भी अनुभव आ रहा है कि कुछ राज्य सरकारों को छोड़कर जिस प्रकार प्रयास करने की आवश्यकता थी, इसकी कहीं-न-कहीं कमी भी दिख रही है।

मानव संसाधन विकास मंत्रालय के द्वारा प्रस्तावित शिक्षा नीति हेतु विद्यालय स्तर के 13 एवं उच्च शिक्षा के 20 विषय बिंदु सुझाव प्राप्त करने हेतु प्रस्तुत किए हैं। इसमें असंतुलन दिखाई देता है। अधिक महत्त्व प्रारंभिक शिक्षा का है या ऊपर की शिक्षा का, यह प्रश्न उठता है, कम-से-कम दोनों विभाग हेतु समान बिंदु तो होने ही चाहिए थे।

वास्तव में तो मेरी दृष्टि से तीन स्तर होने चाहिए थे। प्रथम समान बिंदु, जो समग्र शिक्षा हेतु अपेक्षित है। उदाहरण के लिए मूल्य, आधारित शिक्षा आदि। दूसरे विद्यालय स्तर एवं तीसरी उच्च शिक्षा। इस प्रकार की बिंदुओं की रचना ज्यादा उचित होती। बिंदुओं के निरीक्षण से और एक बात ध्यान में आती है कि इन बिंदुओं में शिक्षा के लक्ष्य/उद्देश्य का समावेश नहीं है। स्वतंत्र भारत की शिक्षा आज भी दिशाहीन नजर आ रही है। इसका महत्त्वपूर्ण कारण शिक्षा के लक्ष्य, उद्देश्य की स्पष्टता का अभाव है।

हमारी दृष्टि से देश की शिक्षा का उचित स्वरूप बने, इस हेतु निम्नांकित बातों का नई शिक्षा नीति में समावेश होना चाहिए।

शिक्षा का लक्ष्य

राष्ट्र के विकास में 'चरित्रवान् एवं समग्र रूप से विकसित व्यक्तित्व' वाले लोगों का विशिष्ट स्थान है। इस प्रकार के लोगों का निर्माण ही शिक्षा का केंद्रीय लक्ष्य होना चाहिए। तैत्तरीय उपनिषद् में उल्लिखित पंचकोश की अवधारणा में इसका उत्कृष्ट वर्णन है। स्वामी विवेकानंद की दृष्टि में शिक्षा मनुष्य की अंतर्निहित क्षमताओं की अभिव्यक्ति का ही साधन है और यह अंतर्निहित क्षमता राष्ट्र-विकास का साधन है। शिक्षा ऐसी हो…

- जिससे राष्ट्र एवं समाज की आवश्यकताओं की पूर्ति हो सके।
- जो राष्ट्रीय-अंतरराष्ट्रीय चुनौतियों का समाधान करने में सहायता करे।

- जो देश की संस्कृति, प्रकृति एवं प्रगति के अनुरूप हो।
- जो मनुष्य के ज्ञान को संवर्धित करे, उसके कार्य को उन्नत बनाए, उसमें मानवीय अस्मिता का निर्माण करे तथा सामाजिक सह-अस्तित्व के प्रति मनुष्य को संवेदनशील बनाए।
- जो राष्ट्रीय एकता और एकात्मता को बढ़ावा दे।

आधारभूत संकल्पना

सभी स्तरों पर शिक्षा स्वायत्त हो, मातृभाषा में हो, मूल्य-आधारित एवं सेवा का माध्यम हो, जिसमें—

- एकात्मता एवं समग्रता का दृष्टिकोण हो,
- सिद्धांत एवं व्यवहार का संतुलित समन्वय हो,
- प्राचीन, भारतीय ज्ञान-परंपरा एवं आधुनिक का समायोजन हो,
- आध्यात्मिकता एवं भौतिकता का समन्वय हो।

शिक्षा भारतीय पारिवारिक संकल्पना को सुदृढ करे तथा इसका संविधान के मूल कर्तव्यों से जुड़ाव हो।

राष्ट्रीय योजना एवं शैक्षिक योजना में ताल-मेल हो।

शिक्षा में गुणवत्ता

- प्रत्येक बच्चा 'गुणात्मक-जीवन जीने के मौलिक अधिकार' के परिप्रेक्ष्य में गुणात्मक शिक्षा प्राप्त करने का अधिकारी है। अत: सभी शैक्षिक संस्थाओं में गुणवत्ता के समान स्तर के मानकों को सुनिश्चित करने हेतु, समाज की सहभागिता पर बल देते हुए, विशेष योजना के अंतर्गत तंत्र विकसित किया जाए। इसके अंतर्गत शिक्षा के लिए अपेक्षित भौतिक संसाधनों की गुणवत्ता के साथ-साथ शिक्षा की 'वास्तविक' गुणवत्ता की ओर ध्यान दिया जाए। ग्रामीण क्षेत्रों हेतु विशिष्ट योजना बनाई जाए।
- जिला स्तरीय शैक्षिक संस्थाओं को उनके क्षेत्र के विद्यालयों के प्रति अधिक उत्तरदायी बनाने के लिए योजना बनाई जाए।
- सरकारी और निजी विद्यालयों को एक-दूसरे का विरोधी न मानकर,

उनके मध्य अकादमिक और सह-अकादमिक संबंधों को शैक्षिक गुणवत्ता के संवर्धन हेतु मजबूत किया जाए। उनके संसाधनों के साझा उपयोग तथा आदान-प्रदान को बढ़ावा दिया जाए।

- उच्च शिक्षा के शैक्षिक संस्थानों के प्रत्यायन एवं मूल्यांकन हेतु 'नैक' जैसी पारदर्शी समन्वित व्यवस्था का विस्तार क्षेत्रीय स्तर तक किया जाए। इस हेतु क्षेत्रीय स्तर पर नैक की इकाइयों का गठन किया जा सकता है अथवा केंद्रीय विश्वविद्यालयों/राज्य के प्रतिष्ठित विश्वविद्यालयों को यह कार्य सौंपा जा सकता है। इसमें निजी या विदेशी संस्थाओं का प्रवेश वर्जित हो।
- राज्य विश्वविद्यालयों के सशक्तीकरण हेतु आवश्यक संसाधनों की पूर्ति संबंधी व्यवस्था सुनिश्चित करते हुए निगरानी दस्तों की व्यवस्था की जा सकती है।
- आई.आई.टी, आई.आई.एम., मेडिकल कॉलेज जैसे गुणात्मक संस्थान ग्रामीण क्षेत्रों में प्रारंभ किए जाएँ।

पाठ्यचर्या/पाठ्यक्रम

- सभी स्तरों पर आधारभूत ज्ञान के अंतर्गत भारतीय इतिहास, संस्कृति, वैदिक गणित जैसी ज्ञान-विज्ञान-परंपरा के क्षेत्र में 'विश्व को भारतीय देन' आदि से संबंधित विषयों को अनिवार्य रूप से सम्मिलित किया जाए। सभी भारतीय पंथ के मुख्य ग्रंथों के सार को पाठ्यक्रम में जोड़ा जाए।
- सभी स्तर की पाठ्य-पुस्तकों से हमारी संस्कृति, परंपरा, पंथ, धर्म, महान् व्यक्तियों आदि को अपमानित करनेवाले पाठ-प्रसंगों की गलत व्याख्या को हटाया जाए तथा निरपेक्ष दृष्टिकोण अपनाते हुए उनके संदर्भ-आधारित इतिहास को प्रस्तुत करने पर बल दिया जाए।
- सभी स्तरों पर शिक्षा की पाठ्यचर्या राष्ट्रीय एवं क्षेत्रीय आवश्यकताओं से जुड़ी हो, साथ ही पाठ्यक्रमों को व्यावहारिक एवं जीवनोपयोगी बनाने पर बल होना चाहिए।

- विदेशों में शिक्षा के पाठ्यक्रम में भारत को किस प्रकार दरशाया जा रहा है, इसकी समीक्षा हो तथा उसके आधार पर भावी कदम उठाए जाएँ।
- सूचना व संचार प्रणाली का प्रत्येक स्तर की पाठ्यचर्या में समावेश हो।

भाषा-नीति

- प्रत्येक राज्य में उस भाषा का विश्वविद्यालय स्थापित किया जाए, जिसमें प्रमुख रूप से प्रबंधन, इंजीनियरिंग, मेडिकल आदि पाठ्यक्रम वहाँ की भाषा में पढ़ाया जाए।
- वर्धा हिंदी विश्वविद्यालय में भी इसी प्रकार के सारे व्यावसायिक पाठ्यक्रम क्रमबद्ध तरीके से हिंदी में प्रारंभ किए जाएँ।
- विद्यालयों में मातृभाषा बोलने पर रोक लगानेवाले विद्यालयों पर कानूनी काररवाई की जाए।
- त्रिभाषा सूत्र की समीक्षा करके नई भाषा नीति पर विचार हो। सभी स्तर पर से अंग्रेजी की अनिवार्यता समाप्त की जाए।
- विदेशों में हिंदी, संस्कृत सहित अन्य भाषाओं के प्रचार-प्रसार के लिए योजना बनाई जाए। वैसी विदेशी संस्थाएँ, जो भारतीय भाषाओं पर कार्य कर रही हैं, उनसे मजबूत संबंध स्थापित किए जाएँ।
- आई.आई.टी, एन.आई.टी, आई.आई.टी एवं आई.आई.एम. में भी भारतीय भाषाओं में अध्ययन करने का अवसर दिया जाए।
- सभी प्रकार की प्रतियोगी एवं भर्ती परीक्षाओं में भारतीय भाषाओं का विकल्प अनिवार्य रूप से हो।
- शिक्षा व्यवस्था में संस्कृत के सुनिश्चित स्थान संबंधी नीति निर्धारित की जाए।
- केंद्रीय विद्यालयों में ८वीं अनुसुची की सारी भाषाओं के माध्यम का प्रावधान किया जाए।
- विद्यालयों में किसी भी स्तर पर विदेशी भाषाओं का विकल्प न दिया

जाए। विदेशी भाषा सीखने की इच्छा रखनेवाले विद्यार्थियों एवं अन्यों के लिए स्वतंत्र रूप से प्रमाण-पत्र पाठ्यक्रम, डिप्लोमा आदि की व्यवस्था की जा सकती है।

- शिक्षा क्षेत्र में वैचारिक विमर्श का माध्यम भारतीय भाषाएँ बनें। इस हेतु नीति बनाई जाए।

वित्तीय पक्ष

- निजी विद्यालयों/विश्वविद्यालयों में शुल्क संरचना को निर्धारित करने के लिए वैधिक-नीति बनाई जाए।
- सभी प्रकार के चुने हुए प्रतिनिधि (यथा निगम पार्षद से लेकर सांसद तक) को अपने कार्य क्षेत्र के विकास हेतु प्रतिवर्ष प्राप्त धनराशि में से कम-से-कम 20 प्रतिशत हिस्सा अनिवार्य रूप से शिक्षा पर व्यय करने का प्रावधान किया जाए।
- शिक्षा पर सकल घरेलू उत्पाद के कम-से-कम छह प्रतिशत व्यय किया जाए।
- सरकारी अथवा अनुदानित उच्च शैक्षिक संस्थानों में आर्थिक स्तर के अनुसार शुल्क-संरचना हो।

शिक्षक-शिक्षा एवं विकास

- सेवा-पूर्व व सेवाकालीन शिक्षक-शिक्षा-पाठ्यक्रमों में परस्पर स्थायी अंतर्संबंध हो।
- वर्तमान में घोषित दो वर्ष के शिक्षक-शिक्षा (बी.एड., एम.एड.) के पाठ्यक्रम पर तुरंत रोक लगाते हुए नूतन पाठ्यक्रम हेतु समिति का गठन किया जाए, जिसमें सभी आधारभूत विषयों का समावेश हो तथा अतीत के शैक्षिक विकास तथा देशज शिक्षा को समझने पर बल हो।
- सभी विद्यालयों के संदर्भ में यह अनिवार्य होना चाहिए कि वे किसी-न-किसी शिक्षक-शिक्षा संस्थान से स्थायी रूप से जुड़े हों।
- शिक्षक-शिक्षा के प्राध्यापकों हेतु सेवापूर्व व सेवाकालीन पाठ्यक्रमों को विकसित किया जाए।

- शिक्षकों के व्यावसायिक विकास हेतु उन्हें आगे की शिक्षा प्राप्त करने संबंधी नीति बनाई जाए, जिसमें अध्ययन के लिए आवश्यक अवकाश तथा वित्त–सहायता का प्रावधान हो।
- शिक्षकों की योग्यता एवं दक्षता के आधार पर उनके लिए प्राथमिक से माध्यमिक/उच्चतर माध्यमिक स्तर तक पदोन्नति का प्रावधान होना चाहिए।
- सभी स्तरों पर शिक्षकों के रिक्त पदों को भरने हेतु स्थायी नीति बनाई जाए तथा अंशकालिक नियुक्ति को पूर्णत: बंद किया जाए।
- प्रवेश–परीक्षाओं की गुणवत्ता की समीक्षा करते हुए सुधारात्मक उपाय किए जाएँ।

विद्यार्थी सहायता

- सभी शैक्षिक–संस्थानों में विमर्श केंद्र स्थापित किए जाएँ, जहाँ विद्यार्थियों को जीवन एवं आगे की पढ़ाई एवं व्यवसाय संबंधी सभी प्रकार का मार्गदर्शन प्राप्त हो सके। विद्यार्थी सहायता केंद्रों को आधुनिक तकनीकों से जोड़ते हुए उन्हें उन्नत बनाया जाए। सर्वत्र विद्यार्थी सहायता का नेटवर्क स्थापित किया जाए।
- गाँव तथा छोटे कस्बों के विद्यार्थियों तक अपेक्षित सहायता पहुँचाने हेतु व्यवस्थित उपक्रम बनाया जाए।
- सर्वत्र आवश्यकता अनुसार छात्रावास की व्यवस्था बढ़ाई जाए।
- सभी शैक्षिक संस्थानों में सभी विद्यार्थियों हेतु गुणात्मक चिकित्सा व्यवस्था सुनिश्चित की जाए।

आधारभूत विषय

- योग एवं स्वास्थ्य संबंधी शिक्षा के साथ–साथ बच्चों के स्वास्थ्य हेतु कार्यक्रम बनाए जाएँ।
- सामाजिक एवं सेवा कार्य के अनुभव को शिक्षा के सभी स्तर पर सम्मिलित किया जाए। शैक्षिक संस्थाएँ एक गाँव या बस्ती को गोद लें। विश्वविद्यालय 10 गाँव गोद लें।

- वर्तमान विद्यालयीन पाठ्यक्रम में कक्षा 5 से उद्यमिता, कौशल विकास एवं व्यावसायिक शिक्षा सहित नागरिक कर्तव्य एवं राष्ट्रीयता के विकास का भी पाठ्यक्रम में समावेश हो।
- पाठ्यक्रमों में पर्यावरण, मूल्य, शारीरिक, खेल, जीवन कौशल, संगीत, विभिन्न कलाएँ आदि जैसे आधारभूत विषयों का समावेश हो।
- विद्यार्थियों में स्वाध्याय प्रवृत्ति के पुनर्विकास हेतु सभी विद्यालयों में पुस्तकालय अनिवार्य हो तथा विद्यालयी समय सारणी में इसको प्रमुखता से रखा जाए।
- संकुल संसाधन केंद्रों पर सामुदायिक पुस्तकालयों को बनाया जाए तथा उसे उस क्षेत्र के प्रत्येक विद्यालय से जोड़ा जाए।

स्वायत्तता

- न्यायालय एवं चुनाव आयोग की भाँति शिक्षा में स्वायतता हेतु राष्ट्रीय स्तर पर 'स्वायत्त शिक्षा संस्थान' का गठन किया जाए, जिसकी इकाइयाँ राज्य एवं जिला स्तर तक हों।
- शिक्षा में स्वायत्तता हेतु पारदर्शिता एवं उत्तरदायित्व को सुनिश्चित किया जाए।

मानवीय एवं गुणात्मक प्रशासन

- प्रशासन में मानवीय दृष्टिकोण का अपेक्षित रूप से समावेश हो।
- 'भारतीय शिक्षा सेवा' का सुदृढ गठन करते हुए शिक्षा से संबंधित प्रशासनिक पदों पर इसी के माध्यम से पदाधिकारियों को नियुक्त किया जाए, जिसके लिए विशेष शैक्षिक अर्हताएँ हों।
- मानव शक्ति सर्वेक्षण के आधार पर ही विभिन्न प्रकार के शैक्षिक संस्थान खोलने की योजना हो।
- शिक्षा में प्रशासनिक सुधार हेतु प्रशासन में सामूहिकता, पारदर्शिता एवं जवाबदेही आवश्यक हो। एतदर्थ, प्रशासनिक जटिलताएँ समाप्त हों।

शोध-प्रक्रिया

- शोध/अनुसंधान कार्य को राष्ट्रीय आवश्यकताओं से जोड़ा जाए। विद्यालय स्तर से ही विद्यार्थियों का शोध का स्वभाव बने, इस हेतु पाठ्यचर्या में आवश्यक तत्त्वों का समन्वय किया जाए।
- अनुसंधान कार्य में स्वतंत्रता हो, समय अवरोध न हो तथा विश्वविद्यालय शिक्षा के बाहर भी उचित शोध-कार्य करनेवाले को उपाधि देने का प्रावधान हो।
- शोध एवं प्रकाशन कार्य अधिक-से-अधिक भारतीय भाषा में हो, जो भी अंग्रेजी में अनुसंधान होता है, उनको किसी एक भारतीय भाषा में अनुवादित करना अनिवार्य किया जाए। एतदर्थ सुदृढ नीति बनाई जाए।
- शोध हेतु विश्वविद्यालय एवं उद्योगों में परस्पर अंत:क्रिया हेतु नीति बनाई जाए।
- परंपरागत हस्तकला, शिल्पकला आदि कार्य करनेवाले कारीगरों को भी सरकार द्वारा प्रमाण-पत्र दिए जाएँ तथा उन शोधों को भी प्रोत्साहित किया जाए।
- शोधों की उपयोगिता सुनिश्चित हो, शोधों का निष्कर्ष जिनके लिए लाभकारी है, उन तक उन निष्कर्षों को पहुँचाने संबंधी प्रक्रिया को सुदृढ किया जाए।
- प्रथमत: शोध-निष्कर्षों को अंतरदेशीय पत्रिकाओं में प्रकाशित करने संबंधी प्रावधान बनाए जाएँ। तत्पश्चात् अंतरराष्ट्रीय स्तर पर उन्हें भेजा जाना चाहिए।

मूल्यांकन-प्रणाली

- मूल्यांकन प्रणाली में अवलोकन, गतिविधि एवं औपचारिक परीक्षा का समन्वय सभी स्तर पर किया जाए।
- विद्यालय स्तर पर कक्षा 1 से 8 तक अनुत्तीर्ण न करने की पद्धति की समीक्षा कर पुन: निर्णय किया जाना चाहिए।

- उच्च शिक्षा स्तर पर सत्रीय पद्धति की समीक्षा कर इसे क्रमबद्ध प्रक्रिया से लागू किया जाना चाहिए। प्रयोग के लिए प्रथमत: स्नातकोत्तर स्तर पर लागू करना चाहिए। इस हेतु पूर्व तैयारी भी पर्याप्त होनी चाहिए।
- उच्च शिक्षा में सी.बी.सी.एस. एवं श्रेणी प्रक्रिया को अनिवार्य रूप से लागू नहीं करना चाहिए। प्रथमत: पूर्व तैयारी हेतु आवश्यक समय देकर तत्पश्चात् क्रमबद्ध प्रक्रिया से लागू करना चाहिए।

प्रवेश-प्रक्रिया

- शिक्षा हेतु प्रत्येक विद्यार्थी को समान अवसर मिलना चाहिए।
- प्रवेश की व्यवस्था सरल हो।
- धन (डोनेशन/कैपिटेशन फीस) के आधार पर प्रवेश देने की प्रक्रिया को वैधिक प्रक्रिया से रोका जाए।
- पड़ोस-विद्यालय में प्रवेश की संकल्पना को लागू करना चाहिए।

अन्य

- पूर्व प्राथमिक शिक्षा का 'नि:शुल्क एवं अनिवार्य शिक्षा के अधिकार' में समावेश किया जाए।
- 'नि:शुल्क एवं अनिवार्य शिक्षा का अधिकार अधिनियम-2009' की समीक्षा कर आवश्यक संशोधन किए जाएँ।
- मुक्त विद्यालयीन शिक्षा में प्रत्यक्ष शिक्षण की उचित व्यवस्था बने एवं आठवीं अनुसूची की सभी भाषाओं में शिक्षा देने की व्यवस्था बने।
- प्रौढ़ शिक्षा में साक्षरता के साथ लिखने-पढ़ने के सभी कार्यों का समावेश हो।
- अनुसूचित जाति, जनजाति, पहाड़ी व दुर्गम क्षेत्रों में रहनेवाले विद्यार्थियों के लिए उनकी भाषा में एवं वहाँ की आवश्यकता एवं परिस्थिति के अनुसार पाठ्यक्रमों का स्वरूप बनाया जाना चाहिए। यदि उनकी स्थानीय भाषा में तुरंत पाठ्यक्रम तैयार करना संभव नहीं है तो वहाँ की राजभाषा में पुस्तकें हों, परंतु शिक्षण-अधिगमन हेतु

उनकी स्थानीय भाषा के उपयोग के प्रावधान किए जाएँ।

- विशिष्ट आवश्यकतावाले एवं सामाजिक रूप से वंचित समूहों के बच्चों के लिए उनकी आवश्यकता के अनुसार नीति बनाई जाए।
- विद्यालयों में संस्कारक्षम वातावरण एवं पारिवारिक भाव के विकास हेतु निश्चित नीति, योजना एवं कार्यक्रम का निर्धारण हो। इस हेतु—
    - प्राथमिक शिक्षा से विश्वविद्यालय स्तर तक प्रातःकालीन सभा तथा इससे संबंधित गतिविधियों, यथा प्रार्थना, योग आदि को अनिवार्य करना।
    - गुरु-पूर्णिमा, रक्षाबंधन आदि प्रकार के कार्यक्रमों को संस्थागत रूप देना।
    - वरिष्ठ विद्यार्थियों को नए विद्यार्थियों का मार्गदर्शक बनाना।
    - विद्यालय-भवन में दीवारों पर सुभाषित, महान् व्यक्तियों के चित्रों, बच्चों से संबंधित देशज कहानियों के चित्रों आदि को प्रोत्साहन देना।
    - नवीन विद्यार्थियों के स्वागत कार्यक्रम की परंपरा को पुनर्स्थापित करना।
    - तकनीकी शिक्षा में प्रत्यक्ष कार्यानुभव हेतु व्यवस्था हो।
    - दूरस्थ एवं ऑनलाइन पाठ्यक्रम की सामग्री का भारतीय भाषाओं में होना।

शिक्षा समाज परिवर्तन का सशक्त माध्यम है। जैसी शिक्षा होगी, वैसा देश बनेगा। वर्तमान की देश की अधिकतर समस्याओं की जड़ हमारी शिक्षा-व्यवस्था है। इस हेतु 'देश बदलना है तो शिक्षा को बदलना होगा' इसकी प्रथम बात है कि शिक्षा की नीति बनाते समय इसका केंद्र-बिंदु भारतीय दृष्टि होनी चाहिए। दूसरी बात है कि मात्र नीति बनने से नहीं चलेगा, नीति को जमीनी स्तर पर क्रियान्वित करना एक बड़ी चुनौती है। इस हेतु नीति की घोषणा के साथ ही क्रियान्वयन हेतु एक समिति एवं आवश्यकता अनुसार, उपसमितियों की भी घोषणा करनी चाहिए। इन समितियों के द्वारा भी एक निश्चित समय मर्यादा में क्रियान्वयन हेतु समयबद्ध योजना आवश्यक है।

शिक्षा मात्र सरकार का विषय नहीं है, इसमें समाज एवं समाज में विशेष करके प्रत्यक्ष शिक्षा से जुड़े लोगों की महत्त्वपूर्ण भूमिका बनती है। क्रियान्वयन हेतु समाज की सहभागिता एवं मानस बनाना, यह अत्यंत महत्त्वपूर्ण कार्य है। जिस प्रकार नीति बनाने हेतु समाज, गाँव तक से सुझाव लेने का प्रयास किया गया, इसी प्रकार नीति को लागू करने में भी समाज का सहभाग अनिवार्य है। इस पर भी क्रियान्वयन हेतु बनी समिति को विचार करना चाहिए। आशा करते हैं कि सरकार के द्वारा इसी दिशा में ठोस कदम उठाने पर विचार किया गया होगा।

□

शैक्षिक स्थिति : परिवर्तन एवं दिशा

"चलो जलाएँ दीप वहाँ, जहाँ अभी भी अँधेरा है।,
शिक्षा पाकर भिक्षा माँगें, युवजन खाएँ ठोकर आज।
आजादी का स्वप्न दिखाकर, पाखंडी करते हैं राज।।
भ्रष्ट व्यवस्था ने भी डाला, अब यहाँ पर डेरा है।
चलो जलाएँ दीप वहाँ, जहाँ अभी भी अँधेरा है।

हम सभी शिक्षा के वास्तविक लक्ष्य व शिक्षा की वर्तमान स्थिति की खाई को पाटने में लगे हैं। हम सभी पढ़ाते हैं। जब श्यामपट साफ-स्वच्छ हो, तब नई बात उस पर लिखना आसान होता है, लेकिन जब गलत बातें श्यामपट पर लिखी हुई हैं, तब उसको पहले हटाना पड़ता है, बाद में उस पर अच्छी बातें लिखते हैं। हमारी शिक्षा प्रणाली में भी ऐसी विसंगतियाँ, विकृतियाँ डाली गई हैं, जो विधर्मी व विदेशी भी नहीं डाल सकते, लेकिन हमारे देश के ही एक निश्चित विचारधारा के लोग ऐसा कर रहे हैं। स्वतंत्रता के 67 वर्षों के बाद भी ये बातें चल रही हैं। अंग्रेजों ने हमें पढ़ाया कि आर्य विदेश से आए और द्रविड़ों को उन्होंने खदेड़ा। अंग्रेजों ने यह इसलिए पढ़ाया कि आर्य (हम) भी भारत में आक्रमणकारी बनकर आए थे तो फिर हमें अंग्रेजों को विदेशी एवं आक्रमक कहने का क्या अधिकार है, लेकिन आज भी यही पढ़ाया जा रहा है। लोकमान्य तिलक जैसे महापुरुष के नाम पर यह संस्था है। ऐसे सभी क्रांतिकारियों—लाल, बाल, पाल आदि को एन.सी.ई.आर.टी. की पुस्तकों में आतंकवादी पढ़ाया जा रहा था।

देश में शिक्षा बचाओ आंदोलन समिति के द्वारा इसके विरुद्ध संघर्ष छेड़ा

गया। इसके परिणामस्वरूप लाखों विद्यार्थियों को इस विकृत सामग्री को पढ़ने से मुक्ति मिली। एन.सी.ई.आर.टी. की इतिहास की पुस्तकों में से 75 अंश निकाले गए। ये सारे अंश हमारी संस्कृति, धर्म, महापुरुषों को अपमानित करनेवाले थे। दिल्ली विश्वविद्यालय के बी.ए. (ऑनर्स) द्वितीय वर्ष के पाठ्यक्रम में रामायण के पात्रों के बारे में विकृत बातें पढ़ाई जा रही हैं। ये सभी बातें राष्ट्रीय एवं अंतरराष्ट्रीय स्तर के षड्यंत्र के तहत की जा रही है। भारत की संस्कृति, धर्म, परंपराएँ श्रेष्ठ हैं। पश्चिम की एक लॉबी व भारत की एक विचारधारा के लोगों को यह सहन नहीं होता। यदि रामायण के पात्रों को विकृत रूप में पढ़ाएँगे तो देश के विद्यार्थी उनका सम्मान कैसे करेंगे? लगभग विगत 150 वर्षों से ऐसा ही पढ़ाया जा रहा है। आज हमारे विद्यार्थियों से अगर पूछा जाए कि भारत का प्रथम तथा अंतिम अंग्रेज वायसराय कौन था? प्रथम व अंतिम मुगल शासक कौन था, आदि प्रश्नों के उत्तर वे सही बता सकते हैं, लेकिन वे 4 वेदों के नाम नहीं बता पाते। जैन धर्म माननेवाले बालकों से उनके 24 तीर्थंकरों के नाम बोलने को कहा जाए तो वे उत्तर नहीं दे सकते हैं, क्योंकि ये सारी बातें पाठ्य-पुस्तकों में नहीं हैं। यह भारतीय स्वाभिमान को समाप्त करने का षड्यंत्र है। जब बालकों के मन में यह आ जाएगा कि हमारे देशवासी, असंस्कारी, अशिक्षित थे। हमारे देवी-देवताएँ भी ऐसे ही थे तो देश के बारे में वे गर्व कैसे करेंगे। अपने यहाँ यदि वैदिक गणित की बात की जाए तो सांप्रदायिकता के नाम पर बदनाम किया जाता है, लेकिन जब अपने यहाँ से ये पुस्तकें विदेश पहुँचीं और एक विदेशी ने भारत में इनका प्रस्तुतीकरण किया, तब अपने देश में इस पर अधिक कार्य शुरू हुआ। अपने यहाँ साधारण धारणा है कि पश्चिम का जो भी है वह श्रेष्ठ है। डॉ. कलामजी ने अपनी पुस्तक में लिखा है कि उनके घर में एक कैलेंडर लगा था। यह जर्मनी में छपा था। सभी देखनेवाले जर्मनी की प्रशंसा करते हुए कहते थे कि चित्र बहुत ही सुंदर है। कलाम साहब कहते थे कि नीचे छोटे अक्षरों में लिखा है, यह भी पढ़ो। वह पढ़ने पर लोग कहते हैं कि क्या यह भारतीय के द्वारा लिये गए चित्र हैं? इसी प्रकार आज अपने देश में अंग्रेजी में बोलनेवाले को विद्वान् माना जाता है। अपनी भाषा में बोलनेवाले को हेय दृष्टि से देखा जाता है। अपने पालक को माता-पिता कहने पर पुरानी विचारधारा का माना जाता है। मम्मी-पापा कहने

पर आधुनिक माना जाता है। मॉम-डेड कहने पर और आधुनिक माना जाता है। आज वैदिक गणित को दुनिया स्वीकार कर रही है। बच्चों को वैदिक गणित की विधि से पढ़ाया जाए तो उनको गणित बोझ नहीं लगेगा और वे प्रसन्नता से गणित के प्रश्नों को हल करेंगे।

जर्मनी, इंग्लैंड आदि देशों में इस विषय पर अधिक कार्य हो रहा है। अपने यहाँ के कुछ विद्वान् कहते हैं—इसका नाम वैदिक गणित क्यों रखा है? हमारे देश में प्रत्येक बात विवाद से प्रारंभ होती है। हम विवाद करते रहे और अमेरिका के एक सज्जन ने तो वैदिक गणित की एक विधा पर पेटेंट के लिए आवेदन कर दिया है। इसलिए बोर्ड पर गलत बातें लिखी हैं, उनको मात्र हटाने से नहीं चलेगा। उस पर अच्छी बातें लिखने हेतु हमें इस दिशा में ठोस कार्य करना होगा। केवल भारतीय शिक्षा बोलने पर शिक्षा भारतीय नहीं होगी। हमारे यहाँ शिक्षा के मूलभूत सिद्धांत तो शाश्वत सत्य हैं, लेकिन आधुनिक आवश्यकता के अनुसार एक नई व्यवस्था देनी होगी। एक प्रकार से प्राचीन एवं आधुनिकता का समन्वय करना होगा। प्रत्येक विषय के संदर्भ में इस प्रकार कार्य करने से जो स्वरूप बनेगा, भारतीय शिक्षा के इस आधुनिक स्वरूप को दुनिया स्वीकार करेगी। इस तरह के प्रयास हेतु शिक्षा संस्कृति उत्थान न्यास के द्वारा हमने विभिन्न संस्थाओं से जुड़कर के वैदिक गणित पर छह परिसंवाद आयोजित किए। इसमें से एक काशी हिंदू विश्वविद्यालय में विपरीत परिस्थिति में आयोजित हुआ, लेकिन समापन पर एक प्राध्यापक ने धन्यवाद देते हुए चार दिन की कार्यशाला करने का अनुरोध किया। संकाय अध्यक्ष ने इसे पाठ्यक्रम में शामिल करने का विषय रखा। शिक्षा-संस्कृति उत्थान न्यास के द्वारा इस कार्य को आगे बढ़ाने हेतु देश भर में में वैदिक गणित के शोध संस्थान स्थापित करने की योजना है जिसमें समग्रता से कक्षा 1 से 12वीं तक का पाठ्यक्रम तैयार करना शामिल है, इसे उच्च शिक्षा में सम्मिलित करने का प्रयास, प्रतियोगी परीक्षा में उपयोग तथा संगणक एवं वैदिक गणित पर कार्य होगा। इसी प्रकार कार्य करने से न सिर्फ देश में, समग्र विश्व में हमारी बातें स्वीकार होंगी।

बाद में वहाँ इसको लागू करने का प्रयास होगा। एक वर्ष के बाद सरकारी स्तर पर भी पाठ्यक्रम को लागू करने का प्रयास किया जाएगा। इस पाठ्यक्रम

की पुस्तकों से चार बातें प्राप्त होगीं—

- छात्रों में संस्कार का निर्माण।
- छात्रों में अनुशासन अच्छा होगा।
- छात्रों के परिणाम पर सकारात्मक प्रभाव होगा।
- पढ़ानेवाले शिक्षक पर भी प्रभाव पड़ेगा।

इस प्रकार ठोस कार्य के बिना भारतीय शिक्षा का नारा अधूरा है। इस हेतु प्रत्येक विषय पर गहन अध्ययन करना होगा। देश की शिक्षा में परिवर्तन की चाबी आचार्य है। हम सभी आचार्य हैं। आज के संदर्भ में शिक्षा देने के कार्य को व्यवसाय माना जाने लगा है। यह व्यवसाय नहीं, ध्येय (मिशन) है। शिक्षा का कार्य सर्वश्रेष्ठ है। मनुष्य को बदलने की ताकत इसमें है। हम में इसका स्वाभिमान होना चाहिए। हमें पूरी निष्ठा से इस कार्य को करना होगा। पूर्ण मनोयोग से कार्य करनेवाले शिक्षकों ने दुनिया में परिवर्तन किया है। मुझे एक प्राचार्य ने कहा कि छात्र कक्षा में नहीं आते? मैंने प्रतिप्रश्न किया-क्यों आएँगे? क्योंकि गत 150 वर्षों से विद्यार्थी उसी पद्धति के अनुसार 40 मिनट का भाषण सुनते हैं और घर जाते हैं। पढ़ाने की पद्धति में नयापन लाना होगा। प्राचीनकाल में हमारे यहाँ पढ़ाने की 32 प्रकार की पद्धतियाँ थीं। हमारे यहाँ विभिन्न प्रकार के प्रयोगों के द्वारा शिक्षा दी जाती थी। गुजरात में विद्या भारती के द्वारा कुछ विद्यालयों में प्रयोग किए जा रहे हैं, जिसमें छात्र घर से खाली हाथ आते व घर खाली हाथ जाते हैं। वहाँ छोटे बच्चों को इतिहास की शिक्षा चित्रों के माध्यम से दी जाती है। पहाड़े तबले-म्यूजिक के साथ बोले जाते हैं। नए-नए प्रयोगों से बच्चों को पढ़ने में आनंद आता है। इस प्रकार पढ़ाने से जो आनंद शिक्षकों को प्राप्त होता है, उसका कोई मापन नहीं है। शिक्षक छात्रों को पढ़ाने का दृष्टिकोण बदलें। हर बच्चे पर समान दृष्टि रखें। यदि हमारा मन कहीं और है तो पढ़ाने का फायदा नहीं है। शिक्षक सबसे बड़ा मनोवैज्ञानिक है, उसे हर दिन सभी छात्रों की मनोदशा समझनी पड़ती है। आचार्य को माँ व बाप, दोनों की भूमिका निभानी पड़ती है। एक बार मदनमोहन मालवीयजी से मिलने एक छात्र आया। वह परीक्षा के शुल्क को देने में असमर्थता बता रहा था। उनके शिक्षकों ने कहा—यह गलत बोल रहा है। वह संपन्न परिवार का छात्र है, लेकिन वह पैसों का व्यय

गलत स्थान पर कर रहा था। मालवीयजी ने कहा, "यह विद्यार्थी कुछ वर्षों से हमारे यहाँ पढ़ रहा है। फिर भी वह ऐसा व्यवहार करता है, उसमें हमारा भी कोई दायित्व है कि नहीं ? इसको परीक्षा में बैठने की अनुमति दी जाए।" छात्रों के प्रति यह दृष्टिकोण अत्यंत आवश्यक है। आचार्य विनोबा भावे के अनुसार, जो अपने आचरण से सिखाए, वही आचार्य है। एक बार प्रोफेसर यशवंत राव केलकर ने एक छात्र को कुछ रुपए दिए। कुछ वर्ष पश्चात् छात्र ने व्यवसाय प्रारंभ किया। वह छात्र रुपए लौटाने आया। रुपए वापस करते हुए प्रोफेसर साहब ने कहा कि वह इसे अपने जैसे जरूरतमंद विद्यार्थी के लिए उपयोग करे। अपने व्यवहार से ही विद्यार्थी में परिवर्तन संभव है। ऐसी कोई भी धातु नहीं है, जो पिघलती नहीं है। उसे जितनी ऊष्मा पिघलने के लिए आवश्यक है, वह देनी होगी। देश की समस्याओं का समाधान शिक्षा से ही संभव है। विद्यार्थियों को पानी का दुरुपयोग, बिजली का दुरुपयोग रोकने की शिक्षा दें। छोटी-छोटी बातों के माध्यम से बच्चों को व्यावहारिक शिक्षा दी जा सकती है। कक्षा में सामाजिक-राष्ट्रीय दृष्टिकोण देने की भी आवश्यकता है। केवल 40 मिनट का भाषण पर्याप्त नहीं है। कक्षा में सामाजिक परिवर्तन के प्रयोग करना भी आवश्यक है। कक्षा में तीन बार ओंकार बोलकर कक्षा के अनुशासन में अनुकूल परिवर्तन कर सकते हैं। छात्रों की एकाग्रता बढ़ा सकते हैं।

शिक्षा में आमूलचूल परिवर्तन बड़ा विषय है। इस हेतु अपने-अपने विषय में भारतीय दृष्टिकोण क्या है ? इस दिशा में अधिक चिंतन करना होगा। परिवर्तन के लिए स्वयं से शुरुआत करने की आवश्यकता है। साधारण बातचीत में हम अंग्रेजी शब्दों का प्रयोग करते हैं। भाषा की लड़ाई लंबी है। लड़ाई की शुरुआत अपने से करनी होगी। हमें अपने हस्ताक्षर मातृभाषा हिंदी में करने चाहिए। आजकल इंडिया शब्द अधिक प्रचलित है। नाम का अनुवाद नहीं होता। अंग्रेजी में बोलना या लिखना हमारी मजबूरी हो सकती है, लेकिन अंग्रेजी में भी भारत ही लिखें व बोलें। परिवर्तन छोटी-छोटी बातों से ही होता है।

शिक्षा में परिवर्तन ईश्वरीय कार्य है। यदि देश का पुनः उत्थान करना है, इसे जगद्गुरु बनाना है तो प्रथम शिक्षा में परिवर्तन आवश्यक है। मैकॉले को मालूम था कि शिक्षा को बदले बिना भारत में शासन करना कठिन है। इसलिए

उसने सबसे पहले शिक्षा को बदला, उसकी भाषा को बदला। संस्कृत के स्थान पर अंग्रेजी विद्यालय खोले। उसने अपने पिता को पत्र लिखा कि भारतीय शिक्षा व्यवस्था को बदलने पर उन्हें अत्यंत खुशी है, लेकिन सही सफलता तब मानी जाएगी कि जब हम यहाँ नहीं रहेंगे, परंतु शिक्षा व्यवस्था चलती रहेगी। वे शिक्षा प्राप्त, दिखने में तो भारतीय होंगे, लेकिन आचार, व्यवहार, विचार से अभारतीय होंगे। वर्तमान में शिक्षा में परिवर्तन प्रथम आवश्यकता है। शिक्षक के रूप में हमारा दायित्व इस परिवर्तन के लिए अधिक है। हम शिक्षा में परिवर्तन की दिशा में चिंतन, विचार करे यही आपसे प्रार्थना है।

□

राष्ट्रीय ज्ञान आयोग के प्रतिवेदन में व्यावसायिक शिक्षा

राष्ट्रीय ज्ञान आयोग ने व्यावसायिक शिक्षा को दो हिस्सों में बाँटकर सुझाव दिए हैं। एक व्यावसायिक शिक्षा (वोकेशनल एजुकेशन) दूसरी पेशेवर शिक्षा (प्रोफेशनल एजुकेशन)। विद्यालयी स्तर पर व्यावसायिक शिक्षा तथा पेशेवर शिक्षा में मेडिकल कानूनी तथा प्रबंध शिक्षा की तुलना में अधिक विचार किया है, साथ ही इंजीनियर एवं फार्मेसी शिक्षा के बारे में भी नाममात्र के सुझाव दिए हैं।

व्यावसायिक शिक्षा (वोकेशनल एजुकेशन)

व्यावसायिक शिक्षा को पूरी तरह मानव संसाधन विकास मंत्रालय के अंतर्गत लाने का अच्छा सुझाव है, क्योंकि वर्तमान में आई.टी.आई. जैसी संस्थाएँ श्रम एवं रोजगार मंत्रालय के अंतर्गत हैं। वास्तव में शिक्षा के सारे पाठ्यक्रम एक ही मंत्रालय के अंतर्गत होने चाहिए तथा उस मंत्रालय का नाम भी मानव संसाधन विकास मंत्रालय के बदले शिक्षा मंत्रालय ही होना चाहिए। ज्ञान आयोग ने इस शिक्षा की योजना हेतु राष्ट्रीय व्यावसायिक शिक्षा नियोजन एवं विकास संस्थान तथा इसके प्रशिक्षण हेतु स्वतंत्र विनिमयन एजेंसी की आवश्यकता पर बल दिया है।

आयोग ने एक महत्त्वपूर्ण सुझाव देते हुए कहा है कि देश में मानवशक्ति का विस्तृत अध्ययन होना चाहिए एवं उसके आधार पर 11वी पंचवर्षीय योजना के व्यय की मात्रा तय करनी चाहिए। व्यय के संदर्भ में यह भी कहा है कि

शिक्षा के कुल व्यय में से 10 से 15 प्रतिशत व्यय व्यावसायिक शिक्षा पर होना चाहिए। आगे शिक्षा के सभी आयामों के लिए दिए सुझाव जैसे छात्रों के शुल्क बढ़ाने हेतु, उद्योग व व्यापार क्षेत्र की भागीदारी बढ़ाने हेतु तथा बाजार की आवश्यकताओं पर भी ध्यान देने के भी सुझाव दिए हैं।

व्यावसायिक शिक्षा को माध्यमिक शिक्षा जितना ही महत्त्वपूर्ण माना जाए तथा व्यवसायिक शिक्षा के बदले 'कौशल विकास' शब्द के उपयोग का भी सुझाव है।

कानूनी शिक्षा

ज्ञान आयोग ने कानूनी शिक्षा को पेशेवर शिक्षा का एक महत्त्वपूर्ण घटक माना है। कानूनी शिक्षा की बदतर स्थिति के लिए बार काउंसिल ऑफ इंडिया को जिम्मेदार मानते हुए कहा है कि घरेलू एवं अंतरराष्ट्रीय चुनौतियों का सामने करने हेतु न उनके पास कोई अधिकार है, न विशेषता है, इसलिए एक नए विनियामक तंत्र स्थापन की वकालत की है। इसी प्रकार कानूनी शिक्षा देनेवाले संस्थानों के मूल्यांकन हेतु स्वतंत्र क्रम निर्धारण प्रणाली के गठन का सुझाव भी दिया है। कानून के पाठ्यक्रम एवं पाठ्यचर्या निर्धारण हेतु आयोग ने राष्ट्रीय विधि स्कूल के गठन की बात कही है, साथ ही एक मॉडल पाठ्यक्रम बनाकर कानूनी शिक्षा को सामाजिक दृष्टि से प्रवृत्त करते हुए छात्रों को सामाजिक न्याय के प्रति संवदेनशील बनाने की बात कही है। इस हेतु छात्रों से फीडबैक लेने का भी सुझाव दिया है। परीक्षा में सुधार हेतु सुझाव देते हुए, वर्तमान की व्यवस्था में सुधार करते हुए परीक्षा में सैद्धांतिक एवं समयोन्मुखी दृष्टिकोण लागू करने हेतु वकालत की है। कानूनी शिक्षा में अनुसंधान को बढ़ावा देने हेतु विधिक अध्ययन एवं अनुसंधान केंद्र की स्थापना का सुझाव भी दिया है, साथ ही विश्व के प्रतिष्ठित विश्वविद्यालयों के साथ भागीदारी तथा संयुक्त/दोहरी डिग्रियाँ देने की बात भी कही है।

चिकित्सा शिक्षा

राष्ट्रीय ज्ञान आयोग ने चिकित्सा शिक्षा में सुधार हेतु कुछ महत्त्वपूर्ण सुझाव

दिए हैं। स्वतंत्रता के 67 वर्ष बाद भी गाँवों तक चिकित्सा उपलब्ध नहीं हो पा रही है, इसको स्वीकार करते हुए ग्रामीण चिकित्सा कार्यक्रम चलाया जाए तथा ग्रामीण चिकित्सकों को वर्तमान मेडिकल कॉलेजों में ही प्रशिक्षण देने हेतु सुझाव दिया है। सभी निजी चिकित्सा महाविद्यालयों को अपनी विवरणिका में शुल्क की घोषणा करनी चाहिए तथा प्रवेश हेतु राष्ट्रीय स्तर पर एक सामान्य प्रवेश परीक्षा का भी सुझाव दिया है। इस प्रकार के महाविद्यालयों के क्षेत्रीय संतुलन हेतु केंद्र सरकार प्रयास करे तथा प्रत्येक राज्य में एक संस्थान उत्कृष्टता का केंद्र बनाना चाहिए, यह भी कहा है।

इसके साथ ही स्वतंत्र एवं मानकीकृत (Standaredized) अंतिम परीक्षा राष्ट्रीय स्तर पर आयोजन करने हेतु सुझाव इतने विशाल देश में व्यावहारिक दृष्टि से कैसे होगा, यह प्रश्न उठता है। इसी प्रकार प्रत्येक व्यवसायी को 4 वर्ष के बाद पुनः प्रमाणन प्रक्रिया (Recertification Process) से गुजरना अनिवार्य करने का सुझाव भी कितना संभव है, यह चिंतन का विषय है।

अनुसंधान को बढ़ावा देने एवं स्नातक के बाद तीन वर्ष गाँवों में कार्य करनेवाले छात्रों के लिए स्नातकोत्तर के प्रवेश में 20 प्रतिशत सीटें आरक्षित रखने हेतु महत्त्वपूर्ण सुझाव दिए हैं।

मेडिकल, डेंटल, फार्मेसी काउंसिल मात्र व्यवसाय इच्छुक व्यक्तियों को लाइसेंस देने हेतु देश भर में परीक्षा आयोजन करने का कार्य करे। चिकित्सा शिक्षा के संचालन के लिए IRAHE के तत्त्वावधान में एक स्थायी समिति का गठन करने की भी वकालत की है।

प्रबंधन शिक्षा

वर्ष 2000 के पूर्व देश में 700 प्रबंधन संस्थान थे। वे बढ़कर आज 1700 के आसपास हो गए हैं, लेकिन इन संस्थानों में गुणात्मकता से समझौता किया जा रहा है। इन संस्थानों में दुर्भाग्यवश शोषणात्मक एवं वाणिज्यिक वातावरण उभरकर आया है, इस कटु सत्य को आयोग ने स्वीकार किया है।

इस शिक्षा हेतु भी स्वायत्त स्थायी समिति के गठन एवं इसके अंतर्गत प्रबंध शैक्षिक निकाय गठित हो। इस निकाय के द्वारा सामाजिक दृष्टि से सुविधाविहीन

छात्रों हेतु छात्रवृत्ति उपलब्ध कराने हेतु सुझाव दिया है।

इन संस्थानों में योग्य संकाय की अनुपब्लधता को ध्यान में लेते हुए इस हेतु भी स्वायत्त संस्थान की आवश्यकता ज्ञान आयोग ने जताई है। इसके साथ ही विश्वविद्यालयों के प्रबंध विभाग छोड़कर अन्य सभी संस्थानों को स्वतंत्र दर्जा देने की बात ज्ञान आयोग ने की है।

अध्ययन क्षेत्र के विस्तार एवं इसकी प्राथमिकता बढ़ाने हेतु, ऑनलाइन प्रबंध शिक्षा को बढ़ावा देने हेतु, स्थानीय आवश्यकताओं के अनुरूप शिक्षा प्रबंधन, स्वास्थ्य प्रबंधन, सहकारिता प्रबंधन इत्यादि को बढ़ावा देने का सुझाव भी दिया है।

अन्य पेशेवर शिक्षा

इंजीनियरिंग शिक्षा बहुत पुरानी एवं अनुपयोगी हो गई है। इसके साथ ही भविष्य की संभावनाओं को ध्यान में रखकर उनके विस्तार करने एवं गुणात्मकता को सुधारने का जिक्र किया है।

अर्थचिकित्साकर्मी की भूमिका का विस्तार हो, उनके लिए उच्च माध्यमिक शिक्षा में व्यावसायिक प्रशिक्षण की व्यवस्था की जाए तथा अर्धचिकित्सकीय परिषद् की स्थापना करने का सुझाव भी दिया है।

फार्मेसी शिक्षा में सीटों की भारी वृद्धि करने का सुझाव भी दिया है।

उपसंहार

स्वतंत्र भारत में व्यावसायिक एवं पेशेवर शिक्षा की विफलता को स्वीकार किया गया है। पुरानी व्यवस्था यानी जैसे ए.आई.सी.ओ., बार काउंसिल, मेडिकल काउंसिल आदि के अधिकारों में कटौती करते हुए विभिन्न प्रकार के नए-नए संस्थानों के गठन करने के सुझाव दिए गए हैं, साथ ही गुणत्मकता एवं अनुसंधान को बढ़ावा देने का उल्लेख भी है। अनेक स्थानों पर बाजार की जरूरतों के अनुसार विचार करने हेतु सुझाव दिया गया है। क्या, व्यावसायिक या पेशेवर शिक्षा सिर्फ बाजार के लिए है ? यह प्रश्न उठता है। विदेशी विश्वविद्यालय के साथ भागीदारी का जिक्र किया गया है, लेकिन वर्तमान में देश में इस हेतु

कानूनी व्यवस्था का सदंतर अभाव है। इसके बिना यह कैसे संभव होगा, यह भी सोच का विषय है। इस प्रकार के अनेक सुझावों की व्यवहारिकता पर प्रश्न खड़े होते हैं एवं बहुत सारे सुझावों का आवश्यक विस्तृत विवरण भी वृत्त में नहीं दिखाई दे रहा है।

सुझाव

वास्तव में राष्ट्रीय ज्ञान आयोग ने ऊपर-ऊपर से इधर-उधर से इकट्ठा करके कुछ सुझाव दे दिए हैं। हालाँकि व्यावसायिक शिक्षा, संस्थानों की गुणवत्ता, व्यापारीकरण, व्यवस्था की वास्तविक स्थिति, संस्थानों के भौगोलिक असंतुलन इत्यादि विषयों के संदर्भ में गहरे चिंतन, वास्तविक स्थिति एवं उसके सुधार हेतु ठोस योजना प्रस्तुत करनी चाहिए थी।

वर्ष 2006 के आँकड़ों के अनुसार देश में कुल 1346 इंजीनियरिंग महाविद्यालय में से 922 महाविद्यालय केरल, कर्नाटक, तमिलनाडु, आंध्र प्रदेश एवं महाराष्ट्र में थे। इन प्रांतों में छोटे केंद्रों पर खुले इन महाविद्यालयों में सीटों की उपलब्धता से काफी कम संख्या में छात्र प्रवेश ले रहे हैं। इन कारणों से महाविद्यालयों में अक्षम छात्रों को भी पास कर दिया जाता है। (कुछ लोग वकालत करते हैं कि निजीकरण से गुणात्मकता बढ़ेगी।)

गुणात्मकता की दृष्टि से NASSCOM के सर्वे के अनुसार भारत के 20 प्रतिशत इंजीनियरिंग के संस्थान अंतरराष्ट्रीय स्तर के 20 प्रतिशत काम चलाऊ तथा 60 प्रतिशत द्वितीय दर्जे के हैं। इनमें से बहुत सारे संस्थान शिक्षकों की कमी से जूझ रहे हैं। क्वालिफाइड फैकल्टी का अभाव है, नाममात्र के पी-एच.डी. किए हुए फैकल्टी हैं। संसाधन एवं व्यवस्थाओं की दृष्टि से अनेक संस्थानों की स्थिति दयनीय है। देश में शायद ही किसी महाविद्यालय में वास्तविक प्रैक्टिकल होता होगा।

व्यावसायिक महाविद्यालयों में बड़े प्रमाण में अल्पसंख्यक संस्थान खुले हुए हैं। केरल में संख्या की दृष्टि से देखें तो हिंदू संस्थान अल्पसंख्या में हैं। 150 इंजीनियरिंग महाविद्यालय में से 110 अल्पसंख्यक संस्थान हैं। व्यावसायिक संस्थानों में व्यापारीकरण ने भी भयानक रूप ले लिया है। वर्ष 2006-07 में 9

छात्रों ने इसी वजह से आत्महत्याएँ की हैं। यू.आर. राव (पूर्व अध्यक्ष, इसरो) कमेटी (2003) के अनुसार, इंजीनियरिंग में एक छात्र का खर्च 20 से 22 हजार होता है, लेकिन देश में आंध्र प्रदेश जैसे प्रांत में 22 से 25 हजार शुल्क है, जबकि राजस्थान, उत्तर प्रदेश, उत्तराखंड इत्यादि प्रांतों में 60 से 70 हजार तक शुल्क लिया जा रहा है।

व्यावसायिक पाठ्यक्रमों का मूल्य शिक्षा से तो दूर-दूर का कोई संबंध नहीं दिखाई देता। देश की आवश्यकताओं के अनुरूप भी पाठ्यक्रम का विचार नहीं किया जा रहा है। प्रबंधन के अनेक संस्थानों ने विदेशी विश्वविद्यालय से संबद्धता लेते हुए पूर्णरूप से उन्हीं का पाठ्यक्रम लागू किया है। राष्ट्रीय ज्ञान आयोग ने व्यावसायिक शिक्षा के संबंध में विचार करते समय आई.टी. शिक्षा के बारे में सोचना आवश्यक नहीं समझा। विगत कुछ वर्षों में इन्फॉरमेशन टेक्नोलॉजी (आई.टी.) के कारण भारत का नाम विश्व में आगे बढ़ा है। हमारे 2.5 लाख से अधिक इंजीनियर हैं, लेकिन इतने से संतोष करने पर हमें विपरीत परिणाम भुगतने पड़ सकते हैं, क्योंकि हमारा मुख्य आधार अमेरिका है। 70 से 80 प्रतिशत खरीदारी उनकी है। हम सॉफ्टवेयर में तो आगे हैं, लेकिन हार्डवेयर में काफी पीछे हैं। हमारे देश की आवश्यकता के अनुसार आई.टी. के विकास की सोच नहीं है, आज भी हमारे स्थानीय बाजार में आर.बी.एम. ओरेकल जैसी कंपनियाँ ज्यादा प्रभावी हैं।

इस प्रकार के अनेक विषयों पर राष्ट्रीय ज्ञान आयोग के विस्तृत विचार करने की आवश्यकता थी। लेकिन अनुभव यह आ रहा है कि इस प्रकार के चिंतन हेतु ज्ञान आयोग में न लोग हैं, न इस प्रकार के विचार, सुझाव देनेवालों की उनको कोई जरूरत है।

क्योंकि 2 वर्ष पूर्व शिक्षा क्षेत्र में भी बहुत कम लोग राष्ट्रीय ज्ञान आयोग के नाम से परिचित थे, लेकिन अ.भा.वि.प., भारतीय शिक्षा मंडल, विद्या भारती, रा. शै. महासंघ, शिक्षा बचाओ आंदोलन के माध्यम से देशभर में बड़ी मात्रा में परिसंवाद, संगोष्ठियों का आयोजन करके वास्तविक रूप में ज्ञान आयोग को प्रचारित करने का कार्य किया एवं महत्त्वपूर्ण सुझाव भी दिए। लेकिन ज्ञान आयोग ने अभी तक इस प्रकार के किसी भी संगठन के साथ संवाद करने का

प्रयास करना तो दूर, इन संगठनों के द्वारा मिलने के औपचारिक प्रयास का भी कोई सकारात्मक उत्तर नहीं दिया है।

दूसरी ओर इन सारे सुझावों में बहुत कम लोगों की सहभागिता है; विशेषकर के छात्रों की भागीदारी बिल्कुल नजर नहीं आती। जिन लोगों की सहभागिता है, वह भी एक विशेष विचार के लोग अधिक दिखाई दे रहे हैं एवं देश के शिक्षा जगत् में महत्त्वपूर्ण योगदान करनेवाले संगठन एवं संस्थाओं को योजनापूर्वक दूर रखने का दुर्भाग्यपूर्ण प्रयास स्पष्ट दिखाई दे रहा है। 1967 में जब नई शिक्षा नीति लाने का प्रयास हुआ, तब भी केंद्र में कांग्रेस की सरकार थी, लेकिन उस समय सभी प्रकार की विचारधारा की संस्थाओं व संगठनों को आमंत्रित किया गया था। सुझाव भी लिये गए थे, लेकिन प्रश्न उठता है कि राष्ट्रीय ज्ञान आयोग के अध्यक्ष अमेरिका में बैठे-बैठे कुछ गिने-चुने लोगों के सुझाव लेकर देश को ज्ञान देना चाहते हैं क्या? वास्तव में अभी तक आईं दो रिपोर्ट में देश के शिक्षाविद् ज्ञान ढूँढ़ने का प्रयास कर रहे हैं, लेकिन उन्हें अभी तक सफलता प्राप्त नहीं हुई है।

□

पाठ्यक्रम की पुनर्रचना का प्रारूप

शिक्षा का स्वरूप

देश की शिक्षा अपनी संस्कृति व प्रकृति के अनुरूप हो तथा राष्ट्रीय, सामाजिक आवश्यकताओं की पूर्ति कर सके एवं छात्रों के चरित्र-निर्माण एवं व्यक्तित्व के समग्र विकास में योगदान दे सके, इस प्रकार का स्वरूप हो। यूनेस्को की डेलर्स कमेटी ने अपनी रिपोर्ट में कहा है कि किसी भी देश की शिक्षा का स्वरूप कैसा हो? उस देश की संस्कृति एवं प्रगति के अनुरूप हो। इसी प्रकार श्री दीनानाथ बत्रा के शब्दों में शिक्षा जीवन एवं जीने के लिए हो। (Educaion is for living and life)

देश की शिक्षा के उपर्युक्त लक्ष्य को ध्यान में रखते हुए पाठ्यक्रम हेतु निम्न बिंदुओं पर विचार आवश्यक है।

पाठ्यक्रम में मूल्यों का समावेश हो—

- मूल्यपरक शिक्षा हेतु कोई अलग से पुस्तक, कालांश या शिक्षक की आवश्यकता नहीं।
- शिक्षकों के मार्गदर्शन हेतु संदर्भ पुस्तकें हो सकती हैं।
- सभी पाठ्य-पुस्तकों की सामग्री में मूल्यों का समावेश हो।
- छात्रों के स्तर के अनुसार विभिन्न प्रकार के कार्यक्रमों की योजना भी आवश्यक रहेगी।
- इस हेतु सभी संकायों (faculty) में शुरू में उन संकाय की दृष्टि से शिक्षा प्राप्त करने के पीछे का राष्ट्रीय एवं सामाजिक दृष्टिकोण छात्रों के समक्ष आना चाहिए।

पाठ्यक्रम मात्र सैद्धांतिक न हो—

- व्यावहारिकता एवं सिद्धांतों का समन्वय एवं संतुलन होना चाहिए।
- प्राथमिक शिक्षा से लेकर उच्चतम शिक्षा तक यह दृष्टिकोण आवश्यक है।

- **अतीत का आधार लेकर वर्तमान की आवश्यकताओं की पूर्ति तथा भविष्य की संभावनाओं को ध्यान में रखकर पाठ्यक्रम बने।**
- **सभी विषयों की पाठ्य-पुस्तकें मातृभाषा में उपलब्ध हों तथा सभी स्तर पर शिक्षा का माध्यम भारतीय भाषा हो।**
- **हर विषय के शुरू में उस विषय के भारतीय इतिहास का समावेश हो।**
- **आध्यात्मिकता एवं भौतिकता तथा प्राचीन एवं आधुनिकता का समन्वय हो।**
- **सभी पाठ्यक्रम, पाठ्य-पुस्तकों में व्याप्त विकृतियों एवं विसंगतियों, जिसके द्वारा अपनी संस्कृति, परंपरा, धर्म एवं महापुरुषों को अपमानित किया जा रहा है, उसको दूर किया जाए।**
    - भारत की ज्ञान-विज्ञान के क्षेत्र में विश्व को देन, यह सभी स्तर पर अनिवार्य रूप से पढ़ाया जाए।
    - देश का सही इतिहास पढ़ाया जाए, जिसके पीछे दृष्टि यह रहे कि इतिहास की पढ़ाई के माध्यम से छात्रों में देश के बारे में गर्व, स्वाभिमान एवं राष्ट्रभक्ति की भावना जगे तथा भूतकाल में की गई गलतियों से सबक लेकर पुनरावृत्ति न हो।
    - विदेश में पढ़ाई हेतु जानेवाले छात्रों हेतु देश की संस्कृति, धर्म परंपरा के बारे में विशेष जानकारी देने हेतु व्यवस्था की जाए।

इस हेतु निम्न विषयों का पाठ्यक्रम में अनिवार्य रूप से समावेश हो।

व्यक्तित्व के समग्र विकास हेतु

1. संगीत	2. कला	3. योग
4. शारीरिक शिक्षा	5. संस्कृत	6. वैदिक गणित
7. सामाजिक कार्य		

राष्ट्रीय एवं अंतरराष्ट्रीय स्तर की चुनौतियों के समाधान एवं आवश्यकताओं की पूर्ति हेतु

1. आतंकवाद एवं राष्ट्रीय सुरक्षा।
2. आर्थिक साम्राज्यवाद एवं वैश्विक मंदी।
3. विज्ञान-आध्यात्मिकता एवं वैज्ञानिक दृष्टिकोण।
4. पर्यावरण।

- संकाय के अंतर्गत विषयों की जड़ता (रेजेमेंटेशन) को तोड़ा जाए।
- हर तीन वर्ष के बाद पाठ्यक्रम की समीक्षा हो।
- शिक्षा की योजना एवं राष्ट्रीय योजना का तालमेल हो। उसके आधार पर पाठ्यक्रम की रचना हो।
- देश की आवश्यकता के अनुसार विभिन्न संकायों के संस्थान खुलें। इस हेतु मानव शक्ति का सर्वेक्षण (मैन पावर सर्वे) किया जाए।
- क्षेत्रीय आवश्यकताओं के अनुसार पाठ्यक्रम की रचना हो। इसमें भी गाँवों एवं जनजातीय क्षेत्रों का विशेष ध्यान रखा जाए।
- इस दृष्टि से पाठ्यक्रम की रचना से ज्ञानवान, कौशल-निपुण एवं सेवा भावी छात्रों का निर्माण किया जा सकता है। इस प्रकार के छात्र देश एवं समाज की आवश्यकताओं की पूर्ति एवं समस्याओं के समाधान में भी अपनी सकारात्मक भूमिका का निर्वाह करने में सक्षम हो सकते हैं।

□

स्ववित्त पोषित शैक्षिक संस्थानों की संकल्पना एवं भूमिका

देश में 1990 के बाद वैश्वीकरण का प्रभाव शुरू हुआ, जिसका परिणाम शिक्षा क्षेत्र पर भी हुआ। इसके बाद निजी शैक्षिक संस्थानों का विस्तार भी बड़ी संख्या में हुआ। निजी शैक्षिक संस्थानों की संख्या बढ़ने के बाद इसमें हो रहे व्यापारीकरण की चर्चा व्यापक स्तर पर शुरू हुई। इस प्रकार के महाविद्यालयों हेतु कुछ व्यवस्थाएँ और नियम बनने चाहिए, विशेष करके शुल्क के संदर्भ में, जिस पर अधिक चर्चा प्रारंभ हुई। इसके बाद निजी शैक्षिक संस्थानों को स्ववित्त पोषित शैक्षिक संस्थान कहना शुरू हुआ।

स्ववित्त पोषित शैक्षिक संस्थानों की आवश्यकता

संपूर्ण शिक्षा सरकार चलाए, यह कल्पना भी ठीक नहीं तथा संभव भी नहीं है। पिछले दस वर्षों में उच्च शिक्षा में छात्रों का प्रमाण 7 प्रतिशत से बढ़कर 12 प्रतिशत (14 से 23 वर्ष की उम्र के युवकों में से) के आसपास हुआ है। इसी कार्यकाल में स्ववित्त पोषित शैक्षिक संस्थानों की संख्या भी अधिक मात्रा में बढ़ी है। यह प्रतिशत विकसित राष्ट्रों में 40 प्रतिशत के आसपास है। विकासशील राष्ट्रों में भी औसत प्रमाण लगभग 24 प्रतिशत है। देश में वर्तमान में 480 विश्वविद्यालय एवं लगभग 22 हजार महाविद्यालय हैं। केंद्र सरकार के मानव संसाधन विकास मंत्री के अनुसार 12 प्रतिशत से 30 प्रतिशत तक नामांकन को पहुँचाने हेतु 800 विश्वविद्यालय एवं 35000 महाविद्यालय की आवश्यकता है। इस दिशा में आगे बढ़ने हेतु स्ववित्त पोषित शैक्षिक संस्थानों की आवश्यकता रहेगी।

वर्तमान स्थिति

वर्तमान में देश में स्ववित्त पोषित शैक्षिक संस्थानों की संख्या अच्छी नहीं है। अधिकतर संस्थान व्यापार का केंद्र बन गए हैं। इसके पीछे सरकार की नीति, दृष्टि एवं अति लचीला रवैया तथा इस प्रकार के संस्थानों के साथ सत्ता में बैठे हुए लोगों की मिलीभगत भी कारण है। अभी-अभी मेडिकल काउंसिल ऑफ इंडिया के अध्यक्ष की गिरफ्तारी में ये सारी बातें खुलकर सामने आ रही हैं। कुछ राज्यों में तो सत्ता में बैठे हुए लोगों से स्वयं से अनेक संस्थान खोले हैं।

परिणाम

अपने देश में शिक्षा को सेवा का माध्यम माना गया है, उसके बदले शिक्षा ने धंधे का स्वरूप ले लिया है। ऐसे संस्थान, मात्र आर्थिक दृष्टि से संपन्न वर्ग के छात्रों हेतु हैं, ऐसी स्थिति आज स्पष्ट दिख रही है। शिक्षा के स्तर में भी गिरावट आ रही है। कई संस्थानों में तो शिक्षक ही छात्रों को नकल करवाते हैं। संस्थानों में छात्रों को आकर्षित करने हेतु गलत रास्ते अपनाए जाते हैं। ऐसे अनेक संस्थानों में सांस्कृतिक कार्यक्रम के नाम पर पश्चिम का अंधानुकरण करते हुए अधिक-से-अधिक खुलापन देखने को मिलता है, जिसका छात्रों के जीवन पर बड़ा दुष्प्रभाव होता है तथा कुल मिलाकर देश की सांस्कृतिक धरोहर को बड़ी हानि पहुँच रही है। इस प्रकार के संस्थानों में शिक्षकों का भी आर्थिक शोषण देखने को मिल रहा है।

निदान

इसके निदान में सरकार, स्ववित्त पोषित संस्थान एवं समाज की महत्त्वपूर्ण भूमिका है।

सरकार की भूमिका

उच्च शिक्षा को मात्र निजी हाथों में सौंपकर सरकार अपने दायित्व से मुक्ति पा ले, यह सर्वथा अयोग्य है। पिछले कुछ वर्षों से सभी राज्य सरकारों एवं केंद्र सरकार द्वारा व्यावसायिक शिक्षा के संस्थान खोलना लगभग बंद कर दिया गया है। मेरे मतानुसार कम-से-कम 50 प्रतिशत व्यावसायिक शिक्षा संस्थान

सरकार खोले तथा शेष 50 प्रतिशत स्ववित्त पोषित हों, अन्यथा इस देश के 15 प्रतिशत से 20 प्रतिशत परिवार के बालकों को ही व्यावसायिक शिक्षा प्राप्त हो सकेगी। क्या बाकी 80 प्रतिशत परिवारों में प्रतिभावान बालक नहीं हैं? इन 80 प्रतिशत से 85 प्रतिशत परिवार के प्रतिभावान बालकों की मेधा कुंठित हो जाएगी, इसका देश को बहुत बड़ा खामियाजा भुगतना पड़ेगा।

स्ववित्त पोषित शैक्षिक संस्थानों हेतु सरकार केंद्रीय स्तर पर एक कानून बनाए, जिसमें उन संस्थानों की शुल्क सीमा की संरचना, शिक्षकों का वेतन, गुणात्मकता इत्यादि बातों का समावेश हो।

देश की वास्तविक आवश्यकताओं को ध्यान में रखकर (इस हेतु मानव शक्ति का सर्वेक्षण किया जाए) शैक्षिक संस्थान खोलने की अनुमति दी जाए, अन्यथा तमिलनाडु, आंध्र प्रदेश जैसे कुछ प्रांतों में, विशेषकर ग्रामीण क्षेत्रों की इंजीनियरिंग महाविद्यालयों की सीटें खाली रह रही हैं। कुछ महाविद्यालय तो बंद होने के कगार पर हैं।

सेवाभावी संस्थाएँ एवं ऐसे लोग स्ववित्त पोषित संस्थाएँ शुरू करने हेतु आगे आएँ, इस हेतु सरकार के द्वारा विशेष प्रयास की भी आवश्यकता है।

स्ववित्त पोषित शैक्षिक संस्थाओं की भूमिका

शैक्षिक संस्था स्ववित्त पोषित हो, लेकिन अंधाधुंध कमाई का माध्यम न हो।

शिक्षा की भारतीय संकल्पना को ध्यान में रखकर शिक्षा सेवा का माध्यम बनी रहे एवं इस दायित्व का निर्वाह भी वह करे। जो क्षमतावान हैं, वे अधिक शुल्क दें Those who can afford should pay—इस प्रकार की व्यवस्था करने से संस्था चलाने हेतु आवश्यक धन भी प्राप्त हो सकेगा।

संस्थाएँ सामाजिक, राष्ट्रीय दायित्व का निर्वाह करते हुए कम-से-कम 15 प्रतिशत से 20 प्रतिशत गुणवत्ताप्राप्त गरीब विद्यार्थियों को सामान्य शुल्क से प्रवेश दें।

भारतीय संस्कृति एवं मूल्यों का ह्रास न करते हुए उनको बढ़ाने के प्रयास करने चाहिए। इन शैक्षिक संस्थानों में आर्थिक शुचिता, शिक्षा की गुणात्मकता,

छात्रों के व्यक्तित्व के समग्र विकास एवं सामाजिक दायित्व का बोध हो, इस प्रकार की व्यवस्था रहे। संस्था में लोकतांत्रिक व्यवस्था का भी विकास हो, इसकी चिंता की जाए।

समाज की भूमिका

शिक्षा मात्र सरकार का दायित्व है, यह धारणा भारत में कभी नहीं थी। शिक्षा का दायित्व समग्र समाज का है इस हेतु समाज के श्रेष्ठी आगे आए, साथ ही जहाँ भी स्ववित्त पोषित संस्थाएँ चलाई जा रही हैं, वहाँ दंड शक्ति की भूमिका का समाज के निर्वाह करना चाहिए। विश्व में वैश्वीकरण छाया है, इसलिए अच्छी शिक्षा हेतु अधिक पैसा देना चाहिए।

शिक्षा व्यापार नहीं, सेवा का माध्यम है, इस धारणा पर प्रतिबद्ध रहते हुए व्यापक जनजागरण भी आवश्यक है।

□

राष्ट्रीय पुनर्निर्माण एवं शिक्षा : वैश्विक संदर्भ

राष्ट्र अर्थात् क्या ?

- ऋग्वेद में लिखा है "माता भूमिः पुत्रोऽहं पृथिव्याः" (भूमि माता है, हम सब उसके पुत्र हैं)
- जहाँ एक निश्चित भू-भाग पर रहनेवाले लोगों का समूह हो व उस जन समूह के हृदय में मातृभूमि के प्रति अपार श्रद्धा का भाव हो।
- उस जन समूह के जीवन आदर्शों में साम्यता हो।
- उस जन समूह के देखने की एक विशिष्ट दृष्टि हो।
- उस जन समूह के शत्रु-मित्र समान हों।
- उस जन समूह में ऐतिहासिक महापुरुषों के बारे में समान श्रद्धा भाव हो।
- समान परंपरा एवं महत्त्वकांक्षा से युक्त हों।

इसके आधार पर वहाँ एक संस्कृति का विकास होता है, जैसे हमारे देश में देखने को मिलता है।

राज्य अर्थात् क्या ?

- समाज में आई विकृतियों को समाप्त करने एवं शांति स्थापित करने तथा समाज में आई जटिलताओं को सुलझाकर प्रत्येक व्यक्ति के लिए न्यायपूर्ण, सम्मानित जीवन सुकर बना देना, यानी समाज में सुव्यवस्था स्थापित करना।

- अन्य राज्यों से संबंध स्थापित करना एवं आंतरिक तथा बाहरी आक्रमणों से राष्ट्र की रक्षा करना।

देश अर्थात् क्या ?

- भूमि और जन को मिलाकर देश बनता है।
- देश एक दृश्यमान सत्ता है, राष्ट्र अदृश्यमान सत्ता है।
- बिना देश हम किसी राष्ट्र की कल्पना नहीं कर सकते।

राष्ट्र का पुनर्निर्माण

आयोजकों ने यहाँ राष्ट्र के नवनिर्माण के बदले पुनर्निर्माण शब्द का उपयोग किया है, क्योंकि पूर्व में हमारा राष्ट्र सर्वदृष्टि से सक्षम, समृद्ध, संपन्न था तथा सारी व्यवस्थाएँ भी श्रेष्ठ थीं। हमारा मूल आधार आध्यात्मिक था, लेकिन भौतिक दृष्टि से भी हम समृद्ध-संपन्न थे, इसलिए विदेशी आक्रांताओं ने लूट हेतु भारत पर आक्रमण किए। हमारी विभिन्न व्यवस्थाओं से संबंधित चिंतन सिद्धांत तो शाश्वत सत्य है, वह आज भी उतना ही प्रांसगिक है। इसलिए उन सिद्धांतों के प्रकाश में वर्तमान (आधुनिक) समाज की आवश्यकताओं के अनुरूप नई व्यवस्था निर्माण करनी होगी।

जैसे हम शिक्षा के संदर्भ में सोचते हैं तो प्राचीन समय में गुरुकुल व्यवस्था थी उसी स्वरूप में शायद आज संभव नहीं है (कुछ प्रयोग अवश्य हो सकते हैं, हो भी रहे हैं), लेकिन उस समय की गुरु-शिष्य परंपरा, परिवार भावना, शिक्षा व्यवसाय नहीं, सेवा का माध्यम थी आदि। ये संकल्पनाएँ आज भी उतनी ही प्रांसगिक हैं और आवश्यकता भी हैं। उस संकल्पना को आज के संदर्भ में ढालना होगा।

शिक्षा का लक्ष्य

ॐ असतो मा सद्गमय, तमसो मा ज्योतिर्गमय, मृत्योर्माअमृतं गमय॥

असत्य से सत्य की ओर ले जाएँ, अंधकार से प्रकाश की ओर ले जाएँ, मृत्यु से अमरत्व की ओर ले जाएँ। यही शिक्षा का लक्ष्य है। शिक्षा के लक्ष्य एवं जीवन के लक्ष्य में कोई अंतर नहीं होना चाहिए।

शिक्षा से अभिप्राय है—छात्रों के व्यक्तित्व का समग्र विकास एवं चरित्र-निर्माण तथा राष्ट्रीय आवश्यकताओं की पूर्ति हो सके।

- **स्वामी विवेकानंद**—मनुष्य में जो संपूर्णता सुप्तरूप से विद्यमान है, उसे प्रकट करना ही शिक्षा का कार्य है।
- **प्रेमचंद**—जिस शिक्षा में समाज और देश के कल्याण की चिंता के तत्त्व नहीं हैं, वह कभी सच्ची शिक्षा नहीं कही जा सकती।
- **डॉ. राधाकृष्णन्**—हमारी शिक्षा तब तक अधूरी रहेगी, जब तक उसमें धार्मिक विचारों का समावेश नहीं किया जाएगा।
- **दीनानाथ बत्रा**—Education is for living and life.

छात्रों के व्यक्तित्व का समग्र विकास

उपनिषद् में पंचकोश

अन्नयमय कोश	–	शारीरिक विकास
प्राणमय कोश	–	प्राणिक विकास
मनोमय कोश	–	मानसिक विकास
विज्ञानमय कोश	–	बौद्धिक विकास
आनंदमय कोश	–	आध्यात्मिक विकास

इसमें कोशों के अर्थ बताने का प्रयास किया गया है, वह पूर्ण नहीं है। समझने हेतु उसका निकटतम अर्थ देने का प्रयास किया गया है।

शरीर, प्राण, मन, बुद्धि, आत्मा इन पाँचों के विकास से व्यक्ति का समग्र विकास होता है। वह व्यक्ति से व्यक्तित्व बनता है।

अभी कुछ दिन पूर्व एक समाचार-पत्र में किरण बेदी का एक लेख था, उसमें उन्होंने लिखा था कि मुझे एक कार्यक्रम में वक्तव्य देना था। उस समय मैं सोच रही थी किस विषय पर बोला जाए, बहुत सारे विषय मन में आए। बाद में एक विषय सबसे महत्त्वपूर्ण लगा कि आज देश में चरित्रवान व्यक्तियों की सबसे बड़ी कमी दिख रही है, फिर मैंने उसी पर अपना वक्तव्य केंद्रित किया। यह वास्तविकता है, इस कमी के परिणामस्वरूप आज हमारे देश में अनेक

प्रकार की समस्याएँ व संकट दिख रहे हैं। इस संदर्भ की एक अंग्रेजी कहावत वर्तमान में प्रस्तुत है।

If wealth is lost nothing is lost
If health is lost something is lost
But character is lost, everything is lost

इस सिद्धांत के आधार पर वर्तमान की शिक्षा व्यवस्था का नए स्वरूप के बारे में चिंतन आवश्यक है।

उपर्युक्त संकल्पना के आधार पर वर्तमान में शिक्षा का व्यावहारिक स्वरूप क्या हो—

- **मूल्यपरक शिक्षा :** छात्रों के चरित्र-निर्माण एवं राष्ट्रभक्ति तथा समाज सेवा का भाव जगाने हेतु प्रत्येक पाठ्य-पुस्तकों में मूल्यों का समावेश हो। इस हेतु सभी स्तर पर सामाजिक कार्य को अनिवार्य किया जाना चाहिए।
- शिक्षा को मात्र सैद्धांतिक न करते हुए व्यावहारिकता से जोड़नी होगा। (यह सभी स्तर पर आवश्यक है)। शिक्षा श्रमप्रधान, कर्मप्रधान, कौशल्य निर्माण तथा रोजगार सृजन (नौकरीपरक नहीं) हो।
- शिक्षा का प्राचीन, आधुनिकता तथा आध्यात्मिकता एवं भौतिकता का समन्वित स्वरूप बने।
- शिक्षा सरकार के शिकंजे एवं राजनीति के पंजों से मुक्त हो। इस हेतु राष्ट्रीय स्तर पर 'स्वायत्त शिक्षा संस्थान' का गठन हो। उसकी रचना राज्य, जिला स्तर तक की जाए।

राष्ट्रीय एवं वैश्विक चुनौतियाँ एवं आवश्यकताओं की पूर्ति हेतु

- आतंकवाद तथा राष्ट्रीय सुरक्षा की चुनौती हेतु समाधान पाठ्यचर्या का हिस्सा हो।
- विद्यालयों में सैन्य शिक्षा को अनिवार्य करना।
- पर्यावरण संरक्षण।
- विज्ञान, आध्यात्मिकता एवं वैज्ञानिक दृष्टिकोण।

- स्वास्थ्य शिक्षा।
- आर्थिक साम्राज्यवाद एक चुनौती।
- योग शिक्षा।
- राष्ट्रीय एवं सामाजिक आवश्यकताओं हेतु शोध कार्य को बढ़ावा देना।

शिक्षा का पुनर्निर्माण प्राथमिक एवं आधारभूत कार्य है। हमारे कई महापुरुषों ने देश को समर्थ, समृद्ध, शक्तिशाली, वैभवसंपन्न, विश्वगुरु के स्थान पर पुनः प्रतिष्ठित करने की बात कही है। सारी बातें तभी संभव होंगी, जब देश की शिक्षा का पुनरुत्थान होगा।

□

भारतीय भाषाएँ
अस्तित्व एवं अस्मिता का प्रश्न

भारत की विविधता जिन संदर्भों से परिपूर्ण होती है या हजारों वर्षों से संरक्षित चली आ रही है, राष्ट्र की सांस्कृतिक एकता को अक्षुण्ण बनाने में जो अनन्य सहयोग दिया है, उसमें भारतीय भाषाओं की बहुत ही महत्त्वपूर्ण भूमिका रही है। पश्चिमी शिक्षा और संस्कृति के बेतहाशा विस्तार ने भारतीय भाषाओं, संस्कृति, धर्म और समाज को बहुत अधिक नुकसान पहुँचाया, लेकिन उससे भी अधिक नुकसान स्वतंत्रता के बाद अपने लोगों द्वारा सरकारी संरक्षण में पहुँचाया गया। यह कहने में कोई संकोच नहीं है कि भारत की पहचान को सुनियोजित तरीके से न सिर्फ ठेस पहुँचाई गई है, बल्कि समाज का एक बड़ा तबका विचारधारा के आवरण में उसे लील जाने की मुहिम चलाता रहा है। सवाल यह उठता है कि जिस सांस्कृतिक पहचान की बदौलत हम विश्व में श्रेष्ठ थे, उसे खत्म करने की साजिश अपने लोगों के द्वारा क्यों रची गई? जिन भारतीय भाषाओं, संस्कृति के विविध आयामों, धर्म और अध्यात्म के अपरंपार भंडार और जीवनशैली का विश्व में डंका बजता था, उसे दीमक की तरह खाने की कोशिश क्यों की गई? ये सवाल सिर्फ सवाल नहीं हैं, यह हमारी पहचान का संकट है, जिसे गहराई से समझने की जरूरत है।

भारत पर जितने भी विदेशी आक्रमण हुए, सभी ने हमारी सांस्कृतिक पहचान को निशाना बनाया। सबसे पहले मुगलों ने हमारी भाषिक, सांस्कृतिक और धार्मिक एकता को अपनी प्रशासनिक तानाशाही से कुचलने का हरसंभव

प्रयास किया और बहुत हद तक कुचला भी। उसके बाद अंग्रेजों ने भी अपनी तरह से वही रास्ता अपनाया, बल्कि यह कहा जाए कि कई मामलों में उससे भी अधिक खतरनाक। अब प्रश्न उठता है कि फिर आजादी के बाद हमारे अपने लोगों के द्वारा इन भाषाओं को बचाने के लिए तथा अपनी सांस्कृतिक पहचान और धरोहर को संवर्धित रखने के लिए क्या किया गया?

स्वाधीनता के बाद जब भारत की एक भाषा और क्षेत्रीय भाषाओं की बात आई तो उनके सामने अंग्रेजी को अधिक महत्त्व देते हुए इस तरह से जोड़ दिया गया या उसका ऐसा विवादित स्वरूप खड़ा किया गया, जिसका हल निकालना आपस में लड़ने के अतिरिक्त और कुछ नहीं था। भाषा के सवाल को क्षेत्रीय और राजनैतिक विवाद का विषय बना दिया गया। क्या यही हमारी स्वतंत्रता थी, इसी के लिए हमारे पूर्वजों ने इतनी लंबी लड़ाई लड़ी? हमारा विरोध अंग्रेजी या किसी अन्य विदेशी भाषा को लेकर नहीं है, हमारा विरोध उस मानसिकता से है, जो भारतीय भाषाओं की पहचान और प्रतिष्ठा को खत्म करना चाहती है।

भारत गाँवों का देश है। गाँव भारतीय संस्कृति के जन्मदाता और संवर्धनकर्ता रहे हैं। भारतीय भाषाओं को अधिक संरक्षण भी गाँवों में ही मिला है। इसलिए भारतीय भाषाओं और भाषाओं की संस्कृति को बचाने और संवर्धित करने के लिए जरूरी है कि गाँवों के सांस्कृतिक पुनरुत्थान पर विशेष चर्चा हो। प्रांतीय और क्षेत्रीय भाषाओं को साहित्य, समाज, शिक्षा, न्याय और तकनीक से जोड़ने के लिए यह जरूरी है कि प्रशासन की ओर से भी और जन-जागरूकता के माध्यम से भी एक पहल हो। मेरा मानना है कि हर कार्य की उम्मीद हम मात्र सरकार से नहीं कर सकते, बल्कि सरकार एवं जन-सहभागिता के संयुक्त प्रयास द्वारा इसे आसानी से हल किया जा सकता है। प्रकारांतर से समाज का विकास और उत्थान तभी संभव हुआ है, जब जन-भागीदारी और प्रशासनिक सहयोग का सम्मिलित प्रयास हुआ। एक बार फिर हमें अपनी क्षमता के अनुसार राष्ट्र के उत्थान के लिए सकारात्मक पहल करने की जरूरत है। इसके लिए जरूरी है कि आम जनमानस की अभिव्यक्ति उनकी अपनी भाषा में प्रस्तुत करने की व्यवस्थित योजना बनाई जाए। इसके लिए दो स्तरों पर प्रयास आवश्यक है। सबसे पहला प्रयास यह कि शिक्षा का माध्यम राज्यों की भाषा हो, जिसे संपूर्ण

भारतवर्ष में समान रूप से लागू किया जाए। भाषा की जो प्रणाली अभी लागू है, उसमें राज्य की भाषा के साथ अंग्रेजी का प्रयोग होता है। हिंदीभाषी क्षेत्रों में हिंदी के साथ अंग्रेजी का प्रावधान है, लेकिन इसे बदलने की आवश्यकता है। इसका नया रूप इस तरह हो सकता है कि राज्यों की शिक्षा, प्रशासन और न्याय राज्यों की भाषाओं में हो। केंद्रीय शिक्षा, न्याय और प्रशासन की भाषा देश की भाषा हो, तभी समानता और संप्रभुता वास्तव में कायम हो पाएगी। अभी जो स्थिति है, हर तरह से विभेदकारी है। राज्यों में शिक्षा, प्रशासन और न्याय का प्राथमिक स्तर का कार्य तो राज्य की भाषाओं में होता है, लेकिन जैसे ही उच्च स्तर की बात होती है या किसी राष्ट्रीय मुद्दे की बात आती है, वहाँ अंग्रेजी अनिवार्य हो जाती है। राज्यों की भाषाओं में शिक्षित विद्यार्थियों को अनेक तरह की परेशानियों और विभेदों से गुजरना पड़ता है, अर्थात् ऊपर के तबके या उच्च शिक्षा और उच्च वर्ग की भाषा अंग्रेजी है, फिर कौन नहीं चाहेगा कि उसके बच्चे उच्च शिक्षा और उच्च वर्ग की भाषा से जुड़ें। यही कारण है कि आज आम जनमानस भारतीय भाषाओं को लेकर ऊहापोह में पड़ा हुआ है।

यह विषय बहस, विचार और मतभेद का हो सकता है, लेकिन बहस सिर्फ इस पर नहीं होनी चाहिए कि ऐसा क्यों है? बल्कि बहस इस पर करने की आवश्यकता है कि इसका स्वरूप कैसा होगा। राजनैतिक इच्छा-शक्ति और जन-आकांक्षा से इसे मूर्त किया जा सकता है। इस संदर्भ में ध्यान देने योग्य एक बात और है कि इसका उद्देश्य अंग्रेजी विरोध नहीं है, बल्कि इसका उद्देश्य उस मानसिकता को खत्म करना है, जो एक भारत के भीतर दो भारत का निर्माण कर रही है। समान नागरिकता के लिए राष्ट्रीय स्तर पर एक भाषा का होना बहुत अनिवार्य है। अत: इस दिशा में सकारात्मक पहल की महती आवश्यकता है, जिससे सही दिशा में हम आगे बढ़ सकें और पूरे भारतवर्ष में समानता और बंधुत्व का वातावरण कायम हो सके।

□

मातृभाषा

वर्तमान परिप्रेक्ष्य में, जहाँ देश में भाषा, एक व्यापक चर्चा का विषय बन गया है, वहीं दूसरी तरफ देश में मातृभाषा का महत्त्व कम होता दिखाई दे रहा है। विश्व में विगत 40 वर्षों में लगभग 150 अध्ययनों के निष्कर्ष हैं कि मातृभाषा में ही शिक्षा होनी चाहिए, क्योंकि बालक को माता के गर्भ से ही मातृभाषा के संस्कार प्राप्त होते हैं। भारतीय वैज्ञानिक सी.वी. श्रीनाथ शास्त्री के अनुभव के अनुसार अंग्रेजी माध्यम से इंजीनियरिंग की शिक्षा प्राप्त करनेवाले की तुलना में भारतीय भाषाओं के माध्यम से पढ़े छात्र, अधिक वैज्ञानिक अनुसंधान करते हैं। राष्ट्रीय मस्तिष्क अनुसंधान केंद्र, गुड़गाँव की डॉ. नंदिनी सिंह के अध्ययन (अनुसंधान) के अनुसार, अंग्रेजी की पढ़ाई से मस्तिष्क का एक ही हिस्सा सक्रिय होता है, जबकि हिंदी की पढ़ाई से मस्तिष्क के दोनों भाग सक्रिय होते हैं। सर आइजेक पिटमैन ने कहा है कि संसार में यदि कोई सर्वांग पूर्ण लिपि है तो वह देवनागरी है। विदेशी भाषा के माध्यम से पढ़ाई, अनुसंधान, पुस्तकें आदि आधुनिकता के भी विरुद्ध है, क्योंकि आधुनिक-ज्ञान समाज के सभी वर्गों तक अपनी भाषा में ही पहुँचाया जा सकता है।

लेकिन दूसरी तरफ आज दुनिया के लगभग 170 देशों में किसी-न-किसी रूप में हिंदी पढ़ाई जाती है। विश्व के 32 से अधिक देशों के विश्वविद्यालयों में संस्कृत पढ़ाई जा रही है। इंग्लैंड के सेंट जेम्स विद्यालय में 6 वर्ष तक संस्कृत पढ़ना अनिवार्य है। पहले भारत में भी जहाँ कहीं हिंदी का विरोध (राजनैतिक आदि कारणों से) था या जहाँ हिंदी का प्रयोग कम माना जाता था, जैसा कि तमिलनाडु, मिजोरम, नागालैंड आदि में अब इन राज्यों में भी हिंदी बोलने-

सिखाने हेतु हिंदी स्पीकिंग क्लासेज बड़ी मात्रा में प्रारंभ हुई हैं। अरुणाचल प्रदेश राज्य की जनव्यवहार की भाषा हिंदी है तथा नागालैंड राज्य ने द्वितीय राजभाषा के रूप में हिंदी को मान्यता दी है। दक्षिण हिंदी प्रचार सभा, मद्रास राष्ट्रभाषा प्रचार समिति, वर्धा आदि की हिंदी परीक्षाओं में भारी संख्या में लोग शामिल हो रहे हैं। वास्तव में भारतीय भाषाओं को अंग्रेजी से चुनौती नहीं है, बल्कि अंग्रेजी मानसिकता वाले भारतीयों से है। हमें हिंदी या भारत की किसी भाषा की वकालत नहीं करनी है, लेकिन राष्ट्रहित की दृष्टि से जो वैज्ञानिक एवं तर्कसम्मत है, उसकी वकालत अवश्य करनी है।

मातृभाषा सीखने, समझने एवं ज्ञान की प्राप्ति में सरल है। पूर्व राष्ट्रपति डॉ. अब्दुल कलाम ने स्वयं के अनुभव के आधार पर कहा है, "मैं अच्छा वैज्ञानिक इसलिए बना, क्योंकि मैंने गणित और विज्ञान की शिक्षा मातृभाषा में प्राप्त की (धरमपेठ कॉलेज, नागपुर)।" अंग्रेजी भाषा माध्यम में पढ़ाई में अतिरिक्त श्रम करना पड़ता है। मेडिकल या इंजीनियरिंग पढ़ने हेतु पहले अंग्रेजी सीखनी पड़ती है, बाद में उन विषयों का ज्ञान प्राप्त होता है। पंडित मदन मोहन मालवीय अंग्रेजी के ज्ञाता थे। उनकी अंग्रेजी सुनने अंग्रेज विद्वान् भी आते थे, लेकिन उन्होंने कहा था, "मैं 60 वर्ष से अंग्रेजी का प्रयोग करता आ रहा हूँ, परंतु बोलने में हिंदी जितनी सहजता अंग्रेजी में नहीं आ पाती।" इसी प्रकार विश्व कवि रवींद्र नाथ ठाकुर ने कहा है—

"यदि विज्ञान को जन-सुलभ बनाना है तो मातृभाषा के माध्यम से विज्ञान की शिक्षा दी जानी चाहिए।"

महात्मा गांधी का कथन है, "**विदेशी माध्यम ने बच्चों की तंत्रिकाओं पर भार डाला है, उन्हें रट्टू बनाया है, वे सृजन के लायक नहीं रहे। विदेशी भाषा ने देशी भाषाओं के विकास को बाधित किया है।**"

उन्होंने अंग्रेजी के बारे में नहीं कहा। विश्व के आर्थिक एवं बौद्धिक दृष्टि से संपन्न देश जैसे अमेरिका, रूस, चीन, जापान, कोरिया, इंग्लैंड, फ्रांस, ब्रिटेन, जर्मनी, स्पेन, इजरायल आदि देशों में जन समाज, शिक्षा एवं शासन-प्रशासन की भाषा वहाँ की अपनी भाषा है। इजरायल के 16 विद्वानों ने नोबेल पुरस्कार प्राप्त किए हैं। सभी ने अपनी मातृभाषा हिब्रू में ही कार्य किया है। इसी प्रकार

माइक्रोसॉफ्ट के सेवानिवृत्त वरिष्ठ वैज्ञानिक सक्रांत सानू ने अपनी पुस्तक में दिए गए तथ्यों के आधार पर यह कहा है कि विश्व में सकल घरेलू उत्पाद में प्रथम पंक्ति के 20 देश सारा कार्य अपनी भाषा में ही कर रहे हैं, जिनमें चार देश अंग्रेजीभाषी हैं, क्योंकि उनकी मातृभाषा अंग्रेजी है। वे आगे लिखते हैं कि विश्व के सकल घरेलू उत्पाद में सबसे पिछड़े हुए 20 देशों में विदेशी भाषा में या अपनी और विदेशी, दोनों भाषा में उच्च शिक्षा दी जा रही है तथा शासन-प्रशासन का कार्य भी इसी प्रकार किया जाता है। इसका तात्पर्य यह है कि जब तक भारत में शिक्षा, प्रतियोगी परीक्षाएँ एवं न्यायालयों सहित शासन-प्रशासन का कार्य अपनी भाषा में नहीं होगा, तब तक देश आगे नहीं बढ़ सकता।

नीपा के पूर्व निदेशक श्री प्रदीप जोशी के अनुभव के अनुसार विश्व के ख्यातिप्राप्त अणु वैज्ञानिक एवं जापान के हिरोशिमा विश्वविद्यालय के कुलपति अंग्रेजी नहीं जानते। अपने देश में यह भी तर्क दिया जाता है कि वर्तमान वैश्वीकरण के युग में विदेश जाने हेतु अंग्रेजी का ज्ञान आवश्यक है। भारत से हर वर्ष लगभग दो लाख लोग विदेश जाते हैं। उसमें भी सभी अंग्रेजी भाषावाले देशों में नहीं जाते। इतने लोगों के लिए करोड़ों छात्रों पर अनिवार्य रूप से अंग्रेजी थोपना, यह अन्याय एवं अत्याचार नहीं तो और क्या हैं? वैसे भी किसी भी भाषा को सीखना कोई कठिन कार्य नहीं है। किसी भी भाषा को 3 से 6 महीने में सीखा जा सकता है। दूसरी ओर मात्र अंग्रेजी के ज्ञान के कारण विश्व की अन्य भाषाओं के साहित्य में उपलब्ध ज्ञान का लाभ अपने देश को प्राप्त नहीं हो पा रहा है। रूसी, जर्मन भाषा में विज्ञान की पुस्तकें अधिक मात्रा में उपलब्ध हैं। इसी प्रकार अच्छे दार्शनिक जर्मनी में हुए हैं एवं काव्य-साहित्य तथा पुरातत्त्व का अधिक साहित्य फ्रांस में प्राप्त है।

यह भी तर्क दिया जाता है कि उच्च शिक्षा एवं विशेषकर विज्ञान और तकनीकी विषयों की पुस्तकें, अपनी भाषा में उपलब्ध नहीं हैं। किसी भी भाषा की पुस्तकों का अनुवाद करना कोई कठिन कार्य नहीं है, परंतु हमारी मानसिकता भी इसी प्रकार की बनी है कि अंग्रेजी का साहित्य ही श्रेष्ठ है और उसकी नकल करके कार्य चलाया जा रहा है। इस कारण से मौलिक चिंतन के आधार पर अपने देश की आवश्यकतानुसार पुस्तकें, अनुसंधान आदि अकादमिक कार्य

बहुत ही कम हो रहा है। हमारी अच्छाइयों और विशेषताओं का महत्त्व भी हमें ध्यान में नहीं आता। जैसे प्रयाग (इलाहाबाद) का सफल कुंभ मेला या मुंबई का डिब्बा प्रबंधन, ये भी श्रेष्ठ प्रबंधन के नमूने हैं। इस बात पर जब विदेश से लोग अध्ययन-अनुसंधान करने आए, तब हमारे भारतीय प्रबंधन संस्थान के विद्वानों को इसका महत्त्व ध्यान में आया।

भारत के ख्यातिप्राप्त अधिकतर वैज्ञानिकों ने अपनी शिक्षा मातृभाषा में ही प्राप्त की है। इनमें प्रमुख जगदीश चंद्र बसु, श्रीनिवास रामानुजम, डॉ. अब्दुल कलाम। इसी प्रकार वर्तमान में विभिन्न राज्यों की बोर्ड की परीक्षाओं में उच्च अंक प्राप्त करनेवाले विद्यार्थी मातृभाषा में पढ़नेवाले ही अधिक हैं। शिक्षा के विभिन्न आयोगों एवं देश के महापुरुषों ने भी मातृभाषा में शिक्षा होनी चाहिए, ऐसे सुझाव दिए हैं। महात्मा गांधी ने ठीक ही कहा है—

"बच्चों के मानसिक विकास के लिए मातृभाषा उतनी ही आवश्यक है जितना शारीरिक विकास के लिए माँ का दूध।"

पिछले 175 वर्षों की अंग्रेजी शिक्षा से देश को काफी नुकसान हुआ है और हो रहा है। बालकों के मस्तिष्क पर अंग्रेजी के कारण बोझ बढ़ा है। यह एक प्रकार से उन पर अत्याचार है। इस कारण से उनका विकास ठीक ढंग से नहीं हो पा रहा है। वे न तो ठीक से अंग्रेजी सीख पाते हैं और न ही मातृभाषा। इसी प्रकार समय, परिश्रम और धन का भी अपव्यय हो रहा है। शिक्षा, सार्वत्रिक एवं सर्वस्पर्शीय नहीं हो पा रही है। हमारे यहाँ अंग्रेजी और गणित में सबसे अधिक बच्चे विफल होते हैं। विदेशी भाषा में जानकारी या कुछ मात्रा में ज्ञान प्राप्त हो सकता है, लेकिन ज्ञान-सृजन नहीं हो सकता। इसी प्रकार शोध कार्य में भी वैश्विक स्तर पर हम पिछड़ रहे हैं। अपने देश में शोध कार्य और साहित्य सृजन अधिकतर अंग्रेजी में होने से अपने देश के लोगों के बदले विदेश के लोग उनका ज्यादा लाभ उठा रहे हैं। हमारे देश के विद्वान् विदेशों पर निर्भर हो रहे हैं।

आज देश में अंग्रेजी, उच्च वर्ग की भाषा है और भारतीय भाषाएँ सामान्य लोगों की हैं, जिसके कारण देश में दो वर्ग खड़े हो गए हैं। विदेशी भाषाओं में मात्र अंग्रेजी के ज्ञान के कारण हम सारी दुनिया को अंग्रेजी के चश्मे से ही समझने का प्रयास करते हैं। वास्तव में दुनिया को ठीक से समझने एवं अच्छे

संबंध स्थापित करने हेतु कम-से-कम आठ भाषाओं का ज्ञान आवश्यक है। ये भाषाएँ हैं—रूसी, चीनी (मंदारिन) , जापानी, स्पैनिश, जर्मन, अंग्रेजी, अरबी, फ्रांसीसी अंग्रेजी का अधिक प्रभुत्व (प्रचलन) उन्हीं देशों में ज्यादा है, जो कभी अंग्रेजों की सरकार के अधीन (गुलाम) थे। अन्य देश अपनी-अपनी भाषा को महत्त्व दे रहे हैं। एक हम हैं कि अंग्रेजी की गुलामी ढोते चले आ रहे हैं।

यह कहना उचित ही लगता है कि अंग्रेजी शोषण की भाषा बन गई है। चिकित्सा, इंजीनियरिंग, न्याय एवं शासन-प्रशासन के स्तर पर सर्वत्र अंग्रेजी के प्रयोग के कारण भारत के लगभग 95 प्रतिशत लोग उसे समझ नहीं पाते। अंग्रेजी पुस्तकों का देश में 2000 करोड़ रुपए से अधिक का व्यवसाय है।

फ्रांसीसी, जापानी, जर्मनी बोलनेवाले 2 प्रतिशत से कम लोग होने के बावजूद उनकी दुनिया में प्रतिष्ठा है, जबकि हिंदी बोलनेवाले लगभग 70 करोड़ से अधिक होने के बाद भी हम दुनिया में अपमानित हैं। उदाहरणस्वरूप, विगत दिनों में अमेरिका एवं ऑस्ट्रेलिया में भारतीय छात्रों की प्रताड़ना की अनेक घटनाएँ सामने आई हैं।

भाषा संस्कृति और संस्कारों की संवाहिका होती है। भाषा के पतन से संस्कृति व संस्कारों का भी पतन हो रहा है, भाषा बदलने से मूल्य भी बदल जाते हैं। भाषा संस्कृति का अधिष्ठान है। फिनलैंड में 100 वर्ष पूर्व स्वीडिश भाषा चलती थी, रूस में जार के जमाने में फ्रांसीसी भाषा का दबदबा था। इन सभी देशों में वहाँ की जनता एवं शासकों की इच्छा-शक्ति के कारण, आज वहाँ अपनी भाषाओं में सारा कार्य हो रहा है। आवश्यकता है अपने देश की जनता में इस प्रकार की इच्छा-शक्ति जाग्रत् करने की। अपने संगठन, संस्था के स्तर पर सारा कार्यव्यवहार अपनी ही भाषा में करें। अपने बच्चों को मातृभाषा माध्यम के विद्यालय में ही पढ़ाएँ। घर, कार्यालय, दुकान में नाम पट्ट एवं पट्टिकाएँ अपनी भाषा में ही लिखें। अपने व्यक्तिगत-पत्र, आवेदन-पत्र, निमंत्रण-पत्र आदि भी मातृभाषा या भारतीय भाषा में लिखें या छपवाएँ।

यह एक लंबी लड़ाई है। इस हेतु समग्रता से प्रयास करना होगा। प्रथम देशव्यापी जन-जागरण हेतु गोष्ठी, परिचर्चा, कार्यशाला, परिसंवादों के आयोजन के माध्यम से समाज में अंग्रेजी के बारे में जो भ्रम फैलाया गया है, उसको दूर

करके अपनी भाषाओं की वैज्ञानिकता एवं तार्किकता को पुन: स्थापित करना होगा। दूसरा भारतीय भाषाओं में अनुवाद एवं साहित्य सृजन तथा अनुसंधान हेतु शोध केंद्रों की स्थापना करनी होगी। जहाँ भी सरकार के स्तर पर भाषा के कानून का उल्लंघन किया जा रहा है या भारतीय भाषाओं को अपमानित किया जा रहा है, उसको रोकने के प्रयास करने होंगे और कानूनी लड़ाई भी लड़नी होगी। देश की संसद् में भाषा के प्रश्न पर व्यापक चर्चा हो, इस हेतु भारतीय भाषाओं के प्रति निष्ठा, प्रेम रखनेवाले राजनैतिक पक्षों या सांसदों को एक मंच पर लाकर प्रयास करना होगा। हिंदी और भारतीय भाषाओं को शिक्षा का माध्यम बनाने के साथ-साथ, उसे रोजगार से भी जोड़ना होगा। उच्चतम न्यायालय में हिंदी एवं उच्च न्यायालयों में राज्य की राजभाषा एवं संघ की राजभाषा हिंदी में कार्य हो, इस हेतु भाषा-प्रेमी वकीलों का भी एक मंच बने। सभी भर्ती (प्रतियोगी) परीक्षाओं में अंग्रेजी की अनिवार्यता समाप्त करके उसके साथ-साथ हिंदी और भारतीय भाषाओं को स्थान मिले, इस हेतु देश के छात्र संगठनों एवं छात्रों का भी एक मोरचा बने। इन सारे कार्यों को क्रियान्वित करने हेतु भाषा-प्रेमी सभी नागरिकों एवं सामाजिक, राजनैतिक नेतृत्व एवं संस्थानों, संगठनों को एक मंच पर लाकर इस संघर्ष को आगे बढ़ाना होगा तथा निरंतर संघर्ष करना होगा। यह ध्रुव सत्य है कि विजयश्री भारतीय भाषाओं को मिलेगी।

□

अंतरराष्ट्रीय मातृभाषा दिवस : 21 फरवरी

21 फरवरी 'अंतरराष्ट्रीय मातृभाषा दिवस' के रूप में मनाया जाता है। वर्ष 1952 में इसी दिन बांग्लादेश (तत्कालीन पूर्वी पाकिस्तान) के ढाका विश्वविद्यालय, जग्गनाथ विश्वविद्यालय और चिकित्सा महाविद्यालय के छात्रों द्वारा) बांग्ला को राष्ट्रभाषा घोषित किए जाने हेतु आंदोलन किया था, जिसमें अनेक छात्रों ने पुलिस की गोलियों का शिकार होकर अपनी मातृभाषा के लिए प्राण न्योछावर किए थे। मातृभाषा के लिए दिए गए इसी बलिदान की स्मृति में यूनेस्को ने वर्ष 1999 में इस दिवस को 'अंतरराष्ट्रीय मातृभाषा दिवस' के रूप में मनाने की शुरुआत की थी, जिसे संयुक्त राष्ट्र संघ ने 2008 में स्वीकृति दी।

यूनेस्को के अनुसार भाषा केवल संपर्क, शिक्षा या विकास का माध्यम न होकर व्यक्ति की विशिष्ट पहचान है, उसकी संस्कृति, परंपरा एवं इतिहास का कोष हैं। भाषा के इसी महत्त्व को दरशाने के लिए यूनेस्को वर्ष 2019 को 'स्वदेशी भाषाओं का वर्ष' के रूप में मना रहा है। मातृभाषा के महत्त्व के संदर्भ में यूनेस्को कहता है कि मातृभाषा ज्ञान, शांति, अधिकार, समावेश एवं विविधता हेतु आवश्यक है। हर भाषा अपने साथ एक विशिष्ट ऐसी ज्ञान परंपरा का संवहन करती है एवं राष्ट्रों की विकास प्रक्रिया में सहायक बन शांति को बढ़ावा देने का कार्य करती है। देश के लोगों को शिक्षा आदि जैसे मूलभूत अधिकार प्रदान करती है तथा इसमें समाज के सभी वर्गों का समावेश

सुनिश्चित करती है। इस प्रकार समाज के सांस्कृतिक मूल्यों की विरासत को सँजोने का कार्य भी मातृभाषा ही करती है।

मातृभाषा के संदर्भ में कुछ विद्वानों का मानना है कि 'माँ' की भाषा ही मातृभाषा है। यह पूर्ण सत्य नहीं है, माँ की भाषा के साथ-साथ बच्चे का शैशव/बचपन/बाल्यावस्था जहाँ बीतता है, उस माहौल में ही जननी भाव है। जिस परिवेश में बच्चे पलते हैं, वहाँ जो भाषा वे सीखते हैं, वह भाषा उस बच्चे की मातृभाषा कहलाती है। यहाँ परिवेश से अर्थ परिवार एवं उस परिवार के सांस्कृतिक मूल्यों से है।

हमारे देश में भाषा के प्रति अनेक प्रकार के भ्रम फैले हैं, जिनमें एक अत्यंत महत्त्वपूर्ण भ्रम है कि अंग्रेजी विकास की भाषा है, जबकि इस बात से यूनेस्को सहित अनेक संस्थानों के अनुसंधान यह सिद्ध कर चुका है कि अपनी भाषा में शिक्षा से ही बच्चे का सही मायने में विकास हो पाता है। इस हेतु मातृभाषा में शिक्षा यह पूर्ण रूप से वैज्ञानिक दृष्टि है। इसी मत को भारत के राष्ट्रीय मस्तिष्क अनुसंधान केंद्र तथा शिक्षा संबंधित सभी आयोगों आदि ने भी माना है। भारतीय वैज्ञानिक सी.वी. श्रीनाथ शास्त्री के अनुभव के अनुसार अंग्रेजी माध्यम से इंजीनियरिंग की शिक्षा प्राप्त करनेवाले की तुलना में भारतीय भाषाओं के माध्यम से पढ़े छात्र अधिक उत्तम वैज्ञानिक अनुसंधान करते हैं।

महात्मा गांधी ने कहा था, "विदेशी माध्यम ने बच्चों की तंत्रिकाओं पर भार डाला है, उन्हें रट्टू बनाया है, वे सृजन के लायक नहीं रहे। विदेशी भाषा ने देशी भाषाओं के विकास को बाधित किया है।" इसी संदर्भ में भारत के पूर्व राष्ट्रपति एवं महान् वैज्ञानिक डॉ. अब्दुल कलाम के स्वयं के उच्चरित शब्दों का यहाँ उल्लेख आवश्यक हो जाता है, "मैं अच्छा वैज्ञानिक इसलिए बना, क्योंकि मैंने गणित और विज्ञान की शिक्षा मातृभाषा में प्राप्त की।" इसी प्रकार माइक्रो साफ्ट के सेवानिवृत्त वरिष्ठ वैज्ञानिक संक्रात सानू ने अपनी पुस्तक में दिए गए तथ्यों में यह कहा है कि विश्व में सकल घरेलू उत्पाद में प्रथम पंक्ति के 20 देश सारा कार्य अपनी भाषा में ही कर रहे हैं, जिनमें चार देश अंग्रेजीभाषी हैं, क्योंकि उनकी मातृभाषा अंग्रेजी है। वह आगे लिखते हैं कि विश्व के सकल घरेलू उत्पाद में सबसे पिछड़े हुए 20 देशों में विदेशी भाषा में या अपनी और

विदेशी दोनों भाषा में उच्च शिक्षा दी जा रही है तथा शासन-प्रशासन का कार्य भी इसी प्रकार किया जाता है। उपर्युक्त कथन की सत्यता को प्रमाणित करने की दृष्टि से भारतीयों को प्राप्त नोबेल पुरस्कार और अपनी भाषा में शिक्षा देनेवाले देश इजरायल, जापान, जर्मनी आदि के विद्वानों द्वारा प्राप्त नोबेल पुरस्कारों की तुलना करने से स्थिति अधिक स्पष्ट हो जाती है।

स्वदेशी (इंडिजिनस) भाषाओं के अनन्य महत्त्व के बावजूद हम अपनी भाषाओं के संवर्धन में पिछड़ रहे हैं। सन् 1961 की जनगणना में भारत में 1,652 भाषाएँ दर्ज हैं। 1971 तक यह आँकड़ा 808 पहुँच गया था। पीपल्स लिंग्विस्टिक सर्वे ऑफ इंडिया, 2013 के अनुसार पिछले 50 वर्षों में 220 से अधिक भारतीय भाषाओं को खो दिया गया है तथा 197 और भाषाएँ लुप्तप्राय होने के कगार पर हैं।

भारत सरकार के आँकड़ों के हिसाब से देश में 121 आधिकारिक भाषाएँ हैं (2011 की जनगणना)। वहीं पीपल्स लिंगविस्टिक सर्वे ऑफ इंडिया के अनुसार, भारत में 780 भाषाएँ मौजूद हैं। लगभग 100 और भाषाओं के अस्तित्व में होने की संभावना भी जाहिर की गई है। महाराष्ट्र की वदारी एवं कोल्हाटी, कर्नाटक-तेलंगाना की गोल्ला, गोसारी ऐसी भारतीय भाषाओं के उदाहरण हैं, जिनके बोलनेवालों की संख्या दस हजार से कम होने की वजह से भाषा सूची से बाहर हैं, जबकि अधुनि, दिची, घल्लू, हेल्गो तथा बो कुछ ऐसी भाषाओं के नाम हैं जो देश में विलुप्त हो चुकी हैं।

197 लुप्तप्राय भाषाओं में से भारत में केवल बोडो और मैतई को आधिकारिक दर्जा प्राप्त है, क्योंकि उनके पास लेखन प्रणाली है। भारत जैसे देश में जहाँ ज्ञान परंपरागत रूप से पीढ़ी-दर-पीढ़ी मौखिक ही चलता आया है, ऐसे में लेखन प्रणाली के अभाव में भाषा के रूप में गणना नहीं करना, देश की सांस्कृतिक-ऐतिहासिक वास्तविकताओं से परे है। इस प्रकार के नियमों से भी अनेक भाषाएँ लुप्तप्राय हो रही हैं। भारत सरकार को अविलंब ऐसे नियमों पर पुनर्विचार कर समीक्षा करनी चाहिए, ताकि 2021 की जनगणना में सुधार करके वास्तविक जनगणना हो सके।

मातृभाषा केवल ज्ञान प्राप्ति ही नहीं, बल्कि मानवाधिकार संरक्षण, सुशासन,

शांति-निर्माण, सामंजस्य और सतत विकास के लिए एक आधारभूत अर्हता है। इसी प्रकार सामाजिक, आर्थिक और राजनीतिक विकास, शांतिपूर्ण सहअस्तित्व और समाज में सामंजस्य के लिए स्वदेशी भाषाएँ महत्त्व रखती हैं। उनमें से कई के विलुप्त होने का खतरा है। विविधता में हमारे विश्वास के बावजूद हम विशेष रूप से भाषाओं और बोलियों के संदर्भ में इनका संवर्धन करने में सक्षम नहीं दिख रहे हैं। इसी कारणवश संयुक्त राष्ट्र ने 2019 को स्वदेशी (इंडिजीनस) भाषाओं का वर्ष घोषित किया, ताकि उन्हें संरक्षित, पुनर्जीवित करने और उन्हें बढ़ावा देने के लिए तत्काल काररवाई को प्रोत्साहित किया जा सके।

□

न्याय के क्षेत्र में भारतीय भाषाएँ

14 सितंबर, 1949 को हिंदी को भारतीय संघ की राजभाषा बनाया गया। यह सौभाग्य का विषय है कि देश की जनभाषा हिंदी को प्रथम बार देश की राजभाषा के रूप में संवैधानिक मान्यता दी गई। स्वतंत्रता के बाद देश में राज्यों का जो गठन किया गया, वह भी भाषा के आधार पर हुआ। 14 प्रमुख भाषाओं को संविधान की 8वीं अनुसूची में स्थान दिया गया, जो आज बढ़कर 22 हो गई हैं।

परंतु दुर्भाग्य की बात यह है कि देश की राजभाषा हिंदी को देश के उच्चतम न्यायालय में मान्यता नहीं है। उसी प्रकार केवल 4 राज्यों को छोड़कर, अन्य किसी भी राज्य की राजभाषा को वहाँ-वहाँ के उच्च न्यायालय में मान्यता नहीं है। यह वास्तविक लोकतंत्र है क्या? यह प्रश्न उठता है। उन राज्यों की जनभाषा, जो राजभाषा भी है, को वहाँ के उच्च न्यायालय में मान्यता न देना, उनके साथ घोर पक्षपात है। इसका कारण यह है कि वर्ष 1963 में पारित राजभाषा अधिनियम में सरकारी कार्यों/प्रयोजनों के लिए 26 जनवरी, 1965 के बाद भी अंग्रेजी के प्रयोग पहले की तरह किए जाते रहने की छूट दी गई। इसलिए अनुच्छेद-348 के तहत उच्चतम एवं उच्च न्यायालयों के कामकाज की भाषा पहले की तरह अंग्रेजी ही है। इसके द्वितीय परंतुक में यह व्यवस्था भी की गई है कि राज्य के राज्यपाल महोदय, माननीय राष्ट्रपति की सहमति से अपने राज्य के उच्च न्यायालय में अंग्रेजी के साथ हिंदी या उस राज्य की राजभाषा को वहाँ की सभी प्रकार की काररवाई में प्रयोग किए जाने की अनुमति दे सकते हैं। इसी व्यवस्था के अंतर्गत राजस्थान, उत्तर प्रदेश, मध्य प्रदेश एवं बिहार के उच्च

न्यायालयों में हिंदी में न्यायिक काररवाई की जा रही है। इन्हीं राज्यों से अलग हुए झारखंड, उत्तराखंड एवं छत्तीसगढ़ में इस प्रकार की अनुमति स्वाभाविक रूप से होनी चाहिए थी, जो कि नहीं है। राज्य पुनर्गठन कानून के अनुसार, जब एक राज्य में से दो राज्य बनते हैं, तब दोनों में वहाँ की पुरानी व्यवस्था यथावत् रहती है, लेकिन इस विषय में ऐसा न होने का कारण वहाँ के शासकों, प्रशासकों ने उनके स्वाभाविक अधिकार के लिए जागरूकता नहीं दिखाई है। अतः इन नए तीन राज्यों के उच्च न्यायालयों में वहाँ की राजभाषा को मान्यता नहीं है।

जिस प्रकार उपरोक्त चार राज्यों के उच्च न्यायालयों में वहाँ की राजभाषा हिंदी को मान्यता दी गई है, उसी प्रकार तमिलनाडु, गुजरात, छत्तीसगढ़ ने भी अपनी राज्य की राजभाषा के प्रयोग की छूट हेतु माँग की तो केंद्र सरकार ने उच्चतम न्यायालय के मुख्य न्यायाधीश की राय माँगी और बाद में इन तीनों राज्यों को उत्तर दिया गया कि उच्चतम न्यायालय के मुख्य न्यायाधीश, इससे सहमत नहीं हैं। संविधान के अनुसार तो राज्यपाल महोदय माननीय राष्ट्रपति की अनुमति से इसको लागू कर सकते हैं। फिर उच्चतम न्यायालय के न्यायाधीश से क्यों पूछा गया? और उसका बहाना बनाकर केंद्र सरकार ने इन तीनों राज्यों को अनुमति न देकर उन तीनों राज्यों के साथ भेदभाव किया है। एक प्रकार से केंद्र सरकार ने संविधान के प्रावधान का उल्लंघन किया है।

दूसरी महत्त्वपूर्ण बात यह है कि न्यायालय, न्याय व्यवस्था देश के आम नागरिकों को न्यायपूर्ण तरीके से जीने का अधिकार मिले और कहीं किसी के साथ अन्याय होता है, तो उसे न्याय मिले, इस हेतु यह व्यवस्था है, परंतु हमारे उच्चतम तथा उच्च न्यायालयों में जिस भाषा में कार्य होता है, उसे देश की 97 प्रतिशत जनता नहीं समझ पाती। न्यायालयों में न्यायमूर्ति और अधिवक्ता के बीच क्या बहस हुई, वे 97 प्रतिशत लोग समझ ही नहीं पाते। जिस भाषा में उनको निर्णय लिखित में दिया जाता है, उसे वे समझ ही नहीं पाते ? देश के तीन प्रतिशत अंग्रेजी जाननेवाले लोगों के लिए ही न्याय व्यवस्था है। राज्यों के उच्च न्यायालयों में वहाँ की भाषा में कार्य हो, उसके विरुद्ध यह तर्क दिया जाता है कि न्यायमूर्तियों का स्थानांतरण होने के कारण उनको अन्य राज्यों की भाषा समझने में कठिनाई होगी, परंतु वर्तमान में अधिकतर उच्च न्यायालयों में 10 प्रतिशत भी

अन्य भाषा के न्यायाधीश नहीं हैं। सामान्यत: उच्च न्यायालयों में अधिक-से-अधिक दो-तीन न्यायाधीश अन्य राज्यों के होते हैं। जब वहाँ की स्थानीय भाषा में बहस होगी, तब उसी राज्य के न्यायाधीशों की बेंच हो सकती है। दूसरा जिस प्रकार आज संसद् में व्यवस्था है कि कोई भी सदस्य चाहे जिस भाषा में बोले, उसे दूसरा सदस्य, अपनी भाषा में सुन सकता है। ऐसा अनुवाद की व्यवस्था से होता है। देश के 24 उच्च न्यायालयों में भी इसी प्रकार की अनुवाद की व्यवस्था की जा सकती है। प्रशासनिक सेवा के अधिकारियों (आई.ए.एस., आई.पी.एस.) को भी जिस राज्य में उनकी नियुक्ति होती है, वहाँ की भाषा का प्रशिक्षण दिया जाता है। न्यायाधीशों के लिए भी इस प्रकार की व्यवस्था की जानी चाहिए।

उच्चतम एवं उच्च न्यायालयों में शासकों-प्रशासकों के अनुसार माना कि वहाँ कुछ कठिनाई है, परंतु सत्र, अधीनस्थ, जिला न्यायालयों में तो आपराधिक प्रक्रिया संहिता-272, सिविल प्रक्रिया संहिता-137 के अनुसार, वहाँ-वहाँ की राजभाषा में कार्य करने का प्रावधान है और अन्य राज्यों के न्यायाधीशों का प्रश्न भी नहीं है। फिर भी अनेक राज्यों में अंशत: या कुछ न्यायालयों में पूर्ण रूप से अंग्रेजी में कार्य किया जा रहा है। अनेक न्यायालयों में वहाँ-वहाँ की राजभाषा के अनुसार कंप्यूटर और स्टेनो टाइपिस्ट नहीं हैं। इस कारण से बहस और सुनवाई वहाँ की भाषा में होने के उपरांत भी निर्णय अंग्रेजी में दिए जाते हैं। अनेक न्यायालयों में बहस भी अंग्रेजी में की जाती है। ध्यान में यह आता है कि कुछ कठिनाइयों का बहाना बनाकर वास्तव में शासन-प्रशासन के द्वारा जनता को अपने अधिकारों से वंचित रखने के षड्यंत्र के तहत, भारतीय भाषाओं में कार्य करने में बनावटी रुकावटें निर्माण की जा रही हैं।

अनेक राज्यों में वहाँ-वहाँ के कानून भी प्रथम अंग्रेजी में बनाए जाते हैं। बाद में कुछ का राज्य की राजभाषा में भाषांतरण किया जाता है, कुछ का नहीं भी किया जाता है। वास्तव में शासन-प्रशासन में बैठे हुए अधिकतर लोग भारतीय भाषाओं को स्थापित नहीं होने देना चाहते। यह अनुभव सिद्ध बात है। शिक्षा संस्कृति उत्थान न्यास के द्वारा पिछले दो वर्ष में केंद्र, विभिन्न राज्यों एवं उनके संस्थानों को उनके राजभाषा के कानून के विरुद्ध कार्य करने के संदर्भ में दो हजार से भी अधिक पत्र लिखे गए हैं, जिनमें से कुछ का सकारात्मक

परिणाम आया है। कुछ राज्य सरकारें/कार्यालय तो उत्तर देने को भी आवश्यक नहीं समझते।

इसी प्रकार अनेक राज्यों में क्रमशः विधि की शिक्षा का माध्यम भी अंग्रेजी है या अंग्रेजी माध्यम किया जा रहा है। सरकार के द्वारा राष्ट्रीय विधि विश्वविद्यालयों की स्थापना की गई है, उनका माध्यम भी केवल अंग्रेजी है। विधि-सेवा से संबंधित प्रतियोगी परीक्षाओं की भी इसी प्रकार की स्थिति देखने को मिलती है।

जब तक शासन-प्रशासन, उच्च शिक्षा एवं प्रतियोगी परीक्षाओं में अंग्रेजी की अनिवार्यता समाप्त नहीं की जाएगी, तब तक भारतीय भाषाओं को स्थापित करना असंभव है। इस हेतु देश भर में भारतीय भाषाओं के प्रतिष्ठान हेतु एक बड़ा आंदोलन व अभियान चलाने की आवश्यकता है। इसका प्रारंभ शिक्षा संस्कृति उत्थान न्यास ने कर भी दिया है। आवश्यकता है देश की हजारों संस्थाएँ एवं विद्वान, स्वभाषा-प्रेमी इस हेतु एक मंच पर साथ आकर आवाज उठाएँ, तो इस आंदोलन का देशव्यापी स्वरूप बनेगा। तब शासन-प्रशासन का दिमाग भी ठीक होगा और भारतीय भाषाओं में शासन-प्रशासन का कार्य एवं सभी स्तर की शिक्षा, न्यायालयों और प्रतियोगी परीक्षाओं का माध्यम भी अपनी भाषाएँ होंगी। आओ, इस विश्वास के साथ, भारतीय भाषाओं को न्याय दिलाने हेतु, एक राष्ट्रव्यापी आंदोलन खड़ा करने के लिए हम संकल्पबद्ध हों। यही मेरी प्रार्थना है।

□

विश्वभाषा हिंदी

14 सितंबर, 1949 को हिंदी देश की राजभाषा बनी। तब से हिंदी ने कई उतार-चढ़ाव देखे, फिर भी हिंदी देश एवं दुनिया में सतत आगे बढ़ती जा रही है। आज हिंदी केवल भारत तक सीमित नहीं है, इसका विस्तार विश्व के लगभग 130 देशों में हो चुका है। हिंदी भारत की राजभाषा होने के साथ-साथ फिजी की भी राजभाषा है तथा मॉरिशस, त्रिनिदाद, गुयाना और सूरीनाम में क्षेत्रीय भाषा के रूप में मान्यता प्राप्त है। साथ-ही-साथ संयुक्त राज्य अमेरिका, ब्रिटेन, दक्षिण अफ्रीका, ऑस्ट्रेलिया, न्यूजीलैंड, जर्मनी, सिंगापुर, कनाडा, यू.ए.ई. जैसे देशों में भी हिंदी भाषी बड़ी संख्या में मौजूद हैं। यह विश्व में सर्वाधिक बोली जानेवाली भाषाओं में से एक है। जहाँ विकिपीडिया हिंदी को मंडारिन (चीनी) तथा अंग्रेजी के बाद तृतीय स्थान देता है, वहीं शोधकर्ता डॉ. जयंती प्रसाद नौटियाल हिंदी का प्रथम स्थान अपने शोध में सिद्ध कर चुके हैं। विज्ञान के इस युग में भारत जैसे विशाल देश की राजभाषा के जानकारों की संख्या का सुनिश्चित न होना बड़ी विडंबना हैं। वर्ष 2001 की जनगणना के अनुसार, लगभग 25.79 करोड़ भारतीय हिंदी का उपयोग मातृभाषा के रूप में करते हैं, जबकि 2011 के आँकड़े लगभग 42.20 करोड़ लोग इसकी 50 से अधिक बोलियों में से एक इस्तेमाल करते हैं। एथनोलॉग : लैंगुवेस ऑफ द वर्ल्ड, 2015 के अनुसार हिंदी का स्थान विश्व में मंदारिन (चीनी) के बाद दूसरे नंबर पर आता है। इस शोध के अनुसार मातृभाषा के रूप में हिंदी का प्रयोग करनेवालों की संख्या लगभग 37 करोड़ है और द्वितीय भाषा के रूप में हिंदी का इस्तेमाल करनेवालों की संख्या लगभग 12 करोड़ है। मातृभाषा के

रूप में हिंदी बोलनेवालों की संख्या (अंग्रेजी 34 करोड़, स्पेनिश 35 करोड़) से ज्यादा है। मंदारिन बोलने वालों की संख्या लगभग 87 करोड़ है, परंतु एक महत्त्वपूर्ण तथ्य यह भी है कि जहाँ मंदारिन भाषा समूह की सभी भाषाओं को एकत्र रूप में गणना की जाती है, वहीं हिंदी के साथ ऐसा न कर, हिंदी को राजस्थानी, मारवाड़ी, मैथिली, अवधी, ब्रजभाषा जैसे टुकड़ों में बाँटकर प्रस्तुत किया जाता है। इस प्रकार विश्व की दो प्रमुख भाषाओं की गणना के लिए अलग-अलग पैमाने अपनाना न्यायपूर्ण नहीं है।

वर्तमान में विश्व में दैनिक समाचार-पत्रों की दृष्टि से प्रथम बीस समाचार-पत्रों में हिंदी के पाँच समाचार-पत्रों का समावेश है। विश्व में क्रमश: दैनिक भास्कर, दैनिक जागरण, अमर उजाला, हिंदुस्तान एवं राजस्थान पत्रिका का प्रमुखत: समावेश है।

दुनिया के लगभग 170 देशों में किसी-न-किसी रूप में हिंदी पढ़ाई जाती है। मॉस्को (रशिया) को दुनिया में हिंदी भाषा के अध्ययन-अध्यापन के प्रमुख केंद्रों में से एक माना जाता है। मॉस्को में हिंदी भाषा का अध्ययन और शिक्षण मॉस्को राजकीय विश्वविद्यालय के साथ-साथ दो अन्य विश्वविद्यालयों में भी किया जाता है। मॉस्को विश्वविद्यालय में हिंदी में बी.ए., एम.ए. और पी-एच.डी. की जा सकती है। रूस स्थित भारतीय दूतावास के जवाहरलाल नेहरू सांस्कृतिक केंद्र में हिंदी भाषा निशुल्क पढ़ाई जाती है। मॉस्को में ऐसा विद्यालय भी है, जहाँ बच्चों को छठी कक्षा से ही हिंदी भाषा पढ़ाई जाती है। रूसी वैज्ञानिकों द्वारा हिंदी भाषा के अनेक शब्दकोशों और पाठ्य-पुस्तकों की रचना एवं हिंदी साहित्य का अनुवाद बड़े पैमाने पर किया जाता रहा है। मॉस्को के अलावा रूस के ही सेंट-पीटर्सबर्ग राजकीय विश्वविद्यालय के हिंदी विभाग के प्राध्यापकों ने तृतीय क्षेत्रीय अंतरराष्ट्रीय हिंदी सम्मलेन में रूसी छात्रों के लिए हिंदी भाषा की नई पाठ्य-पुस्तक प्रस्तुत की।

संयुक्त राज्य अमेरिका में हार्वर्ड, येल, शिकागो, वाशिंगटन, मोण्टाना, टेक्सास एवं कैलिफोर्निया विश्वविद्यालयों समेत कई अन्य विश्वविद्यालयों में भी हिंदी भाषा के पाठ्यक्रम चलाए जा रहे हैं। अमेरिका के अनेक राज्यों के पब्लिक स्कूल्स (सरकारी विद्यालयों) में भी हिंदी भाषा का विकल्प दिया जा

रहा है। इसी प्रकार ऑस्ट्रेलियन नेशनल विश्वविद्यालय, टोक्यो विश्वविद्यालय, जॉन हॉपकिंस विश्वविद्यालय में भी हिंदी के पाठ्यक्रम चलाए जा रहे हैं।

पड़ोसी देश चीन के पेकिंग विश्वविद्यालय, गुआंडोंग विश्वविद्यालय सहित अनेक महाविद्यालयों में तथा बीजिंग स्थित गुरुकुल विद्यालय में हिंदी पढ़ाई जाती है। इसके अतिरिक्त इंग्लैंड, ऑस्ट्रेलिया तथा सिंगापुर के विद्यालयों एवं महाविद्यालयों में भी हिंदी पढ़ाई जाती है। सुदूर पूर्व के देश फिजी में हिंदी को विद्यालयों में अनिवार्य रूप से पढ़ाया जाता है। दिल्ली विश्वविद्यालय के हिंदी विभाग में भी अनेक विदेशी छात्र, जिनमें जापानी, कोरियाई छात्रों की संख्या अधिक है, भारत में स्थित विदेशी कंपनियों में आकर्षक नौकरी हेतु हिंदी में दाखिला ले रहे हैं।

वैश्विक स्तर पर भारत के बढ़ते आर्थिक, सामरिक, राजनैतिक प्रभाव को देखते हुए, भारत की राजभाषा हिंदी को सीखने, जानने की ललक विदेशों में बढ़ती जा रही है। इसी क्रम में 27 सितंबर, 2001 को भारत सरकार द्वारा विश्व हिंदी सचिवालय की स्थापना मॉरिशस में की गई। हिंदी को अंतरराष्ट्रीय भाषा बनाने के प्रयासों में इस सचिवालय की स्थापना एक महत्त्वपूर्ण कदम है। हिंदी को एक अंतरराष्ट्रीय भाषा के रूप में स्थापित करने के उद्देश्य से विश्व हिंदी सचिवालय की स्थापना की गई है। यह सचिवालय अंतरराष्ट्रीय हिंदी पत्रिका एवं अंतरराष्ट्रीय हिंदी समाचार का प्रकाशन भी करता है। हिंदी को विश्वपटल पर अंतरराष्ट्रीय भाषा के रूप में स्थापित करने के लिए कुछ और प्रयास करने की आवश्यकता है, जिनमें सबसे महत्त्वपूर्ण कदम हिंदी भाषा के अपने विशिष्ट फॉण्ट का सृजन करना, जिससे वर्तमान के तकनीकी युग में हिंदी भाषा को नई पीढ़ी के प्रयोग के लिए सुगम बनाया जा सके। इसके अतिरिक्त हिंदी में युवा पीढ़ी केंद्रित मौलिक लेखन को बढ़ावा देना, विदेश में स्थित भारतीयों एवं अन्य विदेशी नागरिकों को हिंदी सिखाने की उचित व्यवस्था सुनिश्चित करना जैसे कदमों का समावेश है।

वैश्विक परिदृश्य में हिंदी के परिपक्व होते स्थान की तुलना में देश के अंदर हिंदी को कई कठिनाइयों का सामना करना पड़ रहा है। कुछ समय पूर्व कर्नाटक राज्य की राजधानी बेंगलुरु में मेट्रो ट्रेन स्थानकों (स्टेशनों) में सूचना

फलक पर हिंदी के प्रयोग के विरोध में कुछ राजनैतिक उद्‌देश्यों से प्रेरित संगठनों ने हिंसक प्रदर्शन करके एक प्रकार से भाषायी विभेद निर्माण कर देश की राजभाषा विरोधी वातावरण को बढ़ावा देने का कार्य किया। इस संदर्भ में हमें यह बात नहीं भूलनी चाहिए कि हिंदी संवैधानिक रूप से देश की राजभाषा भी है, जिसका सम्मान करना देश के सभी नागरिकों का कर्तव्य बनता है। राज्यों की अपनी राजभाषाएँ हैं, जिनका पूर्ण सम्मान किया जाना चाहिए, इसी प्रकार देश की राजभाषा का भी सम्मान किया जाना चाहिए। यह अत्यंत दु:ख की बात है कि अपने राजनीतिक स्वार्थ हेतु इस प्रकार के भाषाओं के विवाद खड़े किए जाते हैं। आवश्यकता इस बात की है कि सारी भारतीय भाषाएँ एक-दूसरे के समर्थन में खड़ी हों। भाषा के माध्यम से देश को तोड़ने नहीं, देश को जोड़ने की आवश्यकता है।

किसी भी भाषा के संरक्षण हेतु उस भाषा में प्राथमिक से लेकर उच्च शिक्षा का उपलब्ध होना, एक महत्त्वपूर्ण आवश्यकता है। देश में शिक्षा व्यवस्था पर वैश्वीकरण के बढ़ते प्रभाव के कारण अब मातृभाषा में शिक्षा की स्थिति कमजोर हो रही है। प्राथमिक शिक्षा में फिर भी हिंदी या मातृभाषा का विकल्प है, किंतु उच्च शिक्षा में तो अंग्रेजी का कोई विकल्प छात्रों के समक्ष दिखाई नहीं देता है। विश्व में विगत 40 वर्षों में लगभग 150 अध्ययनों के निष्कर्ष हैं कि मातृभाषा में ही शिक्षा दी जानी चाहिए, क्योंकि बालक को माता के गर्भ से ही मातृभाषा के संस्कार प्राप्त होते हैं। महान् वैज्ञानिक डॉ. ए.पी.जे. कलाम ने यह स्वयं स्वीकार किया था कि मेरी विद्यालयीन शिक्षा मातृभाषा में हुई है। इसलिए मैं अच्छा वैज्ञानिक बना हूँ।

देश के उच्च शिक्षा तंत्र में लगभग 60 लाख से अधिक छात्र गैर-महानगरीय क्षेत्रों से प्रवेश लेते हैं, वे अंग्रेजी से ताल-मेल नहीं बैठा पाते। भाषा की इस खाई के परिणामस्वरूप देश की उच्च शिक्षा अपने वास्तविक उद्‌देश्यों को पूरा नहीं कर पा रही है। उच्च शिक्षा के अलग-अलग संकायों का हम विश्लेषण करें तो विसंगतियाँ देखने को मिलती हैं। उदाहरणार्थ, दिल्ली विश्वविद्यालय के विधि संकाय की प्रवेश परीक्षा केवल अंग्रेजी में होती है, जबकि वार्षिक परीक्षा में हिंदी अथवा अंग्रेजी में उत्तर देने का प्रावधान है।

प्रश्न यह उठता है कि जब प्रवेश परीक्षा केवल अंग्रेजी में है, आगे के चरणों में हिंदी के छात्र कैसे पहुँच पाएँगे? इसी प्रकार इस संकाय में शिक्षण का माध्यम केवल अंग्रेजी है, पाठ्य-सामग्री (कोर्स मटेरियल) केवल अंग्रेजी में है तो हिंदी का विकल्प औचित्यहीन हो जाता है। देश के सबसे बड़े विधि संस्थान अर्थात् राष्ट्रीय विधि विश्वविद्यालयों की भी यही परिपाटी है। इसी प्रकार सारे व्यावसायिक पाठ्यक्रमों का शिक्षा का माध्यम मात्र अंग्रेजी है। अधिकतर राज्यों में सामान्य उच्च शिक्षा का माध्यम भी अंग्रेजी है।

वैश्विक स्तर पर एवं देश में भी हिंदी का विस्तार काफी हो रहा है, लेकिन दूसरी ओर विद्यालय से लेकर उच्चतम शिक्षा के स्तर पर हिंदी एवं अन्य भाषाएँ सिकुड़ती जा रही हैं। हिंदी एवं अन्य भारतीय भाषायी माध्यम के विद्यालयों में छात्रों की संख्या में लगातार गिरावट आ रही है। वास्तव में देश एवं दुनिया के भाषा संबंधित सारे अध्ययनों का निष्कर्ष यही है कि शिक्षा का माध्यम मातृभाषा ही होना चाहिए। महात्मा गांधीजी ने भी कहा था, हमारे बालक अंग्रेजी सीखने के लिए कम-से-कम 6 साल खर्च कर देते हैं, अगर इस समय का अपने विषय को सीखने में उपयोग करते हैं तो उनका विषय संबंधी ज्ञान में उतनी मात्रा में अधिक उपलब्धि हो सकती है।

इसी प्रकार देश का सारा प्रशासनिक कार्य अधिकतर अंग्रेजी में किया जा रहा है। प्रतियोगी परीक्षाओं का माध्यम या तो अंग्रेजी है या अंग्रेजी का एक प्रश्न-पत्र अनिवार्य किया गया है। इस प्रकार देश के अधिकतर न्यायालयों में आज भी अंग्रेजी में ही कार्य किया जा रहा है। जब तक हिंदी एवं भारतीय भाषाओं के समक्ष उपस्थित इन चुनौतियों का समाधान नहीं करेंगे, तब तक हिंदी और भारतीय भाषाओं का वास्तविक उत्थान संभव नहीं होगा। उपरोक्त चुनौतियों का सामना करने के लिए राजभाषा कानून, माननीय राष्ट्रपतिजी के विभिन्न आदेशों का कड़ाई से अनुपालन होना चाहिए। इसी के साथ प्राथमिक शिक्षा का माध्यम अनिवार्य रूप से मातृभाषा होना चाहिए। उच्च शिक्षा के स्तर पर अंग्रेजी के साथ-साथ हिंदी एवं भारतीय भाषाओं का विकल्प उपलब्ध कराना होगा। हिंदी एवं अन्य भारतीय भाषाओं के विकास हेतु प्रत्येक राज्य में वहाँ-वहाँ की भाषा के विश्वविद्यालय स्थापित करने होंगे। सभी प्रकार की

प्रतियोगी परीक्षाओं में अंग्रेजी की अनिवार्यता को समाप्त किया जाना चाहिए।

सामाजिक स्तर पर भी भारतीय भाषाओं के सम्मान, विकास एवं स्वाभिमान जगाने हेतु देशव्यापी अभियान प्रारंभ किया जाना चाहिए। इन सब प्रयासों के द्वारा ही भारतीय भाषाओं का उत्थान होगा एवं हिंदी विश्व की भाषा बन सकेगी।

□

अखिल भारतीय सेवाएँ : भाषा का प्रश्न

भारतीय सूचना सेवा जैसी पेशेवर सेवा को सिविल सेवा परीक्षा जैसी सामान्य परीक्षा में शामिल कर दिया गया, जबकि इसका प्रारंभ 1959 में विशेषज्ञ सेवा के रूप में हुआ था।

भारत में अखिल भारतीय सेवाओं का अपना एक विशिष्ट स्थान है, क्योंकि ये न केवल लाखों प्रतिभाशाली छात्रों के भविष्य से जुड़ी हैं, बल्कि देश का शासकीय ढाँचा इन्हीं पर अवलंबित है, हालाँकि प्रशासनिक सेवाएँ कई मायनों में ब्रिटिश काल की आईसीएस की प्रतिकृति ही लगती हैं। कई दशक के बाद सरकार ने इन सेवाओं के समग्र अवलोकन के लिए बासवान समिति का गठन किया है। इस समिति का मंतव्य लोक सेवाओं के महत्त्वपूर्ण पक्षों को उजागर करता है। जैसे क्या यह प्रणाली वास्तव में विभिन्न अखिल भारतीय सेवाओं के लिए उपयुक्त अभ्यर्थियों के चयन में सक्षम है, क्या विशेषज्ञ एवं सामान्यज्ञ के लिए अलग-अलग परीक्षाएँ नहीं होनी चाहिए, क्या समूह 'क' एवं समूह 'ख' हेतु निर्धारित अर्हताएँ तर्कसंगत एवं सेवानुरूप है? अधिकतर प्रश्नों के उत्तर नकारात्मक ही हैं। हाल में संसद् को हस्तक्षेप के लिए विवश करनेवाली सीसैट जैसी विभेदकारी व्यवस्था समाप्त की गई, जो इस तथ्य को प्रमाणित करता है कि प्रणाली में कुछ खामियाँ तो हैं। सेवाओं की प्रकृति, आवश्यकताओं एवं अर्हताओं में संगति का अभाव कई सेवाओं में स्पष्ट दिखाई देता है। एक ओर जहाँ इंजीनियरिंग एवं भारतीय आर्थिक सेवा जैसी विशेषज्ञ सेवाओं के लिए परीक्षा अलग है, तो भारतीय सूचना सेवा जैसी महत्त्वपूर्ण सेवा की परीक्षा उसी पुराने ढर्रे पर चलती आ रही है। सूचना क्रांति के युग में जहाँ 'इन्फॉर्मेशन इज

पावर' को अंतरराष्ट्रीय स्तर पर सशक्तीकरण के सबसे प्रभावी माध्यम के रूप में स्वीकारा जा चुका है, वहीं हमारे देश में सूचना-तंत्र से जुड़ी सबसे बड़ी सेवा की दुर्दशा चिराग तले अँधेरा नहीं, तो क्या है? इसलिए इस सेवा की विसंगतियों की चर्चा आवश्यक है। बड़ी विचित्र स्थिति है कि भारतीय सूचना सेवा जैसी पेशेवर सेवा को सिविल सेवा परीक्षा जैसी सामान्यज्ञ परीक्षा में शामिल कर दिया गया, जबकि इसका प्रारंभ वर्ष 1959 में एक विशेषज्ञ सेवा के रूप में हुआ था, जिसके तहत इस क्षेत्र के अनुभवी लोगों को सेवा में लिया जाता था; लेकिन 1987 से पूरी व्यवस्था को सिर के बल खड़ा कर दिया गया और इसकी अनिवार्य अर्हता महज स्नातक कर दी गई। यह न केवल पत्रकारिता के अनुभवी लोगों के साथ अन्याय था, बल्कि देश को पेशेवर सूचनाकर्मियों से वंचित कर देना भी था। इसका स्पष्ट प्रभाव सरकार द्वारा चलाई जा रही योजनाओं एवं समाज के निचले पायदानों पर खड़े लोगों तक उसकी जानकारी की प्राप्ति के बीच की बड़ी खाई के रूप में देखा जा सकता है। विडंबना यह भी है कि सूचना सेवा को दो वर्ग समूह 'क' एवं 'ख' में बाँटा गया है, जिसमें समूह 'ख' के अभ्यर्थियों हेतु अर्हता पत्रकारिता में विशेष योग्यता एवं न्यूनतम तीन वर्ष का अनुभव होना चाहिए, जबकि उनके वरिष्ठ अधिकारियों (समूह 'क') हेतु केवल किसी भी विषय में स्नातक होना पर्याप्त है। इसका सीधा अर्थ हुआ कि कनिष्ठ का अनुभव एवं विषय की समझ अपने वरिष्ठ से अधिक है।

इसका एक उदाहरण सरकार द्वारा तीन वर्ष पूर्व सूचना सेवा के 162 अधिकारियों की शैक्षणिक पृष्ठभूमि से संबंधित आँकड़ों से स्पष्ट होता है। इन 162 अधिकारियों में से सर्वाधिक 89 अधिकारी मानविकी से, 27 विज्ञान से और 16 इंजीनियरिंग से थे। इसके अलावा 14 प्रबंधन से तो पाँच-पाँच अधिकारी वाणिज्य-विधि एवं चिकित्सा पृष्ठभूमि से थे, अर्थात् पत्रकारिता से एक भी नहीं। इस सेवा में समस्याएँ कितनी गहराई तक हैं, इसका अंदाजा सिविल सेवा परीक्षा में सुधार हेतु गठित सतीश चंद्र समिति के प्रतिवेदन की इन पंक्तियों से लगाया जा सकता है, जिसमें कहा गया है, "कुछ ग्रुप-ए सेवाएँ जैसे भारतीय संपदा सेवा, केंद्रीय व्यापार सेवा, भारतीय सूचना सेवा आदि के लिए पर्याप्त अधिकारी नहीं मिलते हैं। सामान्य अभ्यर्थियों की प्राथमिक रुचि में इन सेवाओं को वरीयता नहीं

मिलती और प्राय: इन सेवाओं के लिए अनुशासित उम्मीदवार नहीं मिलते। अत: इन सेवाओं को सिविल सेवा परीक्षा से डी-लिंक कर देना चाहिए। अधिकांश राज्यों में तो जनसंपर्क अधिकारी के पदों पर भरती के लिए अनिवार्य योग्यता पत्रकारिता में डिग्री अथवा डिप्लोमा है, जबकि केंद्र में इसका स्पष्ट अभाव है। इन्हीं विसंगतियों का परिणाम है कि प्रसारण एजेंसियों, वरिष्ठ जनसंपर्क अधिकारियों के पदों पर गैर-पेशेवर लोग बैठते हैं तथा दोषपूर्ण पदस्थापन एवं पदोन्नति नीतियों के कारण योग्य उम्मीदवार आगे नहीं आ पाते। ऐसे में पूरा तंत्र किराये की पब्लिक रिलेशन एजेंसियों और अनुबंध पर भर्ती किए गए मीडियाकर्मियों की बैसाखी पर चलने को अभिशप्त है। अखिल भारतीय स्तर की इन सेवाओं के वास्तविक चरित्र को पुनर्स्थापित किया जाना जरूरी है, क्योंकि इनका सरोकार व्यापक रूप से जनमानस से ही जुड़ा है।

□

संस्कृत बनाम जर्मन भाषा

निज भाषा उन्नति अहे सब उन्नति को मूल।
बिन निज भाषा ज्ञान के मिटे न हिए को शूल॥

—भारतेंदु हरिश्चंद्र

आज वैश्विक स्तर पर विभिन्न भाषाओं पर संकट मँडरा रहा है। क्रमशः सैकड़ों भाषाएँ एवं बोलियाँ मृतप्राय हो रही हैं। वैश्वीकरण के नाम पर अनेक राष्ट्रों पर सांस्कृतिक आक्रमण किया जा रहा है। किसी भी देश की संस्कृति का एक महत्त्वपूर्ण अंग भाषा होती है। भाषा मात्र संवाद का माध्यम नहीं है, भाषा संस्कृति की संवाहिका होती है।

इस तथाकथित वैश्वीकरण के प्रवाह में कई भाषाएँ समाप्ति की ओर आगे बढ़ रही हैं। इस प्रक्रिया में एक बड़ा प्रयास विगत दिनों में भारत में भी किया गया। वह हमारी नींव हिलाने जैसा था। वर्ष 2011 में केंद्रीय विद्यालय संगठन में त्रिभाषा सूत्र के अनुसार संस्कृत पढ़ाई जा रही थी। उसके स्थान पर जर्मन भाषा को गैर-कानूनी ढंग से गोएथे संस्था के साथ अनुबंध (MOU) करके थोपा गया था। वास्तव में केंद्रीय विद्यालय संगठन को इस प्रकार के अनुबंध करने का अधिकार भी नहीं है। इसके विरुद्ध शिक्षा बचाओ आंदोलन ने आवाज उठाकर विरोध किया था। लोकतांत्रिक प्रक्रिया के तहत किए गए सारे प्रयास विफल होने के बाद संस्कृत शिक्षक संगठन ने दिल्ली उच्च न्यायालय में जनहित याचिका दायर की थी, जिसका निर्णय 15 अक्तूबर, 2014 को आया। इस कानूनी प्रक्रिया में वर्तमान सरकार ने पूर्व की सरकार के कार्यकाल में केंद्रीय विद्यालय संगठन

के द्वारा जो गलती की गई थी, उसका सुधार करने हेतु न्यायालय में शपथ-पत्र प्रस्तुत करके पुनः संस्कृत को लागू करने की बात स्वीकार की। जर्मन संस्था गोएथे के साथ किया हुआ अनुबंध का समय पूर्ण होने के बाद उसको पुनः अनुबंध हेतु अनुमति नहीं दी।

न्यायालय के इस निर्णय और इसमें केंद्र सरकार ने कानून के अनुसार जो कार्य किया, उसके विरोध में देश के कुछ अंग्रेजी समाचार-पत्र एवं चैनलों ने हो-हल्ला शुरू कर दिया कि वैश्वीकरण के इस युग में वर्तमान केंद्र सरकार छात्रों को विदेशी भाषा से वंचित करके बड़ा नुकसान कर रही है। संस्कृत को पुनः लागू करके सरकार अपने भगवाकरण के एजेंडे को आगे बढ़ा रही है आदि, यह सारा पढ़कर एवं सुनकर मन में विचार आ रहा था कि देश की भाषा नीति एवं संविधान की भावना के विरुद्ध जर्मन भाषा हटाने के विरोध का इतना हो-हल्ला तो ज़र्मनी में भी नहीं हुआ होगा। इस प्रकार की बातें लिखने एवं चर्चा करनेवाले माध्यमों पर एक तरह से तरस आता है एवं दूसरी ओर उनके राष्ट्र विरोधी आचरण पर भी क्रोध आता है।

वर्ष 1968 की शिक्षा नीति के अनुसार, देश में त्रिभाषा सूत्र को लागू किया गया। इसका दूसरा अर्थ यह है कि बालकों को विद्यालयों में कक्षा 6 से 8 तक तीन भाषाएँ पढ़ाई जाएँ। ये तीन भाषा अंग्रेजी छोड़कर भारतीय भाषाएँ हों, जिनका उल्लेख संविधान की 8वीं अनुसूची में है। इसके अनुसार संसद् के दोनों सदनों द्वारा 18 जनवरी, 1968 में पारित सरकारी संकल्प के अनुसार, हिंदीभाषी क्षेत्रों में हिंदी तथा अंग्रेजी के अतिरिक्त एक आधुनिक भारतीय भाषा के दक्षिण भारत की भाषाओं में से किसी एक और अहिंदी भाषी क्षेत्रों में प्रादेशिक भाषा, अंग्रेजी एवं हिंदी के अध्ययन के लिए उस सूत्र के अनुसार प्रबंध किया जाना चाहिए।

देश की शिक्षा नीति एवं संविधान की भावनाओं के विरुद्ध वर्ष 2011 में जब संस्कृत के स्थान पर जर्मन भाषा लागू करने का गैर-कानूनी निर्णय लिया गया तब इन माध्यमों ने एक शब्द भी विरोध में लिखना या बोलना उचित नहीं समझा और जब इस गैर-कानूनी निर्णय को सुधार करके कानून के अनुसार कार्य किया गया, तब इन माध्यमों एवं तथाकथित धर्मनिरपेक्षतावादियों ने आधारविहीन विरोध प्रारंभ कर दिया। देश के लिए इससे बड़े दुर्भाग्य की बात क्या हो सकती

है। इस प्रकार के गैर-कानूनी अनुबंध के जिम्मेवारों की जाँच हेतु केंद्र सरकार ने एक जाँच समिति का भी गठन किया है।

मित्रो! इसमें जर्मन या अन्य किसी भी भाषा के विरोध की बात नहीं है, परंतु संविधान की भावना एवं देश की शिक्षा नीति के विरुद्ध जो कार्य किया गया था, उसका अवश्य विरोध होना चाहिए। दूसरी महत्त्वपूर्ण बात यह है कि वैश्वीकरण के युग में या अन्यथा भी हमारे छात्र कोई भी विदेशी भाषा सीखें, उसमें क्या आपत्ति हो सकती है, परंतु सभी भाषाओं की जननी संस्कृत के स्थान पर एक विदेशी भाषा पढ़ाना, यह कतई स्वीकार नहीं किया जा सकता। तीसरी बात यह है कि हमारे देश के नीतिनियंताओं, शिक्षाविदों एवं देश के नागरिकों को विचार करना होगा कि वैश्वीकरण के नाम पर हवा में उड़ने की आवश्यकता नहीं है। हमारे पैर जमीन पर बराबर टिकाए रखकर विश्व की हमारे अनुकूल बातों को ग्रहण करना उचित होगा। आज हमारे छात्र, विश्व की कोई भी भाषा सरलता से सीख सकते हैं, क्योंकि हमारी नींव मजबूत है। हमारी भाषाओं की सुदृढ नींव है संस्कृत। इस नींव को ही हम हिलाने का प्रयास करेंगे तो ऊपर की इमारत टिकाए रखना असंभव होगा। आवश्यकता यह है कि छात्रों को शिक्षा अपनी भाषा में ही दी जाए और निश्चित कक्षा पूर्ण करने के बाद विश्व की अन्य भाषाएँ सीखने का विकल्प उनको उपलब्ध कराया जाए। शिक्षा मातृभाषा में ही दी जानी चाहिए। वैश्विक स्तर पर भाषा से संबंधित हुए अध्ययनों का निष्कर्ष एवं भाषाशास्त्रियों तथा महात्मा गांधी, विनोबा भावे आदि महापुरुषों की इसी बात के समर्थन में मैंने भी अपने विचार व्यक्त किए हैं।

□

अंग्रेजियत की विषबेल का उन्मूलन

2 अप्रैल, 2010 को भोपाल स्थित भारतीय वन प्रबंधन संस्थान के दीक्षांत समारोह में केंद्र सरकार के वन एवं पर्यावरण मंत्री श्री जयराम रमेश ने 'गाउन एवं टोपी' को उतारकर कहा कि यह ब्रिटिश बर्बरता की निशानी है। उन्होंने आगे कहा कि मुझे आश्चर्य हो रहा है कि स्वतंत्रता के 60 वर्षों के बाद ब्रिटिश बर्बरता की निशानी को हम क्यों ओढ़ रहे हैं। इस घटना पर देश भर में एक नई बहस प्रारंभ हुई है। श्री जयराम रमेश की इस प्रतिक्रिया एवं निवेदन पर कई शिक्षाविदों ने सकारात्मक प्रतिक्रिया दी। कुछ शिक्षाविदों को उनका यह कार्य नागवार गुजरा।

दिल्ली विश्वविद्यालय के कुलपति प्रो. दीपक पेंटल ने कहा कि आजादी के बाद अंग्रेजों के तौर-तरीकों पर ही देश में कई काम हो रहे हैं। मेरा मानना है कि हम किसी बुरी चीज का अनुसरण नहीं कर रहे हैं। इस तरह तो हमें अंग्रेजी शिक्षा व पी-एच.डी तक को बंद कर देना चाहिए। उन्होंने आगे कहा कि कॉर्पोरेट जगत् में टाई-कोट-पेंट, ये भी भारतीय नही हैं। गुरु गोविंद सिंह विश्वविद्यालय के कुलपति प्रो. डी.के. बंद्योपध्याय का मानना है कि यह बहस का मुद्दा नहीं है। यदि परंपरा अच्छी है तो कायम रखने में बुराई क्या है ? इसका निर्णय विश्वविद्यालय को करना है। कोलकाता स्थित रवींद्र भारती विश्वविद्यालय में सामान्य पोशाक में ही दीक्षांत समारोह होता है।

डूटा के अध्यक्ष, जामिया शिक्षक संघ के सचिव जैसे कुछ लोगों ने भी गाउन को बरकरार रखने की वकालत की। जामिया हमदर्द विश्वविद्यालय के डीन प्रो. अफताब आलम ने गाउन को कायम रखने की वकालत करते हुए कहा

कि इसका उपयोग अमेरिका में भी हो रहा है। उन्होंने आगे कहा कि भारतीय कानून भी अंग्रेजी पद्धति पर आधारित है, उसका क्या होगा ? इसी प्रकार जे.एन.यू. के कुलपति बी.बी. भट्टाचार्य ने कहा कि समारोह में रंगीन गाउन की प्रथा अतीत की विरासत है। जयराम रमेश ने कहा कि चर्च से जुड़े विश्वविद्यालय को चर्च जैसी सभ्यता बनाए रखनी होती है। इस प्रकार की टिप्पणी करना बहुत ज्यादा है। अगर इसे भारत में बर्बरता माना जाएगा तो इसे ऑक्सफोर्ड, कैंब्रिज, यूरोपीय तथा अमेरिकन विश्वविद्यालयों में भी असभ्य माना जाना चाहिए। एक अन्य सज्जन ने तो यहाँ तक कह दिया कि जयराम रमेश कुरता-पायजामा उतार देंगे क्या ? जो कि मुगलकाल की गुलामी का प्रतीक है।

विद्वानों की उपरोक्त टिप्पणियों से कुछ बातें समान रूप से उभरकर आती हैं। कुछ विद्वानों ने कहा कि परंपरा अच्छी है तो उसको जारी रखना चाहिए, लेकिन इस गाउन और टोपी में क्या अच्छाइयाँ हैं, यह किसी ने नहीं कहा। क्या वह अंग्रेजों की देन है, इसलिए अच्छी परंपरा है, यह प्रश्न उठता है। जे.एन.यू. के कुलपति ने कहा कि यह अतीत की विरासत है। देश के प्रमुख विश्वविद्यालय के कुलपति जब यह निवेदन देते हैं, तब अनुभव होता है कि वास्तव में मैकॉले सफल है, क्योंकि पिछले मात्र 150 वर्ष की परंपरा को हमारे विद्वान् कुलपति अतीत की परंपरा कह रहे हैं। हमारा अतीत इतना छोटा है क्या ? आज पूरा विश्व स्वीकार करता है कि 'ऋग्वेद' विश्व का सबसे पुराना ग्रंथ है। कुछ वर्ष पूर्व गुजरात के खंभात में अवशेष प्राप्त हुए, वे 9000 वर्ष पुराने हैं। इसको पूरे विश्व ने स्वीकार किया। यह तो वर्तमान में जिसको अंतरराष्ट्रीय प्रमाण माना जाता है, उसका उदाहरण है। बाकी तो रामसेतु के फोटो नासा ने ही अपनी वेबसाइट पर उपलब्ध कराए हैं। इसी प्रकार प्रो. अफताब तथा जे.एन.यू. के कुलपति ने कहा कि यह परंपरा अमेरिका तथा यूरोप के कई विश्वविद्यालयों में चल रही है। अगर हमारे यहाँ इसे बर्बर माना जाएगा, तब वहाँ भी इसको असभ्य माना जाना चाहिए। इस कथन पर इन विद्वानों की विद्वत्ता पर तरस आता है। जिस परंपरा की अमेरिका या यूरोप में मान्यता है, उसको हमें भी मान्यता देनी चाहिए। विद्वानों की इस प्रकार की सोच में पश्चिम का अंधानुकरण स्पष्ट रूप से देखने को मिलता है। दूसरी बात अमेरिका एवं यूरोप ने क्रिश्चियन पंथ को स्वीकार

किया है, इसलिए वहाँ चर्च की परंपरा चले, यह स्वाभाविक है, लेकिन भारत ने तो सर्वपंथ समादर को स्वीकार किया है। जिस सज्जन ने कुरता–पायजामा को मुगलों का वेश बताया, शायद उस सज्जन का इतिहास का अध्ययन अधूरा है। दिल्ली विश्वविद्यालय के कुलपति ने कहा कि कॉर्पोरेट जगत् का वेश कोट–पैंट–टाई विदेश से आया है। अगर ठंड के दिनों में कोई भी व्यक्ति कोट–पैंट पहनता है तो ठीक है, लेकिन 45 (डिग्री सेल्स.) गरमी में भी कोट–पैंट–टाई पहनना अनिवार्य है, तब तो इसे मूर्खता ही माना जाएगा। जिस वेश में विवशता, नग्नता, फूहड़पन दिखाई देता हो या यहाँ की प्रकृति के प्रतिकूल हो या अवैज्ञानिक हो, उसको कैसे स्वीकार किया जा सकता है ?

इनमें से कुछ महानुभावों ने नकारात्मक प्रतिक्रिया देते हुए सही बातों को इंगित कर दिया है। प्रो. दीपक पेंटल ने कहा कि ऐसा है तो फिर हमें अंग्रेजी तथा पी–एच. डी. तक को बंद करना होगा। जामिया हमदर्द के डीन प्रो. अफताब ने कहा कि भारतीय कानून भी अंग्रेजी पद्धति पर आधारित है। ये सारी बातें हमारे देश की नहीं हैं और हमारी संस्कृति–प्रकृति के अनुकूल भी नहीं हैं तो बदलने में क्यों हिचकिचाहट है। यहाँ तो मात्र हिचकिचाहट ही नहीं है, अगर किसी ने भारतीय दृष्टिकोण में परिवर्तन का प्रयास किया तो हमारे तथाकथित विद्वान् तुरंत ही हो–हल्ला शुरू करते हैं। भगवाकरण हो रहा है, सेकुरेलिज्म खतरे में है ? ये सब पुरातनपंथी हैं, प्रगति एवं विकास के विरोधी हैं, आदि आरोपों की बौछार कर देंगे।

पूर्व मानव संसाधन विकास मंत्री डॉ. मुरली मनोहर जोशी एवं लेखक अमृतलाल ने ठीक ही कहा कि जो हमारी संस्कृति एवं प्रकृति के अनुकूल नहीं है, उसको बदलना चाहिए। डॉ. जोशी ने आगे कहा कि दीक्षांत समारोह में गाउन तब शुरू हुआ, जब चर्च के द्वारा पश्चिम के देशों में शिक्षा संचालित की जाती थी। बिहार के मुख्यमत्री नीतीश कुमार ने ठीक ही कहा कि इस पर देशव्यापी बहस होनी चाहिए।

वास्तव में देश की तमाम प्रकार की व्यवस्थाएँ हमारी संस्कृति एवं प्रकृति के अनुकूल होनी चाहिए। इसको दूसरे शब्दों में कहना है तो हर व्यवस्था विज्ञान एवं तर्कसम्मत होनी चाहिए। भारत में सभी परंपराएँ एवं व्यवस्थाओं के बारे में बहुत ही लंबी एवं गहरी सोच के बाद ही उसको अपनाया गया था। इसलिए

अंग्रेजों के आने के बाद एवं वर्तमान में चलाई जा रही सारी व्यवस्थाओं के बारे में पुनर्विचार करने की आवश्यकता है। इसकी शुरुआत शिक्षा से होनी चाहिए। शिक्षा सभी व्यवस्थाओं का मूल आधार है। देश पर सैकड़ों वर्षों तक आक्रमण होते रहे, विदेशी शासन भी रहा, लेकिन हमारे देश की व्यवस्थाओं पर विशेष प्रभाव नहीं हुआ था, परंतु अंग्रेजों के 150 वर्ष के शासन ने बहुत कुछ बदलाव दिया। उस बदलाव की शुरुआत मैकॉले की शिक्षा व्यवस्था से की गई थी। शिक्षा में भी प्रथम उन्होंने भाषा को बदला। बाद में उन्होंने समग्र शिक्षा को बदला। मैकॉले ने भारतीय शिक्षा में बदलाव करने के बाद अपने पिताजी को पत्र लिखा था। उसमें लिखा था कि पिताजी भारत की शिक्षा बदलने में हमें सफलता मिली हैं, उसका आनंद है, लेकिन सच्ची सफलता तब मानी जाएगी, जब हम यहाँ नहीं रहेंगे, परंतु हमारी शिक्षा व्यवस्था चलती रहेगी। इस शिक्षा को प्राप्त करनेवाले दिखने में भारतीय होंगे, लेकिन आचार-विचार एवं व्यवहार से अभारतीय होंगे। मैकॉले की यह भविष्यवाणी आज साकार होती दिख रही है। अंग्रेजों को भारत को गुलाम बनाना था, यहाँ की सारी व्यवस्थाएँ एवं संस्कृति को समाप्त करना था, उसमें कुछ मात्रा में वे सफल भी हुए। अगर हमें देश का पुनरुत्थान करना है या देश को समृद्ध शक्तिशाली बनाना है या विश्व गुरु बनाना है तो हमें भी अंग्रेजों के अनुभवसिद्ध मार्ग पर चलना होगा। यानि शिक्षा में आमूल-चूल परिवर्तन करना होगा, यानि भी प्रथम भारतीय भाषाओं को पुनर्प्रतिष्ठित करना होगा।

□

महिलाओं का उत्पीड़न : कारण एवं निदान

16 दिसंबर, 2013 की सामूहिक बलात्कार की घटना ने देश को झकझोर दिया है। युवक-युवतियाँ रास्ते पर आंदोलनरत हैं। राजनीतिक स्तर पर भी जोर-शोर से बहस चल रही है। विभिन्न चैनलों एवं समाचार माध्यमों का केंद्र-बिंदु कुछ दिनों के लिए यही विषय बना है। दूसरी तरफ देखें तो 16 दिसंबर की इस जघन्य घटना के बाद इस प्रकार की घटनाओं में तेजी आई दिख रही है, कुछ दबी हुई घटनाएँ भी बाहर आ रही हैं।

16 दिसंबर की घटना के बाद महिलाओं पर अत्याचार, बलात्कार से संबंधित बातों पर देश में चर्चा केंद्रित है। यह आवश्यक भी है, परंतु देश के वर्तमान परिदृश्य पर समग्रता से दृष्टि डालते हैं तो ध्यान में आता है कि महिला पर अत्याचार, हिंसा, लूटपाट आदि की घटनाओं में लगातार बढ़ोतरी हो रही है। बाकी घटनाओं की आज चर्चा कम है। जब अन्य समस्याओं के संदर्भ में भी कोई बड़ी घटना होगी, तब उस पर भी कुछ समय के लिए गर्मागर्म चर्चा होगी। कुल मिलाकर देखा जाए तो देश की सामाजिक स्थिति में लगातार गिरावट आ रही है। उस पर समग्रता से चिंतन करके समाधान की दिशा में ठोस कदम उठाने की आवश्यकता है। 16 दिसंबर की घटना देश की बिगड़ी हुई सामाजिक स्थिति का ही परिणाम है। कारण तो कुछ और है, किसी भी समस्या का स्थायी समाधान चाहिए तो उसके कारणों को ढूँढ़कर निदान की प्रक्रिया प्रारंभ करनी होगी।

आज कानून में सुधार एवं पुलिस की अपर्याप्त व्यवस्था एवं कुछ मात्रा में

उनके संवेदनहीन दृष्टिकोण पर चर्चा केंद्रित है और इसमें सुधार अवश्य होना भी चाहिए। विगत वर्ष दिल्ली में 700 के आसपास बलात्कार की घटनाएँ घटी हैं, जिसमें से मात्र 1 को ही दोषी ठहराया जा सका है। यह आज की कानून-व्यवस्था की भयानकता को दरशाता है। यह आँकड़ा भी सही नहीं, क्योंकि अनेक घटनाएँ तो पुलिस स्टेशन तक पहुँचती ही नहीं हैं। एक समाचार-पत्र में आई घटना में बलात्कारी ऑटो चालक ने स्वयं स्वीकार किया कि उसने इस प्रकार 9 महिलाओं को शिकार बनाया है, जिसमें से मात्र दो ने शिकायत दर्ज की थी। दूसरी ओर कई बार वर्षों तक केस चलते रहते हैं। उसके बाद सजा होगी भी तो उसका कोई मतलब नहीं होता। इस हेतु आज के कानून में सुधार होना चाहिए। न्यायालयों (फास्ट ट्रैक कोर्ट) की संख्या अधिक बढ़ानी चाहिए, पीड़ितों को जल्द-से-जल्द एक निश्चित समय मर्यादा में न्याय मिलना चाहिए। इस प्रकार पुलिस की संख्या बढ़ाना और उसको चुस्त-दुरुस्त करना आदि बातें हैं। इन सारी बातों, समस्या के बाद न्याय जल्दी प्राप्त हो, कड़ी सजा हो, इस दिशा में और भी कई बातें हो सकती हैं। कड़े कानून के भय से कुछ बातों में सुधार भी हो सकता है, परंतु इससे समस्या का संपूर्ण समाधान संभव होगा क्या? इस हेतु इसके मूल में जाकर देखने का प्रयास करने से ध्यान में आता है कि स्वतंत्रता के पूर्व अंग्रेजों ने जो व्यवस्थाएँ यहाँ स्थापित कीं, उसी को हमने स्वतंत्रता के बाद यथावत् जारी रखा, उसका यह परिणाम है। शासन, प्रशासन आज भी जनता के साथ अंग्रेजों के समय के अधिकारियों जैसा ही व्यवहार करते हैं। अंग्रेजों के समय अधिकारियों से मिलना मुश्किल था। आज भी उनके स्थान पर बैठे हमारे राजनेताओं या प्रशासनिक अधिकारियों से मिलना इतना ही कठिन है। अधिकतर नेता सुरक्षा जवानों के बीच में रहकर जनता से दूरी बनाकर रहने में ही अपना बड़प्पन मानते हैं। पुलिस जनता के मित्र के बदले अधिकतर शत्रु जैसा व्यवहार करती है। 1947 के पूर्व का वायसराय भवन आज राष्ट्रपति भवन है। अंग्रेजों की पार्लियामेंट आज हमारी संसद् है। प्रशासनिक व्यवस्था यथावत् है। अधिकतर वेही कानून आज भी चलाए जा रहे हैं। हमें भारत को 'भारत' बनाना है तो हमें अपने देश की संस्कृति, परंपरा एवं आवश्कताओं के अनुकूल व्यवस्थाएँ बनानी होंगी। इसमें सबसे महत्त्वपूर्ण है, सभी व्यवस्थाओं की आधारभूत व्यवस्था शिक्षा।

देश में इस विषय पर चल रही व्यापक चर्चा में एक बात बार-बार उभरकर सामने आई कि हमें अपने दृष्टिकोण में बदलाव लाना होगा। बात बिल्कुल ठीक है, परंतु दृष्टिकोण में बदलाव आए कैसे, यह बड़ा प्रश्न है। फाँसी की सजा से, पुलिस की व्यवस्था बढ़ाने से, बलात्कारी नामों की सूची नेट पर डालने से यह बदलाव संभव है क्या? मेरी दृष्टि से दृष्टिकोण में बदलाव, विचारों से आ सकता है। विचारों में बदलाव परिवार के संस्कारों एवं शिक्षा में नैतिक मूल्यों के समावेश तथा समाज के संस्कारक्षम वातावरण से संभव हो सकता है। एक बार कानपुर के एक प्रसिद्ध चिकित्सक (डॉक्टर) से मिलनें गया था। तब बातचीत में नागरिक कर्तव्य (सिविक सेंस) के संदर्भ में चर्चा चली, तब उन्होंने कहा कि हम जब मुंबई में रहते हैं, तब बस में बैठने हेतु भी कतार में खड़े रहते हैं, लेकिन जैसे ही कानपुर स्टेशन पर उतरते हैं, हम सारी बातें भूलकर अनुशासनहीन व्यवहार करने लगते हैं। इसका तात्पर्य यह है कि सामान्य मनुष्य जैसा समाज का वातावरण है, वैसा बन जाता है।

महिलाओं के प्रति दृष्टिकोण में बदलाव की शुरुआत स्वयं के परिवार से करनी होगी। परिवार में बहन, बेटी, पत्नी, माता के साथ सम्मानपूर्वक एवं समानता का व्यवहार हो। जिस परिवार में महिला का सम्मानजनक स्थान नहीं है, वह समरस परिवार नहीं हो सकता, दूसरी ओर अनेक परिवारों में गृह कार्य सँभालनेवाली महिला की तुलना में नौकरी, व्यवसाय करनेवाली महिला को अधिक सम्मान मिलता है। इस दृष्टिकोण में भी बदलाव आवश्यक है। आज भौतिकता की दौड़ में बालकों पर उचित ध्यान नहीं दिया जा रहा है। माता-पिता के पास समय नहीं है। गरीब परिवारों में माता-पिता दो वक्त की रोटी हेतु परेशान हैं। इस कारण से वहाँ बालकों की तरफ उचित ध्यान नहीं है। इससे बालकों का सही दिशा में विकास संभव नहीं है। भौतिकता की दौड़ में पति-पत्नी दोनों के नौकरी-व्यवसाय में प्रवृत्त होने के कारण उनके पास बालकों के लिए समय नहीं है। इसी प्रकार ज्यादातर आर्थिक दृष्टि से संपन्न परिवारों में ड्रिंक्स, डांस एवं क्लब, कल्चर बहुत तेज गति से आगे बढ़ रहा है। वहाँ बालकों को नौकरानी या आया के भरोसे छोड़ा जा रहा है। इस प्रकार की परिस्थिति में बालकों को प्रेम व योग्य संस्कार कैसे मिलेगा? जब बालकों को माता-पिता से स्नेह, संस्कार

नहीं मिलते, तब अतृप्त बालक असहिष्णु किशोर बनता है। दूसरी ओर आज खुलापन बढ़ रहा है।

अधिकतर फिल्मों, दूरदर्शन चैनलों एवं विभिन्न समाचार माध्यमों के द्वारा महिलाओं को भोग के साधन के रूप में प्रस्तुत किया जा रहा है। कंप्यूटर, इंटरनेट में सब प्रकार की सामग्री उपलब्ध है। इस परिस्थिति में बालकों को अधिक संस्कारों एवं समझदारी की आवश्यकता है। इसका माध्यम है, माता-पिता का बालकों के प्रति स्नेह, संवाद और समझदारी का व्यवहार। अगर इस दिशा में ठोस प्रयास किया जाए तो समस्या का समाधान संभव है। एक बार टी.वी. चैनल में कार्य करनेवाले एक मित्र के घर जाना हुआ। अतिथि कक्ष में टी.वी. उलटा पड़ा था। मैंने मित्र से प्रश्न किया कि घर का टी.वी. खराब हो गया क्या? उन्होंने उत्तर दिया, नहीं, अतुलजी मेरे बेटे की 10वीं बोर्ड की परीक्षा है। इसलिए हम सबने तय किया है कि हम टी.वी. नहीं देखेंगे। थोड़ी देर बाद उनकी कक्षा 4 में पढ़नेवाली लड़की से वही प्रश्न पूछा। इस बालिका के और उसके पिता के उत्तर में एक ही शब्द का अंतर था। बालिका ने कहा कि मेरे भैया की बोर्ड की परीक्षा के कारण हम सबने टी.वी. नहीं देखने का तय किया है। इस प्रकार की समझदारी, बालकों में आज भी निर्माण की जा सकती है। आवश्यकता है अभिभावकों के समझदारीपूर्ण व्यवहार की, अन्यथा अधिकतर मामलों में देखने को यह मिलता है कि बालक टी.वी. देख रहा है, तब परीक्षा के कारण उसको डाँटकर पढ़ने भेजा जाता है, बाद में परिवार के अन्य सदस्य टी.वी. देखते हैं। इसका उस बालक के मन पर क्या परिणाम होगा?

इसी प्रकार और एक महत्त्वपूर्ण समस्या पर हमारा ध्यान नहीं है या उसकी चर्चा नहीं है। 30, 40 वर्ष पूर्व बालकों की यौन-संबंधित समझदारी 16 से 18 वर्ष के आसपास आती थी। साधारणत: उसी उम्र में उनका विवाह हो जाता था। आज बालकों की यौन से संबंधित समझदारी 10 से 12 वर्ष की उम्र में आ जाती है और उनके विवाह की उम्र 30 वर्ष से आसपास हो गई है। इतने वर्ष किशोर-युवा संयम के साथ कैसे बिताएँ, यह बड़ा प्रश्न है। पूर्व में इतना खुलापन, इतनी तकनीकी आदि भी उपलब्ध नहीं थी। इस हेतु आज बच्चों में संस्कार, समझदारी लाने के लिए अधिक मात्रा में प्रयास, संवाद की आवश्यकता है। इस विषय पर

समाज में व्यापक चिंतन की आवश्यकता महसूस हो रही है।

सबसे प्रमुख कारण में से एक है, देश की शिक्षा का वर्तमान स्वरूप। जिस देश की शिक्षा में मूल्यों, नैतिकता, आध्यात्मिकता का सदंतर अभाव होगा, वहाँ युवाओं में अनैतिकता पनपने की पूरी संभावना होती है। महर्षि अरविंद ने कहा है, "जब से देश की शिक्षा से जीवन-मूल्यों का बिछोह हो गया, तब से देश की जनता पथभ्रष्ट हो गई।" आज अधिकतर परिवारों में संस्कार का अभाव दिखाई देता है, क्योंकि आज के माता-पिता भी इसी शिक्षा व्यवस्था से निकले हुए हैं। मेरे विचार से शिक्षा से तीन बातें फलित होनी चाहिए। **1.** व्यक्तित्व का समग्र विकास एवं चरित्र निर्माण, **2.** देश-समाज की आवश्यकताओं की पूर्ति **3.** राष्ट्रीय, अंतरराष्ट्रीय चुनौतियों का समाधान। वर्तमान शिक्षा व्यवस्था से उपरोक्त एक भी बात सिद्ध नहीं हो पा रही है। इसके विपरीत राष्ट्रीय शैक्षिक अनुसंधान एवं प्रशिक्षण परिषद् (एन.सी.ई.आर.टी.) की हिंदी की पुस्तक में महिलाओं को अपमानित करनेवाली बातें पढ़ाई जा रही हैं।

उदाहरण—कृतिका, कक्षा-9, पृ. 35-37, पाठ का नाम- रीढ़ की हड्डी, लेखक—जगदीश चंद्र माथुर—**प्रसाद :** खूबसूरती पर टैक्स! (रामस्वरूप और शंकर हँस पड़ते हैं) मजाक नहीं साहब, यह ऐसा टैक्स है जनाब कि देनेवाले चूँ भी न करेंगे। बस शर्त यह है कि हर एक औरत पर यह छोड़ दिया जाए कि वह अपनी खूबसूरती के 'स्टैंडर्ड' के माफिक अपने ऊपर टैक्स तय कर ले। फिर देखिए, सरकार की कैसी आमदनी बढ़ती है।

प्रसाद : *(बीच में ही)* यह बात दूसरी है बाबू रामस्वरूप, मैंने आपसे पहले भी कहा था, लड़की का खूबसूरत होना निहायत जरूरी है। कैसे भी हो। चाहे क्रीम पाउडर वगैरह लगाए, चाहे वैसे ही। बात यह है कि हम, आप मान भी जाएँ, मगर घर की औरतें तो राजी नहीं होतीं।

गो. प्रसाद : यह पढ़ाई-लिखाई के बारे में!···जी हाँ, साफ बात है साहब, हमें ज्यादा पढ़ी-लिखी लड़की नहीं चाहिए। मेम साहब तो रखनी नहीं, कौन भुगतेगा उनके नखरों को। बस हद-से-हद मैट्रिक पास होनी चाहिए··· क्यों शंकर?

शंकर : जी हाँ, कोई सवाल ही नहीं उठता।

रामस्वरूप : नौकरी का तो कोई सवाल ही नहीं उठता।

पाठ्य-पुस्तकों में इस प्रकार की सामग्री पढ़ने से छात्रों में किस प्रकार के दृष्टिकोण का विकास होगा?

इसलिए समाज का दृष्टिकोण बदलना है तो आज हम जिस दिशा में चल पड़े हैं, उसकी दिशा बदलने के बारे में सोचना होगा। दिशा बदलने से दशा बदलेगी। दिशा बदलने हेतु देश की व्यवस्थाएँ बदलकर शिक्षा को बदलना होगा।

"देश बदलना है तो शिक्षा को बदलना होगा।"

इस हेतु स्वतंत्र भारत में केंद्र सरकार द्वारा गठित सभी आयोगों ने मूल्यपरक शिक्षा हेतु अनुशंसाएँ दीं, परंतु देश की शिक्षा में आज तक मूल्यों का समावेश नहीं किया गया। सामाजिक स्तर पर जहाँ-जहाँ वर्तमान शिक्षा के साथ अतिरिक्त प्रयास के द्वारा मूल्यों या नैतिक शिक्षा देने का प्रयास हुआ, वहाँ उनके अच्छे परिणाम देखने को मिलते हैं, इसी कड़ी में शिक्षा संस्कृति उत्थान न्यास के द्वारा कुछ विद्यालयों में व्यक्तित्व विकास एवं चरित्र-निर्माण की शिक्षा देने हेतु मास के प्रयास के बाद तीन विद्यालयों में कुछ कक्षाओं की बिना शिक्षक परीक्षा ली गई, जिसके अच्छे परिणाम प्राप्त हुए हैं। इस प्रकार के प्रयोग देशव्यापी भी किए जा सकते हैं। आवश्यकता है केंद्र एवं राज्यों सरकारों की इच्छा-शक्ति की। इस प्रकार के प्रयास मात्र सरकारों के द्वारा भी पूर्णरूप से सफल नहीं हो सकते। सरकारों के साथ-साथ समाज, विशेषकर शिक्षा क्षेत्र के लोगों की प्रमुख भूमिका भी अपेक्षित है।

□

सामाजिक समरसता : आँखन देखी

- वर्ष 1980–81 की बात है, जब मैं अखिल भारतीय विद्यार्थी परिषद् में कार्य करता था, उस समय हमने एक संस्कार केंद्र प्रारंभ करने का विचार किया। जामनगर (गुजरात) में शंकर टेकरी विस्तार के लिए एक सेवा बस्ती में हम गए। वहाँ उस बस्ती में रहनेवाली महिला के साथ स्थान देखने हेतु मंदिर में गए। स्थान अच्छा था और अनुमति भी मिल गई। अधिक विचार करने हेतु हम उस महिला के घर गए। उन्होंने घर के बाहर कुर्सियों पर हमको बैठाया, बाद में उन्होंने हमसे पूछा कि सोडा, लेमन क्या लेंगे? हमने कहा कि प्रथम तो प्यास लगी है, पानी पिएँगे, उन्होंने हमसे पूछा कि, आप हमारे घर का पानी पिएँगे क्या? हमने कहा, क्यों नहीं, बाद में तो घर में उत्साह का वातावरण हो गया। पानी आया, गरम-गरम चाय एवं नाश्ता बनाया गया। इसके पश्चात् संस्कार केंद्र प्रारंभ करने की नींव पक्की हो गई।
- वर्ष 1982–83 की बात है, तब मैं अखिल भारतीय विद्यार्थी परिषद् का जिला संयोजक था, हमने एक अनुसूचित वर्ग के कार्यकर्ता को स्थानीय विस्तारक बनाया था। अखिल भारतीय विद्यार्थी परिषद् में विस्तारक, यानी अपना घर छोड़कर कार्यालय में रहकर कार्य करता है और उनकी भोजन व्यवस्था होटल, लॉज में न होकर कार्यकर्ताओं के घर में होती है। सप्ताह में एक दिन हमारे घर पर भी उनका भोजन तय किया गया। मैंने घर पर बात बताई। नाम सुनकर दादी के संज्ञान में आ गया कि वह कौन सी जाति का है, उन्होंने तुरंत प्रतिक्रिया दी कि ऐसे लोगों को घर में

भोजन के लिए क्यों बुलाते हो, मैंने समझाया कि वह हमारा कार्यकर्ता है और विस्तारक बना है। तब उन्होंने कहा फिर आप उनको बाहर भोजन करा दो, मैं पैसा दूँगी। तब मैंने कहा कि, फिर मैं भी बाहर भोजन करूँगा। तब पौत्र प्रेम के कारण दादी मौन हो गई। फिर वह कार्यकर्ता नियमित घर पर भोजन के लिए आता था, कभी मैं नहीं रहता, तब भी वह भोजन के लिए आता था। एक बार हम दोनों ने एक थाली में भोजन किया। उनके जाने के बाद पुनः दादी गुस्से से बोली कि घर में भोजन कराते हो, वहाँ तक तो ठीक है, एक थाली में भोजन क्यो करते हो ? मैं हँसने लगा, कुछ उत्तर नहीं दिया।

- वर्ष 1986 गुजरात के पाटण (विश्वविद्यालय केंद्र) में प्रवास पर गया था। प्रवास में एक नए छात्र कार्यकर्ता के घर जाना हुआ। घर के बाहर एक बुजुर्ग नीचे बैठे थे। मैं सोचने लगा कि इतने वरिष्ठ व्यक्ति घर के बाहर ऐसे क्यों बैठे हैं। हम घर के अंदर गए। चाय व अल्पाहार किया। घर में एक कुत्ता था, वह उस छात्र के साथ सोफे पर बैठा था। जब घर से हम बाहर निकले, तब वहाँ का दृश्य देखकर आँखें चार हो गईं। वह बुजुर्ग रकाबी (प्लेट) से चाय का अंतिम घूँट पी रहे थे, मैं जिज्ञासावश देख रहा था। बाद में उस छात्र ने पानी डाला, उस बुजुर्ग ने स्वयं रकाबी साफ की और घर के बाहर एक स्थान था, वहाँ रकाबी को रख दिया। वापस आते समय मेरे मन में विचार आया कि हम किस समाज में जी रहे हैं, जहाँ एक कुत्ता तो अपने घर में सोफा पर बैठ सकता है, परंतु हमारे समाज का एक वरिष्ठ व्यक्ति घर में नहीं आ सकता, यह स्थिति कब बदलेगी, कब देश समरस होगा ? यह प्रश्न मन में अब भी गूँजता है।
- वर्ष 1990-91 में हमने अखिल भारतीय विद्यार्थी परिषद ने डॉ. बाबा साहेब आंबेडकर की जन्म शाताब्दी मनाने का निर्णय किया। तब मेरा केंद्र वडोदरा था और इस जन्म शताब्दी समिति का सचिव का दायित्व मुझे दिया गया था। मैं इस समिति के अध्यक्ष के लिए एक राष्ट्रवादी उद्योगपति को मिलने गया। जैसे ही मैंने डॉ. आंबेडकर जन्मशताब्दी की बात कही, वे प्रतिक्रियास्वरूप बोलने लगे, जिन्होंने हिंदू धर्म छोड़ा

उनकी जन्मशताब्दी हम क्यों मना रहे हैं? उस समय मैं उम्र में उनसे काफी छोटा था। वे उम्र, अनुभव, विद्वत्ता एवं सामाजिक प्रतिष्ठा सब दृष्टि से बड़े व्यक्ति थे, फिर भी मैंने विनम्रता से कुछ बातें बताईं, अच्छी बात यह थी कि वे सुनने, समझने के मूड में थे, अन्यथा इस प्रकार के वरिष्ठ व्यक्ति को ज्यादा बताना भी ठीक नहीं था। मैंने डॉ. बाबा साहेब से संबंधित कुछ साहित्य उनको दिया और प्रार्थना की कि आप इसे देखें और आपको उचित लगे तो मेरी प्रार्थना पर विचार करें। बाद में उन्होंने जनशताब्दी समिति का अध्यक्ष बनना सहर्ष स्वीकार कर लिया।

इस घटना से यह बात ध्यान में आती है कि डॉ. बाबा साहेब आंबेडकर के बारे में हमारे देश में कितनी गलत समझ है।

- मैं वर्ष 1991-92 में कर्णावती (अहमदाबाद) में था। हमारे कार्यालय के पास एक अनुसूचित जाति के छात्रों हेतु सरकारी छात्रावास था। मेरा वहाँ संपर्क हुआ और धीरे-धीरे आना-जाना भी प्रारंभ हो गया। वहाँ के गृहपति से संपर्क हुआ। 6 दिसंबर को अखिल भारतीय विद्यार्थी परिषद् के द्वारा देशभर में सामाजिक समता दिवस मनाया जाता है। मैंने परिचित छात्रों एवं वहाँ के गृहपति से बात करके छात्रावास में एक कार्यक्रम तय किया, जैसे ही गोष्ठी के प्रारंभ में मैं बोलने खड़ा हुआ, तब तीन-चार दबंग लड़के खड़े होकर बोलने लगे। आपको डॉ. बाबा साहेब पर बोलने का कोई अधिकार नहीं है। आप लोग हमारे विरोधी हैं आदि-आदि। मैंने उनको सुनने के बाद जब वे शांत हो गए, तब तीनों को कहा कि आपने डॉ. बाबासाहेब की कौन सी पुस्तकें पढ़ी हैं, वे मौन खड़े रहे। मैंने छह पुस्तकों के लेखक सहित नाम बताए और उनको पूछा ये किताबें आपने पढ़ी हैं क्या? मैंने पढ़ी हैं, इसलिए डॉ. बाबासाहेब पर आपसे मेरा ज्यादा अधिकार है। वे तीनों बैठ गए और डॉ. आंबेडकर की पुण्यतिथि का कार्यक्रम यशस्विता से संपन्न हुआ।

इस अनुभव से यह समझ में आता है कि हमने अपने महापुरुषों को भी वर्ग विशेष में बाँट दिया है और इस पर भी देश में गंदी राजनीति की जा रही है। डॉ. बाबा साहेब आंबेडकर से लेकर सरदार पटेल आदि सभी देश के नेता/महापुरुष

हैं, मुझे भाव निर्माण करने के प्रयास की आवश्यकता का अनुभव हो रहा है।

वर्ष 1993-94 में रामनवमी के शुभ दिन अनुसूचित जाति छात्रों के छात्रावास (जिसका पूर्व के उदाहरण में उल्लेख कर चुका हूँ) के 20 छात्रों को उस महानगर के महापौर, विख्यात उद्योगपति, व्यवसायी, कुलपति, महाविद्यालय के प्राचार्य आदि परिवारों में भोजन हेतु निमंत्रित किया। महापौर के घर उन छात्रों को भोजन हेतु लेकर जाने का अवसर मुझे मिला था।

जब महापौर के घर में प्रवेश किया, तब स्वयं महापौर ने उन छात्रों का स्वागत किया और अतिथि को बिठाने हेतु जो कमरा था, उसी में बैठाया गया। सब का एक-दूसरे से परिचय हुआ। घर के सब लोग जिस डाइनिंग टेबल पर भोजन करते थे, वहाँ हम सबको भोजन के लिए बिठाया गया और आश्चर्य एवं आनंद तब हुआ, जब स्वयं महापौर अपने हाथ से उन छात्रों को आग्रहपूर्वक परोसकर भोजन करा रही थीं। भोजन के पश्चात् पुनः अतिथि कक्ष में बैठाकर आइसक्रीम खिलाई गई तथा गुजरात की परंपरा के अनुसार अंत में मुखवास दिया गया। तत्पश्चात् सभी छात्रों को भेंटस्वरूप वस्त्र देकर विदा किया गया।

देश में अभी भी जिस प्रकार की समरसता होनी चाहिए, उसका बड़ी मात्रा में अभाव दिखाई दे रहा है। समाज जातिवाद, भाषावाद, प्रांतवाद, छुआछूत, महिला-पुरुष, गरीब-अमीर, गाँव-शहर आदि बँटा है। इसका मूल कारण, जो मुझे समझ में आ रहा है, वह यह है कि हम अपनी संस्कृति से भटक गए हैं। भारतीय संस्कृति को एक राष्ट्र में अगर परिभाषित करना है तो वह है अध्यामिकता। आध्यामिकता यानी आत्मा के नजदीक जाना (आत्मा को पहचानना)। सभी में एकात्मा देखना आत्मा के नजदीक जाने से अनुभव आता है कि आत्मा परमात्मा का अंश है, एक ही परमात्मा के हम सब अंश हैं तो यह सब भेदभाव किसलिए? इस मूल तत्त्व से जनसमाज जितना नजदीक जाएगा, उतनी जल्दी इन सब समस्याओं का समाधान हो सकेगा और पुनः समरस, एकरस भारतीय समाज का स्वप्न हम साकार करसकेंगे।

□

किशोरवय : समस्याएँ एवं समाधान

मनुष्य जीवन में किशोरावस्था अत्यंत महत्त्वपूर्ण होती है, यहाँ एक प्रकार से उसके जीवन की दिशा तय होती है। यदि किशोर को उचित मार्गदर्शन मिलता है तो वह उचित रास्ते पर जाता है, परंतु वर्तमान में सामाजिक एवं भौतिक परिणामों के स्वरूप इस अवस्था के बालक, दिग्भ्रमित होते दिख रहे हैं, जिसके कारण इस आयु वर्ग के बालकों में मारपीट, लूट, नशीली वस्तुओं का सेवन, बलात्कार, हिंसात्मक कार्यों में संलग्नता पाई जाती है। इसका तात्पर्य यह है कि उनके विकास की सही दिशा एवं उनकी समस्याओं की ओर आवश्यक ध्यान नहीं दिया जा रहा है। किशोरावस्था जीवन का ऐसा मोड़ है, जहाँ से आगे के जीवन की दिशा निर्धारित होती है। आज विश्व में भारत एक युवा देश है, अत: किशोरों की समस्या एवं समाधान पर विचार करना आवश्यक हो गया है।

किशोरवय के बालकों की समस्याओं पर विचार करते हुए हमारा ध्यान निम्न बिंदुओं पर जाता है—

(क) वर्तमान समय में किशोरवय की उम्र क्या हो?

(ख) किशोरवय की विशेषताएँ

(ग) वातावरण/बदलावों का परिणाम–समस्या

(घ) समाधान

(क) वर्तमान संदर्भ में किशोरवय की उम्र क्या हो?

सामान्यत: 13 से 18 वर्ष की आयु के बालक को किशोरवय माना जाता है, परंतु वर्तमान में बदली हुई परिस्थितियों के कारण इस अवस्था में परिवर्तन

आवश्यक हो गया है, क्योंकि सामाजिक एवं वैज्ञानिक दृष्टिकोण के कारण आज का बालक जल्दी ही किशोरवय की अवस्था प्राप्त कर लेता है। किशोरवय की उम्र के निर्धारण के लिए निम्न दो बिंदुओं पर ध्यान देना आवश्यक है—

1. सामाजिक दृष्टिकोण
2. वैज्ञानिक दृष्टिकोण

1. सामाजिक दृष्टिकोण : वर्तमान सामाजिक परिस्थिति में आज का बालक जल्दी ही युवा हो जाता है, क्योंकि खान-पान, रहन-सहन में अत्यधिक परिवर्तन आ गया है। भौतिकतावादी दृष्टिकोण के कारण यह समस्या अधिक आ रही है।

2. वैज्ञानिक दृष्टिकोण : खानपान एवं बदलती हुई परिस्थितियों के कारण शारीरिक परिवर्तन बालकों में जल्दी आ जा रहा है, अतः किशोरवय की उम्र का निर्धारण करते समय शारीरिक परिवर्तन के साथ वैज्ञानिक परिवर्तनों को भी ध्यान में रखना होगा।

सामान्यतः उपरोक्त बातों के आधार पर वर्तमान समय में 12-16 वर्ष आयु समूह के बच्चों को किशोरवय की आयु का माना जा सकता है।

(ख) किशोरवय की विशेषताएँ

किशोरावस्था सामान्यतः मानव जीवन की वह अवस्था होती है, जिसमें किसी भी बालक में सामान्यतः कुछ विशेषताएँ होती हैं, जिन्हें सम्यक् मार्गदर्शन द्वारा दिशा दी जा सकती है, अन्यथा किशोरावस्था में भटकाव की अधिक संभावना होती है। किशोरों में कई सकारात्मक बातें भी पाई जाती हैं, जिनका परीक्षण करके उचित दिशा देने का प्रयास किया जाना चाहिए। सामान्यतः किशोरों में निम्न सकारात्मक बातें पाई जाती हैं—

1. इस अवस्था में जिज्ञासु प्रवृत्ति पाई जाती है।
2. अत्यधिक ऊर्जा (सुपर एनर्जी) होती है।
3. अनुकरण प्रिय प्रवृत्ति पाई जाती है।
4. सूचनाओं की अधिकता होती है।
5. आदर्शवादी प्रवृत्ति पाई जाती है।

6. रचनात्मकता होती है।

7. प्रतिस्पर्धा का भाव होता है।

8. इस आयु वर्ग में सजावट, बनावट व दिखावट की प्रवृत्ति पाई जाती है।

परंतु इसके साथ ही इस आयुवर्ग के बालकों में उग्रता, असुरक्षा की भावना, प्रतिरोध, प्रतिक्रिया का मानस, असमाजीकरण की प्रवृत्ति पाई जाती है। वस्तुत: यह अवस्था, वय-संधि की अवस्था मानी जाती है, जिसमें 'बचपन जाता नहीं है और जवानी आती नहीं है।' यह अवस्था शारीरिक, मानसिक बदलावों के परिवर्तन के कारण किशोरों में नकारात्मक प्रवृत्ति को बढ़ावा देती है। सामान्यत: बालकों में अपने अभिभावकों के प्रति 'आपको पता है तो मैं भी जानता हूँ' ऐसी मानसिकता रहती है।

(ग) वातावरण/बदलावों का परिणाम-समस्या

किशोरावस्था में बालक दो प्रकार के परिवर्तनों से प्रभावित होता है—शारीरिक व मानसिक।

समस्या को परिवार, विद्यालय एवं समाज के स्तर पर समझने का प्रयास करना चाहिए।

1. **पारिवारिक स्तर पर**—पिछले कुछ वर्षों से संयुक्त परिवार क्रमश: घटते जा रहे हैं तथा एकल परिवारों में माता-पिता के पास समयाभाव होता है, जिससे बालक कुंठा व निराशा की ओर बढ़ता है। माता-पिता बच्चों को सभी संसाधन व सुविधा तो प्रदान करते हैं, परंतु उनके लिए समय कम दे पाते हैं।

2. **विद्यालय स्तर पर**—वर्तमान शिक्षण पद्धति किशोरों में कई समस्याएँ उत्पन्न कर रही है। आजकल विद्यालय में बालकों में अध्ययन के प्रति स्वाभाविक रुचि न उत्पन्न करके पाठ्य सामग्री को रटने एवं परीक्षा में अच्छे अंक के लिए दबाव बनाया जाता है, जिससे बालक अपने को प्रतिस्पर्धा में कमजोर पाता है और वह हताश तथा कुंठा की ओर बढ़ता जाता है।

3. **सामाजिक स्तर पर**—आज जन संचार के माध्यमों के अतिविकास के कारण बालकों को वह दिखाया, सुनाया या समझाया जाता है, जिसकी संभवत: उनको आवश्यकता नहीं होती है। किशोरों में समाज में प्रचलित भौतिक

संसाधनों को प्राप्त करने एवं उसका उपयोग करने की अति आतुरता की प्रवृत्ति पाई जाती है। लुभावने विज्ञापनों एवं सूचनाओं द्वारा किशोरों को आकर्षित करने का प्रयास किया जाता है। प्राय: इन वस्तुओं की प्राप्ति के लिए किशोर गलत कदम उठाते हैं।

(घ) समाधान

यह बात स्पष्ट है कि किशोर को सही समय पर सही रास्ते पर ले जाने का प्रयास किया जाए तो उसके जीवन की दिशा बदल सकती है। इसके लिए मुख्यत: निम्न प्रयास किए जाने चाहिए—

पारिवारिक स्तर पर—परिवार बालक की प्रथम पाठशाला होता है, जहाँ वह जन्म से ही सीखने का प्रयास करता है, अत: परिवार की भूमिका बहुत महत्त्वपूर्ण हो जाती है। पारिवारिक स्तर पर निम्न प्रयास किए जाने चाहिए—

- बालकों/किशोरों को पारिवारिक एवं सामाजिक समारोहों में भाग लेने के लिए प्रोत्साहित करना, जिम्मेदारी या सहभागिता के लिए प्रोत्साहित करना।
- संयुक्त परिवार के विकल्प के लिए सामाजिक वातावरण इस प्रकार बनाया जाए कि 'पारिवारिक भावना' का विकास हो।
- परिवार के बुजुर्गों को अपना स्वयं का व्यवहार संयमित रखना चाहिए, क्योंकि बालक यह सब अनुकरण करता है।
- सांसारिक मूल्यों की प्रवृत्ति अंत:करण में विद्यमान होती है। इसे बढ़ाने का प्रयास करना चाहिए।
- पारिवारिक माधुर्य एवं संप्रेषण को बढ़ाने का प्रयास करना चाहिए।
- किशोरों की प्रवृत्ति का परीक्षण करके उसकी सकारात्मक प्रवृत्ति को बढ़ावा देना चाहिए।
- सद् साहित्य को पढ़ने के लिए प्रोत्साहित करना चाहिए।
- परिवार में संवाद व स्नेह का माहौल रखना चाहिए।
- परिवार में बालकों की अनुचित माँगों को स्वीकार नहीं करना चाहिए।
- बालकों पर किसी भी अनावश्यक दबाव का निर्माण नहीं करना

चाहिए, क्योंकि माता-पिता बच्चों पर अपनी महत्त्वाकांक्षा थोपते हैं।

- घर का वातावरण संस्कारक्षम होना चाहिए।
- सभी बालकों को शरीर की रचना अंगोपांग, उसकी कार्य पद्धति के बारे में आवश्यक जानकारी देनी चाहिए।
- प्रकृति के नजदीक ले जाने का कार्य करना चाहिए।
- उसके मित्रों के बारे में जानकारी रखनी चाहिए।
- घर के सदस्यों को उसका सम्मान करने एवं उसकी भी राय जानने का प्रयास करना चाहिए।
- घर में भजन, भोजन, टी.वी. देखने आदि कार्य एक साथ मिलकर करना चाहिए।

इसके साथ ही परिवार द्वारा बालकों को उनमें होनेवाले शारीरिक परिवर्तनों एवं उसके परिणाम के बारे में भी जानकारी देनी चाहिए, क्योंकि इन शारीरिक परिवर्तनों को लेकर बालक के मन में कई प्रश्न होते हैं, जिसका समाधान न किया गया तो वह गलत रास्ते पर भी जा सकता है।

विद्यालय के स्तर पर—विद्यालय में बालकों का चरित्र-निर्माण होता है, अत: शिक्षकों एवं विद्यालय की भूमिका परिवार से भी अधिक महत्त्वपूर्ण बन जाती है। विद्यालय स्तर पर निम्न प्रयास किए जाने चाहिए—

- छात्रों को रुचि के विषयों की ओर प्रवृत्त करना।
- आचार्यों द्वारा संवाद को प्रभावी बनाना चाहिए।
- छात्रों की प्रवृत्ति को जानने का प्रयास करना चाहिए।
- शिक्षण पद्धति में गुणात्मक सुधार करके उसमें सकारात्मक प्रवृत्ति का विकास करना। इस हेतु शिक्षक-शिक्षण का पाठ्यक्रम बने।
- नैतिक शिक्षा को वातावरण एवं आचरण के माध्यम से शिक्षा देने का प्रयास करना चाहिए।
- तुलनात्मक प्रवृत्ति से छात्रों को दूर रखने का प्रयास करना चाहिए।
- विद्यालयों में विमर्श केंद्र का प्रावधान हो, जहाँ पर छात्रों की समस्याओं का समाधान हो सके एवं उन्हें भविष्य की पढ़ाई एवं व्यवसाय से संबंधित मार्गदर्शन प्राप्त हो।

- विद्यालयों में किशोर की सुपर एनर्जी को रचनात्मकता, रुचि, शारीरिक व्यायाम एवं प्रकृति के अनुसार जोड़ना चाहिए।
- बालकों को परिवार एवं विद्यालय में कोई भी विषय तार्किक एवं वैज्ञानिक दृष्टिकोण से समझाने का प्रयास करना चाहिए।
- पुस्तकालय में अच्छी पुस्तकों का संचय होना चाहिए।

सामाजिक स्तर पर—आज किशोर अधिकतर गलत प्रवृत्ति समाज एवं मीडिया के माध्यम से सीखता है, ऐसी स्थिति में समाज तथा मीडिया की भूमिका भी महत्त्वपूर्ण हो जाती है। किशोर समाज में प्रचलित बुराइयों को शीघ्रता से ग्रहण करता है। अत: सामाजिक स्तर पर निम्न प्रयास करना चाहिए—

- सामाजिक समरसता, सहकारिता, परोपकार को बढ़ानेवाली प्रवृत्ति को बढ़ावा देना चाहिए।
- सामाजिक सौहार्द को बढ़ाने के प्रयास करने चाहिए।

मीडिया एवं जनसंचार के स्तर पर—वर्तमान में मीडिया द्वारा जो कुछ दिखाया जाता है, किशोर उसे अत्यंत रुचि एवं उत्साह से देखता है एवं उसका अनुसरण करने का प्रयास करता है, अत: मीडिया को निम्न प्रयास करना चाहिए—

- मीडिया द्वारा छात्रों को सही एवं सत्य की जानकारी दी जानी चाहिए तथा ऐसी बातों का प्रचार-प्रसार नहीं करना चाहिए, जिससे युवाओं में हिंसात्मक प्रवृत्ति का विकास हो।
- जनसंचार तथा सिनेमा के माध्यम से लोक लुभावनें विज्ञापनों का प्रचार एवं प्रसार नहीं करना चाहिए।
- अश्लील एवं सस्ते प्रचार के माध्यम के तरीकों को समाप्त करने का प्रयास करना चाहिए।
- जनसंचार के माध्यमों द्वारा राष्ट्रीय अस्मिता के प्रतीक गौरव चिह्नों के प्रति सम्मान तथा राष्ट्रीय भावना का प्रसार करना चाहिए।
- सृजनात्मकता को बढ़ाने का प्रयास करना चाहिए।

युवा किसी भी देश का भविष्य माने जाते हैं, यदि युवाओं को सही दिशा प्रदान कर उनकी ऊर्जा सकारात्मक कार्यों में लगाई गई तो राष्ट्र विकास

की ओर बढ़ेगा अन्यथा राष्ट्र में हिंसा, लूट, अशांति बढ़ेगी, जो कि किसी भी सभ्य राष्ट्र के साथ-साथ मानवता के भी विरुद्ध होगा। हमें सभी प्रकार के सभी स्तरों पर किशोरों को सही रास्ता देने का प्रयास करना चाहिए, जिससे राष्ट्र उन्नति के पथ पर आगे बढ़े तथा गौरवशाली बने।

□

पर्यावरण अध्ययन एवं शोध केंद्र

पर्यावरण शब्द एवं उसका अर्थ अत्यंत व्यापक है, जिसमें सारा ब्रह्मांड ही समा जाता है। परि, अर्थात् हमारे चारों ओर का, आवरण, अर्थात् ढकना ही पर्यावरण है। हम सभी एवं हमारा यह संसार 'आकाश, वायु, जल, पृथ्वी, अग्नि (सूर्य) तथा वन, वृक्ष, नदी, पहाड़, समुद्र एवं पशु-पक्षी आदि से आवृत्त है, (ढका है)। उपर्युक्त समस्त तत्त्वों तथा पदार्थों का समग्र रूप अथवा समुदित रूप, जो पर्यावरण है, उसी में सब पैदा होते हैं, जीवित रहते हैं, साँस लेते हैं, फलते-फूलते हैं और अपने समस्त कार्यकलाप करते हैं। अतः अपने और अपने समस्त समाज के लिए पर्यावरण का संरक्षण व पोषण नितांत आवश्यक है।

आज पर्यावरण प्रदूषित और निरंतर उसका क्षय हो रहा है। जल और वायु प्रदूषित हो रहे हैं। ग्लेशियरों का पिघलना, ग्लोबल वार्मिंग तथा ग्रीन हाउस गैसों के उत्सर्जन से ओजोन छतरी में छेद के कारण विश्व के नेता, वैज्ञानिक तथा विचारवान् व्यक्ति चिंतित हैं, जिस पर विचार करने के लिए विश्व सम्मेलन व संगोष्ठियाँ हो रही हैं, किंतु हमारे भारत के चिरंतन ऋषि-मुनि, आचार्य, मनीषी व कविगण आरंभ से ही पर्यावरण संरक्षण के प्रति सचेत थे। समस्त वैदिक साहित्य एवं लौकिक साहित्य में उपर्युक्त आकाश-वायु-जल तथा पृथ्वी आदि पर्यावरण के घटक तत्त्वों का स्तवन, उनकी विशेषताओं तथा विश्व के लिए उनकी उपयोगिताओं का चित्रण है। इतना ही नहीं, वैदिक सूक्तों में पर्यावरण के संरक्षक व पोषक, उपर्युक्त समस्त प्राकृतिक तत्त्वों को साक्षात् देवता मानकर उनकी प्रशस्ति का गौरवगान किया गया है। जब हम वैज्ञानिक दृष्टि से ऐसे वैदिक सूक्तों एवं मंत्रों का चिंतन और विश्लेषण करते हैं तो हमें पर्यावरण से

संबद्ध अनेक वैज्ञानिक रहस्यों की उपलब्धि होती है।

उल्लेखनीय है कि आज के वैज्ञानिक, भौतिक पर्यावरण के विषय में ही चिंतन तथा वैज्ञानिक अन्वेषण का प्रयास कर रहे हैं, किंतु भौतिक पर्यावरण के शुद्ध हो जाने पर भी यदि मानव के मन-बुद्धि व आत्मा शुद्ध न हुए और उनके अंदर राग-द्वेष, छल-कपट व काम-क्रोध, ईर्ष्या आदि ज्वालाएँ जलती रहीं तो विश्व में शांति की स्थापना की कल्पना भी नहीं की जा सकती। अत: भारत के मनीषियों व चिंतकों ने भौतिक पर्यावरण के साथ-साथ मानव के आध्यात्मिक पर्यावरण की शुद्धि पर जोर दिया था, जिसकी अभिव्यक्ति "तन्मे मन: शिवसंकल्पमस्तु" "धियो यो न: प्रचोदयात्।" तथा "चरित्रन्स्ते शुन्धामि" आदि वैदिक मंत्र के वाक्यों द्वारा होती है।

उपर्युक्त परिप्रेक्ष्य में आज पर्यावरण विषयक अध्ययन तथा शोध की बहुत आवश्यकता है, जिसके अंतर्गत वेदादि शास्त्र व भारत के प्राचीन साहित्य को आधार मानकर और उसके साथ आधुनिक पर्यावरणविद् तथा वैज्ञानिकों के निष्कर्षों का सामंजस्य स्थापित करके पर्यावरण के शोधन, रक्षण व पोषण के सार्थक उपायों का अन्वेषण किया जाए। इस महत्त्वपूर्ण उद्देश्य के लिए एक 'पर्यावरण अध्ययन एवं शोधकेंद्र' की स्थापना अत्यंत आवश्यक तथा प्रासांगिक है।

कार्य योजना

- पर्यावरण दैनिक जीवन व्यवहार में।
- हमारे पुराने ग्रंथों में पर्यावरण संबंधी सामग्री का अध्ययन करके उनके वर्तमान पर्यावरण की वैश्विक समस्याओं के समाधान हेतु क्रियान्वयन की योजना।

शोध कार्य

- इस हेतु समय-समय पर बैठकें, कार्यशाला, परिसंवाद, परिचर्चा, संगोष्ठी का आयोजन।
- साहित्य सृजन करके प्रकाशित करना।

- डॉक्यूमेंटेशन।
- पर्यावरण संबंधित देश भर की संस्थाओं को एक मंच पर लाना, संकलन, समन्वय-सामंजस्य स्थापित करना। आगे अंतरराष्ट्रीय स्तर पर भी इसी प्रकार प्रयास करना।
- पर्यावरण से संबंधित स्थानीय से लेकर समस्या के समाधान हेतु कार्य।
- पाठ्यक्रम तैयार करना—सरकारी, निजी स्तर पर लागू हो, इसका प्रयास।

व्यवस्थाएँ

1. स्थान चयन
2. भवन (केंद्रीय कार्यालय)
3. दृश्य, श्रव्य उपकरणों की व्यवस्था, उपयोग
4. योजना के सहकारीजन

मानव संसाधन

1. कार्यालय-प्रमुख तथा कार्यालय-सहायक
2. हिंदी तथा अंग्रेजी का टाइपिस्ट
3. शुरू में एक शोधार्थी
4. पर्यावरण के विद्वानों के मार्गदर्शन हेतु एक समिति, एक व्यवस्थापक समिति
5. देश के वर्तमान में प्रचलित पर्यावरण अध्ययन व शोधकेंद्रों की सूची
6. पर्यावरण पर कार्य करनेवाले प्रमुख विद्वान् लेखक, प्रोफेसर तथा वैज्ञानिकों की सूची।
7. पर्यावरण संबंधी साहित्य—ग्रंथ, संपादित पत्र-पत्रिकाएँ आदि।
8. पर्यावरण पुस्तकालय हेतु पुस्तक चयन (सूची)
9. पर्यावरण अध्ययन एवं शोध के प्रमुख विषय

- वैदिक संहिताओं में पर्यावरण के मूल स्रोत
- उपनिषद् साहित्य में पर्यावरण के तत्त्व
- वेदांगों में पर्यावरण विषयक संकेत
- स्मृति एवं धर्मशास्त्रों में पर्यावरण संरक्षण।
- वाल्मीकि रामायण एवं महाभारत में पर्यावरण चेतना।
- संस्कृत साहित्य में पर्यावरण।
- वैदिक एवं संस्कृत साहित्य में वृक्ष तथा लताएँ।
- प्राचीन भारतीय साहित्य में पशु-पक्षी एवं पर्यावरण के सहायक जीव-जंतु, प्रकृति एवं पर्यावरण।
- वन-वृक्ष-पर्वत-समुद्र-नदी व जलाशयों का पर्यावरण में योगदान।
- पर्यावरण प्रदूषण (कारण एवं निवारण)
- पर्यावरण एवं पारिस्थितिकी
- पर्यावरण संरक्षण एवं प्रदूषण निवारण के वैदिक उपाय-यज्ञ, वृक्षारोपण, जल संरक्षण आदि।
- पंचतत्त्व (भूमि-जल-अग्नि-वायु-अंतरिक्ष) का वैज्ञानिक विश्लेषण पर्यावरण के परिप्रेक्ष्य में।
- पौराणिक साहित्य में पर्यावरण चेतना।
- वैदिक एवं संस्कृत साहित्य में मानसिक पर्यावरण।
- हिंदी साहित्य में पर्यावरण।
- रसायनशास्त्र एवं पर्यावरण।
- आधुनिक विज्ञान एवं पर्यावरण।
- पर्यावरण एवं वास्तुशास्त्र।
- वर्तमान पर्यावरण से संबंधित वैश्विक समस्या के कारण एवं उपाय।
- पर्यावरण रक्षा हेतु कार्य करनेवाले आधुनिक महापुरुषों का तुलनात्मक अध्ययन (भारत में तथा वैश्विक स्तर पर)।

□

छात्र आंदोलन : प्रासंगिकता का प्रश्न

देश के इतिहास पर दृष्टिक्षेप करने से ध्यान में आता है कि जो भी महत्त्वपूर्ण आंदोलन हुए वे सामाजिक हों, आध्यात्मिक हों या राजनैतिक हों, सभी में छात्र, युवाओं की महत्त्वपूर्ण भूमिका रही है। आइए पीछे मुड़कर अतीत की ओर देखते हैं। चाणक्य ने भ्रष्ट शासक नंद के विरुद्ध संघर्ष छेड़ा था। उसमें बड़ी मात्रा में प्रत्यक्षरूप से छात्रों की सहभागिता रही थी। आधुनिककाल में स्वामी विवेकानंद ने समग्र विश्व में हिंदू धर्म, संस्कृति को पुनः स्थापित करने में सफलता प्राप्त की। विवेकानंद स्वयं युवक थे और उनके साथ इस आंदोलन में भगिनी निवेदिता जैसी विदेशी युवती से लेकर देश के छात्र, युवक अधिक मात्रा में सम्मिलित हुए, जिसमें से बड़ी मात्रा में संन्यासी भी बने। स्वतंत्रता के आंदोलन में गांधीजी के साथ अंहिसा के रास्ते पर चलनेवाले हों या क्रांति के रास्ते पर चलनेवाले भगत सिंह, चंद्रशेखर, मदनलाल ढींगरा जैसे हजारों युवक हों, जिन्होंने अपने जीवन के बलिदान दिए। सुभाषचंद्र बोस ने 'आजाद हिंद फौज' की स्थापना करके युवकों का आह्वान किया, "तुम मुझे खून दो, मैं तुम्हें आजादी दूँगा।" देश की आजादी के लिए खून देने हेतु हजारों युवक आजाद हिंद फौज में सम्मिलित हुए। एक प्रकार से आजाद हिंद फौज युवकों की ही संस्था थी। डॉ. केशव बलिराम हेडगेवार ने 1925 में राष्ट्रीय स्वयंसेवक संघ की स्थापना की, तब उनसे जुड़े अधिकांश छात्र थे और डॉ. साहब की प्रेरणा से सैकड़ों छात्रों ने अपना समग्र जीवन राष्ट्र कार्य में लगा दिया, आज भी लगा रहे हैं। इसी प्रकार स्वतंत्र भारत में 1974 में गुजरात में भ्रष्ट शासक का विरोध करते हुए चला नवनिर्माण आंदोलन एवं 1975 में देश में तानाशाही स्थापित करने के

विरोध में भी छात्रों, युवकों ने व्यापक जन आंदोलन चलाया। बाद में उसका नेतृत्व जयप्रकाश नारायण ने किया, जिससे उसकी पहचान जे.पी. आंदोलन के नाम से बनी। इस आंदोलन के कारण देश में तानाशाही स्थापित करने की इच्छा रखनेवाले का पराभाव हुआ ओर लोकतंत्र की विजय हुई। उपरोक्त सभी आंदोलनों के प्रकार भिन्न-भिन्न होने के बावजूद सबमें एक बात समानरूप से दिखती है कि व्यक्तिगत स्वार्थ से ऊपर उठकर राष्ट्र, समाज के लिए कुछ करने की संकल्पना थी। इसके परिणामस्वरूप सभी आंदोलनों का देश, समाज पर सकारात्मक परिणाम हुआ।

सन् 1947 के बाद से हमारे देश में लोकतांत्रिक व्यवस्था है। लोकतंत्र से तात्पर्य है कि लोगों का, लोगों के द्वारा, लोगों के लिए अर्थात् लोगों के हित हेतु तंत्र, लेकिन सत्ता का स्वभाव है, वह स्वयं की सत्ता को टिकाए रखने हेतु तंत्र का दुरुपयोग करती है। ऐसा न हो, इस हेतु लोक जागरण, लोक प्रबोधन एवं लोक संघर्ष यह लोकतंत्र को टिकाए रखने हेतु, अनिवार्य है। एक प्रकार से आंदोलन लोकतंत्र की आत्मा है, जहाँ भी लोकतंत्र है वहाँ लोगों में आंदोलनपरता नहीं होगी तो वहाँ लोकतंत्र तानाशाही में परिवर्तित हो जाएगा।

वर्तमान में अपने देश में आंदोलन के संदर्भ में अनेक लोगों के मन में गलत धारणा बनी है। आंदोलन यानी मात्र धरना, प्रदर्शन, रैली, यही है। वास्तव में जिस प्रयास के द्वारा लोगों के मन को आंदोलित किया जा सके, वह सब आंदोलन है। आपातकाल में कई समाचार माध्यमों ने अपनी कलम से लोगों को आंदोलित किया था। स्वामी विवेकानंद ने अपनी वाणी से लोगों को प्रेरणा दी थी। डॉ. हेडगेवार ने अपने जीवन व्यवहार से लोगों को प्रेरित किया। एक पत्रक तैयार करके हजारों-लाखों लोगों तक पहुँचाना, यह भी आंदोलन है। आंदोलन का दूसरा पहलू यह भी है कि मात्र व्यक्ति स्वार्थ या समूह के स्वार्थ का विचार नहीं, बल्कि जिसमें व्यापक समाज, राष्ट्र के हित की बात भी हो। इस प्रकार का आंदोलन करने का सबसे अधिक सामर्थ्य स्वाभाविक छात्रों/युवकों में होता है, जिसके अपने स्वार्थ बहुत कम होते हैं। इस हेतु आंदोलन की रीढ़ हमेशा छात्र युवक ही रहे हैं। यह समग्र विश्व के विभिन्न आंदोलनों के अनुभवों से ध्यान में आता है। 1960 में इंडोनेशिया के तानाशाह शासक सुकर्णो के विरोध में सफल

आंदोलन, नब्बे के दशक में पुनः उसी देश में भ्रष्ट शासक सुहार्तो को छात्र आंदोलन के कारण सत्ता छोड़नी पड़ी। 1968 का फ्रांस का शैक्षिक आंदोलन जैसे अनेक उदाहरण देखने को मिलते हैं। इसलिए छात्र आंदोलन की प्रासंगिकता अतीत में थी, वर्तमान में है और भविष्य में रहेगी, यह शाश्वत सत्य है।

पिछले कुछ वर्षों से छात्र आंदोलन की ओर देखने का समाज, विशेष करके शासन-प्रशासन का नजरिया अधिक नकारात्मक हुआ है, यह दुर्भाग्यपूर्ण है। उनकी सोच से छात्र आंदोलन अर्थात् तोड़-फोड़, मारपीट, अनुशासनहीनता आदि। अगर कुछ मात्रा में यह वास्तविकता भी है तो उसके कारण में जाने की आवश्यकता है। छात्रों के आंदोलन जब भी गलत रास्ते पर गए, तब उसके पीछे शासन, राजनेता या शैक्षिक परिसरों के प्रशासकों के द्वारा छात्रों का अपनी राजनैतिक रोटियाँ सेंकने हेतु दुरुपयोग, ये ही कारण अधिकतर ध्यान में आते हैं। दूसरा कटु सत्य यह भी है कि कई बार शांत आंदोलन करनेवालों के योग्य प्रश्नों का समाधान प्राप्त नहीं होता, जबकि अशांत रास्ते अपनानेवालों की गलत माँगें भी मानी जाती हैं। इसके पीछे कौन जिम्मेदार है ? छात्र या शासन-प्रशासन। छात्र आंदोलन की योग्य दिशा रहे यह सबका दायित्व है, न कि मात्र छात्रों का। दूसरी ओर देखते हैं तो देश में शिक्षक संगठनों, मजदूर संगठनों/यूनियनों, कर्मचारी संगठनों आदि को सरकार द्वारा वैधानिक मान्यता है, लेकिन छात्र संगठनों को इस प्रकार की मान्यता नहीं है। अमेरिका सहित विश्व के अनेक लोकतांत्रिक देशों में छात्र संगठनों को वैधानिक मान्यता प्राप्त है, फिर भारत में क्यों नहीं ? वास्तव में यह देश की छात्र शक्ति का अन्याय एवं उनका अपमान है। इस संदर्भ में देश के छात्र संगठनों को संयुक्त रूप से सोचने की आवश्यकता महसूस हो रही है।

वर्तमान में देश में छात्र आंदोलन का परिदृश्य संतोषजनक नहीं दिख रहा है। इसके कारण में जाकर देखने का प्रयास करते हैं, तब कुछ बातें ध्यान में आती हैं। जब से वैश्वीकरण, उदारीकरण, निजीकरण की हवा चली है, तब से सभी क्षेत्रों में, विशेष करके अर्थ के क्षेत्र में भयानक स्पर्धा का वातावरण बना है। इसका शिकार छात्र भी बना है। छात्र भी अपने भविष्य के प्रति अति संवेदनशील हुआ है एवं अधिक-से-अधिक अर्थ प्राप्त करने के प्रयास में लगा है। दूसरा समाज के सभी क्षेत्रों में राजनीति का प्रभाव बढ़ रहा है, जिससे छात्र भी राजनीति

की ओर अधिक आकर्षित हो रहा है। 1980 में असम में बँगलादेशी घुसपैठ के विरुद्ध चला आंदोलन इसका महत्त्वपूर्ण उदाहरण है। अधिकतर छात्र संगठन भी राजनैतिक पक्षों की कठपुतली बनकर रह गए हैं, जिससे आम छात्रों का छात्र संगठनों पर से विश्वास उठता जा रहा है। राजनीतिक पक्ष भी छात्र संगठनों को अपना पिछलग्गू बनाए रखना चाहते हैं। उपरोक्त कारणों से जुझारू, संघर्षशील छात्र-युवा नेतृत्व का आज देश में अभाव दिखाई दे रहा है।

इन सारी परिस्थितियों के कारण कई लोगों का मानना है कि छात्र आंदोलन मृतप्राय हो गया, अब छात्र आंदोलन खड़ा नहीं हो सकता। यह सब नकारात्मक सोच है। मेरा मानना है कि इन सारी परिस्थितियों के बावजूद छात्र आंदोलित हो सकता है। समय-समय पर छोटे-मोटे स्वरूप में उसका प्रकटीकरण आज भी दिखाई देता है। उदाहरण-आंध्र प्रदेश में अलग तेलंगाना राज्य की माँग को लेकर चल रहे आंदोलन में छात्रों की सक्रिय भूमिका, लेकिन आज आवश्यकता है निर्णायक आंदोलन एवं संघर्ष की। दूसरी बात, आज परिदृश्य काफी बदला हुआ है, जिसको अंग्रेजी में 'पैराडाइम शिफ्ट' (अनपेक्षित परिवर्तन) कहते हैं। आज मात्र रास्ते पर आंदोलन करने से परिणाम प्राप्त होगा, यह मुश्किल लगता है। छात्रों का बड़ा समूह आज भी राष्ट्रवादी है, लेकिन परिस्थिति, मानसिकता के कारण वह रास्ते पर उतरना नहीं चाहता, परंतु अन्य प्रकार से प्रत्यक्ष या परोक्ष आंदोलन से जुड़ना चाहता है, जैसे कुछ छात्र नेट पर वैचारिक आंदोलन चला रहे हैं। इंटरनेट ऐसा माध्यम है, जिससे वैश्विक स्तर पर आंदोलन चलाया जा सकता है। आज न्यायालयों की भूमिका भी अत्यधिक बढ़ी हुई दिखाई दे रही है। देश की संसद्, विधानसभाओं, उनकी विभिन्न समितियों जैसी लोकतांत्रिक व्यवस्थाओं का उपयोग भी सहायक हो सकता है। इस प्रकार के सारे प्रयोगों के कारण शिक्षा बचाओ आंदोलन के द्वारा बड़ी मात्रा में निर्णायक सफलता प्राप्त हुई है। उपरोक्त सारे प्रयासों का अर्थ यह कदापि नहीं है कि धरना, प्रदर्शन, रैली आदि इस प्रकार के आंदोलन की आज आवश्यकता नहीं है। यह तो अनिवार्य है, लेकिन साथ में निर्णायक आंदोलन हेतु अन्य रास्तों का भी प्रयोग आवश्यक है। दूसरे शब्दों में कहना है तो वर्तमान में संघर्षशील एवं बौद्धिक; दोनों प्रकार के नेतृत्व की आवश्यकता है।

आज के वैश्वीकरण के युग में गरीब अधिक गरीब हो रहा है। बेरोजगारी बढ़ रही है, भ्रष्टाचार की एक अनिवार्य दूषण के रूप में स्वीकार्यता बढ़ रही है। उच्च, व्यावसायिक शिक्षा मात्र अमीरों के बालकों हेतु ही उपलब्ध होगी, ऐसा परिदृश्य दिखाई दे रहा है। इस प्रकार की परिस्थितियों में छात्र आंदोलन की आवश्यकता और अधिक महसूस हो रही है। इस हेतु स्वामी विवेकानंद ने युवकों का आह्वान किया, '**उत्तिष्ठ, जागृत, प्राप्य वरानिबोधत्**' उठो, जागो और तब तक चलो, जब तक तुम अपने लक्ष्य को प्राप्त नहीं करते।

□

शिक्षक कर्तव्य-बोध

ॐ असतो मा सद्गमय, तमसो मा ज्योतिर्गमय, मृत्योर्मामृतं गमय॥

भावार्थ—सत्य से असत्य की ओर, अंधकार से प्रकाश की ओर, मृत्यु से अमरत्व की ओर ले जाएँ।

देश की शिक्षा का यही लक्ष्य है। शिक्षा का लक्ष्य एवं जीवन के लक्ष्य में कोई अंतर नहीं होना चाहिए। कई महापुरुषों ने विभिन्न शब्दों में यही बात कही है।

"मनुष्य में संपूर्णता सुप्त रूप से विद्यमान है, उसका प्रत्यक्षीकरण ही शिक्षा का लक्ष्य है"

— स्वामी विवेकानंद।

"शिक्षा के इस लक्ष्य तक पहुँचने का माधयम शिक्षक है।"
The teacher is a maker of the men.

— जॉन एडम्स

मातृ देवो भव, पितृ देवो भव, आचार्य देवो भव—तैत्तिरीय उपनिषद्।

वास्तव में शिक्षण, शिक्षक का प्रोफेशन नहीं, मिशन है। (यह व्यवसाय नहीं, जीवन ध्येय है) प्रफुल्लचंद्र राय के जीवन में उसका साकार रूप देखने को मिलता है, लेकिन वर्तमान में इसमें विपरीत परिस्थिति दिखने को मिलती है। वर्तमान में कैरेक्टर एवं कमिटमेंट, दोनों का क्राइसिस है। शिक्षक के चरित्र एवं प्रतिबद्धता से ही छात्रों के व्यक्तित्व का समग्र विकास एवं चरित्र-निर्माण संभव

है। इस हेतु चार प्रकार की प्रतिबद्धता (कमिटमेंट) की आवश्यकता महसूस होती है।

1. कमिटमेंट टू दी स्टूडेंट (छात्रों के प्रति प्रतिबद्धता)

आचार्य विनोबा भावे ने कहा था कि हम आचार्य कुल के हैं। जो अपने आचरण से सिखाए, वह आचार्य है। यह परंपरा भारत में चलती आई है। हर काल–युग में उसके उदाहरण देखने को मिलते हैं। वर्तमान में इस संदर्भ में कुछ कमी अवश्य दिखाई देती है।

एक बार हनुमानजी ने उनके अयोग्य शिक्षक का अपमान किया। हनुमानजी की उनके बड़े गुरु के समक्ष शिकायत की गई, तब उनके गुरुजी ने कहा कि हनुमान की गलती के लिए मैं आज पूरे दिन उपवास करूँगा। उस दिन हनुमानजी ने भी उपवास करते हुए कठोर परिश्रम भी किया था। इसी प्रकार प्रफुल्लचंद्र राय, प्रो. यशवंत केलकर मेरे स्वयं के शिक्षक जैसे कई उदाहरण नजर में आ रहे हैं।

गाँव से आनेवाले छात्रों में किसी को आवास व्यवस्था की समस्या रहती थी, तब उन छात्रों को प्रफुल्लचंद्र राय अपने घर में रखते थे। इसी प्रकार गरीब छात्रों का शुल्क भी स्वयं जमा कर देते थे।

प्रो. यशवंत राव केलकर ने लंबे भाषण नहीं दिए, लेकिन अपने आचरण से छात्रों, कार्यकर्ताओं के जीवन में परिवर्तन लाए। एक बार एक छात्र कार्यकर्ता के पास अधिवेशन में जाने के लिए पैसे नहीं थे, तब एक दिन उनको आवश्यक आर्थिक सहायता दी। जब वह छात्र कमाने लगा, तब एक दिन उस युवक ने घर आकर प्रो. यशवंत राव को पैसे वापस दिए। यशवंत राव केलकर ने पैसे अपने हाथ में लेकर पुन: उस युवक की जेब में रखते हुए कहा कि अपने जैसे छात्र की आवश्यकता के लिए इसका उपयोग करना। मैंने जब 11वीं कक्षा में प्रवेश लिया तो कुछ कारणवश अंतिम दिन मेरे पास शुल्क भरने हेतु पैसे नहीं थे, तब मेरा शुल्क मेरे शिक्षक ने भर दिया था। उन्होंने जीवनभर शिक्षक का वेतन समाज के लिए ही उपयोग किया।

स्वीडन में पिछड़ी बस्ती में रहनेवाले छात्रों के उत्थान के लिए प्रयास

करनेवाले एक व्यक्ति ने उन छात्रों के व्यवहार से तंग आकर उनसे कहा, "आप जीवन में कुछ नहीं कर सकते, जैसे हो, वैसे ही रहोगे।" कुछ वर्षों के बाद उसी व्यक्ति ने अपनी बस्ती में जाकर देखा तो ध्यान में आया कि वे सभी छात्र आज बहुत अच्छे स्थान पर हैं। इस घटना से उनकी इच्छा जाग्रत् हुई और उन सभी छात्रों से मिलकर सर्वे किया और सबसे पूछा कि आपकी सफलता का कारण क्या है? सभी के उत्तर में, उनके एक ही शिक्षक का नाम था। उस व्यक्ति की जिज्ञासा और बढ़ी। वह उस शिक्षक से मिलने गया और पूछा कि आपने ऐसा क्या किया, जिससे ये सब छात्र इतने आगे बढ़ पाए? शिक्षक का उत्तर था, मैंने कुछ नहीं किया। हाँ कुछ किया है तो प्रेम दिया। इस अनुभव से ध्यान में आता है कि सम्मान माँगने से नहीं मिलता, अर्जित किया जाता है।

परम पूजनीय गुरुजी (राष्ट्रीय स्वयंसेवक संघ के द्वितीय सर संघचालक) काशी हिंदू विश्वविद्यालय में प्राध्यापक थे। उन दिनों परीक्षा के समय एक छात्र ने कहा, "मेरी तैयारी नहीं हुई है, इसलिए परीक्षा नहीं दूँगा।" तब श्री गुरुजी ने कहा, "मैं तुम्हारी तैयारी कराऊँगा।" वह छात्र कला संकाय में पढ़ाई करता था। श्री गुरुजी विज्ञान के प्राध्यापक थे, लेकिन परम पूजनीय गुरुजी कला के विषयों का स्वयं अध्ययन करके उस छात्र को पढ़ाते थे। वह छात्र परीक्षा में अच्छे अंक प्राप्त कर उत्तीर्ण हुआ।

वर्तमान की भयानक शिक्षा व्यवस्था में भी यदि शिक्षक चाहे तो विषयों को रोचक बनाया जा सकता है, छात्रों में मूल्यबोध उत्पन्न किया जा सकता है, छात्रों के जीवन को दिशा दी जा सकती है। सूरत में महाविद्यालय के प्राध्यापकों की संगोष्ठी में एक महिला प्राध्यापिका ने कहा कि मैं पिछले 20 वर्षों से अपनी कक्षा में शुरू में गायत्री मंत्र कराती हूँ। आज तक किसी छात्र ने विरोध नहीं किया। मैंने भी शुरू में तीन बार ऊँकार करके एक मंत्र का सामूहिक उच्चारण कराया। कुछ विद्यालयों में कक्षा की शुरुआत में इस प्रकार के प्रयास से वहाँ के छात्रों के परिणाम में सकारात्मक परिवर्तन आया, अनुशासन अच्छा हो गया। इसी प्रकार विभिन्न विषयों को पढ़ाते समय उसमें व्यावहारिकता का समावेश किया जा सकता है। उदाहरण के लिए हम पढ़ाते हैं, तब छात्रों को सप्ताह में एक बार बैठक में ले जाना, बैंक मैनेजर को निमंत्रित करके उनके साथ विचारों

का आदान-प्रदान कराना। हमारे यहाँ तो 32 प्रकार की पढ़ाने की पद्धति थी। आज शायद सभी पद्धतियों से हम परिचित नहीं हैं, लेकिन अधिक-से-अधिक संवाद के माध्यम से पढ़ाने का तो प्रयास किया जा सकता है।

2. कमिटमेंट टू दी सब्जेक्ट (विषय के प्रति प्रतिबद्धता)

साधारण रूप से पाँच वर्ष में ज्ञान दुगुना होता है। इसमें अपनी सहभागिता रहे एवं योगदान रहे। यूनेस्को द्वारा प्रकाशित 'ट्रेजर वीदिन' पुस्तक में कहा गया है, "लर्निंग टू लर्न, लर्निंग टू डू, लर्निंग टू लीव टूगेदर एवं लर्निंग टू बी।" किसी भी व्यक्ति ने मान लिया कि मैं तो मात्र सिखानेवाला हूँ, तब उनका विकास वहाँ रुक जाता है। इस हेतु नियमित अभ्यास अनिवार्य है। सचिन तेंदुलकर ने अगर सोचा होता कि मुझे नियमित अभ्यास की आवश्यकता नहीं है, तो शायद वह विश्व का महान् बल्लेबाज नहीं होता।

3. कमिटमेंट टू दी सोसाइटी (समाज के प्रति प्रतिबद्धता)

भारत का एक प्रतिनिधिमंडल अमेरिका के प्रवास पर गया था। प्रवास की पूर्णता के समय तत्कालीन अमेरिकी राष्ट्रपति कैनेडी से भेंट करते हुए प्रश्न पूछा कि अमेरिका इतना आगे कैसे बढ़ा? कैनेडी का उत्तर था, "हमारा हर शिक्षक पढ़ाते समय सोचता है कि मेरे सामने बैठ हुए छात्र भविष्य में अमेरिका के राष्ट्रपति बननेवाले हैं।" कोठारी आयोग की रिपोर्ट में भी कहा गया है कि हमारा विश्वविद्यालय समाज का एक टापू नहीं होना चाहिए, बल्कि सामाजिक चेतना का केंद्र होना चाहिए। हमारे विद्यालय, महाविद्यालय, विश्वविद्यालय छात्रों में सामाजिक जागरूकता-चेतना-संवेदना जगाने एवं उसमें राष्ट्रभक्ति के संस्कार देने के केंद्र होने चाहिए।

4. कमिटमेंट टू सेल्फ (स्वयं के प्रति प्रतिबद्धता)

उपनिषद् में कहा गया है—अपने को पहचानो (आत्मानं विद्धि); महात्मा बुद्ध ने कहा है, आत्मदीपो भव; भगवान् महावीर ने कहा है, स्व में बस परसे खस। इस संदर्भ की एक अच्छी कहानी है। एक संत का शिष्य मांसाहारी था, उन्होंने कहा कि आपकी वाणी सुनता हूँ, तब तो विचार करता हूँ कि आगे मांस

नहीं ग्रहण करूँगा, लेकिन वह संकल्प व्यवहार में नहीं आता, तब क्या किया जाए? महात्माजी ने कहा कि एक संकल्प कर सकते हो कि मांस खाना, लेकिन कोई देख न ले। मांसाहारी व्यक्ति ने कहा कि यह तो हो सकता है। घर जाने के बाद मांस खाने की इच्छा हुई, तब वह गाँव के बाहर गया, जहाँ कोई देख न सके। जैसे ही खाने का प्रयास किया तो ध्यान में आया कि यहाँ कुछ पशु उसे देख रहे हैं। वह एक पहाड़ के ऊपर गया फिर खाना चाहा, तब ध्यान में आया कि यहाँ पक्षी देखे रहे हैं। फिर एक गुफा में जाकर खाने का प्रयास किया तो वहाँ कोई पशु, पक्षी नहीं था और भी कोई देख नहीं रहा था, तब उसने खाने का प्रयास किया, तब उसके अंदर से आवाज आई मैं देख रहा हूँ और उस व्यक्ति ने मांस खाना छोड़ दिया। क्या हम अपने आपकी ओर देखते हैं? स्वयं का जीवन इस प्रकार का है क्या? गांधीजी ने जीवन के लिए एक नारा दिया—'सादा जीवन उच्च विचार'। इस प्रकार के जीवन जीनेवाले चाणक्य जैसे आचार्यों ने चंद्रगुप्त का निर्माण किया।

शिक्षा देना व्यवसाय नहीं, ध्येय है। इसलिए है कि शिक्षा देना, मनुष्य के निर्माण का कार्य है। इस कार्य को चाणक्य, प्रफुलचंद्र राय, डॉ. राधाकृष्णन्, प्रो. यशवंत राव केलकर जैसे अनेक आचार्यों ने पूजाभाव से किया। वही हमारे आदर्श हैं। इन आचार्यों के रास्ते पर चलने की ईश्वर हम सबको शक्ति एवं भक्ति दे, ऐसी विनम्र प्रार्थना।

□

शिक्षा में नए विकल्प हेतु प्रयास

देश की स्वतंत्रता के 67 वर्षों के बाद आज भी देश में चर्चा जारी है कि देश की शिक्षा कैसी हो? स्वतंत्र भारत में सरकार के द्वारा कई आयोग, समितियाँ गठित की गईं, उन्होंने अच्छे सुझाव भी दिए, लेकिन राजनीतिक इच्छा-शक्ति के अभाव में इन सुझावों का क्रियान्वयन नहीं किया गया।

यूनेस्को की डेलर्स समिति ने अपनी रिपोर्ट में कहा है कि किसी भी देश की शिक्षा उस देश की संस्कृति एवं प्रगति के अनुरूप होनी चाहिए। क्या आज देश की शिक्षा अपनी संस्कृति, प्रगति के अनुरूप है? उत्तर स्वाभाविक रूप से नकारात्मक होता है। शिक्षा से तात्पर्य है कि जिससे विद्यार्थी के व्यक्तित्व का समग्र विकास तथा चरित्र-निर्माण हो एवं राष्ट्रीय तथा अंतरराष्ट्रीय आवश्यकताओं की पूर्ति एवं चुनौतियों का समाधान हो। शिक्षा की हमारी मूलभूत संकल्पना शाश्वत सत्य है। इसको आधार बनाकर आधुनिकता की आवश्यकताएँ एवं भविष्य की दृष्टि को ध्यान में रखकर भौतिकता एवं आध्यात्मिकता तथा व्यवहार एवं सिद्धांत का समन्वय करते हुए शिक्षा मूल्य-आधारित हो, मातृभाषा में हो तथा शिक्षा स्वायत्त हो। इस दिशा में शिक्षा में आमूलचूल परिवर्तन का यह कार्य देशव्यापी करने की आवश्यकता है। इस दिशा में शिक्षा-संस्कृति उत्थान न्यास के द्वारा जो प्रयास किए जा रहे हैं, वे इस प्रकार हैं—

2007 में देश में यौन शिक्षा लागू करने का प्रयास केंद्र सरकार के द्वारा किया गया था। इसके विरुद्ध देशव्यापी आंदोलन चला, इस प्रयास में देश की अनेक संस्थाएँ जुड़ीं। इसके परिणामस्वरूप सरकार ने अपना निर्णय स्थगित किया। उस पाठ्यक्रम की समीक्षा हेतु कुछ राज्य सरकारों एवं केंद्र सरकार के

द्वारा समितियाँ गठित की गईं। जब आंदोलन चल रहा था, उसी समय अपने माध्यम, से राज्यसभा की याचिका (पिटीशन) समिति को एक याचिका दी गई थी। समिति ने याचिका को स्वीकार करते हुए उस पर देश के सात बड़े महानगरों में सुनवाई की, जिसमें उनको 40 हजार से अधिक आवेदन प्राप्त हुए। इन आवेदनों की जब समीक्षा की गई, तब अधिकतर आवेदन यौन शिक्षा के विरोध में थे। याचिका समिति ने लगभग डेढ़ वर्ष कार्य करते हुए अपनी रिपोर्ट तैयार की। जिस रिपोर्ट पर देश के उपराष्ट्रपति ने भी हस्ताक्षर किए, बाद में उस रिपोर्ट को राज्यसभा में भी रखा गया। याचिका समिति में सम्मिलित कई पक्षों के सांसदों ने सर्वसम्मति से पारित रिपोर्ट में कहा कि यौन शिक्षा के बदले 'चरित्र निर्माण एवं व्यक्तित्व विकास की शिक्षा' देनी चाहिए। शिक्षा संस्कृति उत्थान न्यास ने भी यौन शिक्षा का विकल्प देने हेतु सोचा और दिनांक 21, 22 फरवरी, 2009 को पुणे में राष्ट्रीय स्तर का परिसंवाद आयोजित किया। इस परिसंवाद में देशभर से आए विद्वानों ने सर्वसम्मति से एक प्रारूप तैयार किया तथा पाठ्यक्रम समिति का गठन भी किया। पाठ्यक्रम समिति ने चार मास कार्य करके 'चरित्र निर्माण एवं व्यक्तित्व के समग्र विकास' का पाठ्यक्रम तैयार किया। उस पाठ्यक्रम पर चर्चा हेतु देश में सात परिसंवादों का आयोजन किया गया।

इन परिसंवादों में छात्र, शिक्षक, अभिभावक, शिक्षाविद् विभिन्न शैक्षिक संस्थाओं के 1200 से अधिक प्रतिनिधि सहभागी हुए। परिसंवाद में आनेवाले प्रतिभागियों को पाठ्यक्रम की पुस्तक पढ़कर, सुझाव लेकर आना अपेक्षित था। सातों परिसंवादों के सुझाव पर विचार हेतु पुनः पाठ्यक्रम समिति की बैठक हुई। उसके बाद नए स्वरूप में पाठ्यक्रम तैयार किया गया, जिसका शीर्षक दिया गया है 'विद्यालय गतिविधियों का आलय'। यह पाठ्यक्रम शिक्षकों के लिए होगा। छात्रों हेतु इस पाठ्यक्रम के आधार पर एक कार्यक्रम तैयार किया गया है। वर्तमान विद्यालय की व्यवस्था में ही इस कार्यक्रम को सम्मिलित करना है। इस हेतु कोई अलग से पुस्तक या कालांश नहीं रहेगा। इस कार्यक्रम को प्रायोगिक तौर पर 50 विद्यालयों में लागू करने के लिए 16 से 18 अप्रैल तक उन विद्यालयों के प्रधानाचार्यों की एक कार्यशाला संपन्न की गई। आगामी दिनों में अन्य विद्यालयों तक इस कार्यक्रम को ले जाने की योजना है। दूसरी ओर

पंजाब, हिमाचल, छत्तीसगढ़, मध्य प्रदेश की राज्य सरकारों ने यौन शिक्षा के बदले योग शिक्षा लागू करने का निर्णय किया है। उत्तर प्रदेश सरकार ने यौन शिक्षा के बदले स्वास्थ्य-शिक्षा की घोषणा की है। योग, स्वास्थ्य विषय भी नए पाठ्यक्रम का हिस्सा हैं।

आगामी दिनों में उपरोक्त प्रयास की दिशा में अन्य पाँच विषयों पर कार्य की योजना भी बनी है।

1. मूल्यपरक शिक्षा 2. वैदिक गणित
3. पर्यावरण की शिक्षा 4. मातृभाषा में शिक्षा
5. शिक्षा स्वायत्त हो।

इन विषयों पर किए जा रहे कार्य की जानकारी निम्नलिखित है।

मूल्यपरक शिक्षा

स्वतंत्र भारत में शिक्षा से संबंधित सरकार के द्वारा जितने भी आयोग, समितियाँ बनीं, उन सब ने मूल्यपरक शिक्षा की वकालत की है, लेकिन आज तक देश की शिक्षा में मूल्यों का समावेश नहीं हुआ। दूसरी तरफ यह भी सत्य है कि इस विषय पर समाज में लगभग आम सहमति है। कुछ निजी संस्थाओं में अपने-अपने विद्यालयों में धार्मिक शिक्षा, नैतिक एवं आध्यात्मिक शिक्षा, जीवन विद्या, मानव मूल्य एवं जीवन-मूल्य आदि नामों से इस विषय को पढ़ाया जा रहा है। शीर्षक अलग-अलग हैं, लेकिन साधारण विषयवस्तु में बहुत अंतर नहीं है। इन सारी संस्थाओं को एक मंच पर लाने का प्रयास आवश्यक है। इस हेतु अपने द्वारा हरिद्वार, अहमदाबाद, ग्वालियर में परिसंवादों का आयोजन किया गया। इस विषय पर समग्रता से पाठ्यक्रम तैयार करने की आवश्यकता है। विद्यालयीन शिक्षा के लिए अपने द्वारा 'चरित्र निर्माण एवं व्यक्तित्व के समग्र विकास' का पाठ्यक्रम तैयार हो चुका है। उच्च शिक्षा हेतु एक समिति का गठन किया जा रहा है। आगामी दिनों में इस हेतु राष्ट्रीय स्तर की एक बैठक का आयोजन किया जाएगा, जिसमें उच्च शिक्षा के विभिन्न संकायों में मूल्यों का समावेश पर चर्चा-चिंतन होगा। इसके बाद आगे की योजना पर कार्य होगा।

पर्यावरण शिक्षा

आज 'ग्लोबल वार्मिंग' जिसको कहा जा रहा है, इन सारी समस्याओं का समाधान भारतीय चिंतन में है। हमारे सारे प्राचीन धर्म ग्रंथों में पर्यावरण का उल्लेख है। देश में उच्चतम न्यायालय के निर्देश के अनुसार विद्यालयों में पर्यावरण का पाठ्यक्रम जोड़ा गया है, लेकिन उसकी ठीक प्रकार से योजना, व्यवस्था, पाठ्यक्रम नहीं है। इस हेतु भारतीय चिंतन के आधार पर पाठ्यक्रम तैयार हो, यह आवश्यक है। इसके चिंतन के लिए दिनांक 28, 29 अगस्त, 2010 को दिल्ली में राष्ट्रीय स्तर की एक बैठक का आयोजन किया गया है।

वैदिक गणित

वैदिक गणित विषय पर विगत अगस्त माह से कार्य की शुरुआत की गई है। इस हेतु एक विद्वानों की टोली का गठन किया गया है, जिसकी चार बैठकें संपन्न हुई हैं। इन चारों बैठकों के निष्कर्ष के रूप में विभिन्न शैक्षिक संस्थाओं के साथ जुड़कर देश में राष्ट्रीय स्तर के पाँच परिसंवाद (सेमिनार) आयोजित करने का निर्णय किया गया था। देश के विभिन्न हिस्सों में आयोजित छह परिसंवादों में 20 प्रांतों से 893 लोग सहभागी हुए थे।

आगामी योजना के अंतर्गत भोपाल में एक 'वैदिक गणित शोध संस्थान' स्थापित करने की योजना। उस संस्थान के द्वारा चार प्रकार के कार्य करने की योजना है।

- कक्षा 1 से 12 तक का समग्रता से पाठ्यक्रम तैयार करना।
- उच्च शिक्षा में वैदिक गणित का समावेश।
- संगणक एवं वैदिक गणित।
- प्रतियोगी परीक्षा में वैदिक गणित का उपयोग।

आगामी वर्ष में इन चारों विषयों के अनुसार राष्ट्रीय स्तर के परिसंवाद की योजना है। इसी प्रकार राज्य स्तर पर भी कार्यशाला, परिसंवादों का आयोजन किया जा रहा है।

मातृभाषा में शिक्षा

विश्व का शायद ही कोई देश होगा, जहाँ प्राथमिक शिक्षा विदेशी भाषा में दी जा रही हो। विज्ञान एवं तर्क के आधार पर तो यह बात सर्वमान्य है कि शिक्षा मातृभाषा में होनी चाहिए। देश से अंग्रेज गए, अंग्रेजीयत नहीं गई, इस बात का यह प्रमाण है कि सामान्य व्यक्ति से लेकर अधिकतर विद्वान् लोगों में यह भ्रम इतना दृढ है कि बिना अंग्रेजी देश एवं व्यक्ति का विकास संभव नहीं है। इस परिस्थिति में भाषा की लड़ाई बहुत व्यापक स्तर पर लड़नी होगी। देश की समग्र शिक्षा को बदलने के लिए जितना प्रयास करना पड़ेगा, उससे भी अधिक प्रयास अपनी भाषाओं की पुनः स्थापना हेतु करना पड़ेगा। इस विषय के संबंध में संपर्क कार्य जारी है। व्यक्तिगत जीवन में अपनी भाषा के प्रयोग हों, इस हेतु प्रयास शुरू किए गए हैं, जैसे—

1. हस्ताक्षर अपनी भाषा में करना।
2. अंग्रेजी में भी बोलना पड़े या लिखना पड़े तो भी इंडिया नहीं, भारत शब्द का ही प्रयोग करना।
3. सारे कार्यक्रम अपनी ही भाषाओं में संचालित किए जाएँ।
    - 'मातृभाषा में प्राथमिक शिक्षा' नामक 5,50,000 पुस्तकों का वितरण किया गया है। आगे देश की विभिन्न भाषाओं में इस पुस्तक को प्रकाशित करने की योजना है।
    - राष्ट्रीय स्तर पर एक टोली बनाने की प्रक्रिया जारी है। आगामी दिनों में इसकी बैठक भी होगी।

शिक्षा में स्वायत्तता

इस हेतु राष्ट्रीय स्तर पर स्वायत्त शिक्षा संस्थान की स्थापना होनी चाहिए। यह संस्थान पूर्ण रूप से स्वायत्त हो। जैसे न्यायालय या चुनाव आयोग की सारी व्यवस्था सरकार करती है, लेकिन वही न्यायालयों ने अनेक निर्णय सरकार के विरुद्ध दिए हैं। हमारा मानना है कि चुनाव आयोग एवं न्यायालय से भी अधिक स्वायत्तता शिक्षा को देनी चाहिए। स्वायत्त शिक्षा संस्थान का गठन राष्ट्रीय स्तर से लेकर जिला स्तर तक होना चाहिए। इसका एक प्रारूप

बनाकर देशव्यापी चर्चा का प्रयास शुरू किया गया है।

इसी प्रकार आगामी दिनों में शिक्षा के प्रत्येक विषय में अपने शाश्वत सिद्धांतों को आधार बनाकर आधुनिक आवश्यकताओं के अनुसार एक नई व्यवस्था देने के प्रयास की दिशा में कार्य करने की आवश्यकता का अनुभव हो रहा है, जिससे देश की शिक्षा में एक नया विकल्प उभरकर आएगा।

□

कुंभ मेला
भारतीय संस्कृति का प्रेरणा प्रतीक

प्रत्येक 12 वर्ष पर आयोजित होनेवाला सिंहस्थ महाकुंभ, 22 अप्रैल, 2016 से 21 मई, 2016 तक महाकाल की नगरी उज्जैन में संपन्न हुआ।

कुंभ पर्व हिंदू धर्म का एक महत्त्वपूर्ण पर्व है, जिसमें करोड़ों श्रद्धालु कुंभ पर्व स्थल (हरिद्वार, प्रयाग, उज्जैन और नासिक) में स्नान करते हैं। इनमें से प्रत्येक स्थान पर प्रति बारहवें वर्ष इस पर्व का आयोजन होता है। हरिद्वार और प्रयाग में दो कुंभ पर्वों के बीच छह वर्ष के अंतराल में अर्धकुंभ भी होता है।

खगोल गणनाओं के अनुसार यह मेला मकर संक्रांति के दिन प्रारंभ होता है, जब सूर्य और चंद्रमा, वृश्चिक राशि में और बृहस्पति, मेष राशि में प्रवेश करते हैं। मकर संक्रांति के होनेवाले इस योग को 'कुंभ स्नान-योग' कहते हैं और इस दिन को विशेष मांगलिक माना जाता है, क्योंकि यह माना जाता है कि इस दिन पृथ्वी से उच्च लोकों के द्वार खुलते हैं और इस प्रकार इस दिन स्नान करने से आत्मा को उच्च लोकों की प्राप्ति सहजता से हो जाती है। यहाँ स्नान करना साक्षात् स्वर्ग दर्शन माना जाता है।

पौराणिक कथाएँ

कुंभ पर्व के आयोजन को लेकर दो-तीन पौराणिक कथाएँ प्रचलित हैं, जिनमें से सर्वाधिक मान्य कथा देव-दानवों द्वारा समुद्र मंथन से प्राप्त अमृत की बूँदें गिरने को लेकर है। इस कथा के अनुसार महर्षि दुर्वासा के शाप के कारण जब इंद्र और अन्य देवता कमजोर हुए, तो दैत्यों ने देवताओं पर आक्रमण कर

उन्हें परास्त कर दिया। तब सब देवता मिलकर भगवान् विष्णु के पास गए और उन्हें सारा वृत्तांत सुनाया। तब भगवान् विष्णु ने उन्हें दैत्यों के साथ मिलकर क्षीर सागर का मंथन करके अमृत निकालने की सलाह दी। भगवान् विष्णु के ऐसा कहने पर संपूर्ण देवता दैत्यों के साथ संधि करके अमृत निकालने के यत्न में लग गए। अमृत कुंभ के निकलते ही देवताओं के इशारे से इंद्रपुत्र 'जयंत' अमृत-कलश को लेकर आकाश में उड़ गया। उसके बाद दैत्यगुरु शुक्राचार्य के आदेशानुसार दैत्यों ने अमृत को वापस लेने के लिए जयंत का पीछा किया और घोर परिश्रम के बाद उन्होंने बीच रास्ते में ही जयंत को पकड़ा। तत्पश्चात् अमृत कलश पर अधिकार जमाने के लिए देव-दानवों में बारह दिन तक अविराम युद्ध होता रहा।

इस दौरान पृथ्वी के चार स्थानों (प्रयाग, हरिद्वार, उज्जैन, नासिक) पर कलश से अमृत की बूँदें गिरीं। उस समय चंद्रमा ने घट से प्रसवण होने से, सूर्य ने घट फूटने से, गुरु ने दैत्यों के अपहरण एवं शनि ने देवेंद्र के भय से घट की रक्षा की। कलह शांत करने के लिए भगवान् ने मोहिनी रूप धारण कर यथाधिकार सबको अमृत बाँटकर पिला दिया। इस प्रकार देव-दानव युद्ध का अंत किया गया।

जिस समय में चंद्रादिकों ने कलश की रक्षा की थी, उस समय की वर्तमान राशियों पर रक्षा करनेवाले चंद्र-सूर्यादिक ग्रह जब आते हैं, उस समय कुंभ का योग होता है अर्थात् जिस वर्ष, जिस राशि पर सूर्य, चंद्रमा और बृहस्पति का संयोग होता है, उसी वर्ष, उसी राशि के योग में, जहाँ-जहाँ अमृत की बूँदें गिरी थीं, वहाँ-वहाँ कुंभ पर्व होता है।

कुंभ मेला कितना प्राचीन है, इस बारे में कोई निश्चयपूर्वक नहीं कह सकता। कौन इसके प्रथम उद्‌बोधनकर्ता थे, इसका पता लगाना भी कठिन है। अमृत कुंभयोग के बारे में शास्त्रों में जितनी चर्चा की गई है, उसका उल्लेख किया जा चुका है। संभवत: आर्य जाति जितनी प्राचीन है, उतना ही प्राचीन कुंभ मेला है।

भारतीय जन-जीवन का इतिहास महाभारत, भागवत, पुराणादि से ज्ञात होता है कि अनादिकाल से भारत में ऐसे सम्मेलन होते आए हैं। नैमिषारण्य, कुरुक्षेत्र,

प्रभासादि पुण्य क्षेत्रों में असंख्य ऋषि-महर्षि और साधु-महात्मा एकत्रित्र होकर योग-यज्ञ, तपोनुष्ठान और शास्त्रार्थ करते रहे। देश तथा समाज की स्थिति, रीति, प्रकृति पर विचार-विमर्श करते हुए धर्म की सृष्टि और संरक्षण की व्यवस्था करते रहे। बौद्ध युग में हम देखते हैं कि बौद्ध-संन्यासियों ने समय-समय पर विभिन्न पुण्य स्थानों में संघ महासंगीति का अधिवेशन कर संघ, धर्म और बुद्ध की अमृतवाणी का प्रचार किया था। मानव जाति के शाश्वत कल्याण के उपायों पर विचार करते रहे। बौद्ध सम्राट श्री हर्षवर्धन प्रयाग में प्रति पाँचवें वर्ष सर्व त्याग यज्ञ अनुष्ठित करते थे, जहाँ अगणित साधु और महापुरुषों का सम्मेलन होता था, जिसकी स्मृति कुंभ मेला की याद दिला रही है।

आचार्य शंकर कुंभ मेला के संगठक थे

जब देश में अनाचार-व्यभिचार, कदाचार तेजी से फैलने लगा, तब वैदिक धर्म के मूर्त विग्रह श्रीमत शंकराचार्य ने अपनी अपूर्व प्रतिभा तथा आध्यात्मिक शक्ति के जरिए समस्त भारत में वेदांत का प्रचार किया। उत्तर-दक्षिण-पूर्व-पश्चिम, भारत की चारों दिशाओं में चार मठ स्थापित कर उन्होंने संन्यासी-संघ को प्रारंभ किया। धर्म के प्रचार तथा संरक्षण के लिए कुंभयोग के अवसर पर पूर्वोक्त चारों स्थानों में उन लोगों को उपस्थित होने का अवसर उपलब्ध कराया। उसी समय से ही वर्तमान कुंभ मेला की प्रतिष्ठा हुई है, ऐसी भी मान्यता है। आगे चलकर धीरे-धीरे सभी संप्रदायों का समागम होकर यह महोत्सव परिपुष्ट और महिमान्वित होकर वर्तमान समय में विराट् रूप धारण कर चुका है।

'तीर्थीकुर्व्वन्ति माधवरू'—साधु-महापुरुषों के पदार्पण से ही तीर्थ पवित्रता तथा अपने नाम की योग्यता प्राप्त करता है। अस्तु लाखों की संख्या में साधु-संन्यासी जहाँ एकत्रित होते हैं, वहाँ आकाश-पाताल, जल-वायु, धूलकण तक पवित्र मुक्तिप्रद और धर्म भाववर्धक बन जाते हैं। साधु-सम्मेलन ही कुंभ मेला की जीवन-शक्ति हैं। यहाँ नर-नारियों का जो समूह आता है, वह मात्र तीर्थस्थान के निमित्त नहीं आते, जितना कि साधु-महात्माओं के दर्शन की इच्छा लेकर आते हैं, उनका स्पर्श और आशीर्वाद प्राप्त करना चाहते हैं। ये जो सहस्रों की संख्या में सर्वत्यागी, तपस्वी साधु-महात्मा, जो लोग मृत्यु को जय करने के पश्चात्

अमृतत्त्व की तलाश के व्रती हैं, इनका विराट् समावेश जहाँ है, वहीं तो अमृत का प्रसवण है। इसी प्रकार कुंभ मेला अमृतवर्षी है। पौराणिक कहानी का रहस्यमय रूपक इसी प्रकार वास्तविकता ग्रहण कर चुका है।

भारत में उत्सव, पर्व-मेले का जितना धार्मिक महत्त्व है, उतना ही सामाजिक एवं राष्ट्रीय महत्त्व भी है। इस प्रकार के प्रत्येक आयोजन का निश्चित हेतु व उद्‌देश्य होता है। कुंभ मेलों का जिस प्रकार ऐतिहासिक व धार्मिक महत्त्व है, उसी प्रकार सामाजिक एवं राष्ट्रीय महत्त्व भी है।

धार्मिक, आध्यात्मिक साधना में रत हमारे साधु-संत, महात्मा, जन-समाज से अलिप्त रहकर गिरिकंदराओं में विराजते थे। आज भी यह देखने को मिलता है। इस प्रकार के साधु-संत, महात्मा एवं सामान्य जनों के मिलने का यह शुभ-अवसर भी है। इसी प्रकार गति, भाषा, प्रांत, महिला-पुरुष सभी प्रकार के लोग किसी भी प्रकार के भेदभाव न रखते हुए कई दिनों तक समूह में रहते हैं। सामूहिक रूप से स्नान एवं दर्शन का लाभ लेते हैं, इस प्रकार देश और दुनिया से लाखों-करोड़ों लोग सहभागी होते हैं। विश्व के किसी भी देश में इस प्रकार का दृश्य देखने को नहीं मिलता।

वर्तमान में हमारे देश-समाज में कई कारणों से अनेक प्रकार की विकृतियाँ देखने को मिलती हैं। जातिवाद, भाषावाद, छुआछूत, ऊँच-नीच, गरीब-अमीर, महिला-पुरुष, अगड़े पछड़े, प्रांतवाद, संप्रदायवाद आदि, परंतु कुंभ में इन सबसे ऊपर उठकर देश-विदेश से सभी प्रकार के भेदभाव भूलकर, एकरस होकर सामूहिकता का आदर्श उदाहरण यहाँ देखने को मिलता है। भारतीय लोगों की वास्तविक आत्मा का स्वरूप यही है, परंतु अनेक कारणों से आज जो दूषित परिवेश बना है, वह बाहरी आवरण है, जो विभिन्न प्रकार के पवित्र आयोजनों में हट जाता है और एकात्मक समरस भारतीय समाज का दर्शन होता है। सिंहस्थ (कुंभ) समाज को उनके मूल की ओर पुनः जाने-देखने का अनुभव करने का अवसर प्रदान करता है। इस हेतु इस पवित्र कुंभ का लाभ लेनेवाले करोड़ों लोगों को जीवन में पवित्रता की ओर कदम आगे बढ़ाने का अवसर प्रदान करता है।

इसी से प्रेरणा लेकर वर्तमान मध्य प्रदेश सरकार एवं सामाजिक स्तर पर कार्य करनेवाले देश के विद्वानों ने सिंहस्थ-2016 को पुनः इस दिशा में ले जाने

हेतु अभी तक अंतरराष्ट्रीय स्तर के चार वैचारिक सम्मेलनों का आयोजन किया है, जिसमें देश और दुनिया के सैकड़ों विद्वानों ने प्रतिभागिता की है। इस वैचारिक मंथन का समापन सिंहस्थ–2016 के अवसर पर दिनांक 12, 13, 14 मई, 2016 को एक विशाल अंतरराष्ट्रीय सम्मेलन के द्वारा किया गया। इस सम्मेलन में पूर्व में आयोजित सम्मेलनों एवं पाँचवें अंतिम सम्मेलन में विद्वानों के द्वारा किए गए मंथन के निष्कर्ष रूप में घोषणा–पत्र जारी किया गया, जिसमें भारत एवं विश्व के करोड़ों लोगों की वर्तमान में सुख–शांति एवं सहअस्तित्व की ओर अग्रसर होने के लिए दिशा–दर्शन था।

ऐतिहासिक आयोजन

प्राचीन भारतीय संस्कृति के केंद्रभूत नगरों में उज्जयिनी का अपना विशिष्ट स्थान है। पुराणों एवं महाभारत के अनुसार इस नगर का अस्तित्व महाभारत युग से भी पूर्व था। पुरातात्विक उत्खनन इस नगर को लगभग 3000 वर्ष प्राचीन सिद्ध करते हैं। इतनी प्राचीन नगरी अपने परिवर्तित नामों के परिवेश में अनेक ऐतिहासिक उत्थान–पतन के बाद भी अचल रही। इनके अवंति और उज्जयिनी नाम अधिक प्रयोग में लाए गए।

उज्जैन में आयोजित कुंभ को सिंहस्थ महाकुंभ कहा जाता है। विद्वानों के अभिप्रायों के अनुसार भूतकाल में सिंहस्थ को वैचारिक कुंभ भी कहा जाता था। सिंहस्थ में विश्वभर से आए हुए विद्वानों एवं संतों के माध्यम से वैचारिक मंथन करके विश्व को सुख–शांति एवं सामूहिक संदेश के साथ सहअस्तित्व का संदेश/मार्गदर्शन दिया जाता था।

भारत के जन–सामान्य एवं विद्वानों को इस प्रकार के आयोजन एक स्वाभाविक प्रक्रिया लगते हैं, क्योंकि हमारे यहाँ आदि–अनादि काल से आज तक यह परंपरा सहजभाव से सातत्यपूर्ण रूप से चली आ रही है, परंतु विश्व के लोगों एवं विद्वानों के लिए यह आश्चर्यजनक घटना है। इस हेतु प्रत्येक कुंभ में वैश्विक स्तर से लोग सहभागी होने एवं वहीं के विद्वान, शोधकर्ता अध्यापन व अनुसंधान हेतु भी बड़ी मात्रा में आते हैं। वर्ष 2013 में प्रयाग में आयोजित कुंभ मेले में आए हुए विद्वानों ने अध्ययन–अनुसंधान करके आश्चर्यकारक बातें कही

थीं, करोड़ों लोगों के इकट्ठा होने के बाद किसी भी प्रकार की बड़ी दुघर्टना नहीं हुई और शासन एवं समाज के संयुक्त प्रयासों से वहाँ सुंदर व्यवस्था भी आश्चर्यकारक, आनंददायक एवं अद्‍भुत घटना है।

22 अप्रैल, 2016 से प्रारंभ होनेवाला सिंहस्थ-2016 (कुंभ) देश और दुनिया के लिए नई प्रेरणा-दिशा देनेवाला था। आइए, भारत की इस श्रेष्ठ सांस्कृतिक परंपरा के हम भी सहभागी बनें।

□

गणितज्ञ श्रीनिवास रामानुजन (एक प्रेरणादायी व्यक्तित्व)

श्रीनिवास रामानुजन गणित के क्षेत्र में ध्रुव तारे के समान आज भी चमक रहे हैं। उनकी मृत्यु के 93 वर्षों के बाद भी उन्होंने 32 वर्ष 4 मास एवं 4 दिन के छोटे से जीवनकाल में गणित के क्षेत्र में जो कार्य किया, उनको सिद्ध करने के लिए दुनिया के गणित के विद्वान् आज भी प्रयासरत हैं।

रामानुजन ने 13 वर्ष की उम्र से अनुसंधान कार्य शुरू किया था एवं 15 वर्ष की उम्र से उन्होंने अपने किए हुए कार्य को नोटबुक में लिखने की शुरुआत की थी। एक प्रकार से कहना होगा कि वे गणित के साथ ही जन्मे थे, गणित के लिए ही उन्होंने जीवन भर समर्पण भाव से कार्य किया और मृत्युशैया तक वे इसी कार्य में लगे रहे। वे लंदन में थे, तब बहुत अधिक बीमार थे, उस समय प्रो. हार्डी उनसे मिलने के लिए गए। जाते समय रास्ते में वे सोच रहे थे कि रामानुजन का स्वास्थ्य खराब होने के कारण आज गणित की कोई बात नहीं करूँगा। कुछ हलकी-फुल्की बात करना ही अच्छा रहेगा। जब वे रामानुजन से मिले तो उन्होंने कहा कि मैं जिस टैक्सी से आया, उसका नंबर 1729 था, जो अपशकुन संख्या है। रामानुजन ने तुरंत कहा, नहीं-नहीं, यह संख्या छोटी-से-छोटी संख्या है, जिसे दो भिन्न-भिन्न रूपों में दो संख्याओं के घन के योग के रूप में व्यक्त किया जा सकता है। वह इस प्रकार है— $1729=10^3+9^3=12^3+1^3$। विख्यात गणितज्ञ प्रो. लिटिलवुड का ठीक ही कहना था कि रामानुजन प्रत्येक संख्या के मित्र थे।

स्वदेश वापस लौटने के बाद असाध्य बीमारी की अवस्था में भी उनकी

गणित की साधना चलती रही। उनकी पत्नी जानकी देवी के शब्दों में कहें तो, "पूरे समय पथारी में रहने के कारण उनकी पीठ एवं पैर में दर्द होता था, तत्पश्चात् उनकी परवाह किए बिना रामानुजन कहते थे कि मुझे तकिया लगाकर बिठा दो और बाद में स्लेट और चॉक माँगकर गणित के अनुसंधान कार्य करने में मग्न हो जाते थे। मृत्यु के दो मास पूर्व 12 जनवरी, 1920 को प्रो. हार्डी को अंतिम पत्र लिखा, उसमें भी उन्होंने 'मॉक थीटा फंक्शन' पर मिले परिणामों को भेजा था।

रामानुजन का जन्म 22 दिसंबर, 1887 के दिन उनके मामा के घर तमिलनाडु के इरोड में हुआ था। उनके पिताजी श्रीनिवास आयंगर तंजाऊर जिले के कुंभकोणम गाँव में कपड़े की दुकान में मुनीम का कार्य करते थे। परिवार की आर्थिक स्थिति अत्यंत सामान्य थी। उनकी माता कोमलताम्मल धार्मिक प्रवृत्ति की एवं परंपरावादी महिला थीं।

परिवार से मिले धार्मिक संस्कारों के कारण रामानुजन भी रोज सुबह पूजा-पाठ करते थे, हमेशा धोती पहनना, चोटी रखना आदि बातें उनके जीवन में दिखती थीं। जब रामानुजन को प्रो. हार्डी के माध्यम से इंगलैंड जाने का निमंत्रण मिला, तब उनकी माता ने स्पष्ट 'नहीं' में उत्तर दिया, क्योंकि उस समय समुद्र पार जाना अशुभ माना जाता था और विदेश में लोग मांस, मंदिरा का सेवन करते हैं तो मेरे बच्चे में भी कुंस्कार आ जाएँगे। उनकी कुल देवी नामगिरी में अत्यंत श्रद्धा थी।

एक दिन सुबह उनकी माता ने कहा कि कल रात्रि उनको देवी स्वप्न में आईं और उसमें उन्होंने रामानुजन को सम्माननीय अंग्रेजों के बीच में बैठे देखा। देवी ने उनको आज्ञा दी कि वह पुत्र की इच्छा विरुद्ध कुछ भी न करें। विदेश जाने से पूर्व रामानुजन ने भी माता को वचन दिया कि वे भारतीय परंपरा एवं धर्म का पूर्ण रूप से पालन करेंगे और हमेशा शाकाहारी भोजन ही लेंगे। इसके बाद 17 मार्च, 1914 को इंगलैंड के लिए उन्होंने प्रस्थान किया।

रामानुजन पढ़ाई में काफी आगे थे। इस हेतु विद्यालयीन शिक्षा के समय उनको कई पुरस्कार एवं छात्रवृत्तियाँ प्राप्त हुई थीं, परंतु गणित में विशेष रुचि और उस ओर अधिक ध्यान देने के कारण 11वीं की परीक्षा में वे सभी विषयों में अनुत्तीर्ण हुए थे, परंतु उनकी गणित की उत्तरपुस्तिका देखकर उनके शिक्षक भी

आश्चर्यचकित थे। उन्होंने 16 वर्ष की आयु में विख्यात गणितज्ञ जी.एस. कार की पुस्तक में से ज्यामिति एवं बीजगणित के प्रमेय एवं सूत्र हल कर लिये थे। 1902 में त्रिघात एवं चतुर्घात समीकरण हल करने के तरीके खोज निकाले थे। वे गणित में इतने विद्वान् थे कि उनके विद्यालय में 1200 छात्र थे, इस कारण से वहाँ के शिक्षकों को समय-सारिणी बनाने में कठिनाई आती थी, वह कठिन कार्य रामानुजन ने सहजता से करके अपने वरिष्ठ सुब्बीयर को दिया।

ग्यारहवीं की परीक्षा में अनुत्तीर्ण होने के बाद परिवार की आवश्यकता के कारण वे ट्यूशन करने लगे, बाद में विवाह हो जाने के बाद उनको कई स्थानों पर नौकरी हेतु भटकना पड़ा। इस कारण से उनका गणित का कार्य भी प्रभावित होता था, परंतु उन 6 वर्ष के कठिन समय में उनकी डिप्टी क्लेक्टर रामास्वामी अय्यर, प्रो. पी.वी. शेषु अय्यर, सी.वी. राजगोपालचारी, रामचंद्र राव आदि विद्वानों से भेंट हुई और उन सभी के सहयोग से नौकरी के साथ-साथ गणित का कार्य भी वे करते रहे।

रामानुजन के जीवन में जिसकी अत्यंत महत्त्वपूर्ण भूमिका रही, वह कैंब्रिज विश्वविद्यालय के प्रो. हार्डी की थी। उन्होंने जब रामानुजन का गणितीय शोध कार्य देखा, तब वे आश्चर्यचकित रह गए। उन्होंने ब्रिटेन के अन्य गणितज्ञों, भारत के अंग्रेज अधिकारियों तथा मद्रास विश्वविद्यालय के अधिकारियों से विचार-विमर्श एवं आग्रह करके रामानुजन को इंग्लैंड बुलाया। उन्होंने इंग्लैंड में कैंब्रिज विश्वविद्यालय के ट्रिनिटी कॉलेज के फेलो के रूप में रामानुजन को प्रवेश कराने, छात्रवृत्ति दिलाने एवं अध्ययन तथा शोधकार्य में सब प्रकार से सहयोग किया। जिस रामानुजन को अपने देश में 11वीं कक्षा की उपाधि नहीं मिली थी, विश्व के महान् गणितशास्त्री बनने में अपनी महती भूमिका का भी उन्होंने निर्वाह किया।

रामानुजन वर्ष 1914 से 1919 तक इंग्लैंड में रहे। उस दरम्यान उनके जीवन में काफी उतार-चढ़ाव आए। प्रथम विश्वयुद्ध के कारण गणित के कार्य में रुकावट, खान-पान में कठिनाई (क्योंकि रामानुजन पूर्ण शाकाहारी थे), अत्यधिक ठंड के कारण बीमारी आदि समस्याओं के बीच भी उन्होंने 37 शोध-पत्र प्रस्तुत किए।

रामानुजन को 19 मार्च, 1916 को कैंब्रिज यूनिवर्सिटी से स्नातक की उपाधि दी गई। 6 दिसंबर, 1917 को 'फैलो ऑफ लंदन मेथेमेटिकल सोसाइटी' तथा फरवरी 1918 में कैंब्रिज यूनिवर्सिटी के सदस्य के रूप में वे नियुक्त हुए। मई 1918 में 'फैलो ऑफ रायल सोसाइटी' बनने का सम्मान प्रथम भारतीय के रूप में प्राप्त हुआ। 13 अक्तूबर, 1918 को वे ट्रिनिटी कॉलेज के फेलो चुने गए। इन घटनाओं से रामानुजन ने स्वयं को धन्यता का अनुभव किया, क्योंकि उनके गुरु के समान, प्रो. हार्डी भी इसी पद पर ट्रिनटी कॉलेज में कार्यरत थे।

श्रीनिवास रामानुजन ने 32 वर्ष की छोटी आयु में जीवनभर संघर्षरत रहकर गणित के क्षेत्र में सारी ऊँचाइयाँ प्राप्त कीं। उन्होंने किए हुए शोधकार्य पार्टिकल फिजिक्स, कंप्यूटर साईंस, क्रायप्टोग्राफी, पोलिमर केमिस्ट्री, परमाणु भट्टी, दूरसंचार, कम्यूनिकेशन नेटवर्क, घात, न्यूकिलयर फिजिक्स, चिकित्सा विज्ञान आदि क्षेत्रों में अनुप्रयोग किए। उनकी तीन हस्तलिखित नोट बुक टाटा इंस्टीट्यूट ऑफ फंडामेंटल रिसर्च के द्वारा प्रकाशित किया गया। उनके द्वारा अंतिम दिनों में जो कार्य किया था गया, वह अप्रैल 1976 में अमेरिका की विस्कोंसिन यूनिवर्सिटी के विजीटिंग प्रो. जोर्ज एंड्रयूज को ट्रिनिटी कॉलेज के पुस्तकालय में से अचानक 140 पृष्ठ मिल गए। प्रो. एंड्रयूज ने इन सारे पेपर्स को, "The lost notebook of Ramanujan," के सुंदर नाम से प्रकाशित किया। जिस पर आज भी दुनिया के महान् गणितज्ञ कार्य कर रहे हैं। अभी-अभी कुछ दिनों पूर्व अमेरिका के गणितशास्त्री ने रामानुजन के अंतिम पत्र में भेजे फॉर्मूले को सिद्ध कर लिया है, ऐसा दावा किया है। इसी प्रकार 1921 में प्रसिद्ध हंगेरियन गणितज्ञ ज्योर्ज पोल्या ने प्रो. हार्डी से रामानुजन की नोटबुक कार्य करने हेतु ली थी। कुछ दिनों के बाद वे प्रो. हार्डी से मिलने आए और वह नोटबुक जल्दी में वापस कर दी। जब प्रो. हार्डी ने कारण पूछा तो उन्होंने उत्तर दिया कि अगर मैं इसके परिणामों को सिद्ध करने के मायाजाल में फँस गया तो मेरा समग्र जीवन इसी में गुजर जाएगा और मेरे लिए स्वतंत्र शोध कार्य करना संभव ही नहीं होगा।

प्रसिद्ध गणितज्ञ एवं दार्शनिक बर्ट्रेंड रसेल ने कहा, "प्रो. हार्डी एवं प्रो. लिटिलवुड ने 'एक हिंदू क्लर्क' में दूसरे न्यूटन को खोज निकाला।" ए.पी. जे. अब्दुल कलाम ने कहा, "भारत ही नहीं, पूरे विश्व के गणितज्ञों के लिए

रामानुजन निरंतर प्रेरणास्रोत बने हुए हैं।" प्रो. हार्डी ने कहा, "उन्होंने मेरे जीवन को समृद्ध बनाया है, मैं उनको कभी भूलना नहीं चाहता।" प्रो. हार्डी ने तत्कालीन गणित के विद्वानों को अंक दिए थे, जिसमें स्वयं को 100 में 25, लिटिलवुड को 30, जर्मन गणितज्ञ हिलवर्ड को 80 और रामानुजन को 100 अंक दिए थे।

रामानुजन ने इंग्लैंड के पाँच वर्ष के कार्यकाल में इतने सम्मान प्राप्त किए, परंतु जीवन की सरलता, सादगी और भारतीयता को उन्होंने जीवन में यथावत् बनाए रखा था। प्रो. आनंदराव रामानुजन के समय में ही किंग्स कॉलेज में थे। उनके अनुसार, इतनी प्रसिद्धि मिलने के बाद भी वह स्वभाव से विनम्र थे, और उनके रहन-सहन में सादगी थी। रामानुजन विदेश में भी अपने लिए स्वयं ही भोजन बनाते थे। वे कहते थे, "यदि कोई गणितीय समीकरण अथवा सूत्र किसी भागवत विचार से मुझे नहीं भर देता, तो वह मेरे लिए निरर्थक है।" जब उनकी आर्थिक स्थिति ठीक नहीं थी, लिखते समय कागज खत्म हो जाते थे, तब लिखे हुए कागज पर लाल स्याही की मदद से सूत्र लिखने लगते थे। नौकरी के समय में पोर्ट ट्रस्ट के रास्ते में पड़े हुए कागज इकट्ठे करके उपयोग करते थे। चेन्नई विश्वविद्यालय से जब उनको 250 रुपए की छात्रवृत्ति स्वीकार हुई, तब उन्होंने रजिस्ट्रार को पत्र लिखकर कहा कि इसमें से मेरे घर का खर्च निकालने के बाद जो बच जाए, वह गरीब विद्यार्थियों के सहायता कोष में जमा करा दें।

वर्ष 2011-12 भारत के प्रधानमंत्री ने श्रीनिवास रामानुजन के 125 वें वर्ष के उपलक्ष्य में 'राष्ट्रीय गणित वर्ष' घोषित किया था। विश्वभर में 22 दिसंबर को 'गणित दिवस' मनाया जाता है, परंतु यह दुर्भाग्यपूर्ण स्थिति है कि भारत में श्रीनिवास रामानुजन के कार्य पर विशेष अनुसंधान नहीं किया जा रहा। केंद्र एवं राज्यों की सरकारों तथा देश में गणित पर कार्य करनेवाले विद्वानों एवं विश्वविद्यालयों को इस पर चिंतन करके कुछ ठोस कार्य करने के बारे में विचार करना चाहिए।

श्रीनिवास रामानुजन का जीवन एवं कार्य मात्र भारत के ही नहीं, विश्व के गणितज्ञों, शिक्षकों एवं छात्रों के लिए प्रेरणादायी है।

□

महामना पं. मदनमोहन मालवीय का शैक्षिक-चिंतन

महामना भारतवर्ष के प्रतिष्ठित एवं ख्यातिलब्ध शिक्षाविद् थे। उनके अनुसार शिक्षा सर्वाधिक प्रभावशाली शक्ति है। वे पराभव का कारण तत्कालीन भारतीयों की निरक्षरता एवं अशिक्षा को ही मानते थे। सही शिक्षा एवं साक्षरता को वे देश की दुर्दशा को समाप्त करने का एकमात्र साधन मानते थे। मालवीयजी का स्पष्ट मानना था—"यदि देश का अभ्युदय चाहते हो तो सब प्रकार से यत्न करो कि देश का कोई बालक या बालिका निरक्षर न रहे।"

महामना शिक्षा को मानव-जीवन के सर्वांगीण विकास का साधन मानते थे। उनकी दृष्टि में "शिक्षा वह है, जो विद्यार्थी की शारीरिक, बौद्धिक तथा भावात्मक शक्तियों को परिपुष्ट और विकसित कर सके।" वे शिक्षा को राष्ट्रप्रेम जाग्रत् करनेवाली शक्ति बनाना चाहते थे, ताकि नई पीढ़ी निस्स्वार्थ भाव से समाज एवं राष्ट्र की सेवा कर सके। वे शिक्षा की एक ऐसी राष्ट्रीय प्रणाली विकसित होते देखना चाहते थे, जिसमें प्रारंभिक और माध्यमिक विद्यालयों में शिक्षा नि:शुल्क हो। उनका मानना था कि "सभी स्तरों पर शिक्षा का ऐसा प्रबंध हो कि बच्चा निर्धन होने के कारण उससे वंचित न रह पाए।"

महामना पं. मदनमोहन मालवीय पुरुषों की शिक्षा से भी अधिक महत्त्वपूर्ण स्त्रियों की शिक्षा को मानते थे। इसका कारण यह है कि वे ही देश की भावी संतानों की जननी हैं। उनकी इच्छा थी कि राष्ट्रीय कार्यक्रम के आधार पर स्त्रियों

को इस प्रकार शिक्षित किया जाए कि उनमें प्राचीन तथा नवीन ज्ञान के श्रेष्ठतर पक्षों का समन्वय हो। वे नारियों को सबल बनाना चाहते थे, ताकि भारत के पुनर्निर्माण में महत्त्वपूर्ण भूमिका निभा सकें।

शिक्षा का उद्‌देश्य

महामना को शिक्षा में वह शक्ति दिखती थी, जो व्यक्ति, समाज और राष्ट्र, तीनों के विकास के लिए आवश्यक है। इसके लिए उन्होंने शिक्षा के व्यापक उद्‌देश्य निर्धारित किए हैं—

1. **व्यक्तित्व का समग्र विकास :** मालवीयजी शिक्षा के द्वारा व्यक्तित्व का संपूर्ण विकास चाहते थे। केवल बौद्धिक विकास को वे अर्थहीन मानते थे। उन्होंने विद्यार्थी के बौद्धिक, शारीरिक, मानसिक एवं भावात्मक पक्षों के समन्वित विकास को शिक्षा का परम लक्ष्य माना है।

2. **शारीरिक विकास :** महामना का मानना था कि दुर्बल शरीर वाले व्यक्ति से सबल राष्ट्र के निर्माण की अपेक्षा नहीं की जा सकती है। 'मेरा बचपन' नामक अपने लेख में उन्होंने लिखा है—"स्वास्थ्य के तीन खंभे हैं—आहार, शयन और ब्रह्मचर्य। तीनों के युक्तिपूर्वक पालन करने से स्वास्थ्य अच्छा रहेगा।" उनका मानना था कि ब्रह्मचर्य ही व्यक्ति को आत्मबल प्रदान करता है, जिसके द्वारा व्यक्ति संसार में सब कष्टों और कठिनाइयों का साहस के साथ सामना कर सकता है।

3. **चरित्र गठन हेतु शिक्षा :** महामना की दृष्टि में चरित्र का गठन शिक्षा का उद्‌देश्य है। विनम्रता विहीन ज्ञान उनकी दृष्टि में निरर्थक है। वे व्यक्ति के उत्कर्ष और राष्ट्र की उन्नति के लिए उज्ज्वल चरित्र को बौद्धिक तथा व्यावसायिक विकास से कहीं अधिक महत्त्वपूर्ण मानते थे। उनके अनुसार सदाचार मनुष्य का परमधर्म है, उसका पालन मनुष्यमात्र का पुनीत कर्तव्य है एवं उसकी वृद्धि उसका पुरुषार्थ है।

4. **राष्ट्रीयता की भावना का विकास :** मालवीयजी ने शिक्षा के एक महत्त्वपूर्ण उद्‌देश्य राष्ट्रभक्ति की भावना का विकास बताया। उनके अनुसार शिक्षित व्यक्ति को राष्ट्र के प्रति निस्स्वार्थ भक्तिभाव रखना चाहिए। उन्होंने कहा

है कि "यह भारत हमारा देश है। सभी दृष्टि से इसके समान संसार में कोई दूसरा देश नहीं है। हमें इस बात के लिए कृतज्ञ और गौरवान्वित होना चाहिए कि उस कृपालु परमेश्वर ने हमें इस पवित्र देश में पैदा किया है।"

5. सेवा भावना का विकास : महामना की दृष्टि से सेवा से बड़ा कोई धर्म नहीं है। वे सभी जीवों में ईश्वर का अंश देखते थे। उनका मानना था कि पीड़ित, वंचित और दुखी व्यक्ति की सेवा वस्तुत: ब्रह्म-प्राप्ति का सबसे उपयुक्त साधन है। वे विद्यार्थी में सेवा एवं सदाचार के भाव प्रारंभ से ही विकसित करना चाहते थे।

पाठ्यक्रम का स्वरूप

महामना एक संतुलित, वैज्ञानिक एवं व्यापक उद्देश्य से संचालित पाठ्यक्रम के पक्षधर थे। उनका मानना था कि पाठ्यक्रम कोई निर्धारित वस्तु नहीं है, जो हर समय और हर स्थान पर एक जैसी रहे। हर समाज और देश अपनी आवश्यकतानुसार पाठ्यक्रम निर्धारित करता है। महामना का मानना था कि पाठ्यक्रम में आध्यात्मिकता का भी सही समावेश होना चाहिए, क्योंकि यही चरित्र-निर्माण का आधार है। इसके अतिरिक्त महामना पाठ्यक्रम में प्राचीन ज्ञान एवं नवीन ज्ञान का सामंजस्य चाहते थे। उनका मानना था कि विज्ञान के साथ-साथ ललित कलाओं एवं दर्शन का ज्ञान भी विद्यार्थियों को आरंभ से ही प्रदान करने हेतु पाठ्यक्रम का एक संतुलित स्वरूप तैयार किया जाना चाहिए।

महामना शिक्षा के वृहत्तर उद्देश्य की प्राप्ति के लिए अध्यापकों में उच्च चरित्र देखना चाहते थे, ताकि छात्र उनसे प्रेरणा ग्रहण कर स्वयं चरित्रवान, सदाचारी एवं समाजसेवी बन सकें। वे अध्यापक एवं विद्यार्थी दोनों से ही उत्तम चरित्र और श्रेष्ठ व्यवहार की आशा रखते थे।

(क) महामना की दृष्टि से छात्रों के लिए कर्तव्यों की सूची—

- पहले स्वास्थ्य सुधारें, व्यायाम करके शरीर शक्तिशाली बनाएँ, फिर पढ़ें।
- नियमित शुद्ध एवं सात्त्विक आहार का सेवन करें।
- नित्य अध्ययन को दिनचर्या में शामिल करें।

- समय की मर्यादा का पालन करें।
- आध्यात्मिकता का जीवन में समावेश करें।

(ख) पं. मदनमोहन मालवीय की दृष्टि से अध्यापकों के कर्तव्य—

- धर्म और शात्र का पालन करें।
- सदाचारी रहें।
- देशसेवा के कार्यों में रत रहें।
- विद्यार्थी के सर्वांगीण विकास हेतु हर संभव प्रयास करें।

पं. मदनमोहन मालवीय ने शिक्षा के संदर्भ में अपने विचार एवं चिंतन को क्रियान्वित करने हेतु वाराणासी में काशी हिंदू विश्वविद्यालय की स्थापना की। आज भी यह विश्वविद्यालय देश का अग्रणी विश्वविद्यालय माना जाता है।

□

भगिनी निवेदिता का शैक्षिक-चिंतन

भगिनी निवेदिता वेदांत पर आधारित स्वामी विवेकानंद के शैक्षिक सिद्धांतों का प्रयोग भारत में अपने विद्यालय में करती थीं। उनके अनुसार, "हमें कर्मठ, ऊर्जावान और मानवता की सेवा के प्रति समर्पित होना चाहिए। दृढ़, क्रियाशील और उत्साही चरित्र का निर्माण शिक्षा का उद्देश्य होना चाहिए।" भगिनी निवेदिता का स्पष्ट मानना था कि एक सच्चा अद्वैतवादी व्यक्ति अकर्मण्य अथवा मानवता के कल्याण के प्रति उदासीन नहीं हो सकता है। इतना ही नहीं, वह न तो किसी से घृणा कर सकता है और न ही किसी की उपेक्षा ही कर सकता है। इसी अद्वैत के दर्शन को केंद्र में रखकर भगिनी निवेदिता ने अपने शैक्षिक-चिंतन का आधार तैयार किया है।

भगिनी निवेदिता के कथनानुसार, शिक्षा का लक्ष्य केवल आजीविका प्राप्त करना नहीं होता है, अपितु इसका लक्ष्य चरित्र-निर्माण, व्यक्तित्व-विकास और राष्ट्रनिर्माण होना चाहिए।

- शिक्षा का तात्पर्य एक ऐसी व्यवस्था से है, जिसके द्वारा इच्छाओं का नियमन हो और उन्हें कार्य में परिणत किया जाए।
- हम किसी पौधे की वृद्धि में जितने सहायक हो सकते हैं, किसी बच्चे को पढ़ाने में हमारा उतना ही योगदान अपेक्षित है।
- यदि हम अपनी भावनाओं को संस्कारित या परिमार्जित नहीं करते हैं, तो हम शिक्षित नहीं हैं, बल्कि हमने केवल कुछ बौद्धिक कलाकारी सीखी है, जिसे हम प्रदर्शित कर इनसे अपनी जीविका का निर्वाह कर सकते हैं, परंतु इस प्रकार की शिक्षा मानवीय संवेदनाओं को जाग्रत्

नहीं कर सकती है। इससे स्पष्ट होता है कि मात्र बौद्धिक दक्षता के बल पर हम एक मनुष्य नहीं बन सकते हैं, बल्कि केवल एक फुर्तीला और चंचल लंगूर मात्र बनकर रह जाते हैं।" (द कंप्लीट वर्क्स ऑफ सिस्टर निवेदिता, भाग-4, 1968)

- भगिनी निवेदिता के अनुसार, "मूल्यपरक शिक्षा आत्मबोध कराने में सक्षम होती है। ऐसी शिक्षा संवेदनाएँ जाग्रत् कर हमें गरीबों, दबे-कुचलों और मजदूर वर्ग में 'शाश्वत सत्य' का अनुभव कराती है।
- भगिनी निवेदिता भारत में विदेशी शिक्षा पद्धति का विरोध करती थीं। उनका मानना था कि शिक्षा का प्रभाव समाज पर पड़ता है और समाज का प्रभाव शिक्षा पर पड़ता है। इसलिए हमारी शिक्षा-पद्धति में भारत की सांस्कृतिक परंपराओं, सामाजिक मूल्यों, लक्ष्यों एवं आदर्शों का समावेश होना चाहिए। इनका शिक्षा-दर्शन इस आधारभूत विचार से प्रेरित था कि शिक्षा छात्र-छात्राओं में अपनी मातृभूमि के प्रति प्रेम और सेवा का भाव जगाए।
- भगिनी निवेदिता केवल पढ़ने-लिखने मात्र को शिक्षा नहीं मानती हैं, बल्कि अनुभवजन्य ज्ञान को अधिक महत्त्व देती हैं। वे लिखती हैं कि केवल अधिक पढ़नेवाली स्त्रियों या पुस्तकीय ज्ञान को प्राप्त करनेवाली नारियों की अपेक्षा वह नारी अधिक शिक्षित है, जो राष्ट्र के इतिहास को समझती है, तो उन्होंने कुछ महान् तीर्थों की यात्राएँ की हैं एवं अपने देश के स्वरूप के संदर्भ में स्पष्ट धारणा रखती है।" (लैक्चर्स ऐंड राइटिंग्स ऑफ सिस्टर निवेदिता, 1975)

कुल मिलाकर भगिनी निवेदिता की शैक्षिक संकल्पना समानता और वैविध्य पर आधारित है। स्त्री-शिक्षा की प्रबल समर्थक रही भगिनी निवेदिता एक ऐसे वैविध्यपूर्ण पाठ्यक्रम की पक्षधर रही हैं, जिसमें आध्यात्मिकता, तकनीकी शिक्षा और उच्चतर अनुसंधान आदि का समावेश हो।

□

भारतीयता के संवाहक राष्ट्रकवि रामधारी सिंह 'दिनकर'

राष्ट्रकवि रामधारी सिंह 'दिनकर' ओज, राष्ट्रीयता एवं भारतीय संस्कृति के उन्नायक साहित्यकार हैं। सच्चे अर्थों में राष्ट्रकवि की उपाधि उन्हें ही मिलती है, जिनके साहित्य में राष्ट्रीयता के स्वर समग्रता में उपस्थित हों। राष्ट्रकवि का साहित्य पूरे राष्ट्र का सांस्कृतिक प्रतिमान होता है। ऐसे में यह कहना अतिशयोक्ति नहीं होगा कि राष्ट्रकवि दिनकर भारतवर्ष में एक सांस्कृतिक धरोहर की तरह हैं। हिंदी साहित्य के अंतर्गत दो राष्ट्रकवियों का उल्लेख मिलता है—एक, राष्ट्रकवि मैथिलीशरण गुप्त और दूसरे राष्ट्रकवि रामधारी सिंह दिनकर। इनमें दिनकरजी का साहित्य स्वतंत्रता के पूर्व से लेकर स्वतंत्रता के पश्चात् लगभग 1973-74 ई. तक का है। ऐसे में इनके साहित्य में भारतीय स्वाधीनता आंदोलन से लेकर भारत-चीन युद्ध जैसे स्वातंत्र्योत्तर भारतीय परिदृश्य पर केंद्रित कविताओं का बड़े पैमाने पर उपस्थित होना उनके जैसे व्यक्तित्व के लिए ही संभव है।

एक कवि के रूप में दिनकरजी, मैथिलीशरण गुप्त, सुभद्रा कुमारी चौहान, माखन लाल चतुर्वेदी, सोहनलाल द्विवेदी एवं श्याम नारायण पांडेय जैसे राष्ट्रीय-सांस्कृतिक धारा के कवियों में अग्रगण्य हैं। 1912 ई. में प्रकाशित 'भारत भारती' के माध्यम से राष्ट्रीयता की जिस चिनगारी का प्रज्वलन राष्ट्रकवि मैथिलीशरण गुप्त ने किया, उसी कार्य को हुंकार, रेणुका, रश्मिरथी, परशुराम की प्रतीक्षा एवं कुरुक्षेत्र के माध्यम से राष्ट्रकवि दिनकर ने आगे बढ़ाने का काम किया। राष्ट्रकवि

दिनकर एक ओर स्वामी विवेकानंद के वेदांत दर्शन से प्रभावित होते हैं, तो दूसरी ओर महर्षि अरविंद एवं गुरुदेव रवींद्रनाथ की आध्यात्मिक संकल्पना भी उन्हें प्रेरित एवं प्रभावित करती है। इतना ही नहीं, स्वामी विवेकानंद और लोकमान्य तिलक के द्वारा प्रतिपादित सतत कर्मशीलता भी दिनकरजी के मन-मस्तिष्क की बुनावट में महत्त्वपूर्ण भूमिका निभाती है।

अपने चर्चित काव्य संग्रह 'हुंकार' में राष्ट्रकवि रामधारी सिंह दिनकर स्वतंत्रता के यज्ञ में आहुति देने हेतु लिखते हैं—

रण की घड़ी जलन की वेला, तो मैं भी कुछ गाऊँगा।
सुलग रही यदि शिखा यज्ञ की, अपना हवन चढ़ाऊँगा॥
नए प्रात के अरुण! तिमिर-उर में मरीचि संधान करो।
युग के मूक शैल जागो हुंकारो, कुछ गान करो॥

राष्ट्रकवि दिनकर तन, मन और जीवन राष्ट्र को समर्पित कर देने के बाद भी संतुष्ट नहीं होते हैं। दिनकरजी ऐसे राष्ट्रकवि हैं, जिन्होंने आजीवन राष्ट्रीयता के प्रश्न को लेकर अलख जगाया और कभी भी राष्ट्र के प्रति अपनी प्रतिबद्धता में शिथिलता नहीं आने दी। यही कारण है कि स्वतंत्रता के बाद पंडित जवाहरलाल नेहरू सरकार में महत्त्वपूर्ण पदों पर रहते हुए भी जब बात भारत-चीन युद्ध के दौरान पंडित नेहरू के गलत नीतिगत निर्णयों की उठती है, तो राष्ट्रकवि दिनकर 'परशुराम की प्रतीक्षा' के माध्यम से इसका सर्वाधिक मुखर विरोध करते हैं।

राष्ट्रकवि दिनकर के काव्य को पढ़ने के बाद ऐसा प्रतीत होता है कि भारतवर्ष को 'परम वैभव' की स्थिति में लाना हमेशा दिनकरजी का ध्येय रहा है। भारतवर्ष को पुन: विश्वगुरु के पद पर आसीन होते देखने के आकांक्षी दिनकरजी हिमालय के द्वारा विश्व को संदेश देते हैं कि भारत ही विश्व शांति का सूत्रधार हो सकता है—

भारत एक स्वप्न, भू को ऊपर ले जानेवाला।
भारत एक विचार, स्वर्ग को भू पर लानेवाला॥
भारत है संज्ञा विराग की, उज्ज्वल आत्म-उदय की।
भारत है आभा मनुष्य की, सबसे बड़ी विजय की॥

कुछ विद्वान् दिनकरजी को केवल स्थूल भौतिकता का कवि मानते हैं और ऐसे विद्वानों का ध्यान दिनकरजी के साहित्य के उन्हीं अंशों तक जा पाता है, जहाँ पर भौतिक प्रश्नों को गंभीरता से उठाया गया है; परंतु यह दिनकर के कृतित्व का एकपक्षीय ज्ञान है। दिनकरजी जिस बेबाकी और स्पष्टता के साथ भौतिक प्रश्नों को उठाते हैं, उसी प्रकार आध्यात्मिक प्रश्नों का भी संस्पर्श करते हैं। यही कारण है कि गुरुदेव रवींद्रनाथ ठाकुर के साहित्य का आध्यात्मिक चैतन्य उन्हें प्रिय है। गुरुदेव रवींद्रनाथ ठाकुर के विषय में दिनकरजी लिखते हैं—"मनुष्य मनुष्य से ऊपर जो एक बड़ा मनुष्य है, रवींद्र की कविता की पंक्ति-पंक्ति में उसके चरणों की चाप सुनाई पड़ती है और उसके चरणों की यह चाप भारतीय साहित्य में अनंत काल से गूँजती आई है।" भारतीय साहित्य में अनंत काल से चली आ रही आध्यात्मिकता राष्ट्रकवि दिनकर के सांस्कृतिक चिंतन में विद्यमान है।

राष्ट्रभाषा की समस्या पर राष्ट्रकवि दिनकरजी का हृदय बहुत चिंतित रहता था। उन्होंने इस विषय पर दो पुस्तकें लिखी हैं—पहली, 'राष्ट्रभाषा और राष्ट्रीय एकता' तथा दूसरी, 'राष्ट्रभाषा आंदोलन और गांधीजी'। दिनकरजी का कथन है कि हिंदी को राष्ट्रभाषा इसलिए माना गया है कि केवल वही भारत की सांस्कृतिक एकता एवं राजनीतिक अखंडता को अक्षुण्ण बनाए रखने में समर्थ है।

राष्ट्रकवि रामधारी सिंह दिनकर जितने बड़े कवि थे, उतने ही बड़े गद्यकार और सांस्कृतिक चिंतक भी थे। इसलिए केवल उनकी कविताओं में ही नहीं, अपितु गद्य लेखन में भी राष्ट्रीयता के प्रबल स्वर अनुस्यूत हैं। दिनकरजी ने भारतीय संस्कृति का गंभीरतापूर्वक अध्ययन किया है। उनका संस्कृति संबंधी चिंतन दो ग्रंथों में देखने को मिलता है—पहला, दिनकरजी का सुप्रसिद्ध ग्रंथ 'संस्कृति के चार अधायाय' में तथा दूसरा, 'हमारी सांस्कृतिक एकता' नामक पुस्तक में।

दिनकरजी ने भारतीय संस्कृति की मूलभूत एकता पर बहुत अधिक बल दिया है। दिनकरजी भारतीय संस्कृति के मूल तत्त्व आध्यात्मिकता को भलीभाँति पहचानते हुए इसे भारतीय संस्कृति की प्रमुख विशेषता मानते हैं तथा इसी विशेषता के प्रभाव को विश्व-संस्कृति पर भारतीयता के प्रभाव के रूप में

लक्षित करते हैं। 'हमारी सांस्कृतिक एकता' नामक पुस्तक के 'प्राचीन भारत के बौद्धिक उत्कर्ष' शीर्षक अध्याय में दिनकरजी ने दिखाया है कि 480 ई.पू. से लेकर सातवीं शती तक दर्शन, गणित, ज्योतिष, चिकित्सा आदि क्षेत्रों में भारत की प्रतिष्ठा विश्व स्तर पर थी। आधुनिक काल में भी भारतीय साहित्य और दर्शन ने जर्मन जाति को प्रभावित किया। अमेरिका में जो अतींद्रियतावादी आंदोलन चला, वह भी भारतीय चिंतन से ही प्रभावित था। इस प्रकार दिनकरजी ने संस्कृति के अध्ययन के माध्यम से पूरे देश की एकता प्रतिपादित करने के साथ ही उसके प्रसुप्त आत्मविश्वास को जगाने का कार्य भी किया है।

'संस्कृति, भाषा और राष्ट्र' नामक पुस्तक में दिनकरजी ने बड़ी गंभीरता से भाषा, संस्कृति और राष्ट्र के परस्पर संबंधों पर विचार किया है। इस पुस्तक में दिनकरजी बहुत ही सरल एवं सुबोध भाषा-शैली में हमें बताते हैं कि जातियों का सांस्कृतिक विनाश तब होता है, जब वे अपनी परंपराओं को भूलकर दूसरों की परंपराओं का अनुकरण करने लगती हैं तथा सांस्कृतिक दासता का भयानक रूप वह होता है, जब कोई जाति अपनी भाषा को छोड़कर दूसरों की भाषा अपना लेती है। परिणाम यह होता है कि वह जाति अपना व्यक्तित्व खो बैठती है और उसके स्वाभिमान का विनाश हो जाता है। इस प्रकार धीरे-धीरे उसकी राष्ट्रीयता का भी लोप होने लगता है।

इस प्रकार कहा जा सकता है कि न केवल राष्ट्रकवि के रूप में बल्कि भारतीय संस्कृति के गंभीर चिंतक के रूप में भी रामधारी सिंह दिनकर सही अर्थों में पूर्णरूपेण भारतीयता के संवाहक थे। अंततः दिनकरजी के संदर्भ में कवि हरिवंश राय बच्चन का यह उद्धरण पूर्णतः सत्य प्रतीत होता है, जिसमें वे लिखते हैं—"दिनकरजी ने श्रमसाध्य जीवन जिया। उनकी साहित्य साधना अपूर्व थी। कुछ समय पहले मुझे एक सज्जन ने कलकत्ता से पत्र लिखा कि दिनकर को ज्ञानपीठ पुरस्कार मिलना कितना उपयुक्त है? मैंने उन्हें उत्तर में लिखा था कि—यदि चार ज्ञानपीठ पुरस्कार उन्हें मिलते तो उनका सम्मान होता—गद्य, पद्य, भाषणों और हिंदी भाषा के प्रचार के लिए ।"

□

भारत में तकनीकी शिक्षा

किसी भी राष्ट्र की संपत्ति एवं समृद्धि वहाँ के मानव संसाधन व संपदा के प्रभावी रूप से औद्योगिकीकरण पर निर्भर करती है। औद्योगिकीरण अथवा व्यवसायीकरण में मानव संसाधन के सदुपयोग हेतु आवश्यकता है वैज्ञानिक शिक्षा व तकनीकी कौशल के प्रशिक्षण की। (वैज्ञानिक नीति प्रस्ताव, 1958 भारत सरकार)।

दुनिया की सबसे पुरानी सभ्यताओं में से एक भारतीय सभ्यता में विज्ञान और प्रौद्योगिकी की एक सुदृढ़ परंपरा रही है। प्राचीन भारत ऋषि और संतों के साथ-साथ विद्वानों एवं वैज्ञानिकों की कर्मस्थली रहा है। अनेक शोधों से ज्ञात होता है कि शून्य की अवधारणा से लेकर, गिनती सिखानेवाली विधा एवं विश्व का सर्वश्रेष्ठ लोहे का उत्पादन का केंद्र भारत, जो विज्ञान एवं प्रौद्योगिकी के क्षेत्र में सिरमौर रहा है। कुछ प्रमुख योगदान निम्नांकित हैं—

- शून्य की अवधारणा।
- दशमलव पद्धति (Decimal System)।
- अंकीय निरूपण (Numerical Notations)।
- सूर्य केंद्रित ब्रह्मांड की स्थापना।
- लौह एवं जस्ते की विशेष प्रगलन पद्धति आदि।

विदेशी आक्रमण एवं पराधीनता के कारण यह ज्ञान क्रमशः लुप्त होता गया और नए ज्ञान का सृजन नहीं हो पाया। जब आज इस भारतीय ज्ञान की चर्चा होती है, तब इस पर प्रश्नचिह्न भी खड़े किए जाते हैं, परंतु इसके अनेक प्रमाण एवं अवशेष उपलब्ध हो रहे हैं।

आधुनिक काल में तकनीकी शिक्षा

स्वतंत्रता के पूर्व भारत में ब्रिटिश शासकों द्वारा तकनीकी शिक्षा की शुरुआत भवन, नहर, सड़क, बंदरगाह आदि के निर्माण के लिए की गई थी। देश का पहला तकनीकी संस्थान सन् 1794 में 'कॉलेज ऑफ इंजीनियरिंग' गुंडी, चेन्नई में खोला गया। सन् 1854 में पूना में अभियंताओं के प्रशिक्षण के लिए विद्यालय खोला गया। इसी क्रम में तकनीकी महाविद्यालय तत्कालीन उत्तर प्रदेश में सन् 1847 में रुड़की में 'थामसन इंजीनियरिंग महाविद्यालय' के नाम से शुरू किया गया था।

सन् 1905 में बंग-भंग आंदोलन के परिणामस्वरूप स्वदेशी आंदोलन के पश्चात् गठित 'भारतीय शिक्षा परिषद्' के द्वारा भारत में स्वदेशी प्रेरणा से चलनेवाले तकनीकी विश्वविद्यालय खोले जाने की बात उठी। इस प्रकार भारतीय शिक्षा परिषद् ने कई तकनीकी विद्यालयों की स्थापना की, जैसे वर्ष 1908 में जाधवपुर में 'कॉलेज ऑफ इंजीनियरिंग ऐंड टेक्नोलॉजी'। इस प्रकार पं. मदनमोहन मालवीय के प्रयास से काशी हिंदू विश्वविद्यालय में वर्ष 1917 में मेकैनिकल, इलेक्ट्रिकल तथा धातुकर्म विभाग प्रारंभ किए गए।

इसी क्रम में देश के सामाजिक व आर्थिक विकास हेतु तकनीकी शिक्षा के महत्त्व को ध्यान में रखकर वर्ष 1945 में अखिल भारतीय तकनीकी शिक्षा परिषद् (AICTE) का गठन किया गया। इसी प्रकार वर्ष 1956 में कोलकाता, मुंबई व चेन्नई में तीन इंजीनियरिंग महाविद्यालय खोले गए। राष्ट्रीय शिक्षा नीति (1986) के तहत अखिल भारतीय तकनीकी शिक्षा परिषद् को देश में तकनीकी शिक्षा से समन्वित विकास सुनिश्चित करने के लिए नियोजन, नीति-निर्धारण, मानक, गुणात्मक शिक्षा का रख-रखाव, प्राथमिक क्षेत्र में कोष का निर्धारण, मूल्यांकन एवं निगरानी (मॉनीटरिंग), प्रमाणीकरण एवं पुरस्कार आदि कार्य के अधिकार सौंपे गए।

वैश्वीकरण के बाद भारत में तकनीकी शिक्षा का विस्तार अधिक मात्रा में हुआ है। देश की उच्च शिक्षा के आँकड़ों पर दृष्टि डालते हैं तो ध्यान में आता है कि कला (आर्ट्स) के बाद दूसरे नंबर पर तकनीकी शिक्षा का स्थान है। वर्तमान (2019) में 10426 तकनीकी संस्थान हैं, जिनमें 35 लाख से अधिक छात्र पढ़ाई कर रहे हैं। एक दृष्टि से यह आँकड़ा उत्साहवर्धक है, परंतु तकनीकी शिक्षा की गुणात्मकता की दृष्टि से देखते हैं तो निराशा होती है। गुणवत्ता एवं रोजगार हेतु उपयुक्तता के अध्ययन पर दृष्टि डालते हैं, तब वास्तविकता का ज्ञान होता है।

भारत में तकनीकी शिक्षा का परिदृश्य (आँकड़े)

अभियांत्रिकी शिक्षा (आँकड़े)

स्नातक/UG	संस्थानों की संख्या			स्वीकृत नामांकन			नामांकन संख्या		
	2015–16	2016–18	2017–18	15–16	16–17	17–18	2015–16	16–17	17–18
	3365	3285	3225	1630850	1554050	1476428	835073	785554	750206
स्नातकोत्तर/PG	कुल संस्थान			स्वीकृत नामांकन संख्या			कुल नामांकन		
	2015–16	2016–18	2017–18	15–16	16–17	17–18	2015–16	16–17	17–18
	2304	2231	2138	207325	196976	186042	87109	69282	68560
डिप्लोमा/Diploma	कुल संस्थान			स्वीकृत नामांकन संख्या			कुल नामांकन		
	2015–16	2016–18	2017–18	15–16	16–17	17–18	2015–16	16–17	17–18
	3850	3926	3918	1255569	1244958	1208518	713044	705037	667664
कुल/Total	9518	9442	9281	3093744	2995983	2870988	1635226	1559873	1486430

तकनीकी शिक्षा में आर्क्वीटेक्चर, टाउन प्लानिंग, मैनेजमेंट, होटल मैनेजमेंट, फार्मेसी आदि समाहित हैं।

स्रोत : अखिल भारतीय तकनीकी शिक्षा परिषद्।

उपरोक्त चार्ट पर दृष्टि डालने से ध्यान में आता है कि देश में उच्च शिक्षा में तकनीकी शिक्षा क्रमांक दो पर है, परंतु वर्ष 2015 के पश्चात् तकनीकी संस्थानों की संख्या एवं छात्रों की संख्या में लगातार गिरावट आ रही है। इसी प्रकार जितना स्वीकृत नामांकन है, उसकी तुलना में वास्तविक नामांकन (एडमिशन) 60 प्रतिशत से भी कम हुआ है। कुछ संस्थानों में प्रवेश की स्थिति तो शून्य है।

इंसपायरिंग माइंड संस्था द्वारा 'इंप्लायबिलिटी ऑफ इंजीनियर्स' के अध्ययन में सामने आया कि जिस सूचना एवं प्रौद्योगिकी के क्षेत्र पर हम गर्व कर रहे हैं और आज भारत में सेवा के क्षेत्र में निवेश एवं आय का प्रमुख स्रोत है, उसके लिए इंजीनियरिंग के छात्रों की स्थिति यह है कि मात्र 4.77 प्रतिशत छात्र किसी कंप्यूटर प्रोग्राम का सही लॉजिक लिखने की क्षमता रखते हैं। इसमें से 60 प्रतिशत ने ऐसा कोड लिखा, जो चल नहीं सकता; केवल 1.4 प्रतिशत छात्र प्रोग्राम लिख पाए, जो वास्तव में काम करता है। परंपरागत शाखाएँ, जिसमें रसायन, मेकैनिकल एवं सिविल में कोर संकाय से जुड़े रोजगार उपलब्धता का प्रतिशत क्रमशः 1.64, 5.5, 6.48 है। इसमें सबसे अधिक रोजगार उपलब्धता इलेक्ट्रॉनिक्स इंजीनियरिंग क्षेत्र की 7.7 प्रतिशत है। इसी प्रकार 'मैकेंजी' की एक दशक पुरानी रिपोर्ट के अनुसार भारत में लगभग 25 प्रतिशत इंजीनियर रोजगार हेतु उपयुक्त माने गए थे।

देश की अग्रणी कंपनी 'टेक महिंद्रा' के मुख्य कार्यकारी अधिकारी (CEO) एवं प्रबंध निदेशक (MD) श्री सी.पी. गुरुनानी का कहना है कि "नासकाम के अनुसार 2022 तक साइबर सिक्योरिटी के क्षेत्र में 6 मिलियन (60 लाख) लोगों की आवश्यकता पड़ेगी, परंतु हमारे पास इस प्रकार के कौशल-युक्त तकनीकी विशेषज्ञों की बहुत कमी है, जो हमारे लिए बड़ी चुनौती बन चुकी है। कौशल विकास एवं बाजार हेतु छात्रों को तैयार करने का जिम्मा भी अब उद्योग पर स्थानांतरित हो रहा है।" इससे स्पष्ट है कि जो शिक्षा छात्र अपने महाविद्यालय/विश्वविद्यालय में प्राप्त करते हैं, वह उद्योगों के लिए उपयोगी नहीं है। इस हेतु बड़ी कंपनियाँ अपने स्वयं के प्रशिक्षण केंद्र बना रही हैं, ताकि उन इंजीनियरों को रोजगार योग्य बनाया जा सके।

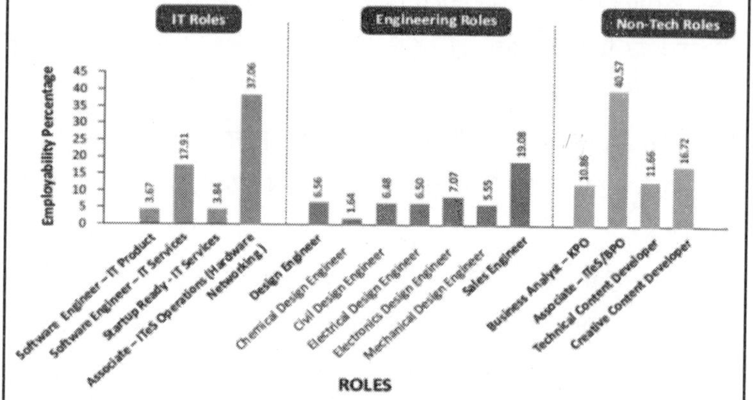

Figure 1: Employability Percentage of Engineering Graduates in Different Roles

उपर्युक्त (रेखाचित्र) में बताया गया है कि अभियांत्रिकी में स्नातक के छात्र किन-किन क्षेत्रों में नौकरी कर रहे हैं। आँकड़ों से स्पष्ट है कि इंजीनियरिंग में स्नातक की डिग्री लेनेवाले छात्र गैर-तकनीकी क्षेत्रों में ज्यादा कार्य कर रहे हैं।

इंजीनियरिंग की शिक्षा की इस स्थिति से प्रश्न उठता है कि आखिर वे कौन सी आधारभूत समस्याएँ हैं, जिनका परिणाम अभियांत्रिकी के छात्रों की अति निम्न रोजगार उपयुक्तता है। इन प्रश्नों पर दृष्टि करने से पूर्व अभियांत्रिकी क्षेत्र के वर्तमान परिदृश्य पर दृष्टिपात करते हैं—

इस समस्या का सबसे प्रमुख कारण है शिक्षक-छात्र का असंतुलित अनुपात, अधिकांश शिक्षकों की योग्यता औसत दर्जे की होना, साथ ही इस क्षेत्र में प्रवेश की प्रक्रिया के मानक उचित व गुणवत्तापूर्ण नहीं है। शैक्षणिक अभियोग्यता परीक्षण, चयन उपरांत शिक्षक-प्रशिक्षण एवं सेवाकाल में निश्चित शिक्षण जैसी कोई व्यवस्था नहीं है। इसके परिणामस्वरूप शोध आदि कार्य भी अपेक्षित स्तर तक नहीं हो पाते हैं।

अभियांत्रिकी महाविद्यालयों में शिक्षक-छात्र अनुपात 1:12 से 1.15 होना चाहिए, परंतु देश में यह अनुपात 1:25 है। इसी से कक्षाओं में गुणवत्तापूर्ण शिक्षण में कमी होती है। भारत के आई.आई.टी. संस्थानों में 34 प्रतिशत शिक्षकों की कमी है। आई.आई.टी. गोवा, धारवाड़, खड़गपुर, कानपुर एवं दिल्ली में

क्रमशः 62, 47, 46, 37 एवं 29 प्रतिशत शिक्षकों की कमी है। (स्रोत : मानव संसाधन विकास मंत्रालय, 31 मार्च, 2018) तात्कालिक तौर पर समयबद्ध रूप में इस क्षेत्र में शिक्षक, शिक्षा के पाठ्यक्रम एवं पाठ्यचर्या तैयार कर लागू किया जाना चाहिए और इसी आधार पर महाविद्यालयों में शेष रिक्तियों को भरा जाना

प्रति शिक्षक विद्यार्थियों का अनुपात

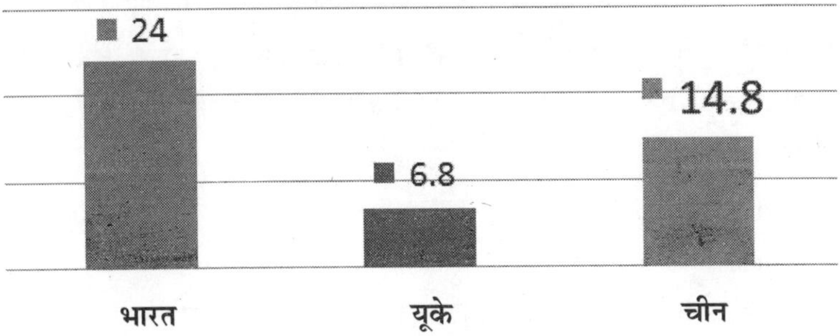

चाहिए। इस क्षेत्र में इस प्रकार व्यवस्था सुनिश्चित की जाए कि शीर्ष संस्थानों के छात्र इस क्षेत्र में शिक्षक बनने हेतु आकर्षित हों।

इसके साथ ही इस क्षेत्र में अपर्याप्त बुनियादी ढाँचा, जैसे गुणवत्तायुक्त प्रयोगशालाएँ, मशीनरी, आधुनिक उपकरण, अच्छे पुस्तकालय, इ-लर्निंग जैसी आवश्यक व्यवस्थाओं का अभाव आदि बड़ी समस्याएँ हैं। इसके अतिरिक्त एक महत्त्वपूर्ण समस्या उद्योग-जगत् के साथ तालमेल का अभाव है। उद्योग-जगत् के साथ तालमेल एवं पाठ्यक्रमों के सतत आधुनिकहरण के अभाव में अधिकांश महाविद्यालयों के पाठ्यक्रम अप्रासंगिक हो गए हैं।

अतः आवश्यक है कि तकनीकी शिक्षण संस्थानों में आधारभूत संरचना के विकास हेतु समयबद्ध परियोजना (टाइमलाइन प्रोजेक्टस) बनाकर शीघ्रातिशीघ्र इस समस्या को दूर किया जाना चाहिए, इस हेतु औद्योगिक संस्थानों के साथ संवाद एवं समन्वय हो। उद्योग एवं संस्थानों के परस्पर समन्वय का उदाहरण भारतीय राष्ट्रीय प्रौद्योगिकी संस्थानों में कुछ मात्रा में देख सकते हैं। एक समन्वित नीति जो उद्योग-जगत् एवं शिक्षण संस्थानों के साथ मिलकर बने, जिससे कि आवश्यकतानुसार अभियांत्रिकी कॉलेजों में संकाय के अनुरूप सीटों का निर्धारण

हो, इसी संदर्भ में भारत सरकार ने 2003 में यू.आर. राव समिति बनाई थी, जिसकी रिपोर्ट सरकार के सम्मुख लंबित है।

वर्तमान में तकनीकी शिक्षण संस्थानों की एक बुनियादी समस्या, उनके पाठ्यक्रम में समग्रता का अभाव है। अधिकांश महाविद्यालयों के पाठ्यक्रमों में एकरूपता नहीं है। पाठ्यक्रम के पुनरीक्षण की व्यवस्था का अभाव दिखाई दे रहा है। पाठ्यक्रम में आधुनिकता के अभाव में हमारे छात्र वैश्विक प्रतिस्पर्धा में पिछड़ जाते हैं। पॉलीटेक्निक संस्थान, आई.आई.टी., राज्य तकनीकी विश्वविद्यालयों एवं राष्ट्रीय प्रौद्योगिकी संस्थानों के पाठ्यक्रमों के क्रमबद्धता का अभाव स्पष्ट है।

इन दोषों को दूर करने हेतु प्रत्येक 3 या 5 वर्ष के उपरांत पाठ्यचर्या की समीक्षा कर यथोचित परिवर्तन किए जाने चाहिए। पाठ्यक्रम में भारतीय ज्ञान के समावेश के साथ-साथ आधुनिकता प्रदान की जानी चाहिए। पाठ्यक्रम का निर्माण राष्ट्रीय एवं वैश्विक आवश्यकता को ध्यान में रखकर किया जाना चाहिए। संस्थानों को नवाचार एवं प्रयोगों हेतु स्वायत्ता होनी चाहिए, साथ ही संस्थानों में परस्पर समन्वय एवं अंतर्क्रिया के भी मंच बनाए जाने चाहिए, ताकि आपस में नवाचार का आदान-प्रदान किया जा सके।

अखिल भारतीय तकनीकी शिक्षा परिषद् द्वारा निर्धारित आदर्श मॉडल पाठ्यचर्या में पर्यावरण विज्ञान, नैतिक मूल्यों, भारतीय संविधान, भारतीय पारंपरिक ज्ञान एवं प्रशिक्षण के पाठ्यक्रम को नॉन-क्रेडिट कोर्स बनाया गया है, जबकि विषयों को क्रेडिट कोर्स का हिस्सा बनाया जाना चाहिए। अभियांत्रिकी महाविद्यालयों में प्रवेश हेतु ली जानेवाली परीक्षाओं में हिंदी एवं अन्य भारतीय भाषाओं का समावेश हो तथा पुस्तकें इ-लर्निंग, मूल साहित्य, परीक्षण एवं पुस्तकालय भारतीय भाषाओं में उपलब्ध हो। एक दृष्टि से समग्र तकनीकी शिक्षा में सभी स्तर पर भारतीय भाषाओं का विकल्प दिया जाना चाहिए। अभियांत्रिकी महाविद्यालयों के छात्रों में सामाजिक दृष्टिकोण को विकसित करने के उद्देश्य से 'उन्नत भारत अभियान' जैसे प्रयासों को बढ़ावा दिया जाए। महाविद्यालयों को पास के गाँवों से जोड़ा जाए एवं पढ़ाई के साथ गाँव में शैक्षणिक, सामाजिक परिवर्तन हेतु संस्थानों के प्रयास को सुनिश्चित किया जाए।

वैश्विक स्तर पर भारत में तकनीकी शोध की स्थिति

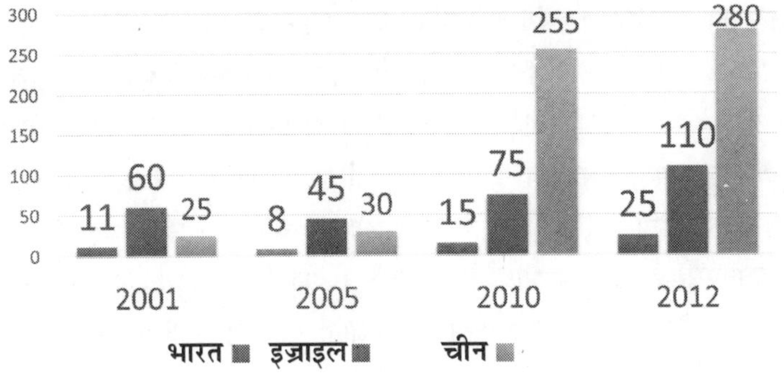

वर्ष 2001 से 2012 तक हुए तकनीकी शोधों में भारत की स्थिति इजराइल एवं चीन की तुलना में काफी कमजोर है। इसके पीछे के मुख्य कारणों में गुणवत्तापूर्ण शिक्षण का अभाव, अपर्याप्त भौतिक अवसंरचना, शोध कार्य का मात्र अंग्रेजी भाषा में होना, शोध की प्रेरणा की कमी आदि प्रमुख हैं।

अत: महाविद्यालयों में शोध व अनुसंधान को प्रोत्साहित किए जाने की आवश्यकता है। महाविद्यालयों की रेटिंग में यदि इन्हें पर्याप्त महत्त्व दिया जाए तो यह अधिक परिणामकारी हो सकता है।

एक नई समस्या जो उभरकर आ रही है कि एक तरफ सरकार नए आई.आई.टी. संस्थान खोल रही है, परंतु वहाँ छात्रों के नामांकन में गिरावट आ रही है। पिछले तीन वर्षों में जेई मेंस में उत्तीर्ण छात्र जेई एडवांस में बैठनेवाले छात्र कम हैं। विगत तीन वर्ष के आँकड़े इसके प्रमाण दरशाते हैं, वर्ष 2016, 2017 एवं 2018 में क्रमश: 21, 23 एवं 32 प्रतिशत छात्र जेई मेंस पास करके जेई एडवांस की परीक्षा से दूर रहे। छात्र इन नए आई.आई.टी. में प्रवेश लेने के बदले विख्यात इंजीनियरिंग महाविद्यालयों में प्रवेश लेना उचित समझते हैं। इसका मूल कारण यह है कि राष्ट्रीय स्तर कि नए संस्थानों में शैक्षिक गुणवत्ता, भौतिक अवसंरचना आदि की स्थिति अच्छी नहीं है।

एक महत्त्वपूर्ण प्रश्न का उल्लेख किए बिना यह चर्चा अधूरी रहेगी कि अभियांत्रिकी–पाठ्यक्रम का भारतीय भाषाओं में न होना। जबकि यह आधारभूत तथ्य है कि जो ज्ञान एवं समझ अपनी भाषा में विकसित हो सकता है, वह कभी

किसी विदेशी भाषा में नहीं हो समता। इजरायल, जर्मनी, जापान, कोरिया विश्व में तकनीकी के सिरमौर बने हैं, क्योंकि वहाँ तकनीकी शिक्षा वहाँ की भाषा में दी जाती है। भारतीय वैज्ञानिक 'सी.वी. श्रीनाथ शास्त्री' के अनुभव के अनुसार, अंग्रेजी माध्यम से इंजीनियरिंग की शिक्षा प्राप्त करनेवाले छात्र की तुलना में भारतीय भाषाओं के माध्यम से पढ़े छात्र अधिक वैज्ञानिक अनुसंधान करते हैं। 'सर आइजेक पिटमैन' ने कहा है कि संसार में यदि कोई संपूर्ण लिपि है तो वह देवनागरी है। विदेशी भाषा के माध्यम से पढ़ाई, अनुसंधान पुस्तकें आदि आधुनिकता के विरुद्ध हैं, क्योंकि आधुनिक ज्ञान समाज के सभी वर्गों तक अपनी भाषा में पहुँचाया जा सकता है।

इस प्रकार देश की समग्र शिक्षा की समीक्षा करने से पता चलता है कि हमारी तकनीकी शिक्षा गुणवत्ता की दृष्टि से बेहद कमजोर है, साथ ही पिछले चार-पाँच वर्षों में संख्यात्मक गिरावट भी आ रही है। तकनीकी शिक्षा के गुणात्मक विकास पर सरकारी एवं सामाजिक स्तर पर गंभीरता से विचार करके कुछ ठोस कदम उठाने की आवश्यकता है।

संदर्भ—

1. Science, Medicine, Technology in Ancient Indian.
2. अखिल भारतीय तकनीकी शिक्षा परिषद्।
3. मानव संसाधन विकास मंत्रालय।
4. IIT Kharagpur in connecting the Dots Between Ancient India and Modern Science.

□□□